KATHRYN TAYLOR
Dunmor Castle - Der Halt im Sturm

AF216774

Weitere Titel des Autors:

Colours of Love – Entfesselt
Colours of Love – Entblößt
Colours of Love – Verloren
Colours of Love – Verführt

Daringham Hall – Das Erbe
Daringham Hall – Die Entscheidung
Daringham Hall – Die Rückkehr

Wildblumensommer
Wo mein Herz dich findet

Dunmor Castle – Das Licht im Dunkeln

[Titel auch als Hörbuch erhältlich]

Über die Autorin:

Kathryn Taylor begann schon als Kind zu schreiben – ihre erste
Geschichte veröffentlichte sie bereits mit elf. Von da an wusste
sie, dass sie irgendwann als Schriftstellerin ihr Geld verdienen
wollte. Nach einigen beruflichen Umwegen und einem privaten
Happy End ging ihr Traum in Erfüllung: Mittlerweile wurden ihre Romane in fünfzehn Sprachen übersetzt und haben
Stammplätze auf den Bestsellerlisten.

Kathryn Taylor

DUNMOR CASTLE

Der Halt im Sturm

Roman

lübbe

Die Bastei Lübbe AG verfolgt eine nachhaltige Buchproduktion. Wir verwenden Papiere aus nachhaltiger Forstwirtschaft und verzichten darauf, Bücher einzeln in Folie zu verpacken. Wir stellen unsere Bücher in Deutschland und Europa (EU) her und arbeiten mit den Druckereien kontinuierlich an einer positiven Ökobilanz.

Originalausgabe

Sie finden uns im Internet unter luebbe.de
Bitte beachten Sie auch: lesejury.de

Für meine Kinder

1

Lexie hing in der Luft. Schwebte zwischen Leben und Tod. Sie konnte den Boden unter sich nicht sehen, aber sie wusste, dass die Steinplatten, die das Erdgeschoss des Wehrturms bedeckten, unerbittlich sein würden. Wenn sie da runterfiel …

»Zieh mich rauf!«, flehte sie voller Angst und blickte zu Grayson hoch, der sich über den Rand des Lochs beugte, das im Holzboden des ersten Stocks klaffte und durch das sie gefallen war. Er hatte sie gerade noch zu fassen bekommen, bevor sie abgestürzt war, und sie hing jetzt an seiner Hand. Aber für wie lange noch? Sie hatte das Gefühl, dass ihre Finger mit jeder Sekunde weiter aus seiner Umklammerung glitten.

»Grayson, bitte!«

Der Schein der Taschenlampe, die neben ihm am Rand des Lochs lag, erhellte sein Gesicht, und Lexie erkannte die Anstrengung, die darin lag. Dann, endlich, streckte er ihr auch den linken Arm entgegen.

»Gib mir deine andere Hand«, wies er sie an und griff danach, als Lexie den Arm hochstreckte, schloss die Finger fest um ihre. Er holte tief Luft und stieß einen fast unmenschlichen Laut aus, während er Lexie mit aller Kraft hochzog.

Sie hatte keine Ahnung, wie er es fertigbrachte, aber er schaffte es, ihren Oberkörper wieder auf die Holzbohlen zu hieven. Für einen Moment hielt er inne, um zu Atem zu kommen, dann zerrte er sie weiter über die Kante. Der Stoff ihres dünnen Nachthemds blieb an dem rauen Holz hängen und riss. Ihre Haut schürfte auf, aber das war Lexie egal. Sie wollte nur weg von diesem Loch, das für sie fast zu einer tödlichen Falle geworden wäre. Sobald ihre Füße wieder Halt fanden, half sie mit, schob sich über den Boden, bis sie das Gefühl hatte, dass der Abstand groß genug war. Erst dann entspannte sie sich wieder, und auch Grayson ließ sich erschöpft nach hinten sinken und blieb schwer atmend liegen.

Lexie lag halb auf ihm. Ihr Kopf ruhte auf seiner Brust, und sie hörte seinen schnellen Herzschlag, spürte, wie seine Rippen sich hoben und senkten. Erleichterung durchflutete sie, gefolgt von der Erkenntnis, wie unglaublich knapp das gewesen war. *Ich könnte jetzt tot sein*, dachte sie und krallte die Hände in Graysons Hemd.

Für einen lagen Moment lagen sie einfach nur da und versuchten, sich zu beruhigen. Dann löste Grayson sich von Lexie, richtete den Oberkörper auf und zog sie mit sich, bis sie beide saßen. Im Halbdunkeln erkannte sie, dass seine Augen zornig funkelten.

»Was zur Hölle machst du hier?« Seine Hände schlossen sich schmerzhaft um ihre Oberarme, und sie hatte das Gefühl, dass er sich nur mühsam davon abhalten konnte, sie zu schütteln. »Ich dachte, du liegst im Bett und schläfst. Spionierst du mir etwa nach?«

»Was? Nein!« Verwirrt starrte sie ihn an.

Sie war davon ausgegangen, dass er hier war, weil er gemerkt hatte, dass sie nicht mehr neben ihm lag. Er musste jedoch schon vor ihr das Zimmer verlassen haben. Aber wo war er gewesen? Und was hatte er zu verbergen, wenn er glaubte, dass sie ihm nachspionierte?

Graysons Finger schlossen sich noch enger um ihre Arme.

»Antworte mir, Lexie. Was hast du hier im Wehrturm zu suchen?«

»Ich hatte einen Alptraum. Denselben, den ich immer habe. Ich laufe darin vor einem Schatten weg. Und dabei … ist es wieder passiert.« Sie senkte den Blick und zuckte mit den Schultern. »Du weißt schon.«

Grayson ließ sie los. »Das Schlafwandeln?«

Sie nickte, ohne den Kopf zu heben. »Als ich aufgewacht bin, war ich unten im Festsaal. Aber das habe ich nur herausgefunden, weil ich eine der Ritterrüstungen umgerissen habe. Es war stockdunkel, und ich konnte mich zuerst nicht orientieren.«

Ein Zittern durchlief sie, als sie den furchtbaren Moment noch einmal durchlebte. Jeder Mensch hatte vor irgendetwas besonders Angst, und für sie gab es nichts Schlimmeres, als im Dunkeln allein zu sein. Sie war aus einem Alptraum erwacht und hatte sich direkt in einem noch schlimmeren wiedergefunden.

Grayson legte eine Hand unter ihr Kinn und zwang sie, ihn anzusehen. Dann ließ er den Arm wieder sinken. »Und was dann?«

»Ich wollte Licht machen, aber die Lampen ließen sich nicht einschalten. Und dann war da plötzlich jemand am anderen Ende des Saals und hat mit einer Taschenlampe geleuchtet.« Lexie schluckte bei der Erinnerung an die unheimliche Begegnung. »Ich konnte nicht erkennen, wer es war, aber als ich gerufen habe, ist derjenige vor mir weggelaufen. Ich war in Panik und bin ihm einfach gefolgt, bis hierher in den Wehrturm. Dann war das Licht plötzlich weg, und ich hörte einen Schmerzensschrei, der von oben kam.« Sie schüttelte den Kopf. »Ich … bin die Treppe raufgegangen. Warum weiß ich gar nicht mehr. Es war wie ein Zwang. Ich wollte nachsehen, wer sich dort versteckt. Erkennen konnte ich nichts, weil es so dunkel war, und es schien niemand da zu sein. Aber dann war da plötzlich doch

9

jemand hinter mir. Ich habe mich furchtbar erschrocken und bin zurückgewichen. An das Loch im Boden habe ich nicht mehr gedacht. Ich dachte wirklich, dass ich abstürze. Wenn du nicht gekommen wärst …« Sie hielt inne und starrte ihn an. »Wieso bist du eigentlich hier?« Ein Schauer rann ihr über den Rücken, während sie versuchte, in seinem Gesicht zu lesen. »Warst du das etwa im Saal? Bist du vor mir weggelaufen?«

Er schüttelte den Kopf.

»Nein. Aber …«

Ein leises Wimmern drang aus der Dunkelheit hinter ihnen und ließ Lexie erstarren.

2

Da ist jemand!« Instinktiv schob Lexie sich näher an Grayson heran, suchte Schutz bei ihm.

»Ja, das ist ...« Grayson hielt inne, weil in diesem Moment Schritte und aufgeregte Stimmen durch den Turm hallten. Taschenlampenlicht drang durch das Loch im Boden und ließ helle Kreise über die Holzdecke des nächsten Stocks über ihnen tanzen.

»Grayson? Wo bist du?«

»Hast du sie gefunden?«

Lexie erkannte, dass es zwei Stimmen waren, die da riefen. Eine gehörte Graysons Großmutter Agatha O'Donnell, die andere dem alten Arzt Doktor Turner.

»Wir sind hier oben!«, rief Grayson. Er schob sich ein Stück in Richtung Loch, beugte sich vor und streckte den Arm aus, sodass er an die eingeschaltete Taschenlampe herankam, die immer noch am Rand des Lochs lag.

Die Schritte kamen näher, erklangen jetzt auf der schmalen, geländerlosen Treppe, die an der Wand des runden Turms nach oben führte. Sie endete an einer Luke, auf die Grayson die Taschenlampe richtete. Dann ließ er den Lichtkegel an der Wand entlangwandern, bis dieser eine zusammengekauerte Gestalt erfasste.

Lexie sog schockiert die Luft ein, als sie die alte Frau erkannte. Es war Fanny O'Donnell, Graysons Großtante.

Sie hatte genau wie Lexie nur ein Nachthemd an. Ihres war jedoch knöchellang und aus einem festen Flanellstoff, darüber trug sie eine Wollstrickjacke. Sie hatte die Arme um ihre angezogenen Knie geschlungen und wippte unruhig vor und zurück, während sie mit weit aufgerissenen Augen zu Lexie und Grayson hinübersah. Ihr graues Haar, das sonst zu einem strengen Dutt zusammengefasst war, fiel ihr wirr über die Schultern.

»Es war Fanny?«, fragte Lexie entsetzt. »Sie hat mich so erschreckt, dass ich abgestürzt bin?«

Grayson nickte. »Ich fürchte, ja. Sie saß schon da, als ich hier ankam. Aber ich musste zuerst dir helfen.«

Er wollte aufstehen und zu Fanny gehen, doch in diesem Moment öffnete sich die Luke, und Agatha und Doktor Turner kletterten hindurch. Das Licht ihrer Taschenlampen huschte durch den Raum.

Außer der am Boden kauernden Fanny gab es jedoch nichts zu sehen. Der erste Stock des Wehrturms von Dunmor Castle, der nur aus einem einzigen runden Raum bestand, war noch genauso leer wie vor ein paar Tagen, als Lexie ihn zum ersten Mal besichtigt hatte.

»Gott sei Dank! Da ist sie ja!« Doktor Turner sank neben Graysons Großtante auf die Knie, ohne auf Lexie und Grayson zu achten.

Agatha hingegen blieb stehen und starrte Lexie überrascht an. »Miss Cavendish, um Himmels willen! Was machen Sie denn mitten in der Nacht hier oben?«

»Ich …« Lexie stockte und spürte, wie ihre Wangen heiß wurden. Ihr Schlafwandeln war eine Schwäche, die sie nur sehr ungern zugab. Es war schlimm genug, dass Grayson davon wusste.

»Sie hat das Licht von Fannys Taschenlampe gesehen und

dachte, es wäre ein Einbrecher«, sagte Grayson an ihrer Stelle. »Deshalb ist sie Fanny bis hierher gefolgt und wäre im Dunkeln beinahe durch das Loch gefallen.« Er stand auf und half Lexie hoch, während er in kurzen Worten schilderte, wie es ihm gelungen war, sie zu retten.

»O mein Gott! Ein Glück, dass du rechtzeitig da warst.« Agatha blickte zu ihrer Schwägerin hinüber, der Doktor Turner ebenfalls gerade beim Aufstehen half. »Und was ist mit Fanny?«

»Sie hat sich den Knöchel verstaucht«, sagte der alte Arzt. »Am besten bringen wir sie runter in ihr Zimmer.« Er wandte sich an Lexie. »Wie steht es mit Ihnen? Alles in Ordnung? Haben Sie sich verletzt?«

Lexie schüttelte den Kopf. Abgesehen von den Abschürfungen an ihrem Bauch und ihren Knien und dem dumpfen Schmerz in ihrer Schulter, in der ihre Muskeln offensichtlich überdehnt waren, ging es ihr körperlich gut. Aber die Erinnerung daran, was gerade fast passiert wäre, brachte den Schrecken der letzten Minuten zurück und ließen sie auf einmal unkontrolliert zittern.

»Ich ... bin okay«, versicherte sie mit klappernden Zähnen, aber es klang auch in ihren eigenen Ohren nicht sehr überzeugend.

»Der Doc sollte dich lieber auch untersuchen«, sagte Grayson auf diese entschiedene Art, die keinen Widerspruch duldete.

Und Lexie musste zugeben, dass sie im Grunde dankbar war, sich um nichts kümmern zu müssen. Sie fühlte sich schwach und lehnte sich an ihn, als er den Arm um sie legte und sie zur Luke führte. Er half ihr die Treppe hinunter, und sie folgten Agatha und den beiden anderen zurück in den Wohntrakt der Burg.

Die Lampen in den Fluren brannten wieder, wie Lexie registrierte. Doch ansonsten nahm sie nur wie durch einen Nebel wahr, dass Grayson sie in das Wohnzimmer von Agatha und

13

Fanny brachte, wo Doktor Turner sich ihre Abschürfungen ansah und ihren Puls und ihre Reflexe kontrollierte.

Erst als sie schließlich allein und in Decken gewickelt auf dem zierlichen Sofa saß, gelang es ihr, die merkwürdige Erstarrung abzuschütteln. Sie ließ den Blick durch den Raum gleiten, den sie mit Graysons Hilfe umdekoriert hatte. Das war erst vorgestern gewesen, aber in der Zwischenzeit war so viel passiert, dass es ihr vorkam, als wäre seitdem eine Ewigkeit vergangen.

»Hier.« Grayson kam wieder ins Zimmer, reichte ihr einen Becher Tee und setzte sich ihr gegenüber auf einen der Sessel. Agatha und Doktor Turner kümmerten sich immer noch um Fanny, man hörte ihre Stimmen gedämpft durch die geschlossene Tür aus dem Zimmer nebenan dringen.

Der Sessel, in dem Grayson saß, war viel zu filigran für ihn und betonte seine Größe und seine breiten Schultern. Er sah müde aus, und auf seinen Wangen lag ein dunkler Bartschatten. Aber das macht ihn nicht weniger attraktiv, dachte Lexie und versuchte, das Ziehen in ihrer Herzgegend zu ignorieren. Sie hätte gerne seine Nähe gesucht, so wie vorhin, als sie zusammen in seinem Bett gelegen hatten. Aber er wirkte jetzt so distanziert und ernst, dass sie den Mut dazu nicht aufbrachte.

»Wo ist eigentlich dein Vater?«, fragte sie, um ihre Unsicherheit zu überspielen, aber auch, weil es sie wunderte, dass Duncan O'Donnell noch nicht zu ihnen gestoßen war. Seine beiden Zimmer lagen nur über den Flur, deshalb hätte er eigentlich etwas von dieser ganzen Aufregung mitbekommen müssen.

»Ich glaube, er ist nicht da. Sein Auto steht jedenfalls nicht im Hof.« Grayson verzog den Mund zu einem bitteren Lächeln. »Man könnte den Eindruck bekommen, dass er von hier flieht, wann immer er kann, so selten, wie er in den letzten Tagen hier war. Kein Wunder, dass er die Burg unbedingt loswerden will.«

In seiner Stimme schwang ein gereizter Unterton mit, wie

immer, wenn es um seinen Vater ging. Das Verhältnis der beiden war extrem angespannt, und alles, was Duncan tat, schien Grayson aufzuregen. Deshalb bereute Lexie ihre Frage. Sie schmiegte sich noch ein bisschen enger in die Decke, die um ihre Schultern lag. Was Grayson nicht entging, denn er musterte sie aufmerksam.

»Wie fühlst du dich?«

»Besser«, erwiderte Lexie und verlor sich für einen Moment in seinen blauen Augen. Sofort kehrten andere, angenehmere Erinnerung zurück. Daran, wie Graysons Lippen sich auf ihren angefühlt hatten. Oder sein Körper an ihrem. Seine warme Haut mit den kräftigen Muskeln darunter. Wie es gewesen war, ihn in sich zu spüren …

Hastig wandte Lexie den Kopf ab und starrte auf die kleine Lampe, die auf dem Beistelltisch neben dem Sofa stand.

Wie hatte sie sich nur so weit vergessen können, dass sie mit Grayson im Bett gelandet war? Sie hätte Abstand zu ihm wahren müssen, weil er der Konkurrent ihres Chefs war. Doch anstatt darauf zu achten, dass ihr Verhältnis rein beruflich blieb, war sie schwach geworden. Was leichtsinnig gewesen war und fahrlässig und absolut unvernünftig.

Aber schon seit ihrer ersten Begegnung fühlte sie sich gegen ihren Willen zu ihm hingezogen, und als sie gestern Abend in sein Zimmer gelaufen war, um ihm zu sagen, dass sie jemanden in den Turm hatte schleichen sehen, war es einfach passiert, ohne dass sie es hätte aufhalten können. Und es war eine ganz neue Erfahrung für sie gewesen, so sinnlich und berauschend, dass es sie zutiefst erschüttert hatte. So etwas hatte sie mit einem Mann noch nie erlebt, und jetzt wusste sie nicht, wie sie damit umgehen sollte. Sie wusste nicht mal, ob sie es wirklich bereute …

Unsicher richtete sie den Blick wieder auf Grayson und stellte fest, dass er sie immer noch ansah. Sie hatte so viele

Fragen, aber die erste, die sie ihm stellte, war die profanste davon.

»Wieso geht das Licht wieder?« Sie deutete auf die Lampe. »Ich dachte, der Strom wäre ausgefallen.«

»Das war er auch«, bestätigte Grayson. »Ich habe es gemerkt, als du schon geschlafen hast, und bin aufgestanden, um das zu beheben. Ich wollte nicht, dass du aufwachst und dich erschreckst, weil die Nachttischlampe nicht brennt.«

Überrascht sah Lexie ihn an. Sie ließ tatsächlich nachts immer ein Licht an, und obwohl sie sich noch nicht lange kannten, schien Grayson begriffen zu haben, wie wichtig das für sie war.

»Das ... war nett von dir.«

Er verzog den Mund zu einem schiefen Lächeln. »Es wäre nett gewesen, wenn ich es geschafft hätte. Aber die Elektrik der Burg ist viel maroder, als ich dachte. Jedenfalls ließ sich die verdammte Sicherung nicht wieder reindrehen.«

»Und wieso geht der Strom dann trotzdem wieder?«

Er zuckte mit den Schultern. »Grandma muss es irgendwie geschafft haben, zumindest für diesen Teil der Burg. Sie kennt sich mit der Anlage besser aus als ich und kam kurz nach mir zum Sicherungskasten. Sie wollte sich darum kümmern, was sie offenbar getan hat.«

»Und wieso hast du ihr nicht geholfen?«, fragte Lexie.

»Weil Fanny nicht mehr in ihrem Zimmer war und ich sie suchen musste.« Grayson seufzte. »Sie ist nämlich in letzter Zeit ein bisschen wie du.«

»Wie ich?« Irritiert runzelte Lexie die Stirn. »Dann schlafwandelt sie auch?«

»Nein, das nicht. Aber sie geistert nachts durch die Burg. Dabei ist sie schon mal gefallen und hat sich verletzt, deshalb sind wir lieber vorsichtig und haben ein Auge auf sie. Manchmal findet sie sich dann nämlich nicht zurecht.«

Lexie dachte an Fannys bandagierte Hand. Agatha hatte ihr

16

gesagt, dass Fanny gestürzt war, aber nicht erwähnt, dass es bei einem nächtlichen Ausflug durch die Burg passiert war. Außerdem konnte das doch alles nicht stimmen.

»Deine Großtante verläuft sich in der Burg? Wieso sollte sie das tun? Sie lebt doch schon ihr ganzes Leben hier.« Misstrauisch sah sie ihn an. »Machst du dich über mein Schlafwandeln lustig? Wenn ja, dann finde ich das …«

»Nein, verdammt!«, unterbrach Grayson sie. »Es stimmt. Fanny ist in letzter Zeit ziemlich oft verwirrt. Vor allem nachts. Wir haben einfach Angst, dass ihr etwas passieren könnte, wenn wir nicht auf sie aufpassen.«

Dann ist sie tatsächlich ein bisschen wie ich, dachte Lexie. Mit dem Unterschied, dass nach ihr selbst keiner suchte, wenn sie nachts umherirrte. Es war reiner Zufall gewesen, dass Grayson rechtzeitig im Wehrturm angekommen war, um sie zu retten. Eigentlich hatte er sich Sorgen um seine Großtante gemacht. Fanny hatte er finden wollen, nicht sie.

Aber wenigstens wusste sie jetzt, wem sie im Dunkeln gefolgt war. »Und warum ist Fanny vor mir weggelaufen? Sie kennt mich doch.«

»Das stimmt«, sagte Grayson. »Aber in diesen Momenten scheint etwas bei ihr auszusetzen. Sie reagiert dann einfach nicht mehr normal.«

»Hat sie mir deshalb nicht geholfen, als ich abgestürzt bin?«

»Ich fürchte, ja.« Grayson stieß die Luft aus. »Sie meint das nicht so, Lexie. Sie ist ein herzensguter Mensch, wirklich. Nur nicht, wenn sie in diesem Zustand ist.«

Lexie runzelte die Stirn, als ihr plötzlich etwas klar wurde. »Du wusstest das die ganze Zeit, oder? Das Licht, das ich mehrfach im Wehrturm gesehen habe – dir war klar, wer das ist. Und du wusstest auch, dass ich Doktor Turner wirklich gestern Abend auf dem Hof gesehen habe. Aber du hast gesagt, da wäre niemand, und so getan, als würde ich mir das alles einbilden.«

Sie schluckte und spürte, wie ihr Tränen in die Augen schossen, als ihr ein scheußlicher Gedanke kam. »Hast du deshalb mit mir geschlafen? Wolltest du mich nur ablenken?«

Mein Gott, dachte sie, völlig entsetzt. Grayson hatte ihr das Gefühl gegeben, eine begehrenswerte Frau zu sein. Aber stimmte das überhaupt? Oder hatte er ihr nur etwas vorgespielt, damit sie nicht merkte, was auf der Burg vor sich ging? Vielleicht hatte er sich überwinden müssen, sie zu küssen, und fand sie in Wirklichkeit gar nicht attraktiv. Vielleicht …

»Nein.« Grayson schüttelte vehement den Kopf. »Das mit uns, das war … nicht geplant.«

Für einen Moment schwiegen sie beide, und Lexie versuchte, in seinen Augen zu lesen, ob das stimmte. Sie war sich nicht sicher, ob sie ihm glaubte. Tatsächlich war sie sich gar nicht mehr sicher wegen irgendetwas.

»Und warum hast du mir das mit Fanny dann nicht gesagt?«

Graysons Gesicht verschloss sich. »Weil es niemand wissen darf.«

»Und warum nicht?«

»Herrgott, weil …« Er hielt inne und machte eine hilflose Geste mit der Hand. »Weil es Fanny peinlich ist, okay? Sie will nicht, dass die Leute über sie reden.«

Lexie fiel ein, dass Doktor Turner vor ein paar Tagen ganz ähnlich reagiert hatte, als sie ihn auf einen seiner nächtlichen Hausbesuche angesprochen hatte. Er war sehr erpicht darauf gewesen, dass niemand sonst davon erfuhr. Und er hatte genau wie Agatha und Grayson behauptet, dass Fanny an »Kreislaufproblemen« litt, was offensichtlich nicht stimmte. Also zogen alle drei an einem Strang, um Fannys merkwürdiges Verhalten zu verschleiern. Und Lexie verstand das durchaus, schließlich hatte sie schon mitbekommen, wie schnell sich Dinge unten in Cerigh herumsprachen. Aber sie konnte das Gefühl nicht abschütteln, dass es hier nicht nur um Fannys guten Ruf ging. Sie hatte schon länger den Verdacht, dass Grayson ihr nicht die ganze Wahrheit sagte.

Sie musterte ihn und wartete, bis er sie wieder ansah. Dann holte sie tief Luft.

»Das ist nicht der wahre Grund, oder?«, sagte sie und hielt seinen Blick fest. »Was ist hier los, Grayson? Was verschweigt ihr?«

3

In Graysons blauen Augen flackerte kurz etwas auf, aber sein Gesicht blieb unbewegt.

»Ich weiß nicht, was du meinst«, sagte er.

Lexie ließ sich nicht beirren. »Das passt doch alles nicht, Grayson. Dass es deiner Großtante schlecht geht, ist furchtbar, und ich verstehe, dass ihr sie schützen wollt. Aber deswegen haltet ihr es nicht geheim. Es geht um mehr.«

Graysons Augen wurden schmal. »Und um was, deiner Meinung nach?«

»Das weiß ich nicht. Aber es hat etwas mit der Burg zu tun.« Sie hielt inne und versuchte in Worte zu fassen, was ihr seltsam vorkam. »Seit meiner Ankunft versuchst du ständig, mich von meiner Arbeit abzuhalten. Weil du nicht willst, dass ich Pläne für die Renovierung der Burg mache. Das ist das eigentliche Problem, oder? Deshalb ist es dir so wichtig, dass dein Vater Dunmor an dich verkauft und nicht an meinen Boss. Nicht weil Andrew dein Konkurrent ist und du gegen ihn gewinnen willst. Oder um deiner Großmutter und deiner Großtante ihr Wohnrecht zu sichern. Das dachte ich zuerst, aber das ist nicht der Grund. Du willst einfach nur verhindern, dass hier irgendetwas verändert wird. Warum, Grayson? Wieso muss alles so bleiben, wie es ist?«

Er schwieg einen langen Moment, und der überraschte Ausdruck in seinen Augen sagte ihr, dass sie ins Schwarze getroffen hatte.

»Das liegt doch auf der Hand. Fanny ist verwirrt. Jede Veränderung würde ihren Zustand verschlimmern.«

Lexie schüttelte den Kopf. »Ja, ich weiß. Aber es wäre keine Katastrophe. Genau das hast du aber gesagt. Du meintest, dass Andrew die Burg nicht bekommen darf, weil er dann alles ›auf den Kopf stellt‹. Die Vorstellung hat dir Angst gemacht.«

Grayson stand auf und fing an, im Zimmer auf und ab zu gehen. »Natürlich macht mir diese Vorstellung Angst. Dein Boss ist ein windiger Betrüger, der mir schon mehrfach bewiesen hat, zu welchen miesen Tricks er fähig ist. Wenn er Dunmor in die Finger bekommt, dann lässt er keinen Stein auf dem anderen. Er wird keine Rücksicht auf meine Großmutter und meine Großtante nehmen, egal, was er jetzt behauptet. Lebenslanges Wohnrecht, pah! Er wird sie rausschmeißen, und zwar ohne mit der Wimper zu zucken. Dabei leben sie hier schon fast ihr ganzes Leben lang. Dunmor ist der Stammsitz meiner Familie, Lexie. Ist es wirklich so unverständlich, dass ich den Verkauf der Burg verhindern will?«

Nein, dachte Lexie und seufzte innerlich. Das verstand sie sehr gut. Und genau das brachte sie immer mehr in Bedrängnis.

Als sie nach Donegal gekommen war, um im Auftrag von Howard Enterprises ein Konzept zur Umgestaltung von Dunmor Castle zu erarbeiten, hatte sie noch nicht geahnt, dass es kein normaler Job werden würde. Ihr Boss Andrew, der mit Immobilien handelte und die Burg in ein Luxushotel verwandeln wollte, hatte offenbar nicht damit gerechnet, dass sein schärfster Konkurrent und persönlicher Intimfeind Grayson Fitzgerald sich in dieses Geschäft einmischen würde. Insgeheim wunderte Lexie sich ziemlich über diese Fehleinschätzung, denn Grayson hatte als unehelicher Sohn des Besitzers natürlich auch ein persönliches Interesse an Dunmor Castle. Die familiäre Verbindung brachte Grayson bisher jedoch keine Vorteile, denn Duncan O'Donnell weigerte sich, das Kaufangebot seines Sohnes auch nur in Erwägung zu ziehen – eine Tatsache, über die Lexie eigentlich froh hätte sein müssen. Andrew brauchte dieses Geschäft nämlich dringend, um die Firma finanziell über Wasser zu halten, und das würde auch ihren Job als Innenarchitektin sichern, den sie gerne machte und auf keinen Fall verlieren wollte.

Tatsächlich freute sie sich aber überhaupt nicht. Es fühlte sich falsch an, dass Grayson die Burg nicht übernehmen konnte, auch wenn sie sich das selbst nicht gern eingestand.

»Andrew ist kein windiger Betrüger«, sagte sie. »Und er wendet auch keine miesen Tricks an.«

»Doch, er …«

»Und im Übrigen liegt es einzig und allein an deinem Vater«, unterbrach sie ihn, bevor er in eine erneute Schimpftirade ausbrechen konnte. »Er entscheidet, wem er die Burg verkauft. Und wenn er Andrew vorzieht, ist er wahrscheinlich nicht der Meinung, dass deiner Großtante die anstehenden Veränderungen schaden würden.«

»Er weiß es doch gar nicht«, sagte Grayson hitzig, schien seine Worte jedoch sofort zu bereuen.

»Er weiß nicht, wie schlecht es Fanny geht?« Überrascht sah Lexie ihn an. »Dann sag es ihm.«

»Das geht nicht. Fanny will nicht, dass Dad etwas davon mitbekommt.«

»Was?« Lexie stieg langsam nicht mehr durch. »Warum nicht?«

Grayson fuhr sich mit der Hand durchs Haar. »Sie hat ihre Gründe, okay? Und die muss ich respektieren. Im Übrigen glaube ich nicht, dass Dad seine Meinung ändert. Er sagt, er muss an Andrew verkaufen. Das waren seine Worte. Dass er es tun *muss*. Offenbar fühlt er sich dazu gezwungen, weil dein Boss ihn mit irgendetwas in der Hand hat.«

Deshalb versucht er so verzweifelt, Andrew unlautere Methoden zu unterstellen, dachte Lexie. Weil er das Gefühl hat, dass es seine einzige Chance ist, den Verkauf an Howard Enterprises zu verhindern.

»Das ist doch Unsinn«, widersprach sie. »Du musst deinem Vater einfach die Wahrheit sagen. Wenn du mit offenen Karten spielst, dann …«

»Auf deine Ratschläge kann ich verzichten«, fuhr Grayson sie an. »Es ist nicht deine Angelegenheit, Lexie. Du hast es selbst gesagt: Du machst hier nur deinen Job. Also halt dich aus unseren Familienangelegenheiten raus. Das geht dich nichts an.«

Sein Blick war jetzt eisig, und Lexie hatte das Gefühl, dass die Kälte darin bis in ihr Herz vordrang. Natürlich, dachte sie, was hast du denn erwartet? Dass er dich ins Vertrauen zieht, nur weil du mit ihm geschlafen hast? Ihm hatte das offenbar nicht viel bedeutet, und sie war selbst schuld, wenn sie etwas in ihre gemeinsame Nacht hineininterpretierte.

»Okay.« Sie musste den Blick senken, weil sie nicht wollte, dass er ihr ansah, wie sehr seine Worte sie getroffen hatten. »Wenn das so ist.«

Er stieß die Luft aus. »Verdammt, Lexie, ich …«

Die Tür zu Fannys Zimmer öffnete sich, und Doktor Turner kam mit seiner Arzttasche herein, deren dunkelbraunes Leder schon so abgenutzt war, dass es an vielen Stellen heller schimmerte. Er stellte die Tasche neben einem der Sessel ab und seufzte. »Sie hat sich wieder beruhigt«, sagte er mit erschöpfter Stimme. »Aber wir müssen unbedingt dafür sorgen, dass sie …«

Er hielt inne, als sein Blick auf Lexie fiel. Offenbar war ihm kurzfristig entfallen, dass sie ebenfalls hier war. Und er schien auch jetzt erst die angespannte Stimmung zwischen Lexie und Grayson wahrzunehmen.

»Ähm ... alles in Ordnung?«, fragte er zögernd. »Geht es Ihnen besser?«

»Ja.« Lexie schälte sich aus den Decken. »Vielen Dank für den Tee. Ich denke, ich werde versuchen, noch ein bisschen zu schlafen.«

Sie stand auf und wollte gehen, aber sie kam nur bis zur Tür. Dann war Grayson bei ihr und umfasste ihren Arm.

»Ich bringe dich rauf.«

»Nicht nötig.« Sie machte sich von ihm los. »Ich komme zurecht.«

»Dann nimm dir wenigstens eine Decke mit. Du frierst doch«, beharrte er, und da hatte er recht. Der wärmende Wollstoff fehlte ihr, vor allem weil durch die geöffnete Tür kühle Luft hereinzog. Aber Lexie schüttelte trotzdem den Kopf.

»Es ist ja nicht weit.«

Sie nickte Doktor Turner zu und trat in den Flur. Als sie ein paar Schritte gegangen war, blieb sie stehen und wandte sich noch einmal zu Grayson um.

»Danke, dass du mir das Leben gerettet hast. Ich hoffe, ich muss deine Hilfe nie wieder in Anspruch nehmen.«

Hastig drehte sie sich wieder um und lief den Korridor entlang, während sie verzweifelt gegen die Tränen kämpfte, die ihr schon wieder in den Augen brannten.

*****

Graysons erster Impuls war, Lexie zu folgen. Er tat es nicht, aber die Vorstellung, sie allein rauf in ihr Zimmer gehen zu lassen, löste ein Ziehen in seinem Magen aus. Er wollte bei ihr sein und sich persönlich davon überzeugen, dass sie heil dort ankam. Was absolut lächerlich war, wenn man bedachte, dass er ihr gerade noch gesagt hatte, dass sie sich um ihre eigenen Angelegenheiten kümmern sollte.

Das mussten die Nachwirkungen des Schocks sein. Er war einfach noch nicht fertig damit, dass sie vorhin beinahe abgestürzt wäre. Das Bild, wie sie am Rand des Lochs hing, hatte sich in sein Gedächtnis eingebrannt und verfolgte ihn auch jetzt noch. Er hatte zwar sofort reagiert und war die Treppe hochgehechtet, und er hatte sie zum Glück auch noch rechtzeitig zu fassen bekommen. Aber als Lexie dann an seiner Hand gehangen hatte, war er für einen Moment wie erstarrt gewesen. Die Angst, dass er es vielleicht nicht schaffen würde, sie zu retten, hatte ihn gelähmt, und es hatte endlose Sekunden gedauert, bis er wieder handeln konnte. Wie es ihm gelungen war, sie wieder hochzuziehen, wusste er selbst nicht, aber anstatt erleichtert zu sein, war er furchtbar wütend auf sie gewesen. Weil sie es immer wieder schaffte, sich in Gefahr zu bringen, und weil seine Sorge um sie mit jedem Mal wuchs.

Verdammt, er wollte so etwas nicht empfinden. Ganz abgesehen davon, dass er sich damit lächerlich machte. Lexie war eine erwachsene Frau und in der Lage, allein in ihr Zimmer zu gehen. Und sie hatte außerdem mehr als deutlich gemacht, dass sie auf seine Begleitung keinen Wert legte. Es war also ziemlich müßig, hier zu stehen und ihr hinterherzustarren. Deshalb wandte er sich abrupt ab und ging zurück ins Wohnzimmer.

Clark musterte ihn prüfend.

»Hast du es ihr gesagt?«

»Nein, natürlich nicht. Aber sie ahnt etwas.« Grayson ließ sich wieder in den zierlichen Sessel sinken, auf dem er vorhin schon gesessen hatte. Nachdenklich starrte er zu dem Sofa hinüber, auf dem die Decken noch so lagen, wie Lexie sie zurückgelassen hatte. »Ich hätte vorsichtiger sein müssen.«

Und zwar von Anfang an, dachte er. Er hatte keine Ahnung, wieso er immer wieder vergaß, dass Lexie eine enge Mitarbeiterin seines Rivalen war. Oder warum er es, verdammt noch mal, nicht schaffte, Distanz zu ihr zu wahren.

»Es darf nicht herauskommen«, mahnte ihn der alte Arzt. »Du weißt, was dann passiert.«

Grayson sprang wieder auf und begann, im Raum auf und ab zu laufen. »Herrgott, ja, das weiß ich. Aber was, wenn wir es nicht verhindern können? Wenn Dad die Burg wirklich an Andrew Howard verkauft?« Er fuhr sich mit der Hand durchs Haar. »Vielleicht hat Lexie recht, und ich sollte noch mal mit ihm reden. Wenn er die Wahrheit wüsste, dann …«

»Nein!« Clark war blass geworden. »Duncan darf es nicht erfahren. Du weißt, wie wichtig das für Fanny ist.«

»Wenn ich den Verkauf nicht auf andere Weise verhindern kann, dann wird mir aber nichts anders übrig bleiben«, erinnerte ihn Grayson.

Der Arzt schüttelte den Kopf. »Du hast versprochen, dass du es schaffst. Wir zählen auf dich!«

Grayson erwiderte nichts darauf und wünschte sich insgeheim, er wäre nicht ganz so selbstsicher gewesen, was diese Angelegenheit anging. Als Firmenchef war er Herausforderungen gewohnt. Aber bei seinen Geschäften ging es um Risiken, die er einschätzen und kontrollieren konnte. Das hier war etwas anderes. Ihm waren die Hände gebunden – etwas, das er nur schwer ertrug. Außerdem gab es da noch etwas anderes, etwas, mit dem er schon sehr lange nicht mehr konfrontiert worden war. Er hatte Angst. Um Fanny und Agatha. Davor, dass ihm diese Sache entglitt. Und zwar in jeder Hinsicht, dachte er und sah Lexies Gesicht vor seinem inneren Auge auftauchen.

»Fanny schläft jetzt.« Agatha trat aus dem Schlafzimmer und schloss leise die Tür. Ihr Gesicht wirkte grau, und man sah ihr an, wie sehr die letzten Stunden sie mitgenommen hatten. Mit einem resignierten Seufzen ließ sie sich in einen der Sessel sinken. »Was sollen wir denn bloß machen? So geht es doch nicht weiter.«

Nein, dachte Grayson. Aber eine Antwort hatte er genauso wenig wie Clark.

Für einen Moment schwiegen sie alle drei betroffen.

»Was ist mit Miss Cavendish?«, fragte Agatha dann. »Was hast du ihr gesagt?«

»Dass Fanny verwirrt ist und dass wir sie schützen wollen.« Grayson zuckte mit den Schultern. »Was ja irgendwie auch stimmt.«

Agatha schüttelte den Kopf. »Ich weiß nicht, ob das als Erklärung reicht. Das Mädchen ist clever und wird dahinterkommen, wenn wir nicht aufpassen.«

»Ich fürchte, damit hat sie schon angefangen.«

Grayson dachte an die Tränen, die in Lexies Augen geschimmert hatten, als er ihr gesagt hatte, dass sie das alles nichts anging. Und an den verletzten Ausdruck in ihrem Gesicht, bevor sie sich umgedreht hatte und gegangen war. Sie hasste ihn jetzt vermutlich, und das war gut so, denn dann bohrte sie vielleicht nicht weiter nach. Dass er ihr mit seinen Worten wehgetan hatte, fühlte sich allerdings nicht gut an. Gar nicht gut sogar.

»Und was jetzt?«, fragte Agatha.

Er stieß die Luft aus. »Ich werde sie im Auge behalten. Dann kann nichts passieren.« Jedenfalls nicht im Hinblick auf Fanny, fügte er in Gedanken hinzu. Was ihn und Lexie anging, war er da nicht so sicher. »Soll ich dich zurück ins Dorf fahren?«, fragte er Clark.

»Ich weiß nicht.« Der alte Mann trat zu Agatha und legte ihr die Hand auf die Schulter. »Vielleicht sollte ich bleiben. Nur für den Fall.«

»Nein, nein, fahr ruhig. Du hast schon genug für uns getan«, sagte sie und blickte mit einem traurigen Lächeln zu ihm auf.

Grayson beobachtete die beiden. Clark liebt Grandma, dachte er, überrascht von dieser plötzlichen Erkenntnis. Aber das Leuchten in den Augen des alten Arztes sprach Bände.

Wie lange das wohl schon so war? Grayson versuchte, sich an früher zu erinnern, aber abgesehen von Clarks regelmäßigen Besuchen auf Dunmor war ihm vorher nie etwas aufgefallen. Ob Agatha wusste, wie es um den Doktor stand? Es erklärte jedenfalls, wieso er zu jeder Tages- und Nachtzeit zur Verfügung stand, wenn die O'Donnell-Frauen ihn brauchten.

»Wie du meinst«, sagte Clark mit einem Seufzen und folgte Grayson in den Flur und von dort in den Innenhof der Burg.

Grayson blickte an der Mauer hinauf zu Lexies Zimmerfenster, hinter dem Licht brannte. Was sie wohl gerade tat? Ob sie schon schlief?

»Können wir dann?« Clarks Stimme ließ ihn herumfahren, und er sah, dass der alte Mann bereits neben dem schwarzen BMW stand und darauf wartete, dass er einsteigen konnte. Hastig ging Grayson zu ihm.

»Du magst sie, oder? Diese Miss Cavendish?«, fragte Clark, als sie wenig später in die Nacht hinausfuhren.

»Sie arbeitet für Andrew Howard«, erwiderte Grayson, so als wäre das die Antwort auf die Frage, und war froh, dass der Doc nicht nachhakte.

4

Als Lexie die Küchentür erreichte, blieb sie stehen, die Hand schon auf der breiten, gusseisernen Klinke. Es war gut möglich, dass sie Grayson jeden Moment wieder gegenüberstand, und der Gedanke löste ein flaues Gefühl in ihrer Magengegend aus. Aber sie würde ihm ohnehin nicht ewig aus dem Weg gehen können. Deshalb atmete sie noch einmal tief durch, öffnete die Tür und betrat den Raum.

Die Küche, die eher an eine kleine Halle erinnerte, war beeindruckend wie sonst auch, aber heute richtete Lexie ihre Aufmerksamkeit ausschließlich auf Grayson, der mit dem Rücken zu ihr vor dem riesigen alten Aga-Ofen stand und an einer großen Pfanne rüttelte, deren Inhalt bedrohlich zischte.

Er trug Jeans, so wie meistens, aber heute kein Hemd, sondern nur ein dunkles T-Shirt und Sneakers. Je länger er hier war, desto legerer kleidete er sich. Aber Lexie konnte nicht sagen, dass es ihm weniger gut stand. Er sah auch in Freizeitklamotten unverschämt attraktiv aus.

»Guten Morgen«, sagte sie und schluckte, als er überrascht zu ihr herumfuhr. Offenbar war er so mit dem Kochen beschäftigt gewesen, dass er sie nicht hatte hereinkommen hören. Als ihre Blicke sich trafen, beschleunigte sich Lexies Herzschlag, ohne dass sie etwas dagegen hätte tun können. Doch dann wandte Grayson sich abrupt ab und fluchte unterdrückt, weil die Pfanne zu qualmen begann. Er hob sie hoch und stellte sie auf der rechten der beiden überdimensional großen Platten des Aga-Herds ab. Dann starrte er ratlos darauf, während Lexie der beißende Geruch nach Angebranntem in die Nase stieg.

»Kann ich helfen?« Sie trat zu ihm und sah, dass der Schinkenspeck in der Pfanne viel zu schwarz geworden war, um noch genießbar zu sein. »Nein, ich fürchte, da ist nichts mehr zu machen«, stellte sie trocken fest.

Er stöhnte auf und fuhr sich mit der Hand durchs Haar. »Dieser verdammte Herd! Mit so etwas Altmodischem kann man doch nicht vernünftig kochen! Man kann an dem blöden Ding nicht mal die Temperatur regeln! Die linke Platte wird viel zu heiß und die andere nicht heiß genug!«

»Aber das ist doch das Prinzip eines Aga-Herds«, erklärte Lexie. »Die linke ist die Kochplatte und die rechte die Warmhalteplatte. Beide sind immer an und halten konstante Temperaturen, und man setzt die Pfanne entsprechend um. Wenn sie zu heiß wird, kommt sie nach rechts, wenn sie dort zu kalt wird, wieder nach links.« Sie zuckte mit den Schultern, als er sie skeptisch ansah. »Eine Kollegin von mir hat einen Aga in ihrer Küche. Sie hat mir mal erklärt, wie er funktioniert.«

»Und was mache ich jetzt?« Er deutete auf die Pfanne mit dem angebrannten Speck. »Ich habe meiner Großmutter angeboten, dass ich dir das Frühstück mache, damit sie nach den Aufregungen letzte Nacht ein bisschen länger schlafen kann. Aber da ahnte ich noch nicht, dass man für dieses dämliche Ding eine spezielle Schulung braucht.«

Er wirkte ernsthaft verzweifelt, und Lexie musste gegen ihren Willen lächeln.

»Ich kann mir mein Frühstück auch selbst machen«, sagte sie, erstaunt darüber, dass er sich überhaupt genötigt fühlte, für seine Großmutter einzuspringen.

»Das musst du nicht«, beharrte er. »Du bist hier schließlich Gast.«

Aber auch nicht mehr als das, dachte Lexie und versuchte, nicht enttäuscht darüber zu sein. »Wenn ich das Frühstück mache, kann man es wenigstens essen.«

Sie entsorgte die verbrannten Essensreste und säuberte die Pfanne, dann wandte sie sich wieder dem Herd zu, um frischen Speck zu braten. Grayson sah ihr dabei zu.

»Willst du auch was?«, fragte sie, um das Schweigen zwischen ihnen zu brechen.

»Gerne. Wenn es dir nichts ausmacht«, erwiderte er, für seine Verhältnisse erstaunlich kleinlaut.

»Und was ist mit deinem Vater? Soll ich ihm auch eine Portion machen?«

»Der ist immer noch nicht zurück.« Grayson zuckte mit den Schultern, und Lexie konnte ihm ansehen, wie sehr ihn diese Tatsache verärgerte. »Keine Ahnung, wann er kommt.«

Ob Duncan so viel unterwegs war, um seinem Sohn aus dem Weg zu gehen? Lexie dachte über diese Möglichkeit nach, während sie Speck und Eier zubereitete. Oder hatte er andere Gründe dafür, möglichst wenig Zeit auf Dunmor zu verbringen?

Das geht dich nichts an, erinnerte sie sich und spürte einen Stich in der Brust, als sie zu Grayson hinübersah, der Tee gekocht hatte und die Kanne gerade zusammen mit zwei Bechern auf den Tisch stellte. Es dauerte nicht lange, bis die beiden Portionen fertig waren. Sie füllte zwei Teller und trug sie zum Tisch, reichte Grayson seinen, bevor sie ihm gegenüber Platz nahm.

»Danke.« Er stellte den Teller vor sich ab und betrachtete das Essen darauf. »Sieht deutlich genießbarer aus als mein Versuch.«

»Das war ja auch nicht so schwer.«

»Touché.« Er lächelte leicht, und sie hatte Mühe, es nicht zu erwidern.

Während sie aßen, betrachtete sie ihn genauer. Seine Haare schimmerten noch feucht von der Dusche, und seine Wangen waren glatt rasiert. Doch sein Gesicht wirkte blasser als sonst, und er hatte dunkle Schatten unter den Augen.

Offenbar hatte er nach ihrer nächtlichen Begegnung nicht mehr viel geschlafen, was Lexie eine gewisse Genugtuung verschaffte. Sie selbst hatte nämlich auch noch ewig wach gelegen und gegrübelt. Irgendwann im Verlauf dieser endlos langen Stunden hatte sie sich sogar vorgenommen, ihn zu hassen. Aber so recht wollte sich dieses Gefühl heute früh nicht einstellen.

»Wie geht es deiner Großtante?« Die Frage rutschte ihr heraus, ohne dass sie wirklich darüber nachgedacht hatte. Erschrocken sah sie ihn an und rechnete damit, dass er sie wieder zurechtweisen würde. Er seufzte jedoch nur tief.

»Wenn du Fanny fragst, dann geht es ihr gut. Sie versteht nicht, warum wir uns Sorgen um sie machen. Clark … ich meine, Doktor Turner, sagt, das gehört zu ihrem Krankheitsbild.«

»Was genau hat sie denn eigentlich?« Lexie bereute ihre Nachfrage, als sie sah, wie seine Miene sich verschloss.

»Reden wir lieber über deinen Boss«, sagte er. »Hast du ihn inzwischen erreicht? Konntest du ihn fragen, warum in dem Vertragsentwurf nichts über das Wohnrecht meiner Familie steht?«

»Nein. Andrew steckt gerade in schwierigen Verhandlungen. Er hat viel zu tun. Aber er meldet sich bestimmt bald und klärt die Sache auf.«

Lexie erhob sich und räumte ihren Teller in die Spüle. Seine Worte waren wie eine kalte Dusche gewesen und hatten sie schmerzhaft daran erinnert, dass sie nach wie vor auf verschiedenen Seiten standen. Und sie tat gut daran, das nicht wieder zu vergessen.

34

Als sie sich wieder umdrehte, stand er mit seinem Teller in der Hand vor ihr. So dicht, dass sie zu ihm aufschauen musste.

»Wieso arbeitest du ausgerechnet für Andrew Howard?«

Sie schluckte, weil in seiner Stimme Bedauern mitschwang.

»Wenn ich nicht für ihn arbeiten würde, wärst du dann ehrlich zu mir? Würdest du mir dann sagen, was hier los ist?«

Sein Schweigen bohrte sich in ihr Herz.

»Dachte ich mir.«

Sie nahm ihm den Teller ab und stellte ihn scheppernd auf ihren eigenen. Erneut schlich sich der unangenehme Gedanke in ihren Kopf, dass er vielleicht mit ihr geschlafen hatte, weil sie Andrews Angestellte war. Hatte er sie auf seine Seite ziehen wollen – und machte jetzt einen Rückzieher, weil ihm ihre Fragen unangenehm geworden waren?

Grayson trat dicht hinter sie. »Lexie, du verstehst das nicht. Es tut mir leid. Wirklich. Aber es ist besser, wenn du nicht …«

»Schon gut.« Sie fuhr zu ihm herum. »Vielleicht ist es wirklich besser, wenn du es mir nicht erklärst. Du hast recht: Ich bin Andrews Angestellte. Ich arbeite hier nur. Deshalb geht es mich nichts an. Und deshalb sollten wir auch auf keinen Fall wiederholen, was gestern Nacht passiert ist. Das war ein Fehler. Ein …« Sie schluckte. »Ein großer sogar.«

Der Ausdruck in seinen Augen wechselte. Wurde dunkler.

»Findest du?« Seine Stimme klang rau, und für einen langen Moment schaffte Lexie es nicht, den Blickkontakt zu unterbrechen. Dann trat sie zögernd einen Schritt zurück – und zuckte zusammen, als es draußen plötzlich knallte. Doch eine Sekunde später begriff sie, was das für ein Geräusch gewesen war.

»Das muss Aidan sein.« Sie ging zum Fenster, und tatsächlich bog gerade der betagte kleine Hyundai des Doktoranden aus Dublin in den Innenhof. Das alte Auto hatte noch eine Fehlzündung, dann kam es neben Graysons BMW zum Stehen.

»Er sollte dringend seinen Wagen checken lassen, sonst bleibt er damit demnächst noch liegen«, sagte sie, während sie beobachtete, wie Aidan ausstieg und auf den Eingang zukam.

Grayson erwiderte nichts, und als sie ihn wieder ansah, war seine Miene grimmig. »Du machst dir ganz schön viele Gedanken über diesen Studenten.«

»Er ist kein Student mehr, er schreibt an seiner Doktorarbeit«, sagte sie, heftiger als beabsichtigt. »Und im Gegensatz zu dir hat er nichts dagegen, wenn ich mir Gedanken über ihn mache.«

Grayson ging auf sie zu und umfasste ihren Arm. Es tat nicht weh, aber die Berührung nahm ihr kurz den Atem.

»Kein Wort zu ihm über heute Nacht, okay? Kein Wort zu niemandem. Bitte, Lexie, versprich mir das.«

Der Ausdruck in seinen Augen war so flehend, dass Lexie gar nicht anders konnte, als zu nicken. Aber er ließ sie trotzdem erst los, als draußen im Flur Schritte zu hören waren.

Einen Augenblick später öffnete sich die Tür, und Aidan betrat die Küche. Er trug auch heute wieder das anscheinend unvermeidliche Badgers-Fan-T-Shirt, und seine blonden, leicht gelockten Haare waren wie immer ein bisschen verstrubbelt. Aber er lächelte nicht wie sonst, sondern wirkte ernst.

Als er Grayson und Lexie vor dem Herd stehen sah, stutzte er. »Oh … Guten Morgen. Ich hoffe, ich störe nicht.«

»Natürlich nicht«, versicherte Lexie ihm und brachte Abstand zwischen sich und Grayson.

»Ich wollte auch nur Bescheid sagen, dass ich jetzt da bin und mich in der Bibliothek wieder an meine Recherche mache.« Er lächelte schief. »Okay, und ich hatte ehrlich gesagt gehofft, dass ich bei Mrs O'Donnell einen Tee schnorren kann. Aber da habe ich heute wohl Pech.«

Er wollte wieder gehen und die Tür schließen, doch Lexie rief ihn zurück.

»Warte! Wir haben gerade Tee gekocht. Du kannst gerne eine Tasse davon haben.« Sie blickte sich zu Grayson um, der mit vor der Brust verschränkten Armen dastand und Aidan mit immer noch grimmiger Miene fixierte. »Das ist doch okay, oder?«

»Sicher.« Grayson löste sich aus seiner Haltung und verließ das Zimmer, ohne Aidan noch eines Blickes zu würdigen.

Aidan blickte ihm überrascht nach. »Meine Güte, der hat ja eine Laune. Habe ich was falsch gemacht?«

»Eher ich«, murmelte Lexie, dann lächelte sie Aidan an. »Und? Willst du einen Tee?«

»Sehr gerne.« Er ließ sich mit einem tiefen Seufzen auf einen der Stühle am Esstisch sinken. Das blaue Auge, das ihm der Wirt aus dem Castle Inn vor ein paar Tagen verpasst hatte, war inzwischen blasser geworden und schillerte jetzt leicht grün-gelblich.

Sie holte noch einen Becher und goss ihm Tee ein.

»Hast du Betty heute schon gesehen? Hat sie gesagt, wie ihr Gespräch mit Ken war?«, wollte sie wissen.

»Nein. Sie ist gestern erst sehr spät zurückgekommen. Da lag ich schon im Bett. Und als ich heute Morgen gefahren bin, schlief sie noch.« Er zuckte mit den Schultern. »Ist vielleicht auch besser so. Ich glaube, ich will gar nicht wissen, was passiert ist mit ihrem Ex.«

Lexie ahnte, wie es ihm ging. Er mochte Betty sehr, das war schon offensichtlich gewesen, als die beiden sich vor ein paar Tagen hier in Cerigh das erste Mal begegnet waren. Und Betty schien es ähnlich zu gehen. Sie war eigentlich gekommen, weil sie Abstand brauchte, um über die Trennung von ihrem Verlobten Ken hinwegzukommen. Aber tatsächlich war Ken kaum noch Thema bei ihr, seit sie Aidan kannte, denn zwischen den beiden schien sich etwas anzubahnen.

Dann war Ken gestern Abend plötzlich in Cerigh aufgetaucht und hatte Betty überredet, noch einmal mit ihm zu reden. Er wollte sie zurück, und beim letzten Mal, als Betty ihn nach einem Seitensprung rausgeschmissen hatte, war es ihm auch gelungen, sie umzustimmen. Deshalb verstand Lexie Aidans Sorge nur zu gut. Aber sie war eigentlich sicher, dass es dafür keinen Grund gab.

»Ich glaube nicht, dass Betty wieder mit Ken zusammen ist.« Sie zückte ihr Handy, rief den Messenger auf und zeigte Aidan die Nachricht, die Betty ihr geschickt hatte.

Alles in Ordnung. Melde mich morgen.

»Das hat sie mir gestern Nacht geschrieben«, erklärte sie, doch Aidan sah sie nur verständnislos an.

»Aber das bestätigt es doch. Wenn alles in Ordnung ist, dann hat sie sich mit dem Kerl wieder vertragen.«

»Nein, eben nicht«, beruhigte ihn Lexie. »Betty weiß, dass ich Ken nicht leiden kann. Wenn sie mir schreibt, dass alles in Ordnung ist, dann meint sie damit garantiert nicht, dass sie sich wieder mit ihm versöhnt hat. Eher das Gegenteil. Es klingt, als hätte sie endgültig mit ihm Schluss gemacht.«

Aidan sah sie mit einer Mischung aus Skepsis und Hoffnung an. »Wirklich?«

Sie nickte. »Ich kenne Betty. Und sie kennt mich. So fröhlich wäre sie nicht, wenn sie mir mitteilen müsste, dass Ken sie wieder rumgekriegt hat.«

Ein letzter, winziger Zweifel blieb ihr zwar auch, denn ihre Freundin war leider nie ganz zurechnungsfähig gewesen, wenn es um Ken ging. Aber das wollte sie Aidan lieber nicht sagen, der jetzt endlich wieder lächelte.

»Du magst sie sehr, oder?«

Aidan verzog das Gesicht. »Merkt man das?«

»Wenn man Augen im Kopf hat«, erwiderte sie lachend.

»Ach, Lexie, ich glaube, mich hat es ziemlich schlimm erwischt«, gestand er mit einem tiefen Seufzen. »Seit ich Betty getroffen habe, kann ich nur noch an sie denken. Es ist, als hätte der Blitz in mein Herz eingeschlagen. Ich weiß, das klingt total albern, schließlich kennen wir uns kaum, aber ich habe das Gefühl, dass wir wunderbar zusammenpassen. Es fühlt sich an, als wäre sie die Richtige für mich.« Er zuckte mit den Schultern. »So was ist mir noch nie passiert. Und es macht mir ein bisschen Angst.«

»Das kann ich verstehen.« Lexie dachte an Grayson. Es gab Momente, da fühlte es sich auch komplett richtig an, mit ihm zusammen zu sein, und das verwirrte sie. Weil es nicht sein konnte, dass er der Richtige für sie war.

Aber wie konnte er ihr Gefühlsleben dann in so kurzer Zeit derart auf den Kopf stellen? Wobei das nicht nur seine Schuld war. Seit sie Dunmor Castle das erste Mal betreten hatte, waren viele seltsame Dinge passiert. Dinge, die mit ihrer Vergangenheit zu tun hatten und die sie noch enträtseln musste. Aber das, was sie für ihn empfand, machte die Sache nicht unbedingt einfacher.

»Ich gehe jetzt rüber in die Bibliothek.« Aidan erhob sich und brachte seinen Becher zur Spüle. »Grüß Betty, wenn du sie siehst. Sag ihr, sie ist eine verdammt tolle Frau.«

Lexie lächelte. »Das kannst du ihr nachher selbst sagen. Ihr seht euch doch auf dem Badgers-Konzert.«

Er schüttelte den Kopf. »Ich weiß noch nicht, ob ich hingehe.«

»Was?« Überrascht starrte Lexie ihn an. »Aber deswegen bist du doch hergekommen!«

Aidan hatte keinen Hehl daraus gemacht, dass er gerade jetzt auf Dunmor Castle für seine Doktorarbeit recherchierte, weil er das Folk-Festival besuchen wollte, das seit gestern in Cerigh stattfand. Der Höhepunkt würde heute Abend der Auftritt der Irish Badgers sein, einer sehr bekannten irischen Band, von der Aidan ein großer Fan war.

»Gehst du wegen Betty nicht hin? Ich dachte, ihr wärt verabredet.«

Er stieß die Luft aus. »Das stimmt. Und wegen ihr würde ich auch eigentlich gerne hingehen. Aber ich glaube, es ist besser, wenn ich mich da nicht sehen lasse.«

Sie runzelte die Stirn. »Hast du irgendwelchen Ärger, Aidan?«

Überrascht sah er sie an. »Wie kommst du denn darauf?«

»Du wolltest nicht zur Polizei und den Wirt vom Castle Inn anzeigen, obwohl er dich verprügelt hat. Und du wolltest auch nicht ins Krankenhaus«, sagte sie. »Ich weiß nicht, aber ich habe irgendwie den Eindruck, dass du in Schwierigkeiten steckst. Stimmt das?«

Er seufzte tief. »Könnte man so sagen. Aber es ist nicht das, was du denkst. Ich bin kein Verbrecher auf der Flucht oder so. Es ist eher was … Persönliches.«

Lexie zögerte. »Wird es Betty wehtun, wenn sie davon erfährt?«

»Was? Nein!« Entsetzt sah er sie an. »Nein, das hat überhaupt nichts mit ihr zu tun. Wirklich nicht.«

»Das hoffe ich für dich«, sagte sie warnend. »Sonst bekommst du es nämlich mit mir zu tun!«

»Keine Sorge. Es ist nichts Schlimmes.« Er sah aus, als wollte er noch etwas hinzufügen. Doch in diesem Moment ging die Tür auf, und Grayson betrat erneut die Küche.

»Die Werkstatt hat eben angerufen«, sagte er an Lexie gewandt. »Dein Wagen ist fertig. Du kannst ihn abholen, aber du musst dich beeilen, wenn du ihn heute noch zurückhaben willst. Samstags schließen die Wright-Brüder immer schon mittags.«

»Ich kann dich hinfahren, wenn du willst«, bot Aidan an. »Ich wollte zwar arbeiten, aber das kann ich auch später …«

»Das ist nicht nötig«, mischte Grayson sich ein und sah Lexie an. »Ich muss ohnehin unten im Dorf etwas erledigen. Ich kann dich bei der Werkstatt absetzen.«

Im ersten Moment wollte Lexie sein Angebot ablehnen. Aber das wäre kindisch gewesen, schließlich war es eine sehr praktische Lösung. »Dann gehe ich schnell meine Tasche holen.«

Sie verließ die Küche und machte sich auf den Weg nach oben in ihr Zimmer. Aidan, der zur Bibliothek wollte, begleitete sie ein Stück.

»Ziemlich herrischer Typ«, sagte er, als sie außer Hörweite der Küche waren. »Und wie grimmig der mich immer anguckt. Man könnte meinen, dass er dich unbedingt für sich allein haben möchte.«

»Unsinn«, erwiderte Lexie. »Er hat gerade auch Ärger, genau wie du. Das ist alles. Das hat nichts mit mir zu tun.«

Aidan blieb vor der Treppe stehen, an der ihre Wege sich trennten. »Sorry, Lexie, aber der Typ ist eifersüchtig. Und grundlos noch dazu, stimmt's?«

Verständnislos sah Lexie ihn an. »Wie meinst du das?«

»Du magst ihn sehr, oder?« Er zwinkerte ihr zu. »Ich habe nämlich auch Augen im Kopf.«

Erschüttert sah Lexie ihm nach. Sie konnte wirklich nur hoffen, dass Grayson sie nicht so leicht durchschaute. Aber zum Glück hat er im Moment ja andere Sorgen, dachte sie, während sie über die Steintreppe in ihr Zimmer ging.

5

Lexie spürte, wie sie sich verkrampfte, als Grayson den BWM an der Stelle vorbeilenkte, an der sie mit ihrem Golf von der Straße runter auf die Wiese gefahren war und sich beinahe überschlagen hätte. Der Schreck saß immer noch tief, und bei der Erinnerung daran, wie sie vergeblich auf die Bremse getreten hatte, lief ihr ein kalter Schauer über den Rücken.

»Alles in Ordnung?« Grayson drosselte das Tempo und fuhr langsamer durch die nächste Kurve.

Lexie seufzte. »Ja. Ich ... bin nur immer noch nervös, wenn ich auf dieser Strecke unterwegs bin. Vor allem bergab.«

Grayson blickte sie kurz an, bevor er sich wieder auf die Straße konzentrierte.

»Vielleicht solltest du es dann nicht tun.«

»Was?«, fragte sie überrascht. »Auto fahren?«

»Selbst Auto fahren, ja«, bestätigte Grayson. »Du hast bei dem Unfall einen Schock erlitten. Es dauert, bis man so etwas wirklich überwunden hat. Und außerdem ...«

»Und außerdem was?«, fragte Lexie, obwohl sie ziemlich sicher war, dass sie wusste, was er sagen wollte.

»Außerdem wissen wir noch nicht, wer deine Bremsschläuche manipuliert hat. Derjenige könnte es wieder versuchen.«

Er klang besorgt. Und er hatte »wir« gesagt, wie Lexie überrascht feststellte. Aber es gibt kein »Wir«, erinnerte sie sich. Sie musste allein mit der Tatsache fertigwerden, dass es da draußen jemanden gab, der ihr schaden wollte. Und sie würde auch allein den Grund dafür herausfinden müssen.

Durch die Ereignisse der vergangenen Stunden war sie so abgelenkt gewesen, dass sie kaum an die andere Sache gedacht hatte, der sie vor ihrer Rückkehr nach Dublin noch dringend auf den Grund gehen musste. Denn sie war inzwischen fast sicher, dass der Anschlag auf sie etwas mit ihrer Mutter zu tun hatte, die vor zwanzig Jahren spurlos aus Dunmor Castle verschwunden war.

Davon hatte Lexie bis vor ein paar Tagen allerdings noch nichts geahnt. Und ihr war auch nicht bewusst gewesen, dass sie als Kind eine Zeit lang in Cerigh gelebt hatte. Tatsächlich wusste sie nur sehr wenig über ihre Herkunft oder ihre Familie. Aber jetzt, wo sie endlich Anhaltspunkte hatte, würde sie nicht aufhören, nach Antworten zu suchen, nur weil irgendein Verrückter ihr die Bremsschläuche durchgeschnitten hatte.

»Dann werde ich eben immer gut aufpassen«, erklärte sie.

Grayson warf ihr einen kurzen Seitenblick zu. »Hast du keine Angst?«

Sie lachte bitter auf. »Doch, natürlich. Ich habe immer Angst. Schon mein ganzes Leben lang. Vor der Dunkelheit. Davor, dass ich wieder diesen schrecklichen Alptraum habe, der mich nachts irgendwo herumirren lässt. Aber deshalb muss ich trotzdem abends schlafen gehen. Also kann ich auch wieder Auto fahren.«

Diesmal sah Grayson sie für einen langen Moment an, und Lexie hatte das Gefühl, dass neben Erstaunen auch noch etwas anderes in seinem Blick lag, das sie nicht genau definieren konnte. Dann wandte er sich abrupt ab und starrte wieder nach vorn auf die Straße.

Für eine Weile schwiegen sie, dann räusperte er sich.

»Weißt du, dass ich zuerst dachte, es könnte Fanny gewesen sein?«

»Was?« Völlig perplex sah Lexie ihn an. »Das mit den Löchern in den Bremsschläuchen?«

Er nickte. »Sie hat nicht gerne Fremde oben auf der Burg. Und im Moment ist sie, wie du ja mitbekommen hast, ein bisschen verwirrt und tut merkwürdige Dinge. Deshalb dachten meine Großmutter und ich im ersten Moment, dass sie vielleicht auf diese Weise versucht hat, dich aus Dunmor zu vertreiben.« Er machte eine Geste mit der Hand. »Aber das ist Unsinn. Vermutlich weiß sie nicht einmal, wie so etwas geht. Und sie kann es auch gar nicht gewesen sein.«

Lexie schluckte. »Wieso bist du dir da so sicher?«

»Weil ich sie gefragt habe. Fanny mag verwirrt sein, aber gerade das macht sie auch sehr ehrlich. Sie hätte es mir gestanden. Wahrscheinlich hätte sie es sogar von allein erzählt. Deshalb bin ich ganz sicher, dass sie es nicht war.«

Lexie dachte daran, wie Grayson sich nach dem Unfall um sie gekümmert hatte. Er hatte sie ins Krankenhaus gefahren und war die ganze Zeit bei ihr geblieben. »Warst du deshalb so nett zu mir? Weil du ein schlechtes Gewissen hattest?«

Er stieß die Luft aus. »Nein, verdammt. Ich habe mir Sorgen um dich gemacht. Das tue ich immer noch. Ich will nicht, dass dir etwas passiert, Lexie. Weil ich nämlich nicht das gefühllose, berechnende Monster bin, für das du mich offenbar hältst.«

Betroffen starrte sie ihn an. Sein Geständnis ließ ihre Abwehrhaltung ihm gegenüber gefährlich bröckeln. Und sie hätte ihm auch sehr gerne geglaubt, dass sie ihm etwas bedeutete. Aber da war noch die Sache mit Eileen Kellys Tochter. Wenn sie ein Beispiel dafür war, wie Grayson mit Frauen umging, dann musste Lexie vor ihm auf der Hut sein.

»Und was ist mit Janice? Die Haushälterin von Father

Flaherty hat mir erzählt, dass du mit ihr zusammen warst und sie dann einfach verlassen hast. Sie war deinetwegen angeblich sogar in Therapie, was dich anscheinend überhaupt nicht interessiert hat. Um sie hast du dir also keine Sorgen gemacht, und sie war immerhin deine Freundin. Das finde ich, ehrlich gesagt, schon ziemlich gefühllos.«

Grayson starrte sie an, und sie sah, wie sich Wut in die Überraschung mischte, die in seinem Blick lag.

»Und wenn Mary Ward das behauptet, dann muss das stimmen?« Seine Stimme klang bitter. »Herrgott, Lexie, sie ist eine der schlimmsten Tratschtanten in ganz Donegal. Und sie kennt nicht die ganze Geschichte. Die wissen alle nicht, was damals wirklich passiert ist.«

Sie schnaubte. »Dann scheint das ja eine Angewohnheit von dir zu sein, die Hälfte wegzulassen. Vorzugsweise die, bei der dir die Fragen zu unbequem sind.«

Er hielt den Wagen so abrupt an, dass sie in den Gurt fiel. Seine Augen funkelten wütend.

»Du willst mich furchtbar finden, oder?«

Sie schüttelte den Kopf. »Nein. Ich weiß nur nicht, was ich denken soll. Das ist alles ziemlich verwirrend für mich.«

Für einen langen Moment sah er sie an. Dann deutete er an ihr vorbei aus dem Seitenfenster. »Wir sind da.«

Erst jetzt erkannte Lexie, dass sie tatsächlich vor der Werkstatt standen. Sie blickte noch einmal zu Grayson, doch sein finsterer Gesichtsausdruck machte deutlich, dass die Diskussion für ihn beendet war.

»Danke fürs Bringen«, sagte sie mit belegter Stimme.

Er nickte nur und wartete, bis sie ausgestiegen war. Dann fuhr er so ruckartig los, dass die Reifen quietschten.

Mit einem flauen Gefühl im Magen starrte sie dem BMW nach. Hatte sie ihm Unrecht getan? Oder war er wütend, weil sie ihn durchschaut hatte?

»Miss Cavendish!« Die Stimme, die hinter ihr erklang, ließ sie herumfahren, und sie erkannte Artie Wright, der über den Hof der Werkstatt auf sie zukam. Der Automechaniker trug wieder einen blauen Overall und eine Baseballkappe, die er jetzt abnahm, um sich am Kopf zu kratzen. »Der Wagen ist tipptopp in Ordnung und fahrbereit«, versicherte er ihr. »Damit bremsen Sie wieder ganz sicher.«

Lexie bedankte sich und wollte ihm ihre Adresse in Dublin geben, damit er die Rechnung dorthin schicken konnte. Aber er schüttelte den Kopf.

»Sie müssen nichts bezahlen. Das hat Mr Fitzgerald schon übernommen.«

»Was?« Überrascht starrte sie ihn an. »Auf gar keinen Fall. Ich werde den Schaden natürlich selbst bezahlen. Oder die Versicherung, wenn ich das ersetzt bekomme.«

Der Werkstattbesitzer zuckte mit den Schultern. »Das müssten Sie dann bitte mit Mr Fitzgerald klären.«

Er übergab ihr den Zündschlüssel und beobachtete, wie sie in ihren alten grünen VW-Golf stieg. Als sie vom Hof fuhr, sah sie im Rückspiegel, wie er ein letztes Mal die Hand hob und dann in seine Werkstatthalle zurückkehrte. Aber in Gedanken war sie damit beschäftigt, was Grayson getan hatte.

Wie kam er dazu, einfach ihre Autoreparatur zu bezahlen? Ihr fiel wieder ein, was er über Fanny gesagt hatte. Damals, kurz nach dem Unfall, war er zuerst davon ausgegangen, dass seine Großtante für den Schaden verantwortlich war. Hatte er sich deshalb verpflichtet gefühlt, dafür aufzukommen? Oder wollte er einfach, dass Lexie in seiner Schuld stand? Möglicherweise gab es auch noch einen anderen Grund, von dem sie nichts wusste, aber es machte sie in jedem Fall wütend, dass er einfach so über ihren Kopf hinweg entschieden hatte. Und sie konnte das auch auf gar keinen Fall annehmen. Das würde sie ihm später auch persönlich sagen. Falls er überhaupt noch mit mir redet, dachte sie, als ihr wieder einfiel, dass er auf sie auch ziemlich wütend gewesen war.

Seufzend bog sie auf die schmale Straße, die aus dem Ort herausführte und am einsam gelegenen Rose Cottage endete.

Es gehörte Eileen Kelly, einer Frau, die früher gut mit Lexies Mutter Fiona befreundet gewesen war und die Lexie sehr herzlich hier in Cerigh empfangen hatte. Ihr verdankte Lexie es, dass sie endlich wusste, wieso sie seit ihrer Ankunft von Alpträumen und Déjà-vus geplagt wurde. Eileen hatte Lexie sofort wiedererkannt und ihr erklärt, dass sie als kleines Kind schon einmal hier gewesen war. Und bisher schien sie auch die Einzige zu sein, die Lexie bei der Suche nach der Wahrheit über Fionas plötzliches Verschwinden unterstützte.

Hinter der nächsten Biegung kam das kleine weiße Häuschen in Sicht. Es lag am Ende der schmalen Straße und wirkte wie ein malerischer Fremdkörper in der rauen, unberührten Landschaft. Das Einzige, was den Anblick etwas störte, waren Eileens klappriger Renault-Kastenwagen und der rote Mini Clubman, die beide neben dem Cottage geparkt waren. Der Mini gehörte Betty, also musste sie noch bei Eileen sein, wie Lexie zufrieden feststellte. Für einen Moment hatte sie schon befürchtet, ihre Freundin vielleicht verpasst zu haben.

Sie stellte ihren Golf hinter dem Mini ab und ging auf den Eingang zu. Als sie gerade die Hand hob, um den gusseisernen Türklopfer zu betätigen, wurde die Haustür aufgerissen, und eine junge Frau mit kurzen dunklen Haaren kam heraus. Sie sah über die Schulter zurück ins Haus und bemerkte Lexie erst, als sie beinahe zusammenstießen.

»Wir sehen uns dann später, Mum. Ich … oh!«

»Hallo Janice.« Lexie verzog den Mund zu einem Lächeln, das ihr schwerfiel und das Eileens Tochter nicht erwiderte.

»Was machst du denn hier?«, fragte sie so unverhohlen feindselig, dass Lexie innerlich aufseufzte.

Angeblich hatten Janice und sie als kleine Kinder viel miteinander gespielt. Aber daran konnte Lexie sich nicht erinnern, weil sie damals erst knapp vier Jahre alt gewesen war. Und selbst wenn – Menschen veränderten sich, und Janice Kelly war inzwischen ganz sicher keine Freundin mehr. Im Gegenteil. Seit sie sich vor ein paar Tagen zum ersten Mal wiedergesehen hatten, war ihr Verhältnis rasch abgekühlt. Und das lag vor allem an Grayson. Janice wollte ihre Beziehung zu ihm offensichtlich wieder aufleben lassen und unterstellte Lexie, dass sie es auf ihn abgesehen hatte.

Zum Glück ahnt sie nicht, was gestern Nacht passiert ist, dachte Lexie. Nicht auszudenken, wie sie dann reagieren würde.

Sie blickte an Janice vorbei zu Eileen, die im Türrahmen erschien. »Ich möchte zu Betty. Ist sie da?«

Eileen nickte und legte ihrer Tochter eine Hand auf den Arm. »Schatz, lässt du Alexandra bitte durch?«

Janice trat einen Schritt zur Seite. »Ich treffe mich jetzt übrigens mit Grayson«, sagte sie, als Lexie an ihr vorbeiging. »Wir sind im Castle Inn verabredet.«

»Wie schön für dich.« Lexie lächelte verkrampft, während ihre Gedanken sich überschlugen. Dann war Grayson wegen einer Verabredung mit Janice ins Dorf gefahren? Aber wieso leugnete er dann, dass da etwas lief zwischen ihnen? Alles, was dieser Mann tat, war verwirrend, und sie wusste einfach nicht mehr, was sie glauben sollte.

Janice verabschiedete sich von Eileen, stieg auf das blaue Fahrrad, das seitlich an der Hauswand lehnte, und radelte in Richtung Cerigh.

Mit einem Seufzen schloss Eileen die Tür.

»Tut mir leid, dass Janice so unfreundlich war. Sie ist sonst nicht so. Aber seit Grayson wieder hier ist …« Sie beendete den Satz nicht und schüttelte den Kopf. »Er ist nicht gut für sie.«

Lexie schluckte. »Wieso nicht?«

»Die beiden passen nicht zusammen«, antwortete Eileen. »Aber es hat keinen Zweck, Janice das zu sagen. Sie würde nicht auf mich hören. Das hat sie noch nie getan, wenn es um Grayson ging. Deshalb kann ich nur hoffen, dass sie endlich vernünftig wird.«

Lexie hätte sehr gerne nachgefragt, warum Grayson angeblich nicht gut für Janice war. Doch sie wollte sich nicht zu offensichtlich dafür interessieren, deshalb hakte sie nicht nach, sondern folgte Eileen durch den Flur.

Wieder fiel ihr der eigenwillige Kleidungsstil der älteren Frau auf. Ihr langer, weiter Rock war heute türkisblau, und über das weiße T-Shirt, das sie dazu trug, hatte sie eine mit dicken roten Fäden grob zusammengenähte, orangefarbene Walkfilzjacke gezogen. Eileens Sachen waren immer bunt und oft aus Naturmaterialien, was gut zu ihrem Job als Kräuterheilkundlerin und Yogalehrerin passte. Graysons Vater Duncan, der Eileen nicht leiden konnte, hatte sie wohl auch deshalb eine »Kräuterhexe« genannt, was Lexie ziemlich gemein fand. Eileen mochte ein bisschen speziell sein, aber zu Lexie war sie von Anfang an sehr nett gewesen. Und auch jetzt lächelte sie, während sie die Tür zu einem kleinen Esszimmer öffnete.

»Lexie!« Betty stand von dem liebevoll gedeckten Frühstückstisch auf und umarmte ihre Freundin. »Hast du meine Nachricht bekommen?«

»Ja, zum Glück!« Lexie lächelte. »Wenn du mir die nicht geschrieben hättest, dann hätte ich dich längst mit Anrufen bombardiert.«

Tatsächlich war sie sehr versucht gewesen, mit ihrer Freundin zu sprechen, nicht über Ken, aber über Grayson. Sie hatte nur nicht zum Handy gegriffen, weil es viel zu spät gewesen war und sie das selbst alles noch nicht wirklich fassen konnte.

Betty legte den Kopf schief. »Ist alles in Ordnung?«

»Ja. Eigentlich schon. Es ist nur …« Lexie zögerte und sah

zu Eileen hinüber, vor der sie die Details ihrer Liebesnacht mit Grayson eher nicht erzählen wollte. Zum Glück schien Eileen den Hinweis zu verstehen.

»Ich bin in der Küche, falls ihr mich sucht«, sagte sie und zog sich zurück. Als sie die Tür schon fast hinter sich geschlossen hatte, hielt sie jedoch noch einmal inne und wandte sich an Lexie. »Nimm dir gerne eine Tasse aus dem Schrank, wenn du Tee möchtest. Teller sind da auch, und Besteck kann ich dir bringen.«

Lexie nickte. »Das ist nett. Aber ich habe schon auf Dunmor gefrühstückt.«

Betty wartete, bis sie allein waren, dann betrachtete sie Lexie erneut prüfend.

»Na los, sag schon. Was ist passiert?«

Sie kennt mich einfach zu gut, dachte Lexie mit einem Seufzen und berichtete ihrer Freundin in kurzen Worten von ihrer Nacht mit Grayson und davon, wie sie beinahe durch das Loch im Zwischenboden des Turms gefallen wäre. Nur Fannys Beteiligung daran ließ sie weg und tat so, als wäre das Ganze durch ihr Schlafwandeln passiert.

Sie kannte Betty nämlich auch und wusste, dass ihre Freundin diese Sache sonst nicht auf sich beruhen lassen würde. Betty war noch viel hartnäckiger als sie selbst, wenn es darum ging, Dinge herauszufinden, und sie würde sicher darauf bestehen, dass Lexie weiter nachforschte, was oben auf der Burg los war. Aber Lexie wusste selbst noch nicht, wie sie mit dieser ganzen Situation umgehen sollte, und sie wollte auch nicht, dass Betty sich mehr Sorgen als nötig machte. Es brachte ihre Freundin nämlich auch so schon völlig aus der Fassung, dass Lexie derart in Gefahr geraten war.

»Verdammt, Lexie, du musst das endlich in den Griff kriegen mit deinem Schlafwandeln!«, schimpfte Betty und umarmte sie noch mal fest. »Aber diesen Grayson könnte ich abknutschen.

Der ist echt ziemlich hilfreich, oder?« Sie lächelte und legte den Kopf schief. »Und was ist da jetzt zwischen euch?«

»Gar nichts!« Lexie spürte, wie sie rot wurde. »Mit ihm zu schlafen war ein Fehler. Das sagte ich doch schon.«

»Solche ›Fehler‹ machst du aber sonst nicht«, meinte Betty grinsend. »Jedenfalls kann ich mich nicht erinnern, dass es seit Matt irgendeinen Mann in deinem Leben gegeben hätte.«

»Reden wir lieber mal über die Männer in deinem Leben«, sagte Lexie. »Wie war dein Gespräch mit Ken? Hast du ihn wirklich in den Wind geschossen?«

Sofort wurde Betty wieder ernst. »Ja, hab ich. Ken Donovan ist seit gestern Geschichte. Du hattest die ganze Zeit recht, Lexie. Er ist ein mieser Egoist, und ich hätte ihn schon längst verlassen sollen!«

Lexie hob die Augenbrauen. »Und wie kommst du so plötzlich zu dieser Erkenntnis?«

Betty seufzte. »Ich weiß, ich hätte das schon viel früher erkennen müssen. Aber ich war blind. Ich habe mich sogar gefreut, dass er nach Cerigh gekommen ist. Ich wollte sehen, wie sehr es ihm leidtut. Er sollte zu Kreuze kriechen und mich um Verzeihung bitten. Hat er natürlich auch gemacht. Wobei er dabei auch sehr viel über sich geredet hat. Er hat überhaupt sehr, sehr viel geredet, aber er war auch immer wieder abgelenkt und hat ständig auf sein Handy gesehen, so als würde er irgendeine wichtige Nachricht erwarten. Das hat mich echt genervt. Irgendwann hatte ich genug und habe ihm gesagt, dass unsere Beziehung beendet ist und er wieder abreisen soll. Wollte er allerdings nicht. Er meinte, er müsse auf jeden Fall noch bleiben, und zuerst dachte ich, dass er einfach nicht aufgeben will. Aber dann hat sich herausgestellt, dass er tatsächlich nicht nur wegen mir nach Cerigh gekommen ist. Angeblich wird nämlich zu dem Folk Festival auch ein bekannter Musikproduzent erwartet. Der Typ ist so eine Art Talentscout, und Ken und seine Bandkollegen versuchen schon seit einer Ewigkeit, mit ihm Kontakt aufzunehmen. Ken glaubt, dass er vielleicht hier die Chance hat, an ihn ranzukommen.« Sie schüttelte den Kopf. »Er war ganz aufgeregt deswegen und hat mir vorgeschwärmt, wie praktisch es ist, dass er durch die Reise nach Cerigh zwei Fliegen mit einer Klappe schlagen kann: mich umstimmen und mit der Band weiterkommen. Und da ist es mir plötzlich klar geworden.«

Lexie stellte die Ellbogen auf den Tisch und legte ihr Kinn auf ihre Hände. »Was denn?«

»Dass sich in Kens Welt alles immer nur um ihn drehen wird. Um seine Karriere, seine Bedürfnisse, seine Befindlichkeiten. Für ihn ist Fremdgehen nichts Schlimmes, weil er das in dem Moment dann eben braucht. Es soll nur bitte keine Konsequenzen haben.« Betty seufzte tief. »Deshalb will er unbedingt, dass ich zu ihm zurückkomme. Weil ich zu den Dingen gehöre, die er in seinem Leben braucht. Ich bin seine sichere Bank, aber nicht so wichtig, dass er deswegen auf irgendwas verzichten würde. Wahrscheinlich komme ich in seinem Ranking nicht mal auf Platz zwei. Seine Musik und seine Karriere und seine Band würde er mir immer vorziehen. Und das reicht mir einfach nicht mehr.«

Lexie grinste. »Bravo! Nicht dass ich dir das nicht schon vor langer Zeit gesagt hätte.«

»Ich weiß«, sagte Betty zerknirscht. »Ach, warum musste ich mich auch unbedingt in einen Musiker verlieben? Ich wollte wohl einfach nicht wahrhaben, dass das zwischen Ken und mir nicht gut gehen kann.«

»Und deine plötzliche Einsicht hat nicht zufällig auch was mit Aidan zu tun?«, fragte Lexie.

Bettys Wangen röteten sich. »Doch. Sogar ganz viel. Weil er das genaue Gegenteil von Ken ist. Er ist aufmerksam und interessiert und gibt mir das Gefühl, dass es ihm wirklich um mich geht. Ich weiß, das klingt albern, weil wir uns noch nicht lange kennen, aber in seiner Nähe geht es mir gut. Wir verstehen uns einfach, und es fühlt sich so … richtig an.« Sie verzog den Mund zu einem schiefen Lächeln. »Klingt das sehr verrückt?«

Lexie zuckte lächelnd mit den Schultern. »Wenn, dann klingt Aidan mindestens genauso verrückt. Er sagt nämlich das Gleiche über dich. Und ich soll dir ausrichten, dass du eine tolle Frau bist.«

»Wirklich?« Betty strahlte. »Ach, ich wünschte, ich hätte heute Morgen noch mit ihm reden können. Aber er war schon weg, als ich aufgestanden bin.«

»Weil er dachte, dass du dich wieder mit deinem Ex versöhnt hast. Die Vorstellung hat ihn ganz schön fertiggemacht.«

»Oh.« Bettys Grinsen wurde noch breiter. »Dann werde ich das nachher beim Konzert mal besser richtigstellen.«

»Ich fürchte, daraus wird nichts«, sagte Lexie. »Er hat mir nämlich vorhin auch gesagt, dass er wohl doch nicht hingehen wird.«

»Was?« Ungläubig sah Betty sie ihn. »Aber er freut sich doch schon die ganze Zeit auf die Badgers! Warum will er denn plötzlich nicht mehr?«

»Keine Ahnung. Wir hatten keine Zeit, drüber zu reden«, erwiderte Lexie, weil sie lieber nichts von den kryptischen Andeutungen erwähnen wollte, die Aidan über seine Gründe gemacht hatte. Was immer mit ihm nicht stimmte, ihr Instinkt sagte ihr, dass er besser für Betty war als Ken. Und sie wollte ihre Freundin nicht verunsichern.

»Vielleicht solltest du noch mal mit ihm sprechen«, schlug sie Betty vor. »Ich schätze, er würde sich über einen Anruf von dir sehr freuen. Dann kannst du ihm auch gleich das mit Ken erzählen.«

Die Idee schien Betty gut zu gefallen, denn sie nahm ihr Smartphone, das neben ihrem Teller lag, und stand auf. »Ja, das mache ich. Bin gleich wieder da.«

Das Handy schon am Ohr verließ sie das Esszimmer. Als sie nach zehn Minuten immer noch nicht zurück war, stand Lexie auf, um Eileen zu suchen. Vielleicht konnte sie sich irgendwie nützlich machen, solange Betty telefonierte.

Sie fand Eileen in der Küche, in der es vor Kräutern nur so wimmelte. Es gab sie frisch in Töpfen auf der breiten Fensterbank und getrocknet in diversen Behältnissen – von großen Glasgefäßen mit Korkdeckeln bis hin zu winzigen dunkelbraunen Ampullen. Tatsächlich erinnerte die Küche eher an eine Apotheke.

Eileen stand an der Arbeitsplatte und mischte gerade Kräuter in einer Schüssel zusammen. Neben der Schüssel standen drei offene Blechdosen, in die sie die Mischung offenbar füllen wollte.

»Alexandra, gut, dass du kommst«, rief sie erfreut, als sie Lexie im Türrahmen entdeckte. »Ich wollte dir gerade einen Tee zum Probieren bringen. Es ist eine neue Mischung, und ich brauche Freiwillige, die ihn für mich Probe trinken. Wärst du so lieb?« Sie deutete auf den kleinen Tisch vor dem Fenster, auf dem ein Becher mit dampfendem Tee stand. »Er steht da vorn.«

»Natürlich. Gerne.« Lexie setzte sich an den Tisch und zog den Becher zu sich heran. Die braune Flüssigkeit darin roch zwar ein bisschen seltsam, aber als sie davon probierte, verschwand dieser Eindruck. »Schmeckt wirklich sehr gut.«

Eileen lächelte. »Das freut mich. Und es ist auch genau der richtige Tee für dich. Er stärkt nämlich die Nerven, und das kannst du sicher gebrauchen nach dem Schrecken gestern.« Prüfend betrachtete sie Lexie. »Wie geht es dir denn jetzt? Alles wieder in Ordnung?«

Für einen Moment glaubte Lexie, dass Eileen die dramatischen Ereignisse der vergangenen Nacht meinte, und fragte sich, woher sie das wusste. Doch dann wurde ihr klar, dass es um den Überfall gestern Abend im Pfarrhaus ging. Lexie war von einem Unbekannten niedergeschlagen worden, und das hatte Eileen mitbekommen.

»Ja, es geht wieder.« Lexie tastete nach der Stelle an ihrem Hinterkopf, die immer noch ein bisschen schmerzte. »Ich wüsste nur wirklich gerne, wer es war. Und was mit der Mappe passiert ist.«

Eileen sah sie irritiert an. »Was für eine Mappe?«

»Ach, richtig, das weißt du ja noch gar nicht. Ich habe in Father Flahertys Wohnzimmer eine Mappe mit Fotos und Unterlagen über meine Mutter entdeckt. Sie lag auf dem Tisch im Wohnzimmer, bevor ich niedergeschlagen wurde. Als ich wieder wach geworden bin, war sie verschwunden, und Father Flaherty hat behauptet, er wüsste nicht, wovon ich spreche.«

»Merkwürdig.« Eileen runzelte die Stirn. »Wieso sollte er eine Mappe über Fiona anlegen?«

»Das frage ich mich auch. Er hat nämlich behauptet, dass er sie nicht besonders gut kannte.«

»Das stimmt auch«, bestätigte Eileen. »Fiona hat im Chor gesungen und war eine regelmäßige Kirchgängerin, aber ich kann mich nicht erinnern, dass sie ein besonders enges Verhältnis zu Father Flaherty gehabt hätte.« Sie zögerte kurz. »Allerdings glaube ich schon, dass sie zu ihm gegangen wäre, wenn sie etwas auf dem Herzen gehabt hätte, was sie sonst niemandem anvertrauen konnte oder wollte. Vielleicht ist das ja gar nicht seine Mappe, die du gesehen hast, sondern ihre. Sie könnte sie ihm anvertraut haben. Und dann wäre es auch kein Wunder, dass er leugnet, sie zu haben. Denn das würde dann ja unter das Beichtgeheimnis fallen.«

Lexie stutzte. Diese sehr plausible Möglichkeit hatte sie noch gar nicht in Betracht gezogen. Die Frage war nur, ob sie dann bei Father Flaherty überhaupt weiterkommen würde. »Wenn das stimmt, dann wird er mir vermutlich nicht erzählen, was ich wissen möchte.«

»Du kannst es versuchen.« Eileen verzog den Mund. »Appelliere an sein Gewissen, sag ihm, wie wichtig es für dich ist. Vielleicht wird er ja weich.«

Lexie dachte an das Pfarrhaus mit seiner düsteren, sehr frommen Atmosphäre. Wenn sie das richtig sah, dann schien Father Flaherty trotz seines gewinnenden Lächelns und der sportlichen Art, die er hatte, seinen Beruf sehr ernst zu nehmen. Konnte sie so jemanden überreden, das Beichtgeheimnis zu verletzen?

»Ist dir denn sonst noch etwas eingefallen?« Eileens Frage unterbrach Lexies Gedanken. »Erinnerst du dich an mehr als bisher?«

Lexie dachte an die Bilder, die sie seit ihrer Ankunft in Cerigh immer wieder vor sich sah. Der Ort und auch die Burg schienen etwas in ihr zu wecken, was sehr lange verschüttet gewesen war. Aus den Bruchstücken, die zurückkehrten, wurde sie jedoch nicht wirklich schlau. Deshalb schüttelte sie unglücklich den Kopf.

»Nein. Noch nicht. Aber vielleicht kommt das ja noch.«

Eileen nickte. »Sag mir Bescheid, wenn es so weit ist, ja? Ich muss unbedingt wissen, was mit Fiona passiert ist. Und ich helfe dir gerne, wenn du Unterstützung brauchst.«

Lexie wollte ihr sagen, wie wichtig ihr das war, aber sie kam nicht mehr dazu, weil Betty in diesem Moment die Küche betrat.

»Aidan kommt doch mit zum Konzert«, verkündete sie fröhlich. »Mir zuliebe, meinte er. Und dass er mir danach etwas sagen muss.«

»Aha.« Lexie runzelte die Stirn. »Und was?«

»Wenn er es mir schon verraten hätte, dann müsste er es mir ja nachher nicht sagen, oder?« Betty grinste. Sie schien fest davon auszugehen, dass Aidan eine gute Nachricht für sie hatte, aber Lexie war da irgendwie nicht so sicher.

»Na, dann wünsche ich euch viel Spaß.«

»Den wirst du auch haben, du kommst nämlich mit«, erklärte Betty entschlossen.

»Aber ich störe euch doch nur!«

»So ein Unsinn! Du störst überhaupt nicht, im Gegenteil. Ich bestehe darauf, dass du mitkommst. Dann weiß ich wenigstens, dass du nicht wieder in Gefahr gerätst. Das scheint ja so etwas wie dein neues Hobby zu sein. Außerdem kannst du ein bisschen Ablenkung gut vertragen nach dem Stress der letzten Tage.«

»Da hat sie recht, Alexandra«, stimmte Eileen lächelnd zu.

Lexie seufzte. »Also gut, von mir aus«, sagte sie und spürte tatsächlich so etwas wie Vorfreude auf einen zwanglosen Abend mit guter Musik. Das würde sie vielleicht endlich ein bisschen entspannen. Sofern Grayson nicht auch da ist, dachte sie mit einem inneren Seufzen und trank noch einen Schluck Tee.

6

Lexie hakte sich bei Betty ein und ließ den Blick über die Menschenmenge gleiten, die sich vor der großen Bühne versammelt hatte. Die Wiese, die für das Festival genutzt wurde, fiel nach vorn leicht ab, sodass sie auch von ihrem Platz neben dem Mischpult alles gut erkennen konnten.

»Und? Gefällt es dir?«, wollte Betty wissen.

Lexie grinste. »Das fragst du mich jetzt schon zum dritten Mal. Sehe ich aus, als würde ich mich nicht amüsieren?«

»Nein. Es ist nur …« Betty zuckte mit den Schultern. »Du sagst doch immer, dass du nicht gerne auf Konzerte gehst. Und jetzt hab ich ein bisschen Angst, weil ich dich überredet habe mitzukommen.«

»Meine Abneigung gegen Konzerte betraf nur die Auftritte deines Exverlobten«, stellte Lexie richtig. »Weil ich da mit ansehen musste, wie dieser Mistkerl mit anderen Frauen geflirtet hat, anstatt froh zu sein, dass er dich hat. Und außerdem ist das hier kein richtiges Konzert. Das erinnert mich eher an ein Volksfest.«

Tatsächlich war sie sehr erstaunt gewesen, als sie das Festivalgelände erreicht hatten. Trotz der vielen Menschen, die in den vergangenen Tagen den kleinen Ort bevölkert hatten, war sie davon ausgegangen, dass die Veranstaltung eher klein war.

Ähnlich wie das Gemeindefest, das gestern stattgefunden hatte. Aber das hier hatten die Veranstalter tatsächlich richtig groß aufgezogen. Rechts und links neben der langen, von Traversen umbauten Bühne waren zwei große Monitore angebracht, auf die das Konzert per Video übertragen wurde. Und das war bei Weitem nicht die einzige Attraktion für die Zuschauer. Um die Festivalwiese herum standen Bierwagen und Foodtrucks, die für das leibliche Wohl der Zuschauer sorgten, und es gab an den Ecken noch weitere, kleinere Bühnen, auf denen Vorführungen stattfanden, wenn auf der großen Bühne gerade nichts los war. Es hatte diverse Tanzdarbietungen gegeben und einen Wettbewerb, bei dem mehrere Musiker mit ihren Uilleann Pipes, den irischen Dudelsäcken, gegeneinander antraten. Jetzt freuten sich jedoch alle auf den Höhepunkt des Abends, denn nach der Vorband stand nun endlich der Auftritt der Badgers auf dem Programm. Und das merkte man auch am Aufkommen der Zuschauer, die mit dem Schwinden des Tageslichts in immer größeren Zahlen auf das Gelände strömten. Überall um sie herum wurde geredet und gelacht, und Lexie stellte fest, dass sich diese gute Stimmung auch auf sie übertrug.

»Mir gefällt es hier, wirklich«, versicherte sie Betty. »Wenn ich gewusst hätte, dass es auf Festivals so entspannt zugeht, dann hätte ich schon längst mal eines besucht.«

Betty seufzte. »Und ich bin froh, dass ich es in Zukunft nicht mehr muss. Wie du schon sagtest, für mich war es nie entspannt, wenn ich mit Ken und seiner Band unterwegs war. Ich habe es gehasst, vor allem wegen der vielen Groupies. Außerdem hatten wir ganz oft Pech mit dem Wetter. Wenn es anfängt zu regnen, verwandelt sich so ein Festivalgelände nämlich sehr schnell in ein Schlammloch. Und das macht dann nicht mehr so viel Spaß.«

»Beschrei es nicht«, murmelte Lexie und blickte an sich herunter. Sie trug zwar eine lange Hose und hatte über ihre Bluse noch einen Cardigan gezogen. Doch eine Jacke hatte sie nicht dabei, und ihre leichten Ballerinas waren auch eher Schuhe für gutes Wetter. Dann dachte sie über das nach, was Betty gesagt hatte. »Wenn du Festivals eigentlich nicht magst, wieso wolltest du denn dann so gerne herkommen?«

»Weil das hier etwas ganz anderes ist«, erklärte Betty. »Den Auftritt der Badgers werde ich schon deshalb genießen, weil ich mit keinem der Jungs auf der Bühne eine Beziehung führe und mir keine Sorgen wegen der weiblichen Fans machen muss, die sie anhimmeln. Es ist mir egal, verstehst du? Und das finde ich sehr entspannend.«

Lexie erwiderte ihr Lächeln. »Dann bereust du es nicht, dass du mit Ken endgültig Schluss gemacht hast?«

»Kein Stück! Ich stehe ab jetzt nur noch auf Kunsthistoriker, die mit Musik nichts am Hut haben. Apropos«, Betty blickte sich um, »wo steckt Aidan eigentlich? Ich dachte, er wollte nur kurz aufs Klo gehen.«

Lexie runzelte die Stirn. »Ach, der kommt sicher gleich wieder. Die Wege sind hier ja ziemlich weit.«

Sie versuchte, zuversichtlich zu klingen, aber tatsächlich befiel sie wieder dieses ungute Gefühl.

Denn Aidan verhielt sich irgendwie merkwürdig. Es war offensichtlich, wie gerne er Betty begleiten wollte, und im Gespräch mit ihr gab er sich locker und charmant wie immer. Aber seit sie das Gelände erreicht hatten, wirkte er nervös und sah sich ständig um, so als erwarte er, gleich jemandem zu begegnen, den er lieber nicht treffen wollte.

Lexie hatte zwar keine Ahnung, was genau Aidan so unter Strom stehen ließ, aber sie konnte es ihm sehr gut nachfühlen. Ihr ging es nämlich ganz ähnlich. Jedes Mal, wenn ihr ein Mann begegnete, der von der Statur her Grayson hätte sein können, zuckte sie zusammen. Bisher war er es jedoch nie gewesen, und sie war nicht sicher, ob sie darüber erleichtert oder enttäuscht war. Wahrscheinlich saß er noch mit Janice im Castle Inn und amüsierte sich viel zu gut, um einen Gedanken an das Festival zu verschwenden …

»Ich glaube, ich hole mir noch was zu trinken«, sagte sie, um sich auf andere Gedanken zu bringen. »Willst du auch was?«

Betty nickte. »Aber beeil dich. Es geht bestimmt gleich los.«

Lexie versprach es und drängte sich an den Leuten vorbei zum Rand des Geländes. Der nächste Getränkestand war gar nicht weit entfernt, doch die Schlange davor war so lang, dass sie beschloss, es bei dem nächsten, näher an der Bühne gelegenen zu versuchen. Sie kaufte eine Cola und ein Wasser, dann wollte sie sich wieder auf den Rückweg zu ihrem Platz machen. Doch als ihr Blick auf die Absperrgitter fiel, die den Bereich der Bühne umgaben und von Sicherheitskräften bewacht wurden, hielt sie überrascht inne und kniff die Augen zusammen. Nein, sie hatte sich nicht getäuscht – es war tatsächlich Aidan, der da jenseits der Gitter stand und mit einem älteren Mann redete.

Neugierig ging Lexie noch ein Stück näher an die Absperrung heran und betrachtete den anderen Mann genauer. Er musste um die fünfzig sein, trug eine graue Lederjacke zu T-Shirt, Jeans und Sneakers und hatte sein weißblondes, langes Haar zu einem Pferdeschwanz zusammengebunden. An seinem Handgelenk blitzte eine teure goldene Uhr, und er verbarg seine Augen hinter einer großen tiefschwarzen Sonnenbrille im Pilotenstil. Eine Hand hatte er zu einer Faust geballt, und die streckte er Aidan jetzt entgegen, wollte ihm offensichtlich etwas geben. Doch Aidan wich zurück und schüttelte den Kopf.

»Nein, verdammt«, sagte er, laut genug, dass Lexie es hören konnte.

»Mach nicht so ein Theater«, erwiderte der andere Mann aufgebracht. »Ich will doch nur, dass du …«

»Nein.« Aidans Stimme klang eisig. »Und jetzt lass mich endlich in Ruhe.«

Abrupt wandte er sich um und ging mit großen Schritten auf die Absperrung zu. Der Mann von der Security, der den Zugang sicherte, ließ ihn passieren, und Aidan war so schnell in der Menge verschwunden, dass Lexie keine Gelegenheit mehr hatte, ihn zu sich zu rufen.

Verwirrt blieb sie zurück. Der Typ, mit dem Aidan gesprochen hatte, war ihr irgendwie nicht geheuer. Was hatten die beiden zu besprechen gehabt? Und was wollte der Mann Aidan so dringend geben?

Mit Schrecken dachte Lexie an Aidans Abneigung gegen die Polizei. War er etwa in irgendetwas Illegales verstrickt?

Die Vorstellung, dass Betty gleich an den nächsten schrägen Typen geraten war, mit dem sie nur Ärger haben würde, bereitete ihr Bauchschmerzen.

Aber als sie mit den Getränken an ihren Platz zurückkehrte, hatte sie keine Gelegenheit, Aidan, der inzwischen wieder bei Betty stand, auf das anzusprechen, was sie gerade gesehen hatte. Sie würde warten müssen, bis sie ihn allein erwischte, und das würde sicher nicht in nächster Zeit sein, denn die Badgers betraten in diesem Moment die Bühne.

Er hat bestimmt eine vernünftige Erklärung, tröstete sie sich und konzentrierte sich ganz auf die Band, die mit stürmischem Jubel begrüßt wurde.

Die Badgers spielten zuerst einige bekannte Stücke, und das Publikum ging begeistert mit. Lexie war zwar kein großer Fan der Band, aber auch sie mochte diese Songs, und nach kurzer Zeit wurde sie von der Feierstimmung der Menge angesteckt. Aus den Augenwinkeln sah sie, dass Aidan den Arm um Betty gelegt hatte. Betty schien nichts dagegen zu haben, denn sie schmiegte den Kopf an seine Schulter. Zwischen den beiden entwickelte sich eindeutig etwas, und Lexie wünschte sich insgeheim sehr, dass es gut für Betty ausging. Ihre Freundin hatte ein bisschen Glück wirklich verdient.

»So, Freunde, und nun kommen wir zu einem ganz besonderen Song.« Sean Fraser, der Leadsänger der Badgers, stellte sich dicht an den Bühnenrand, hielt sich die Hand über die Augen und blickte ins Publikum. Er wartete, bis eine gespannte Stille über der Wiese lag, dann lächelte er, wie man auf den beiden großen Bildschirmen rechts und links an den Traversen gut sehen konnte. »Cerigh ist der Ort, an dem ich die ersten Jahre meines Lebens verbracht habe. Damals war ich noch nicht berühmt, und keiner wusste, was für ein Weg mir bevorstand. Aber ich erinnere mich gut daran, dass ich schon damals für die Musik gebrannt habe. Das ging uns allen in der Band so, und wir sind unglaublich froh, dass wir unseren Traum wahr machen konnten und heute hier vor euch stehen.«

Er wartete, bis der einsetzende Applaus abebbte, und wies dann mit ausgestreckten Armen auf seine Bandkollegen.

»Wir haben damals, als uns noch keiner kannte, jede Chance genutzt, um zu zeigen, was wir so draufhatten. Aber wir brauchten auch Leute, die uns Türen geöffnet und eine Plattform geboten haben. Dafür sind wir heute noch sehr dankbar, und jetzt, wo wir es geschafft haben, möchten wir so etwas auch machen. Wir wollen was zurückgeben.« Ein Raunen lief durch die Menge, was ihn lächeln ließ. »Ihr wisst, was ich meine, oder?«

»Er meint diesen Songwettbewerb«, sagte Betty aufgeregt. »Davon habe ich gelesen. Das ist ziemlich cool. Stimmt's?« Sie blickte zu Aidan hoch, doch der starrte wie gebannt zur Bühne, auf der Sean Fraser bereits weitersprach.

»Genau: Ich spreche von unserem Song Contest. Wir haben schon vor einer Weile junge Musiker dazu aufgerufen, uns einen selbst komponierten Song zu schicken, damit wir den hier live performen. Die Resonanz war der Wahnsinn, und es sind viele verdammt gute Sachen bei uns angekommen. Aber am Ende mussten wir uns entscheiden, und unsere Wahl ist auf einen Song gefallen, der uns echt umgehauen hat. Wir spielen ihn euch jetzt vor, und wenn er euch auch so gut gefällt, dann kommt er vielleicht sogar auf unser neues Album – sofern der Songwriter damit einverstanden ist. Das können wir ihn nachher fragen, denn er ist heute Abend hier.«

Der Drummer begann einen Trommelwirbel.

»Der Song heißt ›A day without you‹«, sagte Sean Fraser. »Und geschrieben hat ihn … Aidan Dearing!«

7

Abrupt wandte Lexie sich zu Aidan um. »Meint er … dich?«

Aidan hatte die Lippen zu einer schmalen Linie zusammengepresst. Sein ganzer Körper wirkte angespannt, und er hatte den Blick immer noch auf die Bühne gerichtet. Langsam nickte er. »Ja. Das ist mein Song.«

Lexie tauschte einen ungläubigen Blick mit Betty, die genauso fassungslos wirkte. »Du hast an dem Contest teilgenommen? Und gewonnen?«

»Wie es aussieht«, erwiderte er grimmig, was Lexie endgültig verwirrte.

»Und darüber freust du dich gar nicht?«

»Doch. Eigentlich schon. Aber …«

»Aber was?«, drängte Lexie, weil Aidan nicht weitersprach.

Er zuckte mit den Schultern. »Aber mein Vater ist hier, und wie ich ihn kenne, wird er jetzt dafür sorgen, dass es nicht mehr mein Erfolg ist, sondern seiner. Wenn er nicht sogar von vornherein seine Finger bei meinem Sieg im Spiel hatte.«

Endgültig verwirrt schüttelte Lexie den Kopf. »Du glaubst, dein Vater hat dafür gesorgt, dass du den Wettbewerb gewinnst?«

Aidan nickte. »Ich würde es ihm zutrauen, auch wenn er behauptet, er hätte damit nichts zu tun. Mein Vater hat unglaublich viele Kontakte in der Musikbranche. Und er mischt sich unglaublich gerne ein. Deshalb wollte ich nicht, dass er von meiner Teilnahme am Contest erfährt. Und ich dachte, es wäre mir gelungen, bis ich gestern Abend erfuhr, dass er zum Festival kommt. Da ahnte ich schon, dass er es herausgefunden hat. Er verfolgt mich, weil er einfach nicht akzeptieren kann, dass ich es allein schaffen will. Deshalb wollte ich erst nicht herkommen.« Er sah Betty an. »Aber dann dachte ich, was soll's, und habe noch mal versucht, mit ihm zu reden. Ohne Erfolg.«

Betty starrte ihn nur stumm und fassungslos an, aber Lexie begann der Zusammenhang zu dämmern. »Der Typ vorhin, mit dem du an der Bühne geredet hat – das war dein Vater?«

»Du hast uns gesehen?«, fragte er überrascht.

Sie nickte. »Er wirkte so seltsam. Ich dachte, er wäre ein Dealer, der dir Drogen verkaufen will.«

Aidan lachte auf, aber es klang nicht fröhlich. »Nein, das war der große Dave Salzman höchstpersönlich. Und geben wollte er mir den Schlüssel zu einem brandneuen Auto. Das ich von jetzt an fahren soll, weil mein Hyundai angeblich keine zehn Meilen mehr schafft.«

Lexie dachte an die vielen Fehlzündungen des Kleinwagens »Na ja …«

»Salzman?« Betty runzelte die Stirn. »So heißt doch dieser Musikproduzent, von dem Ken gesprochen hat. Der, mit dem er unbedingt reden will.«

Von der Bühne erklangen die ersten Akkorde des Songs, aber Lexie hörte nur mit einem Ohr hin, konzentrierte sich auf Aidan, der jetzt frustriert die Luft ausstieß.

»Ja, genau. Alle, die in der Musikbranche weiterkommen wollen, möchten gerne mit Big Dave reden. Weil sie hoffen, dass er sie nach vorne bringt. Nur ich würde es viel lieber aus eigener Kraft schaffen, ohne ihn.«

Lexie schüttelte den Kopf. »Aber es ist doch schön, wenn

dein Vater dich unterstützt.« Sie dachte an ihre eigene trostlose Kindheit und daran, wie oft sie sich Eltern gewünscht hatte, die sich für sie interessierten. »Ist das nicht normal?«

»Bei meinem Vater ist gar nichts normal«, widersprach Aidan. »Ihr kennt ihn nicht. Er weiß immer alles besser, und er allein bestimmt darüber, was sinnvoll ist und was nicht. Kunstgeschichte hält er zum Beispiel für reine Zeitverschwendung. Genau deshalb habe ich es studiert. Und wenn ich das mit dem Songschreiben schaffe, dann will ich, dass es mein Erfolg ist – nicht der meines Vaters. Er soll damit nichts zu tun haben. Deshalb verwende ich in letzter Zeit immer den Mädchennamen meiner Mutter. Darunter habe ich auch den Song eingereicht. Ich will keine Vorteile haben, nur weil ich der Sohn von Big Dave bin. Ich will meinen eigenen Weg gehen.«

Betty, die bis jetzt geschwiegen hatte, starrte ihn entsetzt an. »Dann ... bist du gar nicht Aidan Dearing?«

Er schüttelte den Kopf. »Mein richtiger Name ist Salzman.«

Deshalb wollte er nach der Prügelei keine Anzeige erstatten, dachte Lexie. Weil er sich dann hätte ausweisen müssen, genau wie im Krankenhaus. Dann wäre das mit dem anderen Namen herausgekommen.

»Das ist es, was ich dir nach dem Konzert erklären wollte, Betty.« Aidans Blick war jetzt flehend. »Ich hätte dir alles gesagt. Aber ich wollte erst mit Dad sprechen.«

Betty schien jedoch etwas anderes sehr viel mehr zu beschäftigen. »Du bist in Wirklichkeit Musiker?«

Aidan zuckte mit den Schultern. »Noch nicht. Aber ich wäre es gerne. Immer vorausgesetzt, ich schaffe es, meinen Vater da rauszuhalten. Dieser Wettbewerb war so etwas wie ein Versuchsballon. Ich wollte testen, wie meine Songs da draußen ankommen.«

Für einen Moment schwiegen sie alle drei, und plötzlich achtete Lexie auf das Lied, das die Badgers spielten. Es war eine

69

wunderschöne Ballade mit einer Melodie, die mitten ins Herz traf. Wenn Aidan das geschrieben hat, dann ist er richtig gut, dachte sie.

Betty schien das auch zu begreifen, aber die Tatsache zauberte ihr kein Lächeln auf die Lippen. Tatsächlich war sie blass geworden. »Schreibst du die Songs nur, oder willst du sie auch singen?«

Aidan zuckte mit den Schultern. »Wenn man mich lässt, würde ich sie auch singen.«

Betty wich einen Schritt von ihm zurück und schüttelte den Kopf. »Ich schätze, dann sollten wir uns besser nicht mehr sehen.« Sie wollte sich umdrehen und gehen, aber Aidan griff nach ihrem Arm.

»Hey, warte! Das meinst du nicht so, oder?«

»Doch, das meine ich genau so! Ich will keinen Musiker mehr als Freund. Das tue ich mir ganz sicher nicht noch einmal an, damit bin ich durch. Also lass mich in Ruhe, Aidan Dearing – oder wie immer du in Wahrheit heißt!« Sie riss sich von ihm los und verschwand in der Menge.

Er wollte ihr hinterher, aber Lexie hielt ihn zurück.

»Lass sie. Du machst es nur schlimmer.«

Verzweifelt schüttelte er den Kopf. »Ich hatte keine Ahnung, dass dieser Ken Musiker war.«

»Ist er«, bestätigte Lexie. »Und er hat Betty zweimal betrogen. Einmal mit einem Groupie und einmal mit der Assistentin seines Managers. Ich schätze, das will sie nicht noch mal riskieren.«

»So etwas würde ich nie tun!« Aidan sah richtig entsetzt aus. »Ich würde sie nicht betrügen!«

»Aber anlügen ist okay, oder was?«, fragte Lexie wütend. »Was hast du denn erwartet? Dass sie ganz entspannt ist, wenn sie herausfindet, dass du gar nicht der bist, für den sie dich gehalten hat?«

70

Er stieß stöhnend die Luft aus. »Nein, natürlich nicht. Genau deswegen hatte ich ja Angst davor und habe es vor mir hergeschoben. Ich hatte Angst, dass sie mir deswegen böse ist.« Er zuckte mit den Schultern. »Wegen des Namens, nicht wegen des Songs. Damit, dass sie mich nicht will, weil ich Musiker bin, hatte ich überhaupt nicht gerechnet.«

Der letzte Akkord des Songs verklang, und um sie herum brach tosender Applaus los. Das Lied kam ganz offensichtlich gut an.

»Okay, das nenne ich mal eine begeisterte Reaktion.« Sean Frasers Stimme hallte über die Wiese. »Also los, Aidan, komm rauf zu uns, und lass dich feiern!«

Aidan rührte sich nicht, schien das, was auf der Bühne passierte, gar nicht richtig wahrzunehmen. »Was soll ich denn jetzt machen?«, fragte er, sichtlich ratlos.

Lexie zuckte mit den Schultern, weil sie darauf keine Antwort hatte. »Ich weiß es nicht.«

Sie war immer noch ziemlich schockiert über Aidans Geständnis und wollte eigentlich wütend auf ihn sein. Aber er sah so unglücklich aus, dass sie Mitleid mit ihm hatte.

»Geh nach vorne, und hol dir deinen Applaus ab«, sagte sie. »Ich suche nach Betty und rede mit ihr. Vielleicht gibt sie dir noch eine Chance. Aber verlassen würde ich mich darauf nicht.«

Aidan nickte. »Sag ihr, dass es mir leidtut. Und dass ich …«

»Aidan? Wir warten auf dich!«, rief Sean Fraser laut.

»Nun geh schon.« Lexie gab ihm einen Schubs, und er setzte sich in Bewegung, bahnte sich den Weg in Richtung Bühne.

Lexie ging ebenfalls, bekam aber noch mit, wie er die Bühne erreichte und unter großem Applaus von Sean Fraser und seinen Bandkollegen begrüßt wurde. Er sah aber nicht so glücklich aus, wie man es hätte erwarten können, wirkte eher überfordert.

So hat er sich das sicher nicht vorgestellt, dachte Lexie mit einem erneuten Anflug von Bedauern. Sie war ziemlich sicher, dass er Betty nur aus der Not heraus über seine wahre Identität belogen hatte. Er war anders als Ken. Aber am Ende war es Bettys Entscheidung, ob sie ihm noch eine Chance gab.

Vor allem musste Lexie ihre Freundin jetzt erst mal dringend finden, deshalb schlug sie den Weg zu den Bierständen ein. Dort war Betty jedoch nicht, und an ihr Handy ging sie auch nicht. Deshalb lief Lexie weiter in Richtung Bühne. Rechts davon ging es über einen schmalen Weg hinüber zu der großen Wiese, die als Parkplatz diente. Vielleicht wartete Betty beim Auto auf sie?

Ihr Handy vibrierte und riss Lexie aus ihren Gedanken. Schnell holte sie es aus ihrer Hosentasche, weil sie glaubte, dass Betty sich zurückgemeldet hatte. Doch es war eine Nachricht von Andrew.

Bin auf dem Weg nach Dubai. Melde mich, sobald ich kann.

Verärgert steckte Lexie das Handy wieder weg. Sie wusste, dass er im Moment viel zu tun hatte. Nach Verhandlungen in Frankreich war er jetzt unterwegs in die Vereinigten Arabischen Emirate, um die Investoren zu treffen, die Interesse an Dunmor Castle hatten. Aber er hätte sich trotzdem Zeit für ein kurzes Gespräch nehmen können, schließlich hatte sie ihm geschrieben, dass es wichtig war …

Abrupt blieb sie stehen und starrte auf den Mann, der sich vor ihr den Weg durch die Menge bahnte. Er war so groß, dass er die meisten anderen überragte. Und er sah nicht nur aus wie Grayson – er war es diesmal wirklich.

Ihr Herz setzte einen Schlag aus und raste dann in doppeltem Tempo weiter.

»Lexie!« Er schien sie jetzt erst zu bemerken, und sein Lächeln nahm ihr ganz kurz den Atem. »Ich hatte gehofft, dass ich dich hier treffe.«

72

»Ach ja?« Sie verschränkte die Arme vor der Brust. »Ich dachte, du bist mit Janice verabredet.«

»Das war ich.« Grayson runzelte die Stirn, offensichtlich irritiert darüber, dass sie davon wusste.

»Und wo ist sie dann?«, fragte Lexie, weil sie die andere Frau nirgends entdecken konnte.

Er zuckte mit den Schultern. »Keine Ahnung. Janice und ich hatten kein Date. Wir mussten nur etwas besprechen.«

»Aha.« Lexie schluckte. Ihr Gehirn war wie leergefegt, hatte nur Platz für den Gedanken, dass er jetzt so nah vor ihr stand, dass sie die dunkelgrauen Einsprengsel in seinen blauen Augen sehen konnte. So nah, dass sie sich nur auf Zehenspitzen hätte stellen müssen, um ihn zu küssen …

»Und wir beide müssen auch noch etwas klären.« Er hatte sich vorgebeugt und den Abstand zwischen ihnen noch weiter verkleinert. Seine Lederjacke war jetzt nur noch wenige Zentimeter von ihrer Wange entfernt, und der Duft seines Aftershaves hüllte sie ein, machte es ihr noch schwerer zu denken.

»Ja, das … müssen wir.« Erschrocken über die Wirkung, die seine Nähe auf sie hatte, wich sie einen Schritt zurück. »Wieso hast du die Kosten für meine Autoreparatur übernommen?«

»Weil ich dir angeboten hatte, mich darum zu kümmern.«

»Aber das heißt doch nicht, dass du auch bezahlen musst«, schimpfte Lexie. »Das ist meine Sache, nicht deine.«

»Wenn es dir so wichtig ist, dann kannst du mir das Geld zurückzahlen. Ich dachte nur, so wäre es einfacher«, sagte er, und Lexie wurde plötzlich klar, dass das wirklich der Grund war. Für ihn war das vermutlich eine Lappalie, ein Betrag, über den er gar nicht nachdachte. Deshalb spielt es keine Rolle für ihn, dachte Lexie und kam sich plötzlich sehr dumm vor, weil sie so viel in diese Geste hineininterpretiert hatte.

»Ja. Das … würde ich gerne«, stotterte sie.

»Okay. Und was uns beide angeht, würde ich auch gerne

noch etwas klarstellen.« Grayson wollte fortfahren, doch Lexie hob hastig die Hand.

»Ich kann jetzt nicht. Ich … muss Betty finden. Sie ist vielleicht auf dem Parkplatz. Im Auto, meine ich. Vielleicht … wartet sie da auf mich.« Sie spürte, wie ihre Wangen rot anliefen. Herrgott, was stammelte sie denn da?

Hastig drehte sie sich um und wollte gehen, hielt jedoch noch einmal inne.

»Ach ja, und Andrew hat sich gemeldet. Er ist auf dem Weg nach Dubai und ruft mich an, sobald er dort ist. Dann kläre ich das mit dem Vertrag.«

Sie wandte sich ab, bevor Grayson etwas erwidern konnte, und ging, rannte beinahe, um von ihm wegzukommen.

* * * * *

Grayson starrte ihr nach, bis sie in der Menge verschwunden war. Er hatte ihr erklären wollen, dass er nicht so gefühllos war, wie sie offenbar glaubte. Es störte ihn massiv, dass sie so ein schlechtes Bild von ihm hatte, und er hatte das Bedürfnis, es richtigzustellen.

Das Problem war nur, dass er nicht mehr richtig denken konnte, wenn diese Frau ihm zu nahe kam. Er dachte an den Ausdruck in ihren Augen und ihre leicht geöffneten Lippen, als sie eben vor ihm gestanden hatte. Er hätte sie verdammt gerne geküsst, und er war ziemlich sicher, dass es ihr genauso gegangen war. Doch anstatt dem Gefühl nachzugeben, hatte sie sich zurückgezogen und ihn daran erinnert, dass sie nichts mit ihm zu tun haben wollte. Und dass sie für diesen hinterhältigen Andrew Howard arbeitete. Was genau der Grund war, wieso er selbst lieber einen Bogen um sie machen sollte.

Lexie Cavendish war viel zu kompliziert. Und eigensinnig. Und sie kam ihm innerlich viel zu nah, weil ihre Geschichte seiner so ähnlich war. Er kannte seine Mutter zwar, aber er hatte sich als Kind genauso allein gefühlt wie Lexie. Es war etwas, das sie verband und ihn schwach machte, wenn es um sie ging.

Er seufzte tief und wünschte sich zurück nach New York. Die Frauen, die er dort traf, brachte ihn nicht so durcheinander. Frauen wie Charlene zum Beispiel, die er erst kürzlich zu einer dieser Wohltätigkeitsgalas mitgenommen hatte, zu denen er regelmäßig eingeladen wurde. Oder Zoe, die ihm auf der Party eines Geschäftsfreundes ihre Nummer gegeben hatte und die sicher mehr als bereit war für die Art von Affäre, die er selbst so angenehm fand. Eine Verbindung auf Zeit, ohne Verpflichtungen und Versprechen und romantische Gefühlsduselei, die sich dann doch als Illusion herausstellte …

Sein Handy brummte in seiner Tasche, und als er es herausholte, sah er, dass Janice ihm eine Nachricht geschrieben hatte. Unwillig wollte er sie wegdrücken, weil er sicher war, dass es nichts mehr zu besprechen gab. Schließlich war er bei ihrem Treffen vorhin sehr deutlich gewesen. Dann öffnete er sie doch und spürte, wie ihm kalt wurde, während er die wenigen Worte las.

Mit einem unterdrückten Fluchen steckte er das Handy wieder ein und rannte in die Richtung, in die Lexie gerade verschwunden war.

8

Lexie ballte die Fäuste, während sie den Weg zu den Parkplätzen entlanglief. Sie nahm wahr, dass er schlecht beleuchtet war, aber sie war zu sehr in Gedanken, um sich darüber Sorgen zu machen.

Verdammt, wieso hatte Grayson Fitzgerald bloß so eine absolut verheerende Wirkung auf sie? Es war, als würde ihr Verstand aussetzen, wenn sie in seiner Nähe war. Sie konnte sich selbst nicht mehr trauen, und sie wusste auch nicht mehr, was sie glauben sollte.

Ich bin nicht das gefühllose, berechnende Monster, für das du mich hältst, hörte sie ihn wieder sagen, und ein Teil von ihr – der, der sich vorhin am liebsten in seine Arme geschmiegt hätte – wollte das sehr gerne glauben. Aber der Rest von ihr blieb misstrauisch und verwirrt. Grayson Fitzgerald war vielleicht nicht gefühllos, aber das bedeutete trotzdem nicht, dass er Gefühle für sie hatte. Er konnte eigentlich nicht an ihr interessiert sein. Und selbst wenn, wohin sollte das führen? Wenn diese Sache hier vorbei war, dann würde er zurück nach New York gehen und sie nach Dublin. Um weiter für Andrew zu arbeiten. Deshalb war es sehr gut, dass sie ihn und sich daran erinnert hatte, bei wem sie unter Vertrag stand.

Lexie blieb stehen, als sie das Feld erreichte, das während

des Festivals als Parkplatz diente. Es war zum Glück noch hell genug, um die einzelnen Autos zu erkennen, deshalb gelang es ihr schnell, die Stelle zu finden, an der sie ihren Golf abgestellt hatte. Doch von ihrer Freundin war weit und breit nichts zu sehen.

Sie holte ihr Handy heraus und versuchte noch einmal, Betty zu erreichen. Wieder ging nur die Mailbox dran.

Ratlos starrte sie auf das Display und überlegte, was sie jetzt tun sollte. Vielleicht hatte Betty sich zu Fuß auf den Weg zurück zum Rose Cottage gemacht. Aber hätte sie dann nicht Bescheid gesagt? Nein, ihre Freundin musste hier noch irgendwo sein. Nur würde es sehr schwer werden, sie in der Menge zu finden.

Lexie schrieb ihr eine Nachricht, dass sie sich sofort bei ihr melden sollte, sobald sie das las. Was hoffentlich noch möglich sein würde, denn ihr Akku war schon wieder fast leer. Dann schob sie das Handy zurück in ihre Tasche und machte sich auf den Rückweg zur Bühne.

Außer ihr waren nur wenige andere hier draußen, die entweder zu ihren Autos gingen oder gerade erst angekommen waren. Aber längst nicht so viele wie drüben auf dem Festivalgelände.

Die Musik schallte herüber, und Lexie musste lächeln, als sie den Song erkannte. Es war »Danny Boy«, ein klassischer irischer Folksong, den sie schon immer besonders gemocht hatte. Dass die Badgers eine Coverversion davon spielten, hatte sie nicht gewusst, aber es hörte sich schön an. Leise summte sie die Melodie mit, während sie durch die Dämmerung ging.

Die Leute, die ihr entgegenkamen, zeichneten sich schemenhaft vor dem Licht ab, das von der Bühne ausging. Lexie konnte sie immer erst richtig erkennen, wenn sie ungefähr auf ihrer Höhe waren. Die meisten grüßten und gingen weiter, doch eine Frau blieb stehen, und als Lexie näher kam, erkannte sie, wer es war.

»Janice! Du bist ja doch hier!«

Die schlanke junge Frau lächelte, was Lexie nach ihren letzten Begegnungen ziemlich irritierend fand.

»Wieso? Darf ich nicht?«

»Doch. Natürlich.« Lexie zuckte mit den Schultern. »Ich habe nur vorhin Grayson getroffen, und er meinte, du wärst …«

»Ich weiß«, fiel Janice ihr ins Wort und kam einen Schritt näher. »Ich habe euch zusammen gesehen.«

Sie lächelte immer noch, aber in ihren Augen blitzte etwas auf, das Lexie einen Schauer über den Rücken jagte. Instinktiv wollte sie einen Schritt zurückweichen, blieb jedoch stehen, weil sie sich albern vorkam. Janice konnte sie vielleicht nicht leiden, aber sie war bestimmt nicht gefährlich.

Zwei andere Frauen gingen vorbei. Eine von ihnen sah über die Schulter zu ihnen zurück, und Lexie fing ihren Blick auf, war für einen Moment abgelenkt. Dann wandte sie sich wieder um und erschrak, weil Janice plötzlich sehr dicht vor ihr stand und sie auf eine unheimliche Art fixierte.

»Was ist denn?«, fragte sie und wich jetzt doch ein Stück zurück. »Was willst du von mir?«

»Die Frage ist eher, was du von Grayson willst.« Janice' Stimme klang ruhig, aber es schwang trotzdem etwas Bedrohliches darin mit. Oder bildete Lexie sich das ein?

»Ich will gar nichts von ihm«, sagte sie, doch Janice schnaubte nur verächtlich.

»Das glaube ich dir nicht. Aber es spielt sowieso keine Rolle. Ich werde nämlich dafür sorgen, dass du ihn nicht bekommst.«

Erst jetzt sah Lexie, dass Janice etwas in der Hand hielt. Es blitzte im Licht des Scheinwerfers, der am Rand des Parkplatzes in Lexies Rücken stand. War das ein Messer?

»Lexie!« Graysons Stimme hallte zu ihnen herüber, und einen Augenblick später tauchte er völlig außer Atem hinter Janice auf. »Weg von ihr! Schnell!«

Bevor Lexie reagieren konnte, sprang Janice nach vorn und

stellte sich hinter sie, drückte ihr die Messerklinge gegen den Hals. Lexie wagte nicht, sich zu bewegen.

»Janice, bitte! Du täuschst dich!« Ihr Herz hämmerte wild. »Ich habe nichts mit Grayson.«

»Du kannst es ruhig leugnen. Ich weiß, dass du ihn willst!« Janice' Stimme klang jetzt schrill. »Ich habe gesehen, wie du ihn ansiehst. Du willst ihn. Aber du kriegst ihn nicht.«

»Janice, nein!« Grayson hob beide Hände in einer beschwichtigenden Geste. »Lass sie los! Dann reden wir.«

»Reden?« Janice lachte bitter auf. »So wie vorhin, als du mir gesagt hast, dass du nicht mehr mit mir zusammen sein willst?«

»Wir waren nie richtig zusammen, Janice.«

»Das ist nicht wahr!« Ihre Stimme brach. »Es liegt nur an ihr. Sie hat dir den Kopf verdreht, dieses Flittchen. Deshalb sagst du solche Sachen, die du in Wahrheit gar nicht meinst. Du willst sie nicht. Und wenn sie weg ist, dann wird alles wieder gut zwischen uns.«

Lexie schrie auf, als sie spürte, wie Janice die Klinge noch fester gegen ihre Haut drückte. Es schmerzte jetzt, und sie bekam schlecht Luft.

»Janice, nein!« Grayson machte einen großen Schritt nach vorn. »Ich will sie nicht, hörst du? Ich … will dich.«

»Komm nicht näher!«, schrie Janice und wich ein Stück zurück, zog Lexie mit sich. Grayson blieb wieder stehen, doch er hatte es geschafft, etwas näher heranzukommen als zuvor – eine Tatsache, die Janice nicht aufzufallen schien.

Stimmen übertönten jetzt die Musik, die von der Bühne herüberklang, und Lexie vermutete, dass Leute bemerkt hatten, was hier vor sich ging, und sich näherten. Sie betete innerlich, dass einer von ihnen Hilfe holte, und gleichzeitig, dass sich niemand von ihnen einmischte. Sie spürte nämlich, wie sehr Janice' Hand zitterte. Wahrscheinlich würde eine Kleinigkeit ausreichen, um die Situation eskalieren zu lassen.

Das schien auch Grayson bewusst zu sein, denn er hob erneut die Hände. Seine Stimme klang weich, bittend.

»Janice, sei doch vernünftig. Wenn du Lexie etwas tust, kommst du ins Gefängnis. Dann können wir nicht zusammen sein!«

»Willst du das wirklich?« Janice' Stimme klang hoffnungsvoll, und zum ersten Mal lockerte sich ihr Griff etwas.

»Ja.« Grayson suchte kurz Lexies Blick, und sie las in seinen Augen, was er ihr nicht sagen konnte: Janice zu besänftigen war der einzige Weg, der ihnen blieb. »Wir werden wieder ein Paar sein, genau wie früher«, fuhr er fort und öffnete die Arme, lächelte Janice an. »Das möchtest du doch, oder?«

»Ja.« Janice' Stimme klang jetzt weich, und Lexie spürte, wie ihr Körper sich entspannte und ihr Arm leicht herabsank.

Mit dem Mut der Verzweiflung packte sie Janice' Hand und schob das Messer weg. Gleichzeitig holte sie aus und rammte ihrer Gegnerin den Ellenbogen mit voller Wucht gegen das Brustbein.

Janice keuchte auf und krümmte sich, sackte nach vorn. Sofort floh Lexie vor ihr, lief zu Grayson, der sie hinter sich schob. Dann war er mit einem Schritt bei Janice und wand ihr das Messer aus der Hand, warf es außer Reichweite.

Aus der Dunkelheit stürzten jetzt diejenigen heran, die Lexie vorhin schon gehört hatte, und halfen Grayson, die kreischende Janice zu überwältigen. Gleichzeitig kamen zwei Wagen mit Blaulicht an, von denen einer ein Krankenwagen war. Aus dem anderen Auto stiegen mehrere uniformierte Männer, die zum Sicherheitsteam des Festivals gehörten. Sie liefen zu Grayson und den anderen und übernahmen die Sicherung von Janice, die verzweifelt um sich trat.

»Nein! Lasst mich los! Grayson, bitte! Bleib bei mir!«, schrie sie, doch die Männer gaben nicht nach.

»Sanitäter«, brüllte einer von ihnen, woraufhin zwei weitere

Männer und eine Frau in orangeroten Jacken zu ihnen gelaufen kamen. Jemand von den Leuten, die auf den Vorfall aufmerksam geworden waren, musste sie gerufen haben, denn anders konnte Lexie sich nicht erklären, wo sie so schnell hergekommen waren. Und die Polizei war offenbar auch schon alarmiert worden, denn Lexie sah, wie ein Streifenwagen hielt und Sergeant Sumner ausstieg.

»Wie geht es Ihnen? Sind Sie verletzt?« Die Sanitäterin, eine junge Frau mit blondem Pferdeschwanz, war jetzt bei Lexie und legte ihr die Hand unter das Kinn, hob sanft ihren Kopf an und betrachtete prüfend ihren Hals. »Nur ein oberflächlicher Schnitt, aber ich muss das versorgen.«

Mit sicheren Handgriffen säuberte sie die Wunde und klebte ein Pflaster darauf, dann legte sie Lexie eine Decke über die Schulter.

Währenddessen umringten sie immer mehr Schaulustige und versperrten ihr die Sicht auf Janice, die man jetzt nicht mehr schreien hörte, wahrscheinlich, weil der Notarzt ihr etwas zur Beruhigung gegeben hatte.

Auf Grayson konnte Lexie zumindest einen kurzen Blick erhaschen, er stand bei Sergeant Sumner, der ihn offenbar befragte. Aber dann stellte sich einer der Schaulustigen direkt vor sie.

»Was war denn hier los?«, fragte er und hielt ihr ein Handy vor das Gesicht, um sie zu filmen.

»Hey, was soll das?«, herrschte die Sanitäterin den Mann an und schob ihn zur Seite. Sie rief die Security und wies sie an, die Leute zurückzudrängen. Ganz vertreiben ließen diese sich jedoch nicht.

»Kommen Sie, ich bringe Sie zu uns ins Erste-Hilfe-Zelt«, sagte die Frau zu Lexie. »Da haben Sie mehr Ruhe und können sich hinlegen.«

Lexie blickte sich noch einmal zu Grayson um und sah, dass

er immer noch mit dem Polizisten sprach. Dann folgte sie der resoluten Blondine über das Feld.

»Was passiert jetzt mit Janice?«, wollte sie wissen.

Die Sanitäterin zuckte mit den Schultern. »Das gerade war ein ausgewachsener Nervenzusammenbruch. Deshalb wird sie sicher erst mal in die Klinik gebracht, bevor die Polizei sich um die Sache kümmert. Aber wenn Sie mich fragen, dann ist die Frau ein Fall für die Psychiatrie.«

Lexie dachte an Janice' verzerrtes Gesicht und daran, wie hysterisch sie Graysons Namen gerufen hatte. Ein Zittern durchlief sie, und für einen Moment glaubte sie, die kalte Klinge an ihrer Kehle noch einmal zu spüren. Wenn Grayson nicht gekommen wäre, dann hätte Janice vielleicht …

»Lexie!« Graysons Stimme ertönte hinter ihnen, und als sie sich umwandte, sah sie, dass er über das Feld auf sie zulief. Einen Augenblick später war er bei ihr und umfasste ihre Arme.

»Tut mir leid! Ich wollte zu dir, aber Sergeant Sumner hat mich aufgehalten«, sagte er, ganz außer Atem, und betrachtete sie besorgt. »Geht es dir gut?«

Lexie nickte und spürte zu ihrem Entsetzen, wie sich ihre Augen mit Tränen füllten.

»Entschuldigen Sie mich kurz.« Die Sanitäterin griff nach ihrem Funkgerät, das einen lauten Piepton ausgestoßen hatte, und ging ein paar Schritte zur Seite, während sie hineinsprach.

Grayson bemerkte jetzt das Pflaster an Lexies Hals. »Hat sie dich verletzt? Ist es schlimm?«

»Nur ein Kratzer«, sagte sie mit brüchiger Stimme und wehrte sich nicht, als er sie in seine Arme zog.

»Gott sei Dank«, murmelte er an ihrem Haar.

Lexie schloss die Augen und atmete seinen Duft ein. Ihre Knie waren plötzlich ganz weich, so als hätte ihr Körper nur auf diese Umarmung gewartet, um endlich dem Schock nachzugeben, gegen den er sich die ganze Zeit gestemmt hatte.

»Ich hatte solche Angst«, flüsterte sie so leise, dass Grayson es vielleicht gar nicht hörte. Sie kämpfte immer noch gegen die Tränen, aber seine Nähe und seine Wärme, sein Herzschlag dicht an ihrem Ohr, seine Lippen auf ihrem Haar und seine Hand, die schützend über ihrem Hinterkopf lag und ihren Kopf sanft gegen seine Brust presste – all das war ein wunderbares Gegenmittel, machte es sofort besser.

Sie hätte ewig so stehen können und bedauerte, dass er sie wieder freigab, als die Sanitäterin sich neben ihnen räusperte.

»Ich möchte nicht stören, aber ich muss Sie jetzt ins Sanitätszelt bringen«, sagte sie zu Lexie. »Ich habe gerade erfahren, dass wir einen neuen Einsatz drüben auf der Wiese haben. Deshalb muss ich mich beeilen.«

»Mir geht es gut. Sie müssen sich nicht mehr um mich kümmern«, versicherte ihr Lexie. Doch davon wollte die Frau nichts wissen.

»Das mag sein, aber Sie sollten sich trotzdem eine Weile hinlegen. Ein Schock kann verzögert einsetzen, und wir möchten Sie erst noch ein wenig beobachten.«

»Ich kann sie zum Zelt begleiten«, bot Grayson an. »Ich passe auf, dass sie sich an alle Anweisungen hält.«

»Okay.« Die Sanitäterin wirkte erleichtert. »Dann melden Sie sich bitte bei meiner Kollegin Ruth. Sie weiß Bescheid.«

Sie hob das Funkgerät an den Mund und sprach noch einmal mit ihrem Kollegen, während sie eilig in der Dunkelheit verschwand.

»Ich will mich nicht hinlegen«, beharrte Lexie, als sie mit Grayson allein war. »Ich muss Betty finden und …«

»Das kannst du später machen.« Grayson schüttelte den Kopf, als Lexie erneut protestieren wollte. »Verdammt, Lexie, ich will das nicht diskutieren.«

Sie hatte nicht die Kraft, noch länger zu widersprechen, und als sie kurze Zeit später auf dem provisorischen Feldbett lag, spürte sie, dass es wirklich guttat, sich für einen Moment auszustrecken. Doch sobald sie die Augen schloss, liefen die dramatischen Minuten noch einmal vor ihrem inneren Auge ab, und sie durchlebte den Schrecken erneut.

»Es tut mir so leid, Lexie.«

Graysons Entschuldigung brachte sie dazu, die Augen wieder zu öffnen und ihn anzusehen. Er hatte sich einen Stuhl geholt und saß neben ihrer Liege. Zögernd griff er nach ihrer Hand, und sie überließ sie ihm.

»Was?«, fragte Lexie. »Das war ja nicht deine Schuld.«

»Doch, war es. Schließlich ist Janice meinetwegen auf dich losgegangen.« Er seufzte tief und strich gedankenverloren mit dem Daumen über Lexies Handrücken. »Sie hat mir eine Nachricht geschickt, kurz bevor es passiert ist. Darin stand, dass sie dafür sorgen würde, dass ich wieder frei für sie wäre. Ich wusste sofort, dass sie dich damit meint, und bin dir hinterher. Eigentlich wollte ich dich nur warnen. Aber dafür war es ja leider schon zu spät.« Er schüttelte den Kopf. »Ich hätte ahnen müssen, dass sie wieder kurz vor einem Zusammenbruch steht. Aber sie wirkte die ganze Zeit so normal. Ich dachte, sie hätte sich jetzt im Griff.«

Lexie runzelte die Stirn. »Dann hat sie so etwas schon mal gemacht?«

»Nein. Nicht so etwas Krasses.« Grayson stieß die Luft aus. »Aber sie konnte schon früher richtig ausrasten, wenn sie nicht ihren Willen bekam.«

Lexie dachte an das, was er zu Janice gesagt hatte. »Wie hast du das gemeint, dass du nicht richtig mit ihr zusammen warst?«

Er stieß die Luft aus. »Genauso, wie ich es gesagt habe. Janice und ich waren nie ein Paar.«

Endgültig verwirrt starrte Lexie ihn an. »Aber die Leute sagen …«

»Die Leute sagen viel in Cerigh«, unterbrach Grayson sie.

»Fakt ist, dass ich keine Beziehung mit ihr geführt habe. Jedenfalls keine richtige. Wir … hatten mal etwas. Ganz kurz. Für mich war das nichts Ernstes, aber Janice hat das anders gesehen. Für sie stand fest, dass ich ihre große Liebe bin. Sie hat überall herumerzählt, dass sie jetzt mit mir zusammen wäre. Richtiggehend gestalkt hat sie mich danach, tauchte überall auf, wo ich war, bis ich ihr gesagt habe, dass sie mich in Ruhe lassen soll. Daraufhin hatte sie einen schlimmen Zusammenbruch. Sie hat um sich geschlagen und stand so neben sich, dass wir den Notarzt rufen mussten. Mir war damals nicht klar, wie labil sie ist.« Er seufzte. »Ich dachte, es wäre gut, wenn ich mich von ihr zurückziehe. Aber Eileen meinte, damit würde ich Janice' Zustand verschlimmern. Sie wollte sich um einen Therapieplatz kümmern, aber das war nicht so einfach, und sie hatte Angst, dass Janice in der Zwischenzeit völlig durchdrehen könnte. Deshalb wollte sie, dass ich für eine Weile die Rolle von Janice' Freund spiele.«

»Sie wollte, dass du so tust, als wärst du mit Janice zusammen?«, fragte Lexie.

Er nickte. »Ich fand es falsch und wollte erst nicht. Aber Eileen hat mich angefleht, es zu tun. Ich habe sie danach nie wieder so aufgewühlt erlebt. Es war richtig erschreckend, und ich hatte Angst, dass sie vielleicht auch noch zusammenbricht. Deshalb bin ich auf ihre Bitte eingegangen.«

Lexie richtete den Oberkörper auf und stützte sich auf ihren Ellenbogen. »Und warum hast du das später nie richtiggestellt?«

Er zuckte mit den Schultern. »Weil ich nicht wollte, dass die Leute sich über Janice das Maul zerreißen. Sie sollte es nicht noch schwerer haben. Außerdem bin ich ja ohnehin weggegangen. Deshalb spielte es keine Rolle.«

»Aber die Leute haben dadurch doch ein völlig falsches Bild von dir.« Lexie dachte an das, was die Kneipenwirtin Sheila

Murphy ihr erzählt hatte. »Sie sagen, du warst herzlos und gemein.«

Er hob einen Mundwinkel zu einem schiefen Lächeln. »Das findest du doch auch.«

Lexie hielt seinen Blick fest und hatte zum ersten Mal das Gefühl, hinter die Fassade zu blicken, die er um sich herum aufgerichtet hatte. Nein, er ist nicht herzlos, dachte sie. Im Gegenteil. Es brauchte viel Herz, solche Beschimpfungen auszuhalten, um jemand anderen damit zu schützen.

Grayson unterbrach ihren Blickkontakt und ließ ihre Hand los. Abrupt erhob er sich und fing an, neben der Liege auf und ab zu gehen.

»Und diesmal habe ich es wieder nicht rechtzeitig erkannt!«, sagte er. »Ich habe dich im wahrsten Sinne des Wortes ins offene Messer laufen lassen, dabei hätte ich gewarnt sein müssen.«

»Hattest du Kontakt zu Janice, während du weg warst?«, wollte sie wissen.

Er schüttelte den Kopf. »Ich wollte keine neuen Hoffnungen in ihr wecken.«

»Woher hättest du es dann wissen sollen?«, sagte Lexie. »Sie wirkte doch ganz normal.«

»Das stimmt.« Er seufzte. »Ich war nicht sicher, wie sie auf meine Rückkehr reagieren würde, aber bei unserem Wiedersehen machte sie einen sehr entspannten Eindruck. Sie hat sich gefreut und sich benommen, als wären wir alte Freunde, deshalb dachte ich wirklich, dass sie kein Interesse mehr an mir hat. Erst als du mir von ihrem Verhalten dir gegenüber erzählt hast, bin ich misstrauisch geworden. Deshalb habe ich mich heute Mittag mit ihr getroffen. Ich dachte, man könnte vernünftig mit ihr reden und es wäre gut, wenn ich noch mal klarstelle, dass ich an einer festen Beziehung kein Interesse habe. Ich bin nicht der Typ für so etwas.«

Lexie musste sich zwingen, seinem Blick standzuhalten.

Sagte er das nur wegen Janice? Oder war es eine Warnung an sie?

»Und wie hat sie reagiert?«

»Ruhig. Das ist es ja.« Er schüttelte frustriert den Kopf. »Sie hat mir versichert, dass es kein Problem für sie wäre und dass ich mir keine Sorgen machen solle, weil sie alles im Griff hätte. Mein Gott, wahrscheinlich hatte sie da schon vor, dich aus dem Weg zu räumen!«

Lexie griff nach seiner Hand, als er an ihr vorbeiging, und zwang ihn, stehen zu bleiben. »Grayson, das war nicht deine Schuld. Du musst dir keine Vorwürfe machen. Du konntest das nicht wissen.« Ihr kam ein Gedanke, bei dem ihr Magen sich unangenehm zusammenzog. »Denkst du, sie war das auch mit meinen Bremsschläuchen?«

»Das habe ich auch schon überlegt. Möglich wäre es. Aber solange wir das nicht sicher wissen, musst du weiter vorsichtig sein.«

»Ich weiß«, sagte sie mit einem Seufzen. Der Gedanke, dass Janice den Anschlag auf sie verübt hatte, war zwar furchtbar, aber es hätte auch etwas Beruhigendes gehabt, den Täter zu kennen.

»Na, wie geht es uns denn inzwischen? Alles in Ordnung?«

Die nette Sanitäterin, die sie im Zelt empfangen hatte, kam zu ihnen und griff routiniert nach Lexies Handgelenk.

»Der Puls ist wieder normal«, sagte sie nach einem kurzen Moment und maß auch noch Lexies Blutdruck. »Ein bisschen zu niedrig, aber nicht besorgniserregend.« Sie lächelte zufrieden. »Wenn Sie wollen, können Sie gehen.«

Lexie nickte und setzte sich auf, dann ließ sie sich von Grayson auf die Füße helfen.

»Soll ich dich zur Burg fahren?«, fragte er. »Dann kannst du dich weiter ausruhen.«

»Nein, ich muss erst Betty finden«, erwiderte sie und holte

ihr Handy heraus. Doch der Bildschirm blieb dunkel, als sie auf die entsprechende Taste drückte. Der Akku war offenbar schon wieder leer. Mit einem Seufzen steckte sie das Gerät wieder ein und nahm sich vor, demnächst endlich für Ersatz zu sorgen oder sich wenigstens eine Powerbank zuzulegen. »Ich gehe noch mal zurück zu dem Platz, wo wir zuletzt gestanden haben. Vielleicht sucht sie mich ja auch und wartet dort auf mich.«

»Gut. Dann komme ich mit.« Graysons Miene war sehr entschlossen. »Ich lasse dich jetzt nicht allein.«

Ihr saß der Schreck noch in den Gliedern, deshalb protestierte sie nicht dagegen. Gemeinsam gingen sie zurück zur Bühne, und Grayson bahnte ihr den Weg durch die Menge. Als sie an der Stelle ankamen, waren dort jedoch weder Betty noch Aidan. Unschlüssig sah Lexie sich um, während die Band auf der Bühne die letzten Akkorde eines Songs spielte, den sie gut kannte und der sie lächeln ließ.

»Das ist mein Lieblingslied von den Badgers.«

»Was sagst du?« Grayson beugte sich zu ihr herunter, weil die Musik ihre Worte übertönt hatte.

Sie stellte sich auf Zehenspitzen und wollte ihren Satz wiederholen. Doch dann zuckte sie heftig zusammen, als es hinter ihr plötzlich laut knallte. Mit wild klopfendem Herzen krallte sie sich an Graysons Jacke fest und suchte Schutz bei ihm, spürte, wie er die Arme um sie schloss, während weiter lautes Knallen und jetzt auch ein schrilles Pfeifen zu hören war.

»Es ist ein Feuerwerk, Lexie«, sagte Grayson dicht an ihrem Ohr. »Nur ein Feuerwerk.«

Zaghaft hob sie den Kopf und sah, dass jetzt mehrere bunte Feuerwerksblumen den Himmel über der Bühne erhellten. Immer neue Raketen stiegen auf und markierten damit offenbar das Ende des Konzerts. Um Lexie und Grayson herum blickten alle nach oben, und es waren Ausdrücke des Staunens zu hören, während das Feuerwerk immer kühnere Bilder in die Nacht malte.

Grayson ließ Lexie nicht los, und sie war ihm dankbar dafür. An ihn gelehnt ließ sie die Eindrücke auf sich wirken, nahm die strahlenden Gesichter der anderen Besucher wahr, auf deren Wangen sich die bunten Lichter spiegelten, und spürte, wie sie sich entspannte und langsam von der Begeisterung anstecken ließ. Hier, im Dunkeln, war es nicht schlimm, dass sie es noch nicht schaffte, Grayson wieder loszulassen. Und er schien es auch nicht eilig zu haben, sich von ihr zu trennen, zog sie stattdessen sogar noch dichter an sich.

»Schön, oder?« Seine Stimme klang rau an ihrem Ohr, und schickte einen sehnsuchtsvollen Schauer über ihren Rücken.

Sie nickte und hob den Kopf, sah zu ihm auf. Das Feuerwerk spiegelte sich in seinen Augen, und die Explosionen schienen sich in ihrem Innern fortzusetzen. Ihre Gefühle stiegen auf wie die Raketen, die über ihnen zerbarsten, und mit jedem bunten Farbregen, der die Dunkelheit erleuchtete, wurde die Sehnsucht in ihr größer. Sie wollte Grayson berühren und küssen, und in seinen Augen brannte das gleiche Verlangen. Deshalb schlang sie die Arme um seinen Hals und kam ihm entgegen.

Ihre Lippen fanden sich, und sofort schwand jeder Zweifel in ihr. Sie versank in seinem Kuss und vergaß alles um sich herum, nahm den Applaus kaum wahr, der um sie herum aufbrandete, als das Feuerwerk vorbei war, und hörte auch so gut wie nichts von den Zugaben, die die Band noch spielte. Wichtig waren nur Grayson und seine Lippen und Hände, die fordernder wurden und das Feuer in ihr immer weiter entfachten. Sie wollte ihn, vergrub die Hände in seinem Haar und stöhnte frustriert auf, als er ihre Lippen schließlich wieder freigab.

»Lass uns rauf zur Burg fahren.« Sein Brustkorb hob und senkte sich schwer, und auch sie war ganz außer Atem, hatte Mühe, in die Realität zurückzufinden. Doch dann wurde ihr schlagartig klar, dass sie dabei war, einen großen Fehler zu machen.

»Nein, das geht nicht.« Sie schüttelte den Kopf, noch zu schwach, um ihn wegzuschieben. »Ich kann das nicht.«

»Hatten wir nicht schon geklärt, dass das ein Irrtum ist?«, neckte er sie.

Lexie blieb ernst. »Wir dürfen nicht noch mal miteinander schlafen, Grayson. Für dich ist das hier ein netter Zeitvertreib, und danach gehst du einfach wieder zur Tagesordnung über. Aber mich bringt es durcheinander. Ich kann es mir nicht leisten, Gefühle für dich zu haben. Doch das würde ich vielleicht, wenn wir nicht aufhören. Und das willst du doch nicht, oder? Du willst doch nicht, dass ich mich in dich verliebe?«

Er starrte sie an, und sie sah, wie es in seinem Gesicht arbeitete. Wahrscheinlich hatte sie genau ins Schwarze getroffen, und er überlegte jetzt, wie er ihr sagen sollte, dass sie recht hatte.

»Dachte ich mir«, sagte sie und spürte, wie ihr Herz sich zusammenzog. Was hatte sie denn erwartet? Natürlich wollte er das nicht. Das zwischen ihnen war nichts Ernstes für ihn, genauso wenig wie seine Affäre mit Janice es gewesen war. Er wollte sich nicht binden, das hatte er doch eben noch gesagt. Deshalb war es richtig, dass sie ihn noch einmal daran erinnert hatte. Die Frage war nur, warum ihr diese Erkenntnis dennoch wehtat. Hatte sie ihre Lektion noch nicht gelernt, was sie und ihr Glück bei Männern anging?

»Mensch, Lexie, da bist du ja!« Betty tauchte neben ihr auf. »Ich habe versucht, dich auf dem Handy zu erreichen, aber ich glaube, dein Akku ist schon wieder platt«, sagte sie vorwurfsvoll und bemerkte dann erst Grayson. »Oh. Hallo.«

Er nickte ihr zu. »Hallo.«

»Ich … äh … störe ich gerade?«, fragte Betty unsicher.

Lexie blickte zu Grayson auf, der sie immer noch mit diesem merkwürdigen Ausdruck in den Augen musterte. Er zögerte noch einen Moment, dann schüttelte er den Kopf, so als müsse er einen unangenehmen Gedanken verscheuchen.

»Nein. Ich habe Lexie nur bei der Suche nach Ihnen geholfen. Aber das hat sich ja jetzt erledigt.« Abrupt drehte er sich um und lief über die Wiese in Richtung Parkplatz.

Lexie sah ihm nach und versuchte, das Gefühl der Enttäuschung zu ignorieren, das einen bitteren Geschmack in ihrem Mund hinterließ.

»Ich habe euch doch gestört, oder?«, fragte Betty, die Grayson ebenfalls hinterherstarrte.

»Nein, du bist gerade rechtzeitig gekommen«, erwiderte Lexie. »Und ich habe auch versucht, dich anzurufen. Mehrmals sogar.« Nachdenklich betrachtete sie ihre Freundin. »Hast du noch mal mit Aidan gesprochen?«

Betty schüttelte den Kopf. »Nein. Um ihn geht es auch gerade gar nicht. Ich habe eine Nachricht bekommen, Lexie.« Sie machte eine dramatische Pause, schien den Moment auszukosten. »Eine, die deine Mutter betrifft«, fügte sie dann mit einem verschwörerischen Lächeln hinzu.

*****

Grayson stieß die Luft aus und schüttelte unwillig den Kopf, während er mit großen Schritten die Wiese überquerte. Er konnte immer noch nicht fassen, dass er nicht in der Lage gewesen war, Lexie eine Antwort auf ihre Frage zu geben. Dabei hätte er einfach nur Nein sagen müssen.

Natürlich wollte er nicht, dass sie sich in ihn verliebte. Er wollte überhaupt keine romantischen Verwicklungen in seinem Leben. Liebe war nicht verlässlich. Sein Vater hatte seine Mutter nicht genug geliebt, um sie zu heiraten, und seine Mutter hatte ihn nicht genug geliebt, um ihm einen Platz in ihrer neuen Familie zu sichern. Gefühle waren nichts, worauf man bauen konnte, das hatte er früh lernen müssen, und im Zweifel stellten sie sich – wie bei Janice – sogar als zerstörerisch heraus. Nein, darauf konnte er wirklich verzichten, deshalb stand er für die große Liebe nicht zu Verfügung und machte das seinen Partnerinnen von vornherein klar. Tatsächlich ließ er sich nach der Erfahrung mit Janice nur noch auf Frauen ein, die in dieser Hinsicht ähnlich tickten wie er. Auf keinen Fall wollte er noch mal irgendwelche romantischen Erwartungen enttäuschten, deshalb zog er normalerweise die Notbremse, wenn eine seiner Beziehungen aus dem Ruder zu laufen drohte. Das hatte auch immer irgendwie geklappt – bis ihm Lexie Cavendish vors Auto gelaufen war.

Grayson seufzte bei der Erinnerung an ihre erste Begegnung. Sie hatte so schutzlos gewirkt in ihrem dünnen Nachthemd, aber da war auch etwas Kämpferisches in ihrem Blick gewesen, als sie begriffen hatte, wer er war. Seitdem wehrte sie sich mit aller Kraft gegen ihn – und küsste ihn gleichzeitig mit einer Hingabe, die ihm den Atem nahm. Diese Mischung brachte ihn ziemlich durcheinander, und er war leider gar nicht mehr sicher, ob er, was sie anging, wirklich einfach zur Tagesordnung zurückkehren konnte.

Verdammt, wann hatte er das letzte Mal so viel über eine Frau nachgedacht wie über Lexie? Wann hatte er sich je so viele Sorgen gemacht? Nein, sie hatte vollkommen recht. Das war alles nicht gut. Sie mussten das, was zwischen ihnen war, beenden, und zwar jetzt sofort, bevor es endgültig außer Kontrolle geriet …

Sein Handy klingelte und riss ihn aus seinen Gedanken. Es gelang ihm nicht sofort, es aus seiner Tasche zu ziehen. Wütend riss er an dem Gerät, bis er es endlich frei bekam. Die Nummer im Display kannte er nicht.

»Spreche ich mit Grayson Fitzgerald?«, fragte eine Frauenstimme, nachdem er sich gemeldet hatte.

»Wer will das wissen?«, fragte er unfreundlich.

»Mein Name ist Thea Winston von der Detektei Richmond in Belfast. Sie hatten uns beauftragt, mehr über die Aufenthalte Ihres Vaters hier bei uns in der Stadt herauszufinden.«

»Ja, richtig.« Grayson räusperte sich. Es war ihm immer noch ein bisschen unangenehm, dass er Privatdetektive engagiert hatte, um seinen Vater zu beschatten. Aber ihm war keine andere Möglichkeit eingefallen, um sich Informationen zu beschaffen. »Und?«, fragte er. »Gibt es etwas Neues?«

»Das kann man so sagen. Wir sind da auf etwas gestoßen, das Sie interessieren dürfte«, erwiderte die Detektivin mit einem sehr zufriedenen Unterton in der Stimme.

9

Bist du sicher, dass es hier ist?« Lexie sah aus dem Fenster auf die lange Lower Main Street, die sich durch das südliche Zentrum vom Letterkenny zog. Die Häuser standen dicht an dicht, waren zwei- bis dreistöckig und hatten teilweise Ladengeschäfte im Erdgeschoss. Einige waren neu oder frisch renoviert, aber es gab auch etliche Häuser, von deren Fassade die Farbe abplatzte und die recht heruntergekommen wirkten.

Betty nickte und fuhr langsamer. »Diese Jane Sawyer hat gesagt, dass die Hausnummer außen nicht dransteht. Aber unten ist eine Wäscherei drin. Ach, sieh doch, da vorne – das muss es sein.«

Sie deutete auf ein zweistöckiges, hellgelb gestrichenes Haus, in dessen Erdgeschoss sich das auffällig rot umrandete Schaufenster der Wäscherei County Dry Cleaner befand. Abgesehen von dem Ladenlokal unterschied sich das Haus nicht von den danebenliegenden. Und es gehörte offenbar zum alten Bestand, denn die Fassadenfarbe war rissig, und die weißen Holzfensterrahmen im ersten Stock hätten einen Anstrich vertragen können. Lediglich das Ladenlokal der Wäscherei wirkte sehr gepflegt, aber gegenüber den Neubauten ein paar Häuser weiter fiel das Gebäude äußerlich ab.

Während Betty in eine freie Parklücke fuhr, starrte Lexie wie gebannt auf das Haus, in dem ihre Großmutter und auch ihre Mutter früher gewohnt hatten.

»Kommt es dir bekannt vor?«, fragte Betty.

»Kein bisschen.« Lexie versuchte, ihre Enttäuschung zu unterdrücken. Irgendwie hatte sie erwartet, dass sie die Straße oder zumindest das Haus wiedererkennen würde. Aber anders als in Dunmor und Cerigh weckte hier nichts eine Erinnerung in ihr. Letterkenny war eine mittelgroße Stadt mit einer schönen, weithin sichtbaren Kathedrale im Zentrum. Doch eine Verbindung konnte Lexie zu diesem Ort nicht herstellen. »Vielleicht war ich noch zu klein damals.«

Betty nickte und wollte etwas sagen, doch ihr Handy klingelte plötzlich. Sie holte es aus ihrer Tasche, und Lexie erkannte Aidans Namen im Display.

»Geh ran«, drängte sie ihre Freundin, aber Betty drückte das Gespräch weg.

Lexie seufzte. »Wie oft hat er sich jetzt schon gemeldet?«

Wenn sie richtig mitgezählt hatte, dann war das schon der vierte Anruf, seit Betty heute in aller Frühe wie verabredet zur Burg gekommen war und sie abgeholt hatte. Betty hatte jedoch keinen davon angenommen. Sie schien fest entschlossen, Aidan zu ignorieren. Auch gestern Abend, als Lexie noch bei ihr im Cottage gewesen war, hatte sie ihn die ganze Zeit abgewiesen, als er versucht hatte, noch mal mit ihr zu sprechen. Regelrecht verbarrikadiert hatte sie sich in ihrem Zimmer und immer wieder Lexie vorgeschickt, um ihn abzuwimmeln.

»Du musst noch mal mit ihm reden«, befand Lexie.

»Wozu?« Betty steckte das Handy zurück in ihre Tasche. »Ich werde meine Meinung nicht ändern.«

Lexie schüttelte den Kopf. »Du kannst so verdammt stur sein, Betty Michaels! Aidan baut doch nicht automatisch den gleichen Mist wie Ken, nur weil er auch Musik macht.«

»Jetzt vielleicht noch nicht«, erklärte Betty mit grimmigem

Gesichtsausdruck. »Aber wenn er erst auf der Bühne steht und die Groupies ihn anschmachten, dann ändert sich das, glaub mir. Musiker sind alle gleich, und ich werde nicht noch mal den Fehler machen, auf einen hereinzufallen.«

»Das ist Unsinn, und das weißt du auch«, schimpfte Lexie. »Du hast doch selbst gesagt, dass du das Gefühl hast, dass er der Richtige ist. Dann hat er eine zweite Chance verdient.«

»Und du hast gesagt, dass Grayson Fitzgerald der letzte Mann ist, mit dem du etwas anfangen darfst. Und jetzt hast du ihn schon wieder geküsst. Du weißt auch nicht, was richtig und was falsch ist. Oder täusche ich mich da?«

Lexie schwieg betroffen, weil das leider stimmte. Sie war immer noch ganz durcheinander wegen der Ereignisse während des Konzerts gestern. Seitdem hatte sie Grayson nicht mehr gesehen, weil er laut Agatha noch am Abend nach Belfast gefahren und dort über Nacht geblieben war. Lexie hatte keine Ahnung, was er dort wollte, aber sie war froh darüber, dass sie ihm vor ihrer Abfahrt heute morgen nicht mehr begegnet war. Zumindest sagte sie sich das immer wieder, denn eigentlich kribbelte es in ihrem Magen, wenn sie nur an ihn dachte. Darüber, was das alles zu bedeuten hatte, wollte sie aber lieber nicht nachdenken.

Sie seufzte tief. »Du hast recht, ich weiß gar nichts mehr. Und im Moment interessiert mich auch viel mehr, was diese Jane Sawyer für uns hat.«

Sie hatte es kaum glauben können, als Betty ihr von der Nachricht der Frau berichtet hatte, die jetzt in der Wohnung von Lexies Großmutter Rose Riordan wohnte. Jane Sawyer hatte demnach auf dem Dachboden einen Karton mit Briefen und Fotos gefunden, die offenbar von Lexies Mutter Fiona stammten, und war bereit, sie Lexie zu überlassen.

»Denkst du, wir werden etwas finden, das uns weiterbringt?«

97

Betty nickte. »Ich hoffe es. Na los, die alte Dame wartet bestimmt schon auf uns.«

Sie stiegen aus und gingen auf das Haus zu. Die Haustür aus weiß lackiertem Holz lag seitlich neben der Wäscherei. Betty drückte auf den etwas altertümlichen, recht großen Klingelknopf am Türrahmen, auf dem kein Namensschild stand. Zuerst hörte man nichts, dann erklangen von drinnen Schritte. Einen Augenblick später öffnete sich die Haustür, und eine kleine, sehr drahtige Frau Mitte siebzig mit kurzen grauen Haaren sah ihnen neugierig entgegen.

»Oh, da sind Sie ja!«, sagte sie, noch ehe Betty und Lexie Gelegenheit hatten, sich vorzustellen. »Sie müssen Miss Michaels sein, nicht wahr?« Sie lächelte Betty an und wandte sich dann an Lexie. »Und Sie sind Fionas Tochter. Das sieht man sofort. Sie haben die Augen Ihrer Mutter. Kommen Sie doch rein, bitte. Ich habe schon alles vorbereitet.«

Verblüfft über die überschwängliche Begrüßung blickte Lexie zu Betty, die kurz mit den Augen rollte und grinste. Dann folgten sie beide der Frau durch den Hausflur und über eine schmale Treppe hinauf in die Wohnung über der Wäscherei. Dort führte Jane Sawyer sie in das kleine, recht düstere Wohnzimmer, von dem aus man in den Hinterhof sehen konnte, auf dem Wäscheleinen gespannt waren.

»Setzen Sie sich doch. Ich hole schnell den Tee«, sagte sie und verschwand im Zimmer gegenüber, in dem sich vermutlich die Küche befand.

Zögernd ließen Lexie und Betty sich auf dem Sofa nieder. Es war wie die beiden dazugehörigen Sessel viel zu wuchtig für den Raum, und auf den Armlehnen und dem oberen Teil der Lehne lagen gehäkelte Deckchen, die offenbar die scheußlichen beigefarbenen Stoffbezüge schonen sollten. Was durchaus sinnvoll war, denn die Sitzgarnitur musste schon einige Jahre auf dem Buckel haben, genau wie der Rest der Möbel, die allesamt ähnlich klobig waren. Keine Antiquitäten, so wie auf Dunmor, sondern nachgemacht, mit viel Furnier. Auf jeder freien Fläche standen außerdem kleine Porzellanfigürchen und Strohblumensträuße in Vasen. Es war überhaupt nicht Lexies Geschmack, aber es passte zu Jane Sawyer, die mit ihrem beigefarbenen Kostüm und der weißen Rüschenbluse, die sie dazu trug, altbacken und ein bisschen schräg wirkte.

»Ich habe schon auf Sie gewartet«, sagte die alte Dame, als sie mit einem Tablett ins Wohnzimmer zurückkehrte. »Nehmen Sie Milch und Zucker in den Tee?«

Die nächsten Minuten war sie damit beschäftigt, Lexie und Betty ihre gefüllten Tassen zu reichen, dann sank sie mit einem Seufzen in einen der Sessel.

»Ich bekomme nicht so oft Besuch, wissen Sie. Meine Tochter wohnt mit ihrer Familie drüben in England, und sie hat immer viel zu tun. Und in meinem Alter sind die Freunde oft zu krank, um regelmäßig vorbeizuschauen. Da freut man sich natürlich über ein bisschen Abwechslung.« Sie legte den Kopf schief und betrachtete Lexie. »Ich kann es immer noch nicht fassen, dass Sie hier sind. Als ich Sie zuletzt sah, waren Sie noch so klein.« Sie beugte sich vor und hielt ihre Hand etwa auf Kniehöhe. »Ein süßes Mädchen waren Sie. Erinnern Sie sich noch an mich? Immerhin kannten wir uns damals.«

»Nein, leider nicht.« Lexie blickte sich um. »Und auch nicht an dieses Haus. Hat sich hier viel verändert?«

»Oh ja«, erklärte Jane Sawyer mit stolzer Stimme. »Ich habe alles renoviert, als ich eingezogen bin. Und das sind auch meine Möbel. Die alten Sachen von Rose habe ich weggegeben. Das war einfach nicht mein Geschmack, wissen Sie.«

»Schade.« Lexie seufzte, auch ein bisschen erleichtert darüber, dass ihre Großmutter offenbar ganz anders eingerichtet gewesen war. »Ich hätte gerne gesehen, wie es hier früher aussah.«

»Oh, aber das können Sie«, versicherte ihr Jane Sawyer.

»Viele der Fotos, die ich gefunden habe, sind hier im Haus aufgenommen worden. Deshalb dachte ich, dass Sie daran vielleicht Interesse haben. Ich kann ja nichts damit anfangen. Es ist schließlich nicht meine Familie.«

Lexies Herz schlug bei der Erwähnung der Fotos schneller. »Könnten wir ihn sehen? Den Karton, meine ich.«

»Aber natürlich! Ich hole ihn schnell!« Jane Sawyer sprang auf und verließ das Zimmer. Schon nach wenigen Augenblicken kehrte sie mit einem Schuhkarton in der Hand wieder zurück.

»Hier. Bitte«, sagte sie und gab ihn Lexie. Dann wandte sie sich an Betty. »Das war eine ganze schöne Überraschung, als Sie mich plötzlich angerufen und nach Rose und ihrer Familie gefragt haben, Miss Michaels. Ich hatte seit einer Ewigkeit nicht mehr an Rose gedacht. Es ist ja jetzt schon fast siebzehn Jahre her, seit ich hier eingezogen bin.«

»Dann gehörte das Haus vorher meiner Großmutter?«, fragte Lexie.

»Nein, es war immer schon mein Haus. Ich hatte die Wäscherei und die Wohnung an Rose vermietet. Sie hat den Laden geführt, bis sie zu krank dafür war, schließlich musste sie nach dem frühen Tod ihres Mannes allein für ihre beiden Töchter sorgen. Die Mädchen haben immer ausgeholfen, jedenfalls solange sie noch hier wohnten.«

»Aber der Telefonanschluss läuft immer noch auf den Namen Rose Riordan«, sagte Betty. »So habe ich Sie überhaupt gefunden.«

»Ja, ich weiß.« Jane Sawyer zuckte mit den Schultern. »Ich bin irgendwie nie dazu gekommen, es zu ändern. Mein Mann und Rose sind im Abstand von ein paar Monaten gestorben. Ich hätte die Wohnung neu vermieten müssen, aber stattdessen habe ich damals unser altes Haus verkauft und bin hier eingezogen. Die Rechnungen gingen danach an mich, das habe ich alles organisiert. Bloß die Namensänderung bei der Telefongesellschaft ist mir wohl durchgegangen. Das sollte ich bei Gelegenheit mal ändern.«

»Meine Großmutter hatte eine Wäscherei?« Auch diese Information war für Lexie neu.

Jane Sawyer nickte. »Und die lief sehr gut. Die Leute kamen gerne her, um ein Schwätzchen mit Rose zu halten. Das wurde dann später weniger, nachdem ...« Sie hielt inne und warf Lexie einen Seitenblick zu.

»Nachdem meine Mutter mich bekommen hatte?«, fragte Lexie.

»Ja, aber das war nicht der einzige Grund, warum Rose die Wäscherei am Ende schließen musste. Es war auch ihre Gesundheit. Es ging irgendwann einfach nicht mehr. Eine Weile stand der Laden danach leer, aber inzwischen habe ich neue Pächter gefunden.« Jane Sawyer schüttelte den Kopf. »Na ja, wie dem auch sei. Jedenfalls fiel mir nach meinem Telefonat mit Miss Michaels wieder ein, dass ich noch Sachen oben auf dem Speicher habe. Alles Zeug, das früher Rose gehört hat. Ich wollte es immer durchsehen, aber wie das so ist, es ist beim Vorsatz geblieben. Jane, dachte ich bei mir, da siehst du jetzt mal schnell nach. Wenn die junge Frau sich so für die Riordans interessiert, dann möchte sie vielleicht was davon haben.«

Lexie hörte dem Redeschwall nur mit einem Ohr zu. Mit zitternden Fingern hob sie den Deckel an und blickte in den Karton. Er war nur etwa bis zur Hälfte gefüllt, aber er enthielt tatsächlich Fotos, Briefe und Postkarten.

»Kennen Sie den Inhalt der Briefe?«, wollte sie von Jane Sawyer wissen.

Die alte Dame wich ihrem Blick aus. »Na ja, ich habe mal reingesehen. Nur um zu prüfen, ob das alles wirklich Fionas Briefe sind. Das meiste sind Urlaubspostkarten. Nicht viel Interessantes. Aber für Sie vielleicht.«

Also hast du vermutlich alles gelesen, dachte Lexie, sagte

aber nichts dazu, sondern nahm vorsichtig den Stapel mit den Fotos heraus, der obenauf lag. Mit klopfendem Herzen sah sie die Bilder durch.

»Sie haben dafür sicher mehr Verwendung als ich«, fuhr Jane Sawyer fort. »Deshalb habe ich Sie angerufen. Das war doch eine gute Idee, oder nicht?«

»Das war goldrichtig«, bestätigte Betty.

Für einen Moment schwiegen sie, während Lexie die Fotos betrachtete. Jane Sawyer saß so, dass sie beobachten konnte, welches Bild Lexie in der Hand hielt.

»Das da sind Sie«, rief sie aufgeregt und zeigte auf das kleine Mädchen, das auf einer der Fotografien abgebildet war. »Das war, kurz bevor Fiona mit Ihnen weggegangen ist. War auch besser so. Sie passte hier einfach nicht mehr her, nachdem …«

Sie hielt erneut inne und blickte Lexie schuldbewusst, aber auch ein bisschen trotzig an. »Ja, ich weiß, die jungen Leute sehen das heute nicht mehr so eng. Aber es gehört sich einfach nicht, unverheiratet ein Kind zu bekommen. Rose hat zuerst noch versucht, die Sache zu vertuschen. Hat das Mädchen nach England geschickt, damit sie das Kind dort bekommt. Aber da wussten alle schon, dass Fiona schwanger war. Vielleicht hätten die Leue es verstanden, wenn sie wenigstens zugegeben hätte, wer der Vater war. Aber sie wollte partout nicht damit rausrücken.«

Lexie schluckte. Sie hatte sehr viel darüber gelesen und teilweise auch schon erlebt, wie tief der katholische Glaube in Irland noch in der Gesellschaft verwurzelt war. Wie viel konservativer musste es da erst vor zwanzig Jahren gewesen sein? Wenn sich alle Nachbarn so verhalten hatten wie Jane Sawyer, dann konnte sie sich plötzlich gut vorstellen, wie schwer ihre Mutter es gehabt haben musste, allein mit einem unehelichen Kind. Und dann noch diese enge, dunkle Wohnung, in der Fiona sich ganz bestimmt eingepfercht gefühlt hatte, umgeben von Leuten, die ihr ständig strafende Blicke zuwarfen oder sie im schlimmsten Fall offen kritisierten. Das musste die Hölle gewesen sein. Und sie hat mich trotzdem geliebt, dachte Lexie. Wieder sah sie das Foto vor sich, das sie in der Mappe bei Father Flaherty entdeckt hatte, rief sich den liebevollen Ausdruck in Erinnerung, mit dem ihre Mutter sie darauf angesehen hatte.

Der Schmerz darüber, sie nie richtig kennengelernt zu haben, kehrte mit neuer Vehemenz zurück und verstärkte ihren Entschluss, endlich aufzuklären, was damals passiert war. Aber dafür brauchte sie mehr Informationen, und die konnte ihr nur Jane Sawyer liefern. Deshalb schluckte sie ihren Zorn auf die alte Dame herunter und konzentrierte sich auf die Fragen, auf die sie dringend Antworten brauchte.

»Gab es denn keinen Verdacht? Die Leute müssen doch spekuliert haben.«

»Oh ja, Gerüchte gab es einige.« Jane Sawyers Augen blitzten. Offenbar war sie beim Thema Tratsch genau in ihrem Element. »Aber es hätten so viele sein können. Fiona war beliebt, wissen Sie. Ein hübsches Ding, auf das die Männer flogen. Sie konnte sich vor Verehrern kaum retten. Soweit ich weiß, hat sie jedoch keinen von denen je erhört. Sie hatte keinen Freund. Deswegen waren ja alle so überrascht, als sie von der Schwangerschaft erfuhren. Man hatte das Fiona gar nicht zugetraut. Sie war im Kirchenchor und hat sich in der Gemeinde engagiert. Sie hätte es wirklich besser wissen müssen.«

»Aber haben Sie mir am Telefon nicht erzählt, dass Fiona verliebt war?«, mischte Betty sich ein.

»Ja, das stimmt.« Jane Sawyer schien sich erst jetzt wieder an ihre Aussage zu erinnern. »Ich habe immer zu Rose gesagt, dass es da jemanden geben muss. Weil Fiona so gestrahlt hat. Sie sah ganz verliebt aus, mit rosigen Wangen und diesem glücklichen Ausdruck im Gesicht. Ich sehe so etwas. Aber erzählt hat das Mädchen nie was. Na ja, und dann war es auch vorbei mit dem Glück, als sie wusste, dass sie schwanger war. Der Kerl hat sich ja nicht gekümmert. Hat sie einfach sitzen lassen. Wahrscheinlich war er schon verheiratet. Oder hat sie nur ausgenutzt.«

Lexie legte die Fotos zurück in den Karton.

»Und meine Großmutter? Wie ist sie mit der Situation umgegangen?«

»Erstaunlich nachsichtig, das muss man sagen.« Jane Sawyer runzelte die Stirn bei der Erinnerung. »Ich weiß nicht, wie ich mit meiner Tochter umgegangen wäre, wenn sie sich derart versündigt hätte. Aber als Fiona aus England zurückkam, durfte sie wieder hier wohnen. Und Rose hat nie etwas auf sie kommen lassen, genauso wenig wie auf Susan. Über die wurde nämlich auch viel geredet, weil sie so wild war und so viel gefeiert hat. Susan hätte jeder ein uneheliches Kind zugetraut, aber nicht Fiona.« Die alte Frau seufzte tief. »Rose tat mir oft leid, wissen Sie. Als Witwe hatte sie es ohnehin schon schwer, und dann noch zwei Töchter, die ihr nichts als Kummer gemacht haben. Kein Wunder, dass sie krank geworden ist.« Sie schüttelte den Kopf. »Und als Fiona dann plötzlich verschwand, war Rose völlig verzweifelt. ›Ihr ist etwas zugestoßen, Jane. Sie hätte die Kleine nicht allein gelassen‹, hat sie immer zu mir gesagt. Ich glaube, wenn sie es körperlich gekonnt hätte, dann wäre sie selbst rauf nach Cerigh gefahren und hätte nach Fiona gesucht. Sie ist nie darüber hinweggekommen. Und ich glaube, sie wusste auch, dass es nicht gut geht mit Susan in Amerika. Susan war damals zwar noch nicht drogenabhängig, sonst hätte das Jugendamt ihr die Kleine … also Sie, meine ich … nicht zugesprochen. Aber ein Kind passte gar nicht zu ihrem Lebensstil. Ich bin mir nicht mal sicher, ob sie die Vormundschaft nicht nur übernommen hat, weil sie dachte, dass ihre Mutter ihr das nicht zutraut. Susan war sehr dickköpfig und hat gerne genau das Gegenteil von dem gemacht, was Rose von ihr wollte.« Jane Sawyer zuckte mit den

Schultern. »Und als dann die Nachricht von Susans Tod kam, war Rose am Ende.«

Lexie schluckte. »Hat sie versucht, mich zu finden?«

Jane Sawyer nickte. »Sie wollte es zumindest. Aber sie war zu krank, um nach Amerika zu fliegen. Kurz danach kam sie ins Krankenhaus, und danach ging alles sehr schnell. Wenn Sie mich fragen, dann ist sie an gebrochenem Herzen gestorben.«

Bei der Erinnerung wirkte die alte Dame zum ersten Mal wirklich traurig, aber Lexie schaffte es trotzdem nicht, sie sympathisch zu finden. Tatsächlich hatte sie das dringende Bedürfnis, das enge, vollgestopfte Zimmer mit der laut tickenden Standuhr wieder zu verlassen.

»Vielen Dank für den Tee und dass Sie Zeit für uns hatten.« Sie erhob sich mit dem Karton in der Hand. »Dürfen wir den mitnehmen?«

»Natürlich. Ich brauche ihn nicht.« Jane Sawyers Lächeln war dünn, offenbar enttäuschte sie der plötzliche Aufbruch. »Sie können gerne wiederkommen, wenn Sie noch Fragen haben«, sagte sie, als sie sich an der Tür verabschiedeten. »Ich helfe gerne, wenn ich kann.«

»Das haben Sie schon, vielen Dank«, antwortete Lexie und schaffte zumindest ein halbes Lächeln. Betty schwieg und machte ihrem Ärger erst im Wagen Luft.

»Was für eine schreckliche Frau!« Sie lenkte den Mini über die Lower Main Street aus der Stadt heraus. »Wenn die Nachbarn alle so waren, dann kann ich sehr gut verstehen, wieso deine Mutter es hier nicht ausgehalten hat!«

Lexie blickte auf den Karton auf ihrem Schoß. »Aber ohne sie hätten wir das hier nicht«, sagte sie und hob erneut den Deckel. »Das könnte wirklich etwas sein, Betty. Ich habe ein gutes Gefühl, dass ich endlich weiterkomme.«

Vorsichtig strich sie über die Kanten der geöffneten Briefumschläge, die unter dem Stapel mit Fotos hervorlugten. Sie wagte noch nicht, sie in die Hand zu nehmen und zu lesen. Stattdessen holte sie noch einmal die Fotos heraus und betrachtete sie genauer, während Betty aus Letterkenny herausfuhr und den Weg nach Cerigh einschlug.

Wie Jane Sawyer gesagt hatte, waren viele Innenaufnahmen dabei. Sie zeigten Fiona als junges Mädchen zusammen mit ihrer Mutter und Susan, die Lexie sofort erkannte. Es versetzte ihr einen Stich, dass ihre Tante ihr sehr viel vertrauter war als ihre eigene Mutter.

Rose Riordan war ebenfalls oft auf den Fotos. Sie war eine schöne Frau gewesen, aber ihr Gesicht wirkte vor allem auf den älteren Bildern schmal und von Krankheit gezeichnet. Ein Foto, das sie als kleines Mädchen auf dem Schoß ihrer Großmutter zeigte, ließ Lexie schlucken. Es fühlte sich sehr merkwürdig an, ihre eigene Vergangenheit auf diese Weise zu entdecken. Ein Teil von ihr war dankbar dafür, dass sie diese Möglichkeit bekommen hatte. Aber es machte sie auch traurig, dass sie niemals mehr haben würde als diese wenigen Momentaufnahmen. Niemand konnte ihr die dazugehörigen Geschichten erzählen oder die Namen der anderen Personen nennen, die ebenfalls auf den Fotos abgebildet waren.

Lexie vermutete, dass die älteren Leute aus der Nachbarschaft stammten, denn sie entdeckte auf einem davon eine zwanzig Jahre jüngere Jane Sawyer. Doch es gab auch Bilder, auf denen Fiona zusammen mit Gleichaltrigen zu sehen war. Die Aufnahmen waren nicht in der Wohnung entstanden und stammten aus unterschiedlichen Jahren.

Auf einem war Fiona noch deutlich jünger und stand zusammen mit einem anderen Mädchen im Sonnenschein vor dem Eingangsportal der St. Eunan's Cathedral, an der Betty in diesem Moment vorbeifuhr. »Katelyn und ich« stand auf der Rückseite. Dasselbe Mädchen tauchte noch auf einem anderen Bild auf, und auch die junge Eileen entdeckte Lexie mehrmals auf den Fotos, die Fiona im Kreis von Freundinnen zeigten.

Ein Bild, auf dem Fiona schon so alt war, dass sie Lexie da vermutlich bereits bekommen hatte, zeigte sie am Rand eines Rugbyfeldes, wo sie zusammen mit anderen die Mannschaft anfeuerte. Die Gesichter der Leute neben ihr sagten Lexie jedoch nichts, Eileen und die andere junge Frau waren da nicht dabei. Und dann gab es noch vier Fotos, die auf einer Party entstanden sein mussten. Auf einem davon lehnte Fiona an einem Türrahmen und war in ein Gespräch mit einem jungen Mann vertieft, der Lexie bekannt vorkam. Sie sah genauer hin – und stieß einen überraschten Laut aus.

»Was ist?«, fragte Betty erschrocken, aber Lexie brauchte einen Moment, bis sie aussprechen konnte, was das Foto eindeutig belegte.

»Das ist Duncan O'Donnell. Er steht auf dem Bild neben meiner Mutter und redet mit ihr. Verstehst du? Er kannte sie schon, als sie noch in Letterkenny gelebt hat.« Erschrocken sog sie die Luft ein, als ihr klar wurde, was das vielleicht bedeutete. »Oh Gott, Betty! Was, wenn er mein Vater ist?«

10

Betty lenkte den Mini auf den Parkplatz eines kleinen Pubs, an dem sie gerade vorbeikamen, und riss Lexie das Foto aus der Hand.

Sie betrachtete es für eine Weile stirnrunzelnd und drehte es dann auf die Rückseite, untersuchte auch diese. »Hier steht nicht, wann die Aufnahme gemacht ist. Aber da warst du bestimmt schon auf der Welt.«

»Was nicht bedeutet, dass er nicht mein Vater sein könnte«, gab Lexie zu bedenken. »Die beiden kannten sich vielleicht schon länger.«

»Sie sehen aber nicht verliebt aus«, widersprach Betty. »Eher so, als machten sie bloß Small Talk. Guck doch, sie lächeln nicht mal.«

Lexie schnappte Betty das Bild wieder weg und betrachtete es selbst noch mal. »Aber sie kannten sich schon, als meine Mutter hier nach Cerigh kam. Und das hat Duncan mir nicht erzählt.«

»Vielleicht wusste er das gar nicht.« Betty schüttelte den Kopf. »Das könnte ihre einzige Begegnung gewesen sein, und er hat das längst vergessen. Und selbst wenn nicht, heißt das noch lange nicht, dass sie etwas miteinander hatten.«

»Und was, wenn doch?« Lexies Gedanken überschlugen sich.

»Was, wenn Duncan meine Mutter absichtlich nach Cerigh geholt hat? Vielleicht wollte sie gar nicht zu Eileen, sondern zu ihm. Die beiden könnten das geplant haben, weil er sie in seiner Nähe haben wollte.« Sie dachte an das, was Agatha und Fanny ihr erzählt hatten. »Das würde auch erklären, wieso es diese Gerüchte gab, dass Duncan eine Affäre mit meiner Mutter hatte. Wahrscheinlich waren die beiden doch nicht so diskret, wie sie dachten, und …«

»Jetzt mach mal halblang.« Betty legte ihr eine Hand auf die Schulter und sah sie eindringlich an. »Das sind doch alles reine Spekulationen. Es kann auch ganz anders gewesen sein.«

Lexie spürte, wie ihr Tränen in die Augen schossen. »Aber was, wenn es stimmt? Oh Gott, Betty! Dann ist Grayson … mein Halbbruder.«

Die Vorstellung war so furchtbar, dass sie den Gedanken sofort wieder verwarf. Nein, das konnte nicht sein. Das durfte einfach nicht sein! Und es gab nur eine Möglichkeit, es herauszufinden.

»Ich muss rauf zur Burg und Duncan fragen, was es mit diesem Foto auf sich hat. Er muss mir die Wahrheit sagen.«

»Das verstehe ich.« Betty strich ihr beruhigend über den Arm. »Aber willst du dir nicht erst mal die anderen Sachen in dem Karton ansehen und die Briefe lesen? Vielleicht steht da ja drin, wer dein Vater ist.«

Lexie schüttelte frustriert den Kopf. »Wenn es darin Hinweise gäbe, dann hätte uns das diese schreckliche Jane Sawyer doch sicher schon brühwarm erzählt. Ich könnte schwören, dass sie alle Briefe gelesen hat.«

»Aber wir wissen nicht, wie gründlich«, gab Betty zu bedenken. »Wir finden vielleicht etwas, das sie übersehen hat. Etwas, was deinen Verdacht belegt. Oder entkräftet. Es ist nur ein einziges Foto, Lexie. Das beweist noch gar nichts. Wenn du Duncan damit konfrontieren willst, dann brauchst du mehr.«

Lexie seufzte tief. Sie wusste, dass ihre Freundin recht hatte. Aber sie konnte unmöglich noch länger warten. »Dann lass uns in den Pub hier gehen. Es ist ohnehin Zeit fürs Lunch, also können wir etwas essen, und dabei sehen wir uns die Briefe und den Rest an.«

Betty nickte. »Guter Plan.«

Sie parkte den Wagen richtig und folgte Lexie in den urigen Gastraum des Mermaid Café. Sie waren nicht die einzigen Gäste, fanden aber einen abseits gelegenen Tisch, an dem sie ihre Ruhe hatten.

Lexie bestellte an der Bar Getränke und zweimal das Tagesgericht, das aus einem Stück panierten Fisch mit Kartoffelpüree und einer Portion Coleslaw sowie eingelegter Rote Beete bestand. Es schmeckte besser, als es aussah, aber sie achtete nicht wirklich darauf, was sie aß. Dafür war sie viel zu nervös und zu sehr auf die Briefe und Fotos konzentriert, die sie auf dem Tisch ausgebreitet hatte.

»Und?«, fragte Betty, als Lexie schließlich den letzten Brief auf den Stapel mit den bereits gelesenen Papieren legte. »Steht in dem etwas drin?«

Lexie schüttelte den Kopf. »Nein. Wieder nichts.«

Fiona hatte vor allem von Eileen und einer Tante Sally Post bekommen. Wenn Lexie die Adresse richtig deutete, dann war Letztere die Verwandte in Manchester, bei der Fiona vor und kurz nach Lexies Geburt gewohnt hatte.

Dann gab es noch jede Menge Urlaubspostkarten von Freunden, deren Namen Lexie nichts sagten. Es waren auch Männer darunter, aber auf keiner Postkarte standen Liebesschwüre. Deshalb würde ihnen das nicht weiterhelfen.

Lexie seufzte. »Ich dachte, wir finden mehr.«

»Ich auch«, gestand Betty. »Vor allem dachte ich, es wäre auch etwas von deiner Mutter dabei. Etwas, das sie geschrieben hat. Das hier ist alles so … nichtssagend. Mal abgesehen von den

Fotos. Aber mit denen können wir ja auch nicht wirklich etwas anfangen, solange uns niemand erklären kann, wann und wo sie aufgenommen worden sind.«

»Einen gibt es schon«, erinnerte Lexie sie und trank ihr Wasser aus. »Ich muss zur Burg, Betty. Ich muss mit Duncan sprechen, und zwar jetzt sofort.«

Betty nickte. »Ist er denn schon wieder zurück? Ich dachte, er wäre nach Belfast gefahren.«

»Sein Wagen stand gestern Abend im Hof, als ich zurückkam. Und heute Morgen auch«, erinnerte sich Lexie. Im Gegensatz zu Graysons schwarzem BMW, fügte sie in Gedanken hinzu und ignorierte den kurzen Stich in ihrer Brust. Es ging sie schließlich nichts an, wo Grayson seine Nächte verbrachte, schon gar nicht, nachdem sie ihm gesagt hatte, dass er sie in Ruhe lassen sollte.

»Na, dann beeilen wir uns besser.« Betty stellte die Teller zusammen und brachte sie zurück zur Theke.

Als sie ein paar Minuten später wieder auf dem Weg nach Cerigh waren, kämpfte Lexie vergeblich gegen die Nervosität, die immer schlimmer wurde, je näher sie Dunmor Castle kamen. Sie hatte Angst vor dem Gespräch, aber sie brauchte Gewissheit, deshalb hoffte sie, dass Duncan da war. Und tatsächlich stand der dunkelgrüne Jaguar-Sportwagen, der bestimmt weit über zwanzig Jahre alt war und damit fast als Oldtimer durchging, bei ihrer Ankunft im Innenhof der Burg. Es war jedoch das einzige Auto, alle anderen schienen unterwegs zu sein, was Lexie ganz recht war.

»Ich kann mitkommen, wenn du willst«, bot Betty an.

»Nein, das muss ich allein machen«, sagte sie und schluckte gegen den Kloß an, der ihr die Kehle eng machte.

Betty schloss sie noch einmal fest in die Arme. »Du schaffst das! Und melde dich, sobald du mehr weißt.«

Lexie versprach es und stieg mit klopfendem Herzen aus

dem Mini. Sie winkte ihrer Freundin nur kurz nach, dann ging sie langsam auf die taubenblaue Tür zu, durch die man in die Burg gelangte.

Als sie an dem Jaguar vorbeikam, betrachtete sie das betagte Auto zum ersten Mal näher und überlegte, dass es ein bisschen so wirkte wie die Burg selbst: eindrucksvoll und repräsentativ, aber sehr in die Jahre gekommen. Oder, wenn man es auf Duncan bezog, wie eine Erinnerung an bessere Tage. Hielt er aus sentimentalen Gründen an diesem Modell fest? Oder konnte er sich einfach keinen neuen Wagen leisten?

Lexie dachte an das, was Grayson über die Spielsucht seines Vaters erzählt hatte, und fragte sich nicht zum ersten Mal, wie es finanziell um den Burgherrn stand. Andrew gegenüber hatte Duncan behauptet, dass er Dunmor Castle verkaufen wollte, bevor ihm die laufenden Kosten über den Kopf wuchsen. War das vielleicht längst passiert?

Sie beschloss, Andrew noch einmal zu fragen, was er über die Gründe für den Verkauf wusste. Zumindest, falls sie ihn endlich mal ans Telefon bekam. Jetzt musste sie allerdings erst etwas anderes klären, deshalb atmete sie tief durch und betrat die Burg.

Die Tür zur Küche, die sich gleich links befand, stand offen, und Lexie sah Duncan am Esstisch sitzen. Er war elegant gekleidet wie immer, trug einen Anzug mit Weste und Krawatte. Aber er wirkte bedrückt und hielt den Kopf gesenkt, starrte in ein Glas, das aussah, als wäre es mit Whiskey gefüllt. Mit sehr viel Whiskey, wenn man bedachte, dass es gerade erst früher Nachmittag war.

»Mr O'Donnell?« Lexie klopfte gegen den Türrahmen. »Könnte ich Sie kurz sprechen?«

Er hob den Blick und sah sie einen langen Moment mit einem leeren Ausdruck auf dem Gesicht an. Dann deutete er auf einen der Stühle ihm gegenüber.

»Was gibt es denn?«, fragte er ohne viel Elan. »Geht es um die Renovierung?«

»Nein, es geht um etwas Privates.« Sie setzte sich und sah ihn an. »Um meine Mutter.«

Duncans Blick verdüsterte sich. »Fiona?«

»Ja. Ich würde gerne mehr über sie erfahren.«

»Von mir?« Duncan lehnte sich in seinem Stuhl zurück. »Was soll ich da sagen? Sie hat für uns gearbeitet.«

»Mochten Sie sie?«, wollte Lexie wissen.

»Natürlich mochte ich sie. Fiona war eine reizende junge Frau. Alle mochten sie«, erwiderte Duncan.

»Und Sie haben meine Mutter erst hier in Cerigh kennengelernt? Oder sind Sie ihr vorher schon begegnet?«

Duncan wich ihrem Blick aus. »Ist das wichtig?«

»Für mich schon.« Lexie holte tief Luft. »Ich war heute in Letterkenny und habe eine ehemalige Nachbarin der Riordans besucht. Die Frau heißt Jane Sawyer und kannte meine Großmutter und meine Mutter sehr gut. Sie hat mir einige alte Briefe und Fotos gegeben. Unter anderem dieses hier.« Lexie holte das Foto aus ihrer Tasche und schob es über den Tisch. »Das sind doch Sie da neben meiner Mutter, oder nicht?«

Duncan betrachtete das Foto, und Lexie sah, wie ein Schatten über sein Gesicht huschte. Dann zuckte er mit den Schultern. »Ja. Das bin ich.«

»Also kannten Sie meine Mutter schon vorher.«

»Kennen ist da wohl das falsche Wort«, sagte Duncan. »Ich habe sie nur ein einziges Mal getroffen, bevor sie anfing, für uns zu arbeiten – bei der Feier, auf der dieses Foto entstanden ist.«

»Und was war das für eine Feier?«, wollte Lexie wissen.

Er seufzte. »Das war auf einer der Partys im Letterkenny Rugby Club. Ich habe den Verein eine Zeit lang finanziell unterstützt, deshalb wurde ich zu deren Veranstaltungen eingeladen. Dort bin ich Fiona begegnet, und als wir ins Gespräch kamen, stellten wir fest, dass sie eine sehr gute Freundin von mir von früher kannte. Darüber haben wir eine Weile gesprochen, aber das weiß ich nur deshalb noch, weil Fiona mich an diese Unterhaltung erinnert hat, als sie sich wegen der Stelle auf Dunmor Castle bei mir vorstellte. Sie wusste das im Gegensatz zu mir noch, und die Tatsache, dass sie Katelyn kannte, war am Ende auch einer der Gründe, warum ich mich entschieden habe, sie bei uns anzustellen.«

Lexie dachte an das Foto, das Fiona zusammen mit einem anderen Mädchen zeigte und auf dessen Rückseite »Katelyn und ich« stand. War das die gemeinsame Freundin, von der Duncan sprach?

»Und warum haben Sie mir nicht gesagt, dass Sie meine Mutter schon vorher kannten?«

»Ich habe dem keine Bedeutung beigemessen. Schließlich war es nur diese eine flüchtige Begegnung, die mir damals nicht mal in Erinnerung geblieben ist.« Duncan schob das Foto wieder zu Lexie. »Dabei gehörte Ihre Mutter eigentlich zu den Frauen, die man nicht so schnell vergisst.«

»Wie meinen Sie das?« Lexies Magen zog sich zusammen. »Hatten Sie eine Affäre mit ihr?«

»Weil die Leute das behaupten?« Er verzog das Gesicht. »Ich wusste, dass diese verdammte Geschichte wieder hochkocht, als ich erfahren habe, wer Sie sind.«

»Stimmt es denn?«, hakte Lexie nach. »Hatten Sie etwas mit meiner Mutter?«

»Nein. Und ich bin auch nicht dafür verantwortlich, dass sie verschwunden ist. Wir haben weder gestritten noch habe ich sie weggeschickt. Herrgott, sie war meine Angestellte. Mehr war da nicht. Aber wie das nun mal so ist mit Gerüchten: Sie halten sich hartnäckig, und man kann wenig dagegen tun.«

Lexie holte noch einmal tief Luft. »Dann … sind Sie also nicht mein Vater?«

Fassungslos sprang Duncan auf. »Was? Nein, natürlich nicht! Meine Güte, wie kommen Sie denn darauf?«

Erschrocken über seine Vehemenz zuckte Lexie mit den Schultern. »Meine Mutter hat den Namen meines Vaters nie verraten. Und als ich das Foto sah, dachte ich …«

»Dass ich Ihr Vater bin? Ich bitte Sie! Nur weil ich auf diesem einen Bild drauf bin?«

»Sie kannten meine Mutter. Und sie ist hierher nach Cerigh gekommen. Zu Ihnen«, rechtfertigte sich Lexie.

»Nein, Fiona ist zu Eileen gekommen. Nicht zu mir. Ich habe ihr nur Arbeit gegeben, weil sie Geld brauchte und mir leidtat. Herrgott, glauben Sie ernsthaft, mir hätte ein Skandal um ein uneheliches Kind nicht gereicht?«

Er klang so verbittert, dass Lexie ihn erschrocken ansah. »Aber …«

»Kein Aber.« Duncan setzte sich wieder. »Ich hatte nichts mit Ihrer Mutter.«

Lexie betrachtete ihn skeptisch. Seine Entrüstung wirkte ehrlich. Aber vielleicht war er auch einfach nur ein guter Schauspieler? Schließlich hatte ihre Mutter sich damals viel Mühe gegeben, die Identität des Mannes zu verheimlichen, von dem sie ein Kind bekommen hatte.

»Sie glauben mir nicht.« Duncan schien Lexies Gedanken zu erahnen und runzelte die Stirn, so als wäre ihm gerade etwas eingefallen. »Warten Sie. Wie alt sind Sie, Miss Cavendish?«

»Ich bin am 6. Januar vierundzwanzig geworden«, erwiderte Lexie.

Duncan schien in Gedanken etwas auszurechnen, dann lächelte er zufrieden. »Ha! Dann kann ich sogar beweisen, dass ich nicht Ihr Vater bin. Zu der Zeit, zu der Sie gezeugt worden sein müssen, war ich nämlich nicht in Irland, sondern für ein gutes halbes Jahr in Boston. Ich habe mir eine Auszeit genommen und Freunde besucht. Fragen Sie meine Mutter, sie wird Ihnen den Zeitraum bestätigen.«

Lexie war für einen Moment ganz schwach zumute. Wenn das stimmte, dann konnte Duncan nicht ihr Vater sein, und dann war sie auch nicht Graysons Halbschwester, was sie unglaublich erleichterte. Nicht nur, weil sie mit ihm geschlafen hatte. Es wäre in jedem Fall eine Katastrophe gewesen, mit ihm verwandt zu sein, denn ihre Gefühle für ihn waren definitiv nicht geschwisterlich.

»Sind Sie jetzt zufrieden?«, fragte Duncan, den ihr Lächeln zu irritieren schien.

Lexie nickte. »Es tut mir leid, aber ich musste Sie das fragen und sichergehen.«

Duncan stieß die Luft aus. »Seien Sie froh, dass ich nicht Ihr Vater bin. Ich habe mich in dieser Rolle nicht besonders bewährt.«

Das Klingeln seines Handys ließ ihn zusammenfahren. Er griff in seine Jacketttasche und holte es heraus, nahm den Anruf jedoch sichtlich ungern entgegen.

»Ja?«, sagte er knapp und hörte eine ganze Weile nur zu. »Das geht nicht. Ich kann n…« Er brach ab, und sein Mund wurde zu einer dünnen Linie. »Okay. Verstanden.«

Ohne einen Abschiedsgruß legte er auf, und die Anspannung stand ihm deutlich ins Gesicht geschrieben.

Lexie hätte ihn gerne gefragt, mit wem er gesprochen hatte, aber sie war ziemlich sicher, dass er ihr dazu nichts sagen würde. Ihr Kontingent an zu persönlichen Fragen war für heute aufgebraucht, das sah sie ihm an.

Er nahm sein Whiskeyglas und trank einen Schluck. Als er es wieder absetzte, verzog er das Gesicht. »Wie weit sind Sie eigentlich? Kann der Verkauf bald über die Bühne gehen?«

Sie nickte. »Die Pläne für die Renovierung sind so gut wie fertig. Alles andere müssen Sie mit meinem Boss klären.«

»Das habe ich versucht«, erwiderte er frustriert. »Aber er reagiert nicht auf meine Nachrichten.«

Auf meine auch nicht, dachte Lexie und fragte sich zum ersten Mal, ob mehr hinter Andrews Schweigen stecken könnte. Sie war davon ausgegangen, dass er einfach keine Zeit hatte. Oder gab es einen anderen Grund, warum er sich weder bei ihr noch bei Duncan meldete?

»Wenn Ihr Mr Howard mich weiter ignoriert, muss ich am Ende vielleicht doch noch an Grayson verkaufen.« Duncan lachte bitter auf. »Aber das würde auch nichts ändern. Mein Sohn würde mich trotzdem noch hassen. Und wissen Sie was, er hat recht. Es ist meine Schuld. Das hätte alles anders laufen müssen.«

Er nahm einen Schluck Whiskey, und als er das Glas wieder abstellte, zitterte seine Hand.

»Was hätte anders laufen müssen?« Lexie bemerkte den glasigen Ausdruck in seinen Augen, und ihr kam der Verdacht, dass das nicht sein erstes Glas war.

»Alles«, erwiderte Duncan und schüttelte den Kopf. »Das mit der Burg und das mit Grayson. Vor allem das mit Grayson. Ich habe alles falsch gemacht.«

Mit gesenktem Kopf starrte er in sein Glas, und Lexie hatte plötzlich Mitleid mit ihm.

»Sie sollten das nicht mir sagen, sondern Ihrem Sohn. Sie müssen sich endlich aussprechen, wenn Sie Ihr Verhältnis zu ihm verbessern wollen.«

Lexie hielt den Atem an, weil sie befürchtete, dass ihr Rat Duncan verärgern würde. Beim letzten Mal, als sie versucht hatte, ihn zu einer Annäherung an Grayson zu überreden, war er das gewesen. Doch jetzt zuckte er nur mit den Schultern.

»Nein, ich fürchte, da ist nichts mehr zu machen. Ich habe bei meinem Sohn auf ganzer Linie versagt, und das kann ich nicht mehr rückgängig machen. Er wird mir nie verzeihen, dass ich seine Mutter damals nicht geheiratet habe. Und alles andere auch nicht.«

Seine Offenheit überraschte Lexie. »Warum haben Sie das eigentlich nicht getan?«, fragte sie vorsichtig, doch Duncan reagierte nicht. Er schien sie nicht gehört zu haben, denn er wirkte plötzlich tief in Gedanken versunken. Oder wollte er das einfach nicht beantworten? In jedem Fall traute Lexie sich nicht, ihre Frage zu wiederholen.

Für eine Weile saßen sie sich schweigend gegenüber. Draußen hörte man ein Auto auf den Hof fahren. Dann klappte die Haustür, und einen Augenblick später erschien Grayson im Türrahmen.

Als er Lexie neben seinem Vater am Tisch sitzen sah, stutzte er, und wie jedes Mal, wenn ihre Blicke sich trafen, beschleunigte sich Lexies Herzschlag auf eine sehr ungesunde Rate.

»Grayson!« Auch Duncan wirkte erstaunt darüber, seinen Sohn zu sehen, und betrachtete ihn abwartend, fast so, als würde er mit einem verbalen Angriff rechnen.

Die Sorge verstand Lexie gut, denn als Grayson seinen Blick auf Duncan richtete, lag unverhohlene Wut darin.

»Was ist los?«, fragte Lexie, weil sie die Spannung nicht mehr aushielt, die plötzlich den Raum füllte.

»Ich war in Belfast«, erklärte Grayson, ohne den Blick von seinem Vater abzuwenden.

»Aha.« Duncan wurde blass, aber sein Gesicht blieb unbewegt. »Und warum, wenn ich fragen darf?«

»Kannst du dir das nicht denken?« Grayson setzte sich neben Lexie und beugte sich vor, fixierte seinen Vater. »In welchem Verhältnis stehst du zu Katelyn Evans, Dad?«

Sichtlich überrascht starrte Duncan ihn an. »Woher weißt du von Katelyn?«

»Ich habe Nachforschungen angestellt«, erklärte Grayson. »Weil es mir komisch vorkam, dass du ständig in Belfast warst.

Du verbringst offensichtlich viel Zeit im Haus dieser Frau. Also wüsste ich gerne, wer sie ist.«

»Du spionierst mir nach?« Diese Tatsache schien Duncan zu entsetzen. »Wie kommst du dazu?«

»Weil du nicht mit mir redest«, erwiderte Grayson, nicht mehr ganz so erzürnt. Stattdessen schwang Sorge in seiner Stimme mit. »Du verschwindest ständig, ohne uns zu erzählen, was genau du treibst. Ich wollte einfach wissen, ob du in Schwierigkeiten steckst. Weil ich das alles nicht verstehe, diese ganze überstürzte Geschichte mit dem Verkauf der Burg. Wieso jetzt? Hat diese Frau etwas damit zu tun? Hast du eine Affäre mit ihr? Oder erpresst sie dich? Brauchst du Geld, weil sie dich ausnimmt?«

»Nein.« Duncan ballte die Hände zu Fäusten. »Das hat Katelyn gar nicht nötig.«

»Was machst du dann bei ihr?«, beharrte Grayson.

Duncans Miene verschloss sich. »Das geht dich nichts an.«

»Gut. Dann werde ich zurück nach Belfast fahren und die Frau selbst fragen, wenn dir das lieber ist.«

»Das wirst du nicht tun, verdammt! Du wirst Katelyn nicht …« Duncan hielt inne, als sein Blick auf Lexie fiel. Offenbar war es ihm unangenehm, diese Diskussion vor ihr zu führen.

Lexie nahm es als Zeichen und stand auf. »Ich gehe besser, ich will nicht stören«, sagte sie und wollte den Tisch verlassen, doch Grayson griff nach ihrer Hand und hielt sie auf.

»Nein, bleib.«

»Grayson!« Duncans Stimme klang warnend, aber Grayson zog Lexie zurück auf ihren Stuhl.

»Sie soll bleiben. Vielleicht reißt du dich dann ja zusammen, und wir schaffen es einmal, ein Gespräch bis zu Ende zu führen.«

»Es liegt nicht nur an mir, dass wir so schnell streiten, Grayson.« Duncan verschränkte die Arme vor der Brust. »Aber gut. Wenn es dir so wichtig ist, soll sie bleiben.«

Lexie schluckte und blickte auf ihre Hand, die auf ihrem Bein lag und die Grayson immer noch in seiner hielt. Einen Augenblick später fiel es ihm auch auf. Hastig ließ er sie los, und in seinen Augen lag ein erstaunter Ausdruck. Das war also keine Absicht gewesen.

Er räusperte sich. »Also: Wer ist diese Katelyn Evans, Dad?«

Duncan ging zum Fenster und starrte nach draußen. Er schwieg so lange, dass Lexie schon glaubte, dass er nicht mehr antworten würde. Dann seufzte er tief.

»Sie ist meine große Liebe.« Seine Stimme zitterte leicht. »Die einzige Frau, die ich gerne geheiratet hätte.«

11

In der Stille, die plötzlich in der Küche herrschte, hätte man eine Stecknadel fallen hören können. Grayson schien überhaupt nicht mit dieser Antwort gerechnet zu haben, und es hatte ihm ganz offensichtlich die Sprache verschlagen, denn er starrte seinen Vater nur an.

Duncan blickte immer noch gedankenverloren in den Hof und redete weiter, ohne dass Lexie oder Grayson ihn dazu aufgefordert hätten.

»Sie ist die Tochter von Rupert Evans, einem nordirischen Politiker der besonders hartnäckigen Sorte. Er polarisierte gern und hatte sich damit viele Feinde gemacht. Das waren schlimme Zeiten damals, unruhige, blutige Zeiten, in denen das Leben in Belfast gefährlich war, vor allem für Leute wie ihn. Deshalb entschied er sich, seine Frau und seine Tochter nach Letterkenny zu Verwandten zu schicken, in der Hoffnung, dass sie dort sicherer wären. Er wollte sie aus der Schusslinie haben. Katelyn blieb mehrere Jahre dort, und irgendwann begegneten wir uns. Wir waren noch blutjung, aber wir wussten, dass wir füreinander bestimmt sind.« Er seufzte bei der Erinnerung. »Damals spielte es jedoch eine große Rolle, ob man Protestant war oder Katholik, vor allem für Katelyns Vater. Ich hatte leider die falsche Religion, deshalb wollte er mich nicht im Leben seiner Tochter. Wenn es nach ihm gegangen wäre, dann hätte Katelyn in absehbarer Zeit einen protestantischen Nordiren heiraten sollen. Tatsächlich hatte er sogar schon einen bestimmten Kandidaten im Auge. Katelyn wollte trotzdem lieber mich, und wir waren entschlossen, für unsere Liebe zu kämpfen. Wir haben sogar darüber gesprochen, zusammen durchzubrennen. Aber dann stand deine Mutter plötzlich vor meiner Tür und teilte mir mit, dass sie von mir schwanger ist. Ich hatte eine kurze Liebelei mit ihr, bevor ich Katelyn kennenlernte. Meine Güte, ich war gerade achtzehn und habe nicht über die Konsequenzen nachgedacht. Es waren ein paar Nächte, mehr nicht.« Er seufzte erneut. »Als Katelyn von der Schwangerschaft erfuhr, war sie schockiert. Sie hat sich von mir getrennt, damit ich Melissa heiraten kann, so wie es alle von mir erwartet haben, und ist nach Amerika gegangen, um dort zu studieren. Sie wollte möglichst weit weg sein und mich nicht mehr sehen. Ich solle sie vergessen und das Richtige tun, meinte sie. Aber ich konnte nicht. Ich wollte sie zurückerobern, deshalb weigerte ich mich, Melissa zu heiraten. Ich war bereit, mich um dich zu kümmern, Grayson, und Verantwortung für dich zu übernehmen, aber ich wollte frei sein für Katelyn, nur für den Fall, dass sie mir noch mal eine Chance geben würde. Es dauerte fast drei Jahre, ehe sie wieder bereit war, mit mir zu sprechen, und dann auch nur, um mir zu sagen, dass sie inzwischen mit einem Amerikaner verheiratet war.« Er schüttelte den Kopf. »Ich wusste, dass es keinen Sinn mehr hatte, aber ich gab trotzdem nicht auf. Irgendwann erfuhr ich, dass Katelyn krank war. Sie hatte eine Grippe verschleppt und litt an einer Herzmuskelentzündung, die sie beinahe umgebracht hätte. Ich flog sofort nach Boston, um in ihrer Nähe zu sein, und blieb, bis ich sicher war, dass es ihr wieder besser ging. Ich konnte sie nicht oft sehen, aber wenn, dann war es zwischen uns wie früher. Unsere Gefühle waren noch da, das spürte sie auch, aber sie konnte ihren Mann nicht betrügen. So ist sie, immer aufrichtig und ohne

Falsch, und genau das liebe ich so an ihr, selbst wenn es damals bedeutete, dass sie uns beiden keine zweite Chance geben wollte. Also kehrte ich allein nach Irland zurück, aber vergessen konnte ich sie nicht. Für mich gab es nie eine andere. Vor einem Jahr bekam ich dann einen Brief von ihr. Ihr Mann war gestorben, und Katelyn ist nach Belfast zu ihrem Vater zurückgekehrt. Ich rief sie an, und seitdem sehen wir uns wieder regelmäßig.«

Lexie hörte gespannt zu und verglich Duncans Geschichte mit dem, was er ihr zuvor erzählt hatte. Das mit dem Amerika-Aufenthalt schien also tatsächlich zu stimmen, und er hatte auch sicher nichts mit Fiona angefangen, wenn seine Gefühle für diese Katelyn echt waren. Das schien so zu sein, denn man konnte ihm ansehen, wie sehr ihn die Erinnerungen quälten. Er sagte die Wahrheit, da war sie sich jetzt ganz sicher, und das beruhigte sie.

Grayson jedoch schien die Erzählung seines Vaters aufzuwühlen. Er wirkte zwar äußerlich unbewegt, aber Lexie saß dicht genug neben ihm und sah, wie die Muskeln auf seiner Wange arbeiteten.

»Dann seid ihr jetzt zusammen, du und diese Katelyn?«, fragte er.

Duncan zuckte mit den Schultern. »Ich hoffe, dass wir das sein können. Aber dafür muss ich erst …«

Er brach ab.

»Was, Dad? Sag schon! Was musst du dafür tun?«

Graysons Frage schien Duncan wieder in die Wirklichkeit zurückzuholen. Seine Miene verschloss sich, und auch die Wirkung des Alkohols schien verflogen, denn er wirkte schlagartig nüchtern.

»Du wolltest wissen, wer Katelyn ist, und ich habe es dir gesagt. Der Rest ist meine Angelegenheit.«

Er löste die Arme, die er immer noch vor der Brust verschränkt hatte, und ging mit großen Schritten zur Tür.

Als er an Grayson vorbeikam, blieb er noch einmal stehen, und Lexie hatte den Eindruck, dass er gerne seine Hand auf Graysons Schulter gelegt hätte.

»Es tut mir leid«, sagte er so leise, dass Lexie nicht sicher war, ob sie es richtig verstanden hatte. Dann ging er weiter und verließ die Küche.

Als die Tür hinter ihm ins Schloss fiel, stöhnte Grayson auf.

»Alles okay?«, fragte Lexie.

»Die große Liebe.« Er schüttelte den Kopf, so als wäre allein die Idee vollkommen lächerlich.

»Ich glaube ihm«, sagte sie.

»Ich auch.« Er hob den Kopf, und sie erkannte den Schmerz, der in seinen blauen Augen brannte. »Aber das macht es nicht besser. Zu wissen, dass ich eine beschissene Kindheit hatte, nur weil er nicht die Frau bekommen konnte, die er wollte, fühlt sich einfach nur noch ein bisschen erbärmlicher an. Jetzt ist er ja offenbar am Ziel seiner Träume. Und wieder auf Kosten seiner Familie, wenn er dafür Dunmor verkaufen muss.«

»Ich glaube, so einfach ist das alles nicht«, gab Lexie zu bedenken.

Grayson schnaubte. »Doch, es ist ganz einfach. Er hätte damals einfach das Richtige tun und meine Mutter heiraten sollen.«

»Er hat das Richtige getan«, beharrte sie. »Deine Mutter hat doch später geheiratet, oder? Glaubst du, sie hätte stattdessen lieber einen Mann genommen, dessen Herz einer anderen gehört? Das wäre niemals gut gegangen.«

Grayson erhob sich, weil er es offenbar auf seinem Stuhl nicht mehr aushielt, und begann, in der Küche auf und ab zu gehen.

»Und warum erzählt er mir das erst jetzt? Warum hat er diese Frau vorher nie erwähnt?«

»Vielleicht hat es ihm zu wehgetan, über sie zu sprechen.

Oder er dachte, dass du es nicht verstehen würdest. Fällt dir ja auch schwer. Außerdem habe ich den Eindruck, dass ihr generell nicht viel miteinander geredet habt.«

Er blieb stehen und starrte sie an. Ein Muskel zuckte in seiner Wange, dann wandte er sich wortlos ab und starrte aus dem Fenster.

Sie erhob sich und ging zu ihm, legte ihm eine Hand auf den Rücken.

»Es ist noch nicht zu spät, Grayson«, sagte sie und erkannte erst, als er abrupt zu ihr herumfuhr, dass es besser gewesen wäre, ihn nicht anzufassen.

Hastig zog sie ihre Hand wieder zurück, doch seinem Blick konnte sie nicht ausweichen. Ihre Knie waren plötzlich weich wie Butter, und ihr Atem stockte. Für einen kurzen wilden Moment glaubte sie, dass er nach ihr greifen und sie an sich ziehen würde. Hoffte sie es vielleicht sogar? Doch er beugte sich nur vor, bis sein Gesicht dicht vor ihrem war.

»Hast du wirklich so viel Interesse daran, dass ich mich mit meinem Vater vertrage?«

»Du hast doch offenbar auch Interesse daran. Schließlich war es deine Idee, dass ich bleibe, damit ihr euch nicht gleich wieder an die Gurgel geht«, gab sie zurück und sah, wie der zornige Ausdruck aus seinen Augen wich und stattdessen so etwas wie Verlegenheit darin aufflackerte.

Die Küchentür ging auf, und sie fuhren erschrocken auseinander.

»Hallo!« Agatha betrat den Raum, gefolgt von einer müde wirkenden Fanny. »Wir sind wieder da!«

Lexie war sicher, dass man ihr ansah, wie aufgewühlt sie war, und auch Grayson brauchte ein paar Sekunden, bis er es schaffte, seine Großmutter und seine Großtante anzulächeln.

»Wo wart ihr denn?«

»Wir haben einen langen Spaziergang gemacht.« Fanny

füllte den Wasserkessel und stellte ihn an. »Jetzt brauche ich erst mal eine Tasse von Eileens Stärkungstee.« Sie gab Teeblätter aus einer Dose in ein Teesieb und bereitete die Kanne vor.

»Clark hat uns begleitet«, erklärte Agatha. »Aber er wurde von einem ehemaligen Patienten aufgehalten, den wir auf dem Rückweg getroffen haben. Er kommt gleich nach.«

Grayson blickte stirnrunzelnd zu seiner Großtante, die ziemlich abgekämpft wirkte. »War das nicht zu viel für Fanny?«

Agatha schüttelte den Kopf und senkte ihre Stimme ein bisschen. »Clark sagt, Bewegung ist gut für sie. Er hofft, dass sie dann besser schläft.«

Angesichts der Ereignisse der vorletzten Nacht verstand Lexie diese Taktik nur zu gut. Aber die Erwähnung von Fannys angeschlagener Gesundheit ließ sie auch an Graysons Bemerkung denken, dass sie das alles nichts anging. Ich sollte mich wirklich nicht mehr einmischen, dachte sie, als sie Graysons grimmigen Blick auffing.

»Möchten Sie auch einen Tee, Miss Cavendish?«, erkundigte sich Fanny. »Der wird Ihnen guttun.«

»Nein, danke.« Lexie machte einen weiteren Schritt rückwärts Richtung Tür. »Ich … muss noch arbeiten.«

»Heute ist doch Sonntag!«, protestierte die alte Dame, aber Lexie lehnte trotzdem ab und verließ rasch die Küche.

Eigentlich hatte sie in ihr Zimmer gehen wollen, folgte dann jedoch einem spontanen Impuls und lief nach draußen in den Innenhof. Vielleicht würde ihr die frische Luft helfen, den Kopf wieder freizubekommen.

Du musst das endlich in den Griff kriegen, dachte sie. Graysons Verhältnis zu seinem Vater und Fannys wie auch immer geartete Krankheit waren Probleme, die sie nicht betrafen. Tatsächlich verstieß es sogar massiv gegen die Interessen ihrer Firma, wenn sie versuchte, zu einer Lösung beizutragen. Sie war nur hier, um einen Auftrag zu erfüllen. Und den hatte sie so gut wie erledigt …

Abrupt blieb sie stehen, als sie merkte, dass sie viel weiter gegangen war als beabsichtigt und bereits im Außenhof der Burg stand. Wieder stellte sie fest, dass der verwilderte Garten etwas Verwunschenes hatte, das ihr gefiel. Sie drehte sich um und blickte zurück zur Burg.

Die Zinnen und der wuchtige Wehrturm, der über allem thronte, erhoben sich majestätisch hinter ihr und schienen weit in den Himmel zu ragen. Der Wind war aufgefrischt und schob weiße Wolkenfetzen über den blauen Himmel. Man roch das Meer und konnte die Wellen rauschen hören, die tief unten gegen die Klippen schlugen, und während Lexie all diese Eindrücke in sich aufnahm, wurde ihr noch einmal bewusst, dass dieser Ort etwas Besonderes für sie war. Hier irgendwo lag der Schlüssel zu einem Teil ihrer Vergangenheit, über den sie bisher nichts gewusst hatte. Und deshalb gingen die Ereignisse auf Dunmor Castle sie sehr wohl etwas an. Sie musste herausfinden, wie das alles zusammenhing und was mit ihrer Mutter passiert war, bevor Andrew aus Dubai zurück war und das Geschäft abschloss. Denn vorher konnte sie auf keinen Fall nach Dublin zurück, und es war fraglich, ob er für dieses persönliche Anliegen Verständnis haben würde.

Aber wo sollte sie mit ihrer Suche anfangen? Der Inhalt des Kartons hatte keine wichtigen Informationen enthalten, und außer der Erkenntnis, dass Duncan nicht ihr Vater sein konnte, war sie noch kein Stück weitergekommen.

Sie seufzte tief. Vielleicht musste sie ihr Gehirn einfach zwingen, sich zu erinnern?

Seit sie die Sache mit ihrer Mutter wusste, schien ihr Kopf nach und nach Bilder freizugeben, die dann unvermittelt vor ihrem inneren Auge auftauchten. Es waren nur Bruchstücke, mit denen sie wenig anfangen konnte, aber da musste noch mehr sein. Vielleicht wusste sie sogar, was damals geschehen war, und hatte es nur vergessen.

Eileen hielt es durchaus für möglich, dass irgendetwas Lexies Erinnerungsvermögen blockierte. Sie hatte erzählt, dass man Lexie nach dem Verschwinden ihrer Mutter völlig verstört unten im Keller der Burg gefunden hatte, in einer Nische hinter der großen Glasvitrine mit den ausgestopften Löwen. Zumindest die Vitrine war noch in Lexies Gedächtnis verankert gewesen. Alles andere fehlte, aber nach und nach schien die Barriere zu bröckeln, die sie unbewusst um dieses Ereignis gezogen haben musste. Ob sie den Prozess irgendwie beschleunigen konnte?

Ich muss es einfach noch mal versuchen, dachte sie. Irgendwann würde ihr Gehirn auch noch den Rest freigeben, den es jetzt noch zurückhielt. Und vielleicht half es, wenn sie noch einmal an den Ort ging, an dem sie den ersten Flashback erlebt hatte.

Es war gar nicht weit von hier gewesen, drüben neben dem großen Tor zum Innenhof. Dort gab es einen Treppenaufgang, über den man auf die Galerie gelangte. So wurde der Wehrgang genannt, der oben auf der Burgmauer verlief. Man musste vorsichtig sein, wenn man dort hinaufstieg, denn ein Teil der Außenmauer fehlte. Das entstandene Loch war nur notdürftig mit ein paar Brettern gesichert und gehörte wie die kaputte Decke im Wehrturm zu den Stellen auf Dunmor, bei denen Vorsicht geboten war.

Dennoch wagte sich Lexie erneut die Treppe hinauf zu der Holztür, die auf die Galerie führte. Die Tür war abgeschlossen, aber Grayson hatte ihr gezeigt, wo der Schlüssel deponiert war. Kurz darauf stand sie oben auf dem windumtosten Wehrgang.

Das letzte Mal hatte sie, bevor sie den ersten Fuß auf die Treppe setzen konnte, plötzlich ihre Mutter vor sich gesehen, die sie davor gewarnt hatte weiterzugehen. Deshalb rechnete sie damit, dass es ihr diesmal vielleicht genauso gehen würde. Doch sie schaffte es nach oben, ohne dass irgendetwas passierte. Keine Erinnerung, kein Bild – gar nichts tauchte vor ihrem inneren Auge auf.

Enttäuscht verschränkte Lexie die Arme vor der Brust und ging noch ein Stück den Gang entlang bis zu der Stelle, wo die Mauer fehlte und man zwischen den notdürftig zusammengezimmerten Holzbrettern, die als Geländer fungierten, ungehindert bis auf die Wellen unten an den Klippen blicken konnte.

Es war ein gewaltiger Anblick, der Lexie auch diesmal wieder den Atem nahm. Vorsichtig trat sie noch ein bisschen näher an den Rand – und spürte plötzlich eine Hand auf ihrer Schulter.

12

Erschrocken fuhr sie herum und starrte den weißhaarigen Mann an, der sich ihr unbemerkt genähert hatte.

»Doktor Turner!«

Er schloss die Hand um ihren Arm und zog sie weg von der Kante zurück in den Gang.

»Was tun Sie denn da, Miss Cavendish?«, schimpfte er und ließ sie wieder los. »Diese Stelle ist gefährlich! Sie könnten abstürzen.«

Lexies rasender Herzschlag beruhigte sich nur langsam.

»Sie haben mich erschreckt«, rief sie ihm zu, weil der Wind ihr die Worte aus dem Mund zu reißen schien.

»Das tut mir leid.« Auch Doktor Turner musste laut sprechen, um das Tosen zu übertönen. »Ich bin gerade von einem Spaziergang zurückgekommen und habe Sie die Treppe hinaufgehen sehen. Ich wusste nicht, ob man Sie darüber informiert hat, dass hier ein Teil der Mauer fehlt. Deshalb bin ich Ihnen lieber nachgegangen.«

Lexie rieb über die Stelle, an der sie den überraschend festen Griff seiner Hand noch spürte. »Grayson hat mir die Galerie schon vor ein paar Tagen gezeigt.«

»Und warum sind Sie dann hier?« In der Stimme des Arztes schwang ein misstrauischer Unterton mit.

Mit seiner Tweedhose, dem beigefarbenen Cordjackett und der flachen Schirmmütze wirkte er äußerlich wie ein klassischer irischer Landbewohner. Von dem netten älteren Herrn mit dem jovialen Lächeln, als den Lexie ihn vor ein paar Tagen kennengelernt hatte, war er im Moment jedoch weit entfernt, und sie musste auch sonst ihren Eindruck von ihm revidieren. Sie hatte ihn aufgrund seines Alters für gebrechlich gehalten, doch sie merkte jetzt, was das für eine Fehleinschätzung gewesen war. Doktor Turner war stark, und er blickte sie gerade ziemlich grimmig an.

»Ich musste etwas überprüfen«, antwortete sie beklommen, weil ihr plötzlich bewusst wurde, dass sie zum ersten Mal seit dem Vorfall im Wehrturm mit ihm allein war. Wenn er sie jetzt noch mal packte und gegen das Geländer stieß …

Sie wappnete sich gegen einen Angriff, doch Doktor Turner stieß nur die Luft aus.

»Ihre Liebe zur Gefahr scheint ungebrochen.«

Lexie sah ihn überrascht an. »Wie bitte?«

»Na, Sie waren doch schon als Kind fasziniert von der Galerie. Ich erinnere mich, dass Ihre Mutter Sie damals ständig davon abhalten musste, hier zu spielen. Es liegt auch an Ihnen, dass die Tür inzwischen immer abgeschlossen ist. Früher hat da niemand drauf geachtet.«

Lexie schluckte. »Woher wissen Sie das? Ich dachte, Sie kannten meine Mutter nicht besonders gut.«

»Ich besuche Agatha und Fanny schon seit Jahren sehr regelmäßig«, sagte er. »Deshalb bin ich Fiona oft begegnet, schließlich war sie hier angestellt. Und Ihnen auch. Fiona hat Sie nämlich sehr häufig mit zur Arbeit gebracht.«

Diese Information war Lexie neu. »Hat sie das? Ich dachte, Eileen Kelly hätte mich beaufsichtigt, wenn meine Mutter auf der Burg war.«

Doktor Turner zuckte mit den Schultern. »Wie das genau

geregelt war, weiß ich nicht. Aber Sie waren oft hier. Agatha und Fanny hatten auch nichts dagegen, im Gegenteil. Ich glaube, Fanny hat Fiona sogar darin bestärkt, Sie mitzubringen. Sie hat sich gerne um Sie gekümmert. Was ich natürlich nicht gutheißen konnte.«

Die letzte Bemerkung war ihm offenbar herausgerutscht, denn er sah Lexie plötzlich erschrocken an und wich ihrem fragenden Blick aus.

»Warum konnten Sie das nicht gutheißen?«

»Ich hatte meine Gründe«, sagte er hastig und griff erneut nach ihrem Arm. »Kommen Sie, wir gehen zurück. Hier ist es zu ungemütlich.«

Lexie machte sich mit einer heftigen Geste von ihm los. Sie war es endgültig leid, dass die Männer auf dieser Burg es nicht für nötig hielten, ihre Fragen vernünftig zu beantworten, deshalb funkelte sie den alten Arzt herausfordernd an.

»Hatten Sie etwas gegen meine Mutter, Doktor Turner?«

Er schüttelte den Kopf und wollte etwas erwidern, aber Lexie ließ ihn nicht zu Wort kommen, sondern redete weiter.

»Sie haben sich mit meiner Mutter gestritten, bevor sie verschwand, stimmt's? Deshalb ist sie zu einem anderen Arzt nach Letterkenny gewechselt. Worum ging es bei der Auseinandersetzung?«

Er war sichtlich überrumpelt. »Das weiß ich nicht mehr. Das ist doch schon eine Ewigkeit her.«

»Eileen Kelly konnte sich noch gut erinnern«, beharrte Lexie. »Sie sagt, dass Fiona nicht einverstanden mit Ihrer Behandlung von Fanny war. Sie wollte, dass Fanny zu einem Spezialisten nach Dublin geht, aber Sie haben das nicht zugelassen.«

»Nein, das habe ich nicht, und dafür hatte ich auch triftige Gründe.« Der alte Arzt ballte die Hände zu Fäusten und verbarg seine Verärgerung über diese Frage nicht. »Ihre Mutter hat sich Dinge angemaßt, die ihr nicht zustanden. Sie hatte keinerlei medizinische Ausbildung, aber sie musste sich trotzdem einmischen. Das habe ich mir verboten. Ich kenne Fannys Krankengeschichte besser als jeder andere, denn ich begleite sie schon seit vielen Jahren. Und deshalb weiß ich genau, was gut für sie ist und was ihr schadet.«

»Der Besuch bei einem Spezialisten hätte ihr geschadet?« Lexie runzelte die Stirn. »Wie kann das sein?«

»Diese Information fällt unter das Patientengeheimnis. Das werde ich bestimmt nicht mit Ihnen diskutieren«, erwiderte er steif. Dann seufzte er, und seine Schultern sanken nach unten. »Hören Sie, ich habe mit dem Verschwinden Ihrer Mutter nichts zu tun. Ich mochte Fiona, selbst wenn wir in dieser Sache nicht einer Meinung waren. Und an dem Tag, an dem sie verschwand, war ich im Pfarrhaus und habe dort Father Flaherty betreut. Es ging ihm nicht gut. Sie können ihn fragen, wenn Sie wollen.«

Das brauchte Lexie nicht, denn sie hatte bereits mit dem Pfarrer gesprochen und sich die Geschichte bestätigen lassen. Die beiden Männer konnten demnach beide nichts mit Fionas Verschwinden zu tun haben.

Lexie seufzte innerlich, weil sie das Gefühl hatte, wieder ganz am Anfang zu stehen. Sie wusste nicht mehr als vorher, und wenn überhaupt, dann war die ganze Sache nur noch mysteriöser geworden.

»Wissen Sie etwas über meinen Vater? Hat meine Mutter ihn mal erwähnt?«

Sie stellte die Frage bewusst und beobachtete die Reaktion des Arztes. Doch sie sah nur Überraschung in seinem Gesicht.

»Nein. Darüber hat sie mit mir nie gesprochen.« Er seufzte entnervt. »Ich kann Ihnen da wirklich nicht helfen. Und wir sollten jetzt auch lieber wieder gehen. Agatha und Fanny erwarten mich.«

Lexie betrachtete ihn und fragte sich, wieso er eigentlich so auf die beiden alten Damen fixiert war. Alles, was er tat, schien mit ihnen zu tun zu haben, und wenn Lexie es recht bedachte, dann verbrachte er mehr Zeit hier oben als unten im Dorf. Sicher, er war ein alter Freund der Familie, aber sein aufopferungsvoller Einsatz für die O'Donnell-Frauen war schon ungewöhnlich. Hatte er auch ein persönliches Interesse an einer der beiden?

Selbst wenn es so war, spielte es im Grunde keine Rolle. Wichtig war nur, dass er Fiona offenbar nicht besonders nahegestanden hatte. Er wusste zu wenig über sie, deshalb beschloss Lexie, dass es wenig Sinn hatte, weiter in ihn zu dringen.

Bei Fred, dem Besitzer des Castle Inn, hatte sie da vielleicht mehr Glück. Eileen hatte nämlich behauptet, dass er damals in Fiona verliebt gewesen war. Wenn man Interesse an jemandem hatte, dann achtete man auf alle Details und ganz sicher auch darauf, ob die Angebetete Gefühle für jemand anderen hatte. Vielleicht war ihm etwas aufgefallen? Sie würde ihn danach fragen müssen, auch wenn ihr bei dem Gedanken an eine erneute Begegnung mit dem jähzornigen Fred Murphy ein bisschen mulmig war.

Und mit Father Flaherty muss ich auch noch mal sprechen, dachte sie. Diese ominöse Mappe, die sie in seinem Wohnzimmer gesehen hatte, ließ ihr einfach keine Ruhe. Er wusste sicher mehr, als er zugab, und selbst wenn er sich auf das Beichtgeheimnis berufen würde, war es zumindest einen Versuch wert …

»Miss Cavendish?« Doktor Turner sah sie fragend an, weil ihn ihr Schweigen zu irritieren schien. »Kommen Sie dann?«

Sie nickte und ging mit ihm zurück zu der dicken Holztür, die den Aufgang sicherte. Bevor sie ihm die Treppe hinunter folgte, blickte sie noch einmal über die Schulter zurück in den Wehrgang – und erstarrte, weil sie plötzlich glaubte, eine Gestalt in der Nähe des Holzgeländers stehen zu sehen. Eine Gestalt, die aussah wie …

»Mum?«

Sie blinzelte, und als sie erneut hinsah, lag der Gang verlassen da.

»Miss Cavendish?« Doktor Turner war die Stufen wieder hochgelaufen und blickte Lexie besorgt an. »Alles in Ordnung?«

»Ja, ich …« Lexie starrte immer noch zu der Stelle, an der sie gerade ihre Mutter gesehen hatte. Ihr Herz schlug ihr bis zum Hals.

Da vorne war niemand, also war es wieder nur eine Erinnerung gewesen. Oder ein Trugbild, das ihr Gehirn ihr deshalb vorgaukelte, weil sie vorhin so viel an Fiona gedacht hatte? Lexie wusste nicht, welche Variante stimmte. Aber wenn es eine Erinnerung war, wieso sah sie ihre Mutter dann so oft hier oben?

»War Fiona eigentlich gerne auf der Galerie?«, fragte sie mit belegter Stimme.

»Das weiß ich nicht, aber vorstellen kann ich mir das nicht«, erwiderte der alte Arzt. »Fiona litt an Höhenangst. Und sie machte sich Sorgen, dass Sie abstürzen könnten. Deshalb hat sie ja immer so geschimpft mit Ihnen, wenn Sie hier spielen wollten. Ich bin eigentlich sicher, dass sie um die Galerie eher einen Bogen gemacht hat.« Er runzelte die Stirn. »Wieso wollen Sie das wissen?«

»Nur so.« Lexie hatte es plötzlich eilig, diesen unheimlichen Ort zu verlassen, und drängte sich an Doktor Turner vorbei. Auf der Hälfte der Treppe fiel ihr ein, dass die Tür abgeschlossen werden musste, aber als sie sich umdrehte, sah sie, wie er gerade den großen Eisenschlüssel hinter den Mauervorsprung schob. Er kannte das Versteck also auch.

Sie gingen zusammen zurück in den Innenhof und von dort in die Burg, wo Lexie sich hastig verabschiedete und hinauf in ihr Zimmer lief. Sie wollte nicht noch einmal in die Küche, wo wahrscheinlich Grayson mit seiner Großmutter und seiner Großtante zusammensaß. Außerdem musste sie dringend mit

Betty telefonieren und ihr erzählen, was passiert war. Und danach würde sie noch ein bisschen arbeiten.

Sie gähnte, als sie ihre Zimmertür öffnete, und schleppte sich drinnen bis zum Bett, ließ sich darauf fallen und streckte Arme und Beine aus. Obwohl es erst früher Nachmittag war, fühlte sie sich bleiern müde. Offenbar forderten die Aufregung des Vormittags und ihr Schlafdefizit aus den Nächten davor ihren Tribut. Seufzend holte sie ihr Handy und wählte Bettys Nummer.

»Und?«, fragte ihre Freundin ohne Umschweife. »Sag schon, wie war's?«

»Anders als erwartet«, antwortete Lexie und unterdrückte ein weiteres Gähnen, bevor sie anfing, Betty alles über ihr Gespräch mit Duncan und Grayson zu berichten.

Sie diskutierte lange mit ihrer Freundin, und als sie das Gespräch schließlich beendete, kehrte die Müdigkeit mit aller Macht zurück. Sie wollte aber noch nicht schlafen, deshalb beschloss sie, weiter an ihren Plänen zu arbeiten.

Ein Problem hatte sie nämlich noch nicht zufriedenstellend gelöst, und das war die Nutzung der Räume von Agatha, Fanny und Duncan. Es bereitete ihr Kopfzerbrechen, wie sie die Zimmer in das Hotelkonzept integrieren sollte, aber ihr war eine Idee gekommen, wie sie beides miteinander verbinden konnte, und die wollte sie gerne zu Papier bringen.

Sie fing an zu zeichnen und war nach einer Weile so in ihre Arbeit versunken, dass sie gar nicht merkte, wie die Stunden verflogen. Als sie sich vom Schreibtisch erhob, fühlte sie sich ganz steif und stellte erstaunt fest, dass es schon dämmerte.

Sie hatte Hunger, wollte jedoch nicht noch mal in die Küche zurückgehen. Deshalb aß sie den Apfel, den sie in ihrer Tasche fand, und feilte dann noch ein bisschen an ihren Entwürfen, bis sie merkte, dass ihr die Augen immer wieder zufielen.

Ich muss mich hinlegen, bevor ich am Schreibtisch einschlafe, dachte sie und schleppte sich ins Bad. Als sie kurz darauf im Bett lag, war die bleierne Müdigkeit schon so unüberwindbar geworden, dass sie mit einem Seufzen die Augen schloss. Kurz bevor sie wegdämmerte, fiel ihr ein, dass sie die Tür hätte abschließen müssen. Aber sie konnte sich nicht mehr aufraffen, noch einmal aufzustehen, und glitt in einen tiefen Schlaf.

13

Lauf, Lexie! Schnell, lauf weg! Versteck dich!

Fionas Augen waren schreckgeweitet, und sie streckte ihre Hände nach Lexie aus.

Der Schatten war bei ihr, stand drohend über ihr und beugte sich vor.

Ein Schrei gellte in Lexies Ohren, und sie begriff, dass sie tun musste, was ihre Mutter gesagt hatte. Abrupt drehte sie sich um und lief. Sie fiel und schlug sich die Knie auf den unebenen Steinen auf, aber sie rappelte sich wieder auf und lief weiter.

Der Schrei war verstummt, und es war so ruhig, dass sie ihr Herz klopfen hörte. Blindlings lief sie die Treppe hinunter und rannte, so schnell sie konnte, durch das große Tor und über den Hof bis zu der offenen Tür. Sie kannte den hohen, runden Raum, der dahinterlag. Es war der Turm, in dem sie eigentlich nicht spielen sollte. Und die Treppe führte hinunter in den Keller ... zu den Löwen. Sie hatte Angst vor ihnen, aber Löwen waren stark. Sie konnten sie vor dem bösen Schatten beschützen.

Es roch nach Staub unten in dem schwarzen Tunnel, und man konnte kaum etwas sehen, so dunkel war es. Zum Glück war die Nische mit den Kisten nicht weit.

Wo bist du, Lexie? Komm zu mir.

Die Stimme schallte von oben zu ihr herunter, ließ ihr Herz

schneller schlagen. Sie kletterte hinter die Glasvitrine, zog sich das weiße Laken über den Kopf, das darüberhing, und kauerte sich ganz dicht an die kalte Glaswand. Es war zu dunkel, um die Löwen zu erkennen, und das war gut so. Sie sahen unheimlich aus, so als würden sie jeden Moment angreifen. Wenn der Schatten sie sah, würde er bestimmt auch Angst bekommen, und dann …

Wo steckst du? Komm raus. Komm zu mir.

Der Schatten war da, und er hatte ein Licht mitgebracht.

Ich tue dir nichts.

Mummy wartet auf dich. Ich bringe dich zu ihr. Komm schon, zeig dich. Wo bist du?

Sie wollte der Stimme glauben. Aber sie rührte sich nicht, kauerte sich nur weiter hinter das Glas. Weil der Schatten log. Er hatte ihrer Mutter wehgetan, und er würde auch ihr wehtun.

Im Gang vor der Nische wurde das Licht immer heller und schien durch das dünne Laken, unter dem Lexie sich versteckte. Sie war tief drinnen in der Nische, ganz hinten, aber die Stimme schien direkt an ihrem Ohr zu sein.

Na, komm schon! Wo steckst du?

Lexie wagte nicht mehr zu atmen. Sie hatte so schreckliche Angst.

Komm raus. Du kennst mich doch …

Etwas schloss sich um ihren Arm und zog sie hoch.

»Lexie! Lexie, wach auf!«

»Nein, nicht! Lass mich!« Sie schlug um sich und versuchte, sich dem Griff zu entwinden. Bis sie begriff, dass die Hände, die sie hielten, nicht dem Schatten gehörten.

Sie befand sich nicht im Keller der Burg, sondern lag in ihrem Gästezimmer auf dem Bett. Draußen vor den Fenstern war es dunkel, es musste also mitten in der Nacht sein. Und es war eine reale Person, die sich über sie beugte.

»Hab ich dich.« Janice' kalt lächelndes Gesicht tauchte vor

ihr auf. »Du hast doch nicht wirklich gedacht, dass ich dich davonkommen lasse, oder?«

Lexie schrie gellend, und der Schmerz in ihren Oberarmen nahm zu. Gleichzeitig verschwamm Janice' Gesicht vor ihren Augen, wurde ersetzt durch ein anderes.

»Lexie, verdammt, wach endlich auf!«

»Grayson.« Sie konnte seinen Namen nur flüstern, als sie ihn erkannte. Aber war er wirklich hier oder ein weiteres Traumbild?

Panisch schreckte sie hoch und sah sich um. Draußen war es immer noch dunkel, und sie lag tatsächlich in ihrem Zimmer auf der Burg im Bett. Von Janice war jedoch nichts zu sehen. Dafür saß Grayson nur mit T-Shirt und Boxershorts bekleidet auf der Bettkante, und seine Hände, die ihre Oberarme umschlossen, fühlten sich sehr real an.

»Mein Gott, ich dachte schon, ich kriege dich überhaupt nicht mehr wach«, sagte er und ließ sie wieder los.

Lexie blickte an sich herunter und berührte ihr dünnes Nachthemd, dann hob sie die Hand und legte sie an Graysons Wange, spürte die Bartstoppeln unter ihren Fingern. Er ist wirklich hier, dachte sie und ließ sich erleichtert gegen ihn sinken.

Er schloss die Arme um sie und zog sie an sich. »Was war denn los?«

Ein Zittern durchlief sie, als die schrecklichen Traumbilder erneut vor ihr auftauchten.

»Ich dachte, Janice wäre hier. Sie saß an meinem Bett und wollte mich …« Ihre Stimme brach, und sie krallte die Finger in sein Hemd, weil die Angst sie erneut überwältigte.

»Hey, alles gut! Das war nur ein Alptraum.« Er strich ihr über den Rücken, aber seine sanften Berührungen machten es nur schlimmer, ließen etwas in ihr endgültig nachgeben. Tränen schossen in ihre Augen und strömten unaufhaltsam über ihre Wangen, spülten die Schrecken der vergangenen Tage aus ihr heraus. Die ganzen furchtbaren Vorfälle – ihre versagenden Bremsen, der Schlag auf den Kopf im Pfarrhaus, ihr Fast-Absturz im Wehrturm und zuletzt Janice' Messerattacke – liefen wie ein Film noch einmal in ihrem Kopf ab. Es war einfach alles zu viel, und sie schaffte es nicht mehr, stark zu sein.

»Es … tut … mir … leid«, flüsterte sie zwischen den Schluchzern, die ihre Schultern beben ließen, weil sie sich dafür schämte, dass sie nicht aufhören konnte zu weinen.

Grayson schloss seine Arme noch ein bisschen fester um sie, und sie fühlte seine Lippen auf ihrem Haar. »Schon gut. Niemand kann immer tapfer sein«, flüsterte er und hielt sie, bis ihr Schluchzen nach langen Minuten endlich abebbte und ihr Atem wieder ruhiger ging.

»Ich … brauche ein Taschentuch«, sagte sie mit erstickter Stimme, als sie sich schließlich von ihm löste. Sie deutete auf ihre Handtasche, die neben dem Bett stand.

Grayson holte eine Packung Taschentücher heraus, reichte ihr eins. Ziemlich undamenhaft schnäuzte sie hinein.

»Ich habe dein T-Shirt ganz nass geweint.« Sie deutete auf den dunklen Fleck, den ihre Tränen dort hinterlassen hatten.

»Es gibt Schlimmeres«, erwiderte er mit einem schiefen Lächeln und strich ihr über den Arm. »Geht es jetzt wieder?«

Lexie hätte gerne genickt, weil es ihr peinlich war, dass sie derart die Fassung verloren hatte. Doch dann würde er vermutlich gehen, und der Gedanke, wieder allein zu sein, machte ihr solche Angst, dass sie erneut zu zittern begann. Hilflos zuckte sie mit den Schultern. »Ich … weiß nicht.«

»Rutsch mal ein Stück«, sagte er und schob sie etwas von der Kante weg. Dann legte er sich neben sie ins Bett, zog sie an sich.

Mit einem Aufseufzen legte sie den Kopf in seine Armbeuge, froh darüber, dass er offenbar spürte, wie sehr sie seine Nähe noch brauchte. Und es half, denn das Zittern ließ nach. Für einen Moment lagen sie schweigend da, während er sanft ihren Rücken streichelte.

»Was tust du eigentlich hier?«, fragte sie in die Stille.

»Ich habe dich schreien hören und wollte nach dir sehen.« Graysons Hand wanderte zu ihrem Kopf, strich über ihr Haar. »Hast du wirklich von Janice geträumt?«

Lexie nickte. »Und von diesem verdammten Schatten.«

Sie runzelte die Stirn, als ihr bewusst wurde, dass sie diesmal während des Traums gar nicht aufgestanden war. Normalerweise schlafwandelte sie immer, wenn der Schatten sie verfolgte.

Aber der Traum war auch irgendwie anders gewesen als sonst. Viel detaillierter. Wie ein Film, den ihr Gehirn vor ihr abgespielt hatte. Der Schatten war wieder gesichtslos gewesen, aber auch er hatte eine konkretere Form gehabt, war klar umrissen gewesen.

Komm raus. Du kennst mich doch …

»Was für ein Schatten?« Grayson hatte den Kopf geneigt und musterte sie aufmerksam. »Derselbe, den du schon mal erwähnt hast?«

Lexie nickte und beschrieb ihm in geflüsterten Worten ihren Alptraum. Mehr noch, sie erzählte ihm die ganze Geschichte.

Vielleicht lag es daran, dass es Nacht war und dass sie hier so nah beieinanderlagen, die Gesetze des Tages schienen jedenfalls nicht mehr zu gelten. Es fiel ihr seltsam leicht, sich alles von der Seele zu reden. Wie es angefangen hatte, damals im Heim, als sie das erste Mal draußen auf der Wiese hinter dem Haus aufgewacht war, voller Angst vor dem Schatten und seinen unheimlichen Lockrufen. Dass der Alptraum über die Jahre immer wiedergekehrt und dann für eine Weile verschwunden war, nur um hier in Cerigh mit neuer Macht zurückzukehren. Sie erzählte ihm von den Déjà-vus, die sie schon bei ihrer Ankunft gequält hatten, von ihrem Besuch bei Jane Sawyer und von ihrem Verdacht, was Duncan anging.

»Mein Vater und Fiona?« Grayson lachte, aber es klang nicht fröhlich. »Nein, das glaube ich nicht. Zumal er ja offenbar nur Interesse an dieser Katelyn hatte. Und als Vater taugt er eh nicht, deshalb kannst du froh sein.«

Das bin ich auch, dachte Lexie und betrachtete sein kantiges, attraktives Gesicht. »Ich wäre auch ungern deine Halbschwester.«

Im hellen Licht des Tages hätte sie sich sicher nicht getraut, ihm das zu sagen. Aber hier, im Halbdunkel und geflüstert, war es okay. Außerdem hatte es nach allem, was schon zwischen ihnen passiert war, kaum Zweck zu leugnen, dass sie sich zu ihm hingezogen fühlte.

Grayson lachte leise, und sie spürte das Rumpeln in seiner Brust. »Nein, das wäre schlecht, wenn wir verwandt wären«, flüsterte er zurück und hob ihr Kinn an, sah ihr in die Augen. »Dafür finde ich dich nämlich definitiv zu sexy.«

Ihre Blicke verhakten sich, und Lexie spürte, wie ihr Herz schneller schlug. Die Situation stand kurz davor, sich von etwas Intimem in etwas Leidenschaftliches zu verwandeln, und ein Teil von ihr wollte das auch. Doch gleichzeitig war sie zu ausgelaugt von der emotionalen Achterbahnfahrt, die sie gerade hinter sich hatte. Und außerdem wollte sie diese besondere Atmosphäre zwischen ihnen nicht zerstören, in der sie sich gerade so geborgen fühlte. Deshalb senkte sie den Kopf wieder und legte ihn zurück auf seine Schulter.

»Dein Vater findet das übrigens auch«, sagte sie.

»Er findet dich sexy?«

»Nein.« Lexie schmunzelte, als ihr klar wurde, dass er das missverstehen musste. »Dass er ein schlechter Vater ist. Er findet, er hat bei dir versagt.«

»Das hat er zugegeben?«

Sie nickte. »Er hat auch gesagt, dass es ihm leidtut, wie diese ganze Sache mit der Burg gelaufen ist.«

Grayson schnaubte. »Es ändert nur nichts. Er wird sie mir nicht überlassen.«

Lexie erwiderte nichts darauf, weil sie sich nicht schon wieder mit ihm streiten wollte. Und weil die Müdigkeit sie plötzlich überwältigte. Wieder durchlief sie ein Zittern.

»Ist dir kalt?«

Er griff nach der Decke und zog sie hoch, bis sie beide darunterlagen. Dann holte er Lexie noch ein Stück näher zu sich, und sie seufzte zufrieden.

»Bleibst du noch ein bisschen?«, fragte sie schläfrig. »Dann habe ich keine Angst.«

Sie schloss die Augen, ohne auf eine Antwort zu warten, und glitt fast sofort in einen tiefen, traumlosen Schlaf.

* * * * *

Grayson war ziemlich sicher, dass er bald kein Gefühl mehr in dem Arm haben würde, auf dem Lexie lag. Trotzdem rührte er sich nicht, sondern starrte im Licht der Nachttischlampe an die Decke und fragte sich, was zur Hölle eigentlich mit ihm los war.

Das war doch nicht normal. Wenn er sonst mit einer attraktiven Frau im Bett lag, dann um sie zu verführen und nicht um ihr beim Schlafen zuzusehen. Tatsächlich hatte er diesem ganzen »Nachspiel«, bei dem Frauen anhänglich wurden, noch nie besonders viel abgewinnen können. Und jetzt lag er hier und versuchte, sich nicht zu bewegen, aus lauter Sorge, dass er Lexie damit weckte.

Nicht dass er sie nicht gerne geküsst hätte. Gerade eben, als sie sich zu tief in die Augen gesehen hatten, wäre es fast passiert, und auch jetzt fiel es ihm schwer, es nicht zu tun. Seine Finger kribbelten bei dem Gedanken, noch einmal über ihre weiche Haut zu fahren und ihren Körper zu erkunden. Er wollte herausfinden, welche Berührungen sie am meisten mochte, wollte

noch einmal diese kleinen, kehligen Laute hören, die sie ausstieß, wenn sie erregt war, und den verhangenen Ausdruck in
ihren Augen sehen, wenn er sich in ihr versenkte. Er wollte sie
noch mal lieben, verdammt, ja, das wollte er wirklich.

Aber sie hatte sich nicht in seine Arme geschmiegt, weil
sie von ihm verführt werden wollte, so wie die meisten anderen Frauen, mit denen er im Bett landete. Sie suchte Schutz bei
ihm, und das löste ein Gefühl in ihm aus, das er so nicht kannte.
Denn er wollte genau das tun: sie beschützen. Sie sollte ruhig
schlafen und sich bei ihm sicher fühlen, schließlich hatte sie in
den letzten Tagen schon genug mitgemacht.

Grayson schloss die Augen und dachte daran, wie er sie vorhin hatte schreien hören. Es war ihm durch Mark und Bein gegangen, und obwohl er wusste, dass es absolut unmöglich war,
hatte er geglaubt, dass Janice zurückgekommen war und Lexie
erneut angegriffen hatte. Die wenigen Schritte von seinem Zimmer zu ihrem waren ihm wie eine verdammte Ewigkeit vorge-
kommen, und er hatte sich die schlimmsten Dinge ausgemalt.
Zum Glück war es lediglich ein Alptraum gewesen, der Lexie
hatte schreien lassen, was ihn unfassbar erleichtert hatte. Gott,
diese Frau kostete ihn wirklich Nerven!

Aber noch viel schlimmer als der Schreck waren ihre Tränen
gewesen, die überhaupt nicht hatten versiegen wollen. Normalerweise nervte es ihn, wenn Frauen weinten, weil er die Erfahrung gemacht hatte, dass seine Freundinnen gerne zu diesem
Mittel griffen, wenn er in einer Sache hart blieb und sie ihn
unter Druck setzen wollten. Aber Lexies Tränen und ihre Verzweiflung waren echt gewesen, und das hatte ihn so verdammt
hilflos gemacht. Jedes Beben ihrer Schultern und jedes Schluchzen hatte ihm ins Herz geschnitten, und er hatte schon geglaubt,
dass sie sich überhaupt nicht mehr beruhigen würde. Aber jetzt
schlief sie an seiner Schulter, und er würde einen Teufel tun und
sie noch mal aufschrecken.

Er öffnete die Augen wieder und drehte den Kopf so, dass er ihr Gesicht betrachten konnte. Auf ihren Wangen glänzten noch die Tränenspuren, aber ihr Atem ging gleichmäßig. Sie schlief friedlich, und irgendwie übertrug sich das auch auf ihn, denn genau das empfand er in diesem Moment: Frieden ...

Jetzt hör schon auf, ermahnte er sich selbst, als ihm klar wurde, dass er für seine Verhältnisse viel zu geduldig und fast schon sentimental war. Wahrscheinlich war er einfach müde. Die letzten Tage waren anstrengend gewesen, und die Sache mit Janice hatte ihn ebenso schockiert wie Lexie. Außerdem fühlte er sich immer noch schuldig. Sie war seinetwegen in Gefahr geraten, deshalb musste er dafür sorgen, dass sie ...

»Grayson?« Lexie bewegte sich, und ihre Lider flatterten. Aber sie wurde nicht richtig wach, sondern suchte nur nach einer neuen, bequemeren Position.

Er half ihr, auch weil er dadurch seinen Arm entlasten konnte, und am Ende lagen sie wieder fast genauso da wie vorher, nur dass Lexies Kopf jetzt nicht mehr auf seiner Schulter, sondern auf seiner Brust ruhte. Sie hatte den Arm um ihn geschlungen und die Hand in seinen Nacken geschoben, so als wollte sie sicherstellen, dass er bei ihr blieb.

Ihr Haar kitzelte ihn in der Nase, deshalb strich er es mit seiner freien Hand zurück. Es fühlte sich seidig an, und es duftete herrlich süß und blumig, das war ihm gleich am ersten Abend aufgefallen.

Mit einem Seufzen ließ er die Hand sinken und schloss erneut die Augen. Für den Augenblick würde er sich einfach damit abfinden, dass Lexie beschlossen hatte, ihn als Kopfkissen zu benutzen. Und so lange konnte er auch selbst noch ein bisschen schlafen ...

* * * * *

Als Lexie die Augen aufschlug, sah sie zuerst das Fenster. Es war noch dunkel, aber das Pechschwarz der Nacht hatte sich bereits in dieses Indigoblau verwandelt, das die Ankunft der Sonne am Horizont erahnen ließ.

Die Nachttischlampe brannte wie immer und spendete ihr tröstendes Licht. Zu ihrem eigenen Erstaunen stellte Lexie jedoch fest, dass sie es nicht wie sonst brauchte, um sich sicher zu fühlen. Sie konnte nicht lange geschlafen haben, vielleicht ein paar Stunden. Trotzdem fühlte sie sich entspannt, und als die Erinnerungen endgültig in ihr schlafbenebeltes Hirn drangen, wurde ihr auch klar, woran das lag.

Sie war nicht allein.

Grayson lag hinter ihr, sie spürte seine Wärme in ihrem Rücken und seinen Atem an ihrer Schulter. Sein Arm ruhte auf ihrer Hüfte, und seine Hand lag auf dem Laken dicht vor ihrem Bauch.

Lexies Herz schlug schneller. Was machte er noch hier? Sie hatte ihm gesagt, dass er bleiben sollte, daran erinnerte sie sich, aber sie hatte nicht damit gerechnet, dass er ihr diesen Wunsch erfüllt hatte.

Ganz still lag sie da, darauf bedacht, ihn nicht zu wecken. Bei Tageslicht betrachtet würde es sich wahrscheinlich seltsam anfühlen, dass sie schon wieder mit ihm im Bett gelandet war, selbst wenn die Gründe dafür diesmal unschuldig waren. Aber noch war die Sonne nicht aufgegangen, also konnte sie seine Nähe noch eine Weile genießen.

Wenn er aufwachte, würde er nämlich bestimmt gehen. Dann musste sie wieder stark sein und allein durch die restlichen dunklen Stunden kommen. Sie wusste zwar, dass sie das jetzt wieder konnte. Trotzdem wollte sie diesen angenehmen Zustand nur ungern aufgeben.

Aus einem Impuls heraus knipste sie die Nachttischlampe aus und hieß die Dunkelheit willkommen, die sich diesmal nicht schrecklich anfühlte, sondern wie eine Zuflucht. Nur noch ein bisschen, dachte sie. Ein paar Minuten. Dann wecke ich ihn, und er kann …

Sie hielt inne, als sie spürte, wie Grayson sich hinter ihr bewegte. Sein Arm spannte sich an, und er zog sie dichter an sich, was ihr einen wohligen Schauer über den Rücken rieseln ließ. Dann lag er wieder ganz ruhig, anscheinend hatte er sich nur im Schlaf bewegt.

Lexies Körper prickelte plötzlich von Kopf bis Fuß, und ihre Wangen wurden heiß. Sie spielte mit dem Feuer, das wusste sie, aber sie drängte sich trotzdem noch ein bisschen dichter an ihn, presste ihren Po gegen sein Becken und sog die Luft ein, als sie seine harte Erektion durch den dünnen Stoff seiner Boxershorts spürte. Offensichtlich reagierte sein Körper instinktiv auf ihre Nähe, und ihr ging es nicht anders.

Für einen Moment lagen sie beide wieder ganz still, und Lexie wartete angespannt auf eine Regung von ihm. Sie wollte plötzlich, dass er aufwachte, und als er seinen Arm zurückzog, der auf ihrer Hüfte gelegen hatte, hielt sie erregt den Atem an. Einen Augenblick später schob er die Hand unter den Saum ihres Nachthemdes und berührte ihren Po, strich über die Rundung, während seine Lippen ihre Schulter fanden und einen Kuss darauf hauchten.

Ein Schauer durchlief sie, als ihr wieder einfiel, was sie ihm auf dem Badgers-Konzert gesagt hatte. Dass sie nicht noch einmal miteinander schlafen durften, weil sie nicht sicher war, was das in ihr anrichten würde.

Sie dachte an ihren Exmann. Zwar hatte Matt im Bett nie solche Gefühle in ihr wecken können wie Grayson, aber sie war trotzdem sehr verliebt in ihn gewesen. Es hatte schrecklich wehgetan, als sie einsehen musste, dass ihre Beziehung gescheitert war. So etwas wollte sie nicht noch mal erleben, und damit das nicht passierte, durfte sie sich Grayson nicht noch einmal hingeben. Es war einfach zu schön mit ihm, und sie hatte Angst, die Kontrolle über das zu verlieren, was sie für ihn empfand. Wenn sie also noch aufhalten wollte, was zwischen ihnen glomm, bevor daraus ein loderndes Feuer wurde, dann musste sie es jetzt tun. Aber sie schaffte es nicht, weil Lust wie zähe Lava in ihr aufstieg und jeden vernünftigen Gedanken auslöschte.

Grayson ließ seine Hand über ihre Hüfte bis zu ihrem Bauch wandern und von dort weiter nach oben, bis er ihre linke Brust erreicht hatte. Warm umschloss er sie und strich sanft über die aufgerichtete Spitze. Die Berührung schoss bis hinunter in ihren Unterleib und entlockte Lexie ein Stöhnen. Instinktiv drückte sie den Rücken durch und drängte sich seiner streichelnden Hand entgegen. Es pochte jetzt zwischen ihren Beinen, und sie schloss die Augen, als sie spürte, wie er von ihrer Brust abließ und ihr Haar zur Seite strich. Mit den Lippen fuhr er sanft über ihren entblößten Hals, was neue, lustvolle Schauer durch ihren Körper schickte.

Nur noch dieses eine Mal, dachte sie, während sie sich in seinen Armen zu ihm umdrehte und seine Lippen suchte und fand. Hungrig erwiderte sie seinen Kuss, verlor sich für einen langen Moment darin. Doch dann reichte auch das nicht mehr. Sie griff nach dem Saum seines T-Shirts und streifte es über seinen Kopf, half ihm, als er ihr Nachthemd hochschob und es ihr auszog.

Sie stöhnten beide auf, als ihre nackten Oberkörper sich berührten, und küssten sich erneut, bis Grayson sich schwer atmend von ihr löste.

»Lexie …«

»Schsch!« Sie legte ihm einen Finger auf die Lippen, weil sie nicht wollte, dass er sie an ihre eigenen warnenden Worte erinnerte. Sie wusste selbst, dass es falsch war. Aber sie wollte jetzt nicht aufhören.

»Es ist okay«, flüsterte sie. »Ich … werde mich nicht in dich verlieben.«

Grayson starrte sie überrascht an, und sie küsste ihn noch mal, um ihn davon abzuhalten, ihr zu widersprechen. Für einen Moment reagierte er nicht, dann zog er sie fest an sich und erwiderte ihren Kuss mit einer glühenden Leidenschaft, die ihr den Atem raubte.

Wie im Rausch erkundeten sie gegenseitig ihre Körper, und jeder Kuss, jede Berührung löste etwas in Lexie, ließ sie vergessen, dass sie noch vor Kurzem geglaubt hatte, dass es keinen Spaß machte, mit einem Mann zusammen zu sein. Mit Grayson war es anders, er konnte sie Dinge empfinden lassen, die sie niemals für möglich gehalten hätte, und half ihr, ihre Scheu endgültig zu überwinden.

Diesmal gab es keinen Zweifel, kein Zögern, diesmal war sie sich sicher, dass sie ihn wollte. Deshalb fühlte es sich anders an als beim letzten Mal. Es war vertrauter, drängender, intensiver, und als Grayson sich endlich zwischen ihre Beine schob und mit einem einzigen Stoß tief in sie eindrang, war Lexie mehr als bereit für ihn.

Sie hielt sich an seinen Schultern fest, kam ihm entgegen, passte sich wie selbstverständlich seinem Rhythmus an, der sie immer höher trug, bis sich alles in ihr auf nur einen einzigen Punkt zu vereinen schien. Und dann riss das Band, das ihre Welt bis gerade noch zusammengehalten hatte, so unvermittelt, dass sie überrascht aufschrie und sich fallen ließ in die Erlösung, die sie in Wellen durchlief. Es war ein überwältigendes Gefühl, und als Grayson einen Augenblick später ebenfalls erschauderte, zog er sie noch einmal mit in den süßen Abgrund, aus dem sie gerade erst wieder aufgetaucht war. Er stöhnte ihren Namen, und sie hielt ihn, umschlang ihn mit den Armen, erbebte mit ihm.

Danach lag sie schwer atmend in seinen Armen und spürte, wie ihr eine Träne über die Wange lief, während ihr Höhepunkt langsam in ihr abklang. Sie hatte wenig Erfahrung im Bett, aber das konnte nicht normal sein …

»Wir haben nicht verhütet.« Graysons Stimme klang ernst, und es schwang auch etwas Fassungsloses darin mit, das Lexie aus ihren Gedanken riss.

»Was?« Sie brauchte einen Moment, bis sie begriff, was er meinte.

»Ich habe kein Kondom benutzt.« Er hob die Hand und fuhr sich mit einer fahrigen Geste durchs Haar, so als könnte er immer noch nicht glauben, dass er so nachlässig gewesen war. »Wenn du jetzt schwanger bist, dann …«

»Du brauchst dir keine Sorgen zu machen«, unterbrach sie ihn. »Ich nehme die Pille. Schon seit Jahren. Damit mein Zyklus regelmäßig ist. Damit hatte ich lange Probleme.« Sie runzelte die Stirn. »Oder meintest du …«

»Nein«, erwiderte er sofort. »Ich bin gesund. Ich hatte nur Angst, dass du …« Er schüttelte den Kopf. »Dann ist ja alles gut.«

Lexie erwiderte nichts, sondern legte den Kopf zurück auf seine Brust, froh darüber, dass das dämmrige Morgenlicht ihre brennenden Wagen verbarg.

Nein, sie konnte nicht schwanger sein. Aber es war trotzdem nicht alles gut. Und es würde auch nicht mehr gut werden, das wusste sie jetzt. Grayson hatte etwas in ihr für immer verändert. Sie durfte ihm das nur nicht zeigen. Sobald es hell war, würde sie ihm in die Augen sehen und so tun müssen, als wäre nichts Weltbewegendes passiert. Als wäre es kein Problem für sie, nach Dublin zurückzukehren und zu vergessen, dass sie sich je begegnet waren.

Ihr Herz tat plötzlich weh, und ihre Lider wurden schwer. Sie war erschöpft, körperlich und emotional, deshalb schmiegte sie sich noch einmal dichter an ihn und merkte kaum, wie sie zurück in den Schlaf glitt.

*****

Grayson wusste, dass Lexie wieder schlief. Ihr Körper hatte sich entspannt, und ihr Atem ging jetzt ganz ruhig.

Er dagegen bebte innerlich bei dem Gedanken daran, wie unglaublich fahrlässig er gehandelt hatte.

Herrgott, das war ihm noch nie passiert. Noch. Nie. Er dachte immer an Verhütung, schon weil er auf gar keinen Fall ein Kind in die Welt setzen wollte, dem es so erging wie ihm selbst. Er wollte nicht Vater werden, verdammt, weil er viel zu viel Angst davor hatte, es genauso schlecht zu machen wie sein eigener. Deshalb passte er immer auf. Immer, verdammt noch mal!

Aber diesmal nicht. Diesmal hatte er die Kontrolle verloren, auf eine Weise, die ihn selbst schockierte. Es war wie ein Traum gewesen, aufzuwachen und Lexie neben sich zu spüren. Sein Verlangen war sofort erwacht, und als sie ihm signalisiert hatte, dass es ihr genauso ging, hatte sein Verstand ausgesetzt. Er hatte nur noch daran denken können, wie weich ihre Haut war und wie gerne er sich in ihr verlieren wollte. Für nichts anderes war in seinem Kopf mehr Platz gewesen. Und jetzt …

Er stieß die Luft aus. Gar nichts ist jetzt, dachte er. Sie konnte nicht schwanger von ihm sein, so wie er es in seiner ersten Panik befürchtet hatte. Aber irgendwie erleichterte es ihn nicht, sondern hinterließ ein schales Gefühl in ihm.

Ich werde mich nicht in dich verlieben.

Er verzog den Mund. Das war eigentlich sein Satz. Sonst sagte *er* so etwas zu seinen Partnerinnen, und er erwartete, dass sie es akzeptierten. Also warum zur Hölle passte es ihm nicht, dass Lexie es zu ihm gesagt hatte?

Ich muss hier weg, dachte er. Ganz dringend sogar. Weil diese Frau ihn viel zu sehr durcheinanderbrachte. Er durfte ihretwegen nicht aus den Augen verlieren, was wirklich wichtig war, nämlich das Geheimnis der Burg zu schützen. Deshalb zog er seinen Arm vorsichtig unter ihrem Kopf weg, stand auf und zog sich T-Shirt und Shorts wieder an.

An der Tür blieb er stehen und blickte noch einmal zurück zum Bett, vergewisserte sich, dass Lexie immer noch schlief. Was sie tat. Nun geh schon, forderte er sich selbst auf, doch er zögerte, nicht sicher, was ihn hielt. Dann gab er sich einen Ruck und verließ leise das Zimmer.

14

Und du hast Grayson heute Morgen nicht mehr gesehen?«, fragte Betty, ein bisschen außer Atem.

»Nein.« Lexie blickte in den Himmel, der jetzt doch wieder aufklarte. Gerade eben hatte es noch so ausgesehen, als würde es regnen, aber der Wind hatte die Wolken weitergetrieben und das strahlende Blau wieder freigelegt, das sich über den grünen Hügeln spannte und der Landschaft diese unglaubliche Weite gab. Die Luft roch frisch, nach dem Regen der letzten Nacht, und Lexie atmete sie tief ein.

Sie war froh, dass sie Betty überredet hatte, nach dem Tee, den sie zusammen im Rose Cottage getrunken hatten, zu Fuß in den Ort zu gehen, anstatt mit dem Wagen zu fahren. Hier draußen fiel es ihr ein bisschen leichter, das Ziehen in ihrer Brust zu ignorieren, das sie seit heute Morgen quälte.

»Und weißt du, wo er ist?«, hakte Betty nach.

»Agatha meinte, er wäre schon wieder nach Belfast gefahren. Vielleicht will er noch mal zu dieser Katelyn. Die ganze Geschichte hat ihm ziemlich zugesetzt.« Lexie zuckte mit den Schultern. »Und das ist auch okay. Er ist mir schließlich keine Rechenschaft schuldig. Wir haben die Nacht miteinander verbracht, aber mehr ist da nicht.«

»Wer's glaubt, wird selig.« Betty verzog den Mund. »Wenn

ich dich nicht so gut kennen würde, dann würde ich dir vielleicht sogar abkaufen, dass es dir nichts ausmacht. Aber mir machst du nichts vor. Du bist nicht der Typ für One-Night-Stands. Und im Übrigen waren es jetzt schon zwei Nächte.«

»Ich weiß.« Lexie seufzte abgrundtief. »Aber das gestern war keine Absicht. Ich hatte einen Alptraum, Grayson hat mich getröstet, und, na ja, dann ist es eben passiert. Das hatte keine Bedeutung.« Sie sagte es mit mehr Überzeugung, als sie empfand, und ignorierte den Stich, den ihr die eigenen Worte versetzten.

Den ganzen Vormittag lang hatte sie versucht, nicht enttäuscht darüber zu sein, dass Grayson einfach weggefahren war. Nach dem Frühstück mit Agatha und Duncan hatte sie zuerst noch ein wenig gearbeitet und war dann runter in den Ort zu Betty gefahren. Es hatte gutgetan, ihr bei einer Tasse Tee zu erzählen, was in der Nacht passiert war. Aber selbst ihrer Freundin gegenüber wagte sie noch nicht einzugestehen, dass sie genau das war: enttäuscht. Und sie hasste sich dafür.

Es hatte sich schließlich nichts geändert. Eine Beziehung mit Grayson Fitzgerald würde niemals funktionieren. Deshalb dachte sie besser gar nicht erst über so etwas nach.

»Ich darf mich nicht in ihn verlieben, Betty. Das wäre eine Katastrophe.«

»Als wenn man sich das aussuchen könnte«, sagte Betty und klang für ihre Verhältnisse so niedergeschlagen, dass Lexie sie besorgt musterte. Ihr war klar, dass Betty gerade nicht von ihr und Grayson, sondern von ihrem eigenen Gefühlschaos sprach.

»Dann macht es dir doch etwas aus, dass Aidan abgereist ist?«

Agatha hatte Lexie heute Morgen erzählt, dass Aidan sie angerufen hatte. Offenbar wollte er sein Projekt frühzeitig abbrechen. Sein Zimmer bei Eileen hatte er bereits geräumt und war gestern am späten Abend weggefahren, ohne sich von irgendjemand sonst zu verabschieden. Was Lexie enttäuschte. Sie hatte erwartet, dass er um Betty kämpfen würde. Warum gab er so einfach auf? Andererseits kannte sie ihn zu wenig, um diese Frage zu beantworten, und es tat ihr unglaublich leid für Betty. Ganz offensichtlich litt ihre Freundin, auch wenn sie das vehement geleugnet hatte.

Sie stieß Betty an. »Du vermisst ihn, gib es zu.«

»Nur wenn du zugibst, dass du nicht so cool bist, wie du tust, was Grayson angeht.« Betty grinste schief und legte den Arm um Lexies Schultern. »Wir sind schon zwei«, meinte sie mit einem Kopfschütteln. »Du verliebst dich ausgerechnet in den schärfsten Konkurrenten deines Chefs, der noch dazu beziehungsunfähig ist, und ich vergucke mich gleich in den nächsten Berufsmusiker, nachdem ich den letzten gerade los bin.«

Lexie wollte ihr zuerst widersprechen und darauf beharren, dass man ihre Situation mit Grayson nicht mit der von Betty und Aidan vergleichen konnte. Doch dann wurde ihr klar, wie albern das war. Ein gebrochenes Herz war ein gebrochenes Herz, egal, auf welche Weise es kaputtgegangen war. Und ihr eigenes war, was das anging, in ganz akuter Gefahr …

»Wir haben einfach kein Glück mit Männern.« Betty seufzte. »Wieso lernen wir nie welche kennen, die ganz normal sind? Nette Jungs, die es ehrlich mit uns meinen?«

Lexie zuckte mit den Schultern. »Fairerweise muss man sagen, dass du Aidan nicht wirklich eine Chance gegeben hast.«

»Er hat mich angelogen, Lexie. Wenn er damit kein Problem hat, dann wird er auch keins damit haben, mich zu betrügen, so wie Ken.« Betty runzelte die Stirn. »Wieso nimmst du ihn überhaupt in Schutz? Du warst doch immer diejenige, die mich davor gewarnt hat, zu blauäugig zu sein. Du hast gesagt, dass Musiker nicht treu sein können.«

»Ich habe gesagt, dass Ken nicht treu sein kann«, korrigierte Lexie sie. »Aidan ist vielleicht ganz anders.«

Betty nahm den Arm von Lexies Schulter. »Können wir

nicht über was anderes reden?«, sagte sie, ziemlich missmutig, und Lexie erkannte, dass sie an dieser Stelle nicht weiterkommen würde. Aber konnte sie das Betty wirklich verübeln? Schließlich hatte Aidan sich tatsächlich falsch verhalten. Deshalb wechselte sie das Thema.

»Wie geht es eigentlich Eileen? Hast du sie gestern gesehen?«

Betty nickte. »Ja, kurz. Sie ist viel bei Janice im Krankenhaus oder im Laden. Da muss ja jemand weitermachen.«

»Stimmt. Das muss ganz schön schwer für sie sein.«

Daran, dass Janice' Ausfall auch ihr Geschäft betraf, hatte Lexie noch gar nicht gedacht. Sie beschloss, nachher bei Eileen im Laden vorbeizugehen, auch wenn ihr dabei ein bisschen mulmig zumute war. Immerhin war sie der Auslöser für Janice' Zusammenbruch gewesen. Aber sie wollte Eileen gerne von ihrem Traum berichten, der diesmal deutlich konkreter gewesen war. Vielleicht stand sie ja wirklich kurz vor einem Durchbruch, und das würde Eileen sicher interessieren.

Die ersten Häuser von Cerigh kamen in Sicht, und kurze Zeit später erreichten sie den Dorfrand. Das Folkfestival war gestern Abend zu Ende gegangen, und man merkte, dass wieder Ruhe in den Ort eingekehrt war. Es waren jedenfalls längst nicht so viele Leute unterwegs wie in der vergangenen Woche, und auch der Dorfplatz wirkte im Vergleich zu den Tagen zuvor beinahe ausgestorben.

»Einen Parkplatz hätten wir jedenfalls bekommen«, meinte Betty sarkastisch, während sie an der Kirche vorbeigingen. Dass sie vielleicht Schwierigkeiten haben könnten, das Auto irgendwo abzustellen, war Lexies Hauptargument für den Fußweg gewesen. Aber Lexie war zu nervös, um auf diese Neckerei einzugehen, starrte stattdessen auf das Castle Inn, auf das sie zuhielten. Kurz davor blieb sie stehen.

»Was ist?«, fragte Betty. »Hast du es dir anders überlegt?«

Lexie schüttelte den Kopf. »Nein. Ich musste nur gerade daran denken, wie Fred Murphy aussieht, wenn er wütend ist.«

Die Erinnerungen an den schlimmen Wutausbruch des Wirts waren noch frisch, und sie wollte das ungern noch mal erleben. Aber sie musste mehr über ihre Mutter wissen, deshalb würde sie um dieses Gespräch nicht herumkommen. Und sie hatte ja Unterstützung.

»Danke, dass du mitkommst«, sagte sie zu ihrer Freundin.

Bettys Augen blitzten. »Na, hör mal! Ich lasse dich doch nicht allein mit diesem fiesen Grapscher!«

»Okay. Dann los.« Lexie atmete noch einmal tief durch, dann betrat sie zusammen mit Betty die Dorfkneipe.

Es war Montagmittag, aber anders als bei Lexies Ankunft vor einer Woche war heute im Gastraum nicht besonders viel los. Damals schien sich das halbe Dorf hier versammelt zu haben, um die Organisation der Festlichkeiten zum 500. Geburtstag des Ortes zu besprechen, und Lexie hatte sich durch die Menge zur Bar gedrängt. Jetzt waren bis auf einen alle Tische leer, und nur an der Bar standen ein paar Männer und unterhielten sich mit Fred Murphy, der dahinter Gläser abtrocknete und gerade laut über einen Witz lachte. Von seiner Frau Sheila war zum Glück nichts zu sehen.

Als die Tür hinter ihnen zuklappte, wandten die Männer an der Bar sich zu ihnen um, und auch Fred Murphy hielt inne und starrte sie an. Er war ein großer Mann mit breiten Schultern und feuerroten Haaren, die an den Schläfen bereits leicht ergraut waren. Sein Bierbauch konnte nicht darüber hinwegtäuschen, dass er sehr kräftig war und zulangen konnte – etwas, das Aidan bereits am eigenen Leib erfahren hatte, als der Wirt vor ein paar Tagen ohne Vorwarnung auf ihn losgegangen war.

»Hallo, ihr zwei Hübschen! Was kann ich für euch tun?«, rief Fred Murphy, doch sein breites Lächeln erlosch, als er Lexie erkannte. »Ach, Sie schon wieder! Wo ist denn Ihr vorlauter Freund? Ich hoffe, er hat nicht vor, hier noch mal aufzukreuzen und eine Prügelei anzufangen!«

Es klang drohend, und Lexie blickte kurz zu Betty, die sichtlich Mühe hatte, sich zurückzuhalten. Denn Aidan hatte bei dem Vorfall, auf den der Wirt anspielte, lediglich dessen Verhalten den weiblichen Gästen gegenüber kritisiert – gegenüber Betty, um genau zu sein. Und es war Fred Murphy gewesen, der zuerst zugeschlagen hatte. Aber wenn sie etwas von ihm erfahren wollten, durften sie sich nicht gleich mit ihm anlegen. Deshalb ging sie nicht auf seine Bemerkung ein, sondern kam lieber gleich zum Punkt.

»Hätten Sie kurz Zeit für mich? Ich würde Sie gerne etwas fragen.«

Fred Murphy grinste breit. »Was immer du willst, Schätzchen! Der alte Fred ist allzeit bereit«, sagte er und stimmte in das grölende Lachen der Männer mit ein, die an der Bar standen und ihre Unterhaltung verfolgten.

»Es geht um meine Mutter«, sagte Lexie und sah den Wirt eindringlich an. »Nur ein paar Minuten. Bitte!«

Fred Murphy schien sichtlich mit sich zu ringen, und Lexie war fast sicher, dass er ihre Frage verneinen würde. Er stellte das gespülte Glas, das er die ganze Zeit in der Hand gehalten hatte, umgekehrt auf die Blechablage neben der Spüle.

»Also gut«, brummte er und warf das Trockentuch daneben. »Aber nicht hier.«

Er kam hinter der Bar hervor und deutete auf einen leeren Tisch in der Nähe des Eingangs.

»Hey! Und wer zapft uns jetzt das Bier?«, beschwerte sich einer der Männer an der Bar, ein Glatzkopf mit einem deutlichen Bauchansatz.

»Ich bin zurück, bevor ihr verdurstet«, gab Fred unwirsch zurück, und obwohl die Männer etwas Unverständliches murmelten, das nicht besonders nett klang, sagte keiner mehr etwas dazu.

Betty folgte dem Wirt und Lexie, blieb jedoch stehen, als Fred Murphy sich irritiert nach ihr umsah.

»Ich warte hier drüben«, sagte sie und nahm an einem der Tische in der Nähe der Bar Platz, während Fred mit Lexie weiter auf den Tisch am Eingang zusteuerte.

Er setzte sich so, dass er der Bar den Rücken kehrte, und legte die Hände auf den Tisch.

»Was ist mit Fiona?« Er hatte seine Stimme gesenkt. »Haben Sie etwas von ihr gehört? Wissen Sie, wo sie ist?«

Lexie schüttelte den Kopf, überrascht darüber, wie gespannt er sie ansah. »Nein. Aber ich würde es gerne herausfinden.«

Fred Murphy lehnte sich auf seinem Stuhl zurück, und sie konnte die Enttäuschung in seinen wässrig blauen Augen sehen.

»Was wollen Sie wissen?«, fragte er und blickte zur Eingangstür. »Und machen Sie schnell. Meine Frau ist gerade was besorgen. Wenn sie zurück ist und mitbekommt, dass wir über Ihre Mutter reden, dann wird sie ungemütlich. Sie ist nämlich nicht besonders gut auf Fiona zu sprechen.«

»Ich weiß.« Lexie dachte an die dunkelhaarige Wirtin, die bei jeder sich bietenden Gelegenheit erkennen ließ, wie sehr sie Lexie verabscheute. Sie hatte diese scheinbar grundlose Ablehnung erst verstanden, als Eileen ihr davon erzählt hatte, dass Fred damals sehr in Fiona verliebt gewesen war. Dafür konnte Lexie zwar nichts, aber Sheila hasste sie offenbar mit der gleichen Inbrunst wie damals Fiona. Und sie würde ganz sicher nicht begeistert sein, wenn sie zurückkam und erfuhr, worüber Lexie mit ihrem Mann sprach. Deshalb mussten sie sich tatsächlich beeilen.

»Eileen sagt, dass Sie meine Mutter gut kannten. Können Sie mir etwas über sie erzählen? Wie war sie so?«

Die Frage sollte das Eis brechen und den Wirt zum Reden bringen, aber er schwieg und sah sie irritiert an.

»Bitte, das ist wichtig für mich«, drängte sie. »Mochten Sie meine Mutter?«

Fred Murphy schien zu ahnen, in welche Richtung das Gespräch ging.

»Eileen hat es Ihnen erzählt, oder?« Er seufzte und starrte gedankenverloren ins Leere. »Ja, ich mochte Ihre Mutter. Sehr sogar. Aber ihr ging es umgekehrt leider nicht so.«

Nach einem weiteren Blick über die Schulter Richtung Eingangstür senkte er seine Stimme. »Ich hätte sie sofort geheiratet, obwohl sie schon ein Kind hatte«, fuhr er fort, und seine Augen leuchteten bei dem Gedanken daran. »Es hätte mir nichts ausgemacht. Ich wäre zu allem bereit gewesen.«

Lexie schluckte, weil Fred gar nicht bewusst zu sein schien, dass sie das Kind war, von dem er sprach.

»Aber sie wollte nicht?«

Der Wirt lehnte sich auf seinem Stuhl zurück. »Ich habe sie nicht gefragt. Sie hätte sowieso Nein gesagt.«

»Wieso waren Sie sich da so sicher?«

»Weil sie mir niemals, auch nur mit einer einzigen Geste oder einem Wort, signalisiert hat, dass sie sich für mich interessiert. Jedenfalls nicht in dieser Hinsicht.« Diese Tatsache schien ihn auch nach all der Zeit noch traurig zu machen. »Vielleicht war das ihr Geheimnis. Der Grund, warum alle Männer so verrückt nach ihr waren. Sie schien gar nicht zu wissen, wie schön sie war, und sie hat nie geflirtet. Sie war nett zu mir, das war sie zu allen. Aber da war immer etwas Trauriges in ihren Augen. Vermutlich, weil sie nicht mehr an die große Liebe geglaubt hat, nachdem sie schwanger sitzen gelassen wurde. Manchmal habe ich mich sogar gefragt, ob sie vielleicht gar nicht freiwillig …« Er hielt inne und zuckte mit den Schultern. »Na ja, Sie wissen schon.«

Lexie starrte ihn an. »Sie meinen, dass sie vergewaltigt wurde?« Dieser Gedanke war ihr noch überhaupt nicht gekommen und zog ihr für einen Moment den Boden unter den Füßen weg.

»Ich weiß es nicht, es war nur so ein Gedanke. So was kommt doch vor. Und irgendwie konnte man sich gar nicht vorstellen, dass Fiona sich auf einen Mann einlässt.« Fred runzelte die Stirn. »Wobei …«

Lexie war noch dabei, sich dieses Horrorszenario auszumalen, dass sie das Ergebnis einer Vergewaltigung war. Hatte ihre Mutter sie vielleicht verlassen, weil sie ihren Anblick nicht mehr ertragen konnte? Wollte sie einfach nicht mehr an das furchtbare Erlebnis ihrer Zeugung erinnert werden? Es wäre zumindest ein nachvollziehbarer Grund gewesen, allem den Rücken zu kehren.

Sie räusperte sich mühsam. »Wobei was?«

Fred Murphy zuckte mit den Schultern. »Ich weiß nicht. Man hatte schon den Eindruck, dass sie sehr gerne Mutter war. Sie hat sich immer sehr liebevoll um Sie gekümmert, daran erinnere ich mich. Deshalb hat es mich ja so gewundert, dass sie Sie zurückgelassen hat, als sie ging.«

Lexie hatte einen Kloß im Hals, wie immer, wenn es um Fionas Verhältnis zu ihr ging. Sie hätte sich gerne selbst daran erinnert, wie ihre Mutter mit ihr umgegangen war, anstatt auf die Berichte anderer angewiesen zu sein.

»Und wieso sind Sie sich sicher, dass sie freiwillig gegangen ist? Vielleicht ist ihr ja auch etwas passiert.«

»Dann hätten wir sie gefunden«, widersprach Fred. »Außerdem weiß ich, dass sie etwas vorhatte.«

»Ach ja? Was denn?«, fragte Lexie überrascht.

»Das hat sie nicht gesagt. Ich bin ihr an dem Tag begegnet, als sie verschwand. So gegen ein Uhr mittags muss das gewesen sein. Da hat sie gestrahlt und gelacht, als wäre etwas ganz Tolles passiert. Als ich sie gefragt habe, was los ist, meinte sie, dass sie mir das noch nicht sagen dürfte, aber dass jetzt alles gut werden würde. Und dass ich nicht böse sein soll, wenn ich es erfahre. Wahrscheinlich hatte sie da schon den Plan gefasst, von hier wegzugehen.«

Lexie schluckte erneut, weil der Kloß in ihrem Hals jetzt wirklich schmerzte. »Haben Sie das damals Sergeant Sumner gesagt?«

»Ja, natürlich«, erwiderte der Wirt. »Er meinte, damit wäre die Sache klar.«

Plötzlich verstand Lexie, wieso der Polizist die Ermittlungen in diesem Fall mit so wenig Elan betrieben hatte. Es sah wirklich so aus, als wäre Fiona aus egoistischen Gründen gegangen. Aber wie passte das mit der Tatsache zusammen, dass sie Lexie angeblich so geliebt hatte? Irgendwie glaubte Lexie nicht mehr, dass Fiona die Rabenmutter gewesen war, für die viele sie zu halten schienen.

»Ich wünschte, ich könnte sie noch mal sehen«, sagte Fred Murphy. Es klang sehnsuchtsvoll und so aufrichtig, dass Lexie spontan ausschloss, dass er sie anlog. Er schien davon auszugehen, dass sie noch lebte, während Lexies Sorge wuchs, dass ihrer Mutter etwas Schreckliches passiert war.

»Was machen Sie denn hier?«, sagte eine wütende Stimme hinter ihr, und als Lexie herumfuhr, sah sie, dass Sheila Murphy in der Eingangstür stand.

166

15

Die Wirtin hatte die Hände in die Hüften gestemmt und blickte zuerst Lexie und dann ihren Mann wütend an.

»Was zur Hölle hast du mit der da zu bereden?«, fuhr sie ihn an.

Fred Murphy war aufgesprungen und starrte seine Frau schuldbewusst an. »Sie hatte ein paar Fragen«, sagte er und beeilte sich, zurück hinter die Bar zu kommen.

Dafür kam Betty herüber und stellte sich neben Lexie, die sich ebenfalls erhoben hatte.

»Was wollen Sie von meinem Mann?« Sheilas Augen blitzten feindselig.

»Ich habe ihn nur gefragt, was er über meine Mutter weiß«, erklärte Lexie so ruhig wie möglich. »Niemand kann mir sagen, wo sie sein könnte, und ich würde gerne herausfinden …«

»Fred weiß nur das, was wir alle wissen«, fiel ihr die Wirtin ins Wort. »Fiona hat sich aus dem Staub gemacht. Und wir haben sie hier alle nicht vermisst.«

»Und wenn sie gar nicht freiwillig gegangen ist?«, gab Lexie erneut zu bedenken. »Meiner Mutter könnte auch etwas passiert sein.«

»Ach, das ist doch Unsinn.« Sheila machte eine wegwerfende Bewegung mit der Hand. »Sie ist abgehauen. Wahrscheinlich hatte sie einen neuen Mann kennengelernt und wollte frei für ihn sein. Das ist sicher keine angenehme Vorstellung für Sie, aber Sie sollten akzeptieren, dass Sie Ihrer Mutter nicht so wichtig waren, Miss Cavendish.«

Lexie war so fassungslos über die verletzenden Worte der Wirtin, dass ihr für einen Moment keine Erwiderung einfiel.

Sheila kam noch einen Schritt näher, und ihre Stimme wurde eindringlich. »Tun Sie uns und sich selbst einen Gefallen, und hören Sie auf, diese alte Geschichte wieder ans Licht zu zerren. Fiona hat damals für genug Wirbel gesorgt. Sie hat den Männern reihenweise den Kopf verdreht, und so etwas ist nie gut in einem kleinen Ort wie unserem. Selbst vor dem Mann ihrer besten Freundin hat sie nicht haltgemacht, und ich wette, sie hätte auch Father Flaherty genommen, wenn sie ihn hätte kriegen können.«

Überrascht sah Lexie sie an. »Wie meinen Sie das? Glauben Sie, Fiona hatte etwas mit Eileens Mann?«

Die Wirtin schnaubte. »Würde mich jedenfalls nicht wundern. Sie war eine von diesen Frauen, die Männer um den kleinen Finger wickeln können.«

Lexie schwieg betroffen. Davon hatte Eileen gar nichts erwähnt. Oder wollte Sheila das nur glauben? Wahrscheinlich redete sie so schlecht über Fiona, weil sie nicht darüber hinwegkam, dass sie damals nur die zweite Wahl für ihren Mann gewesen war.

Dieser Gedanke gab Lexie die Kraft, dem feindseligen Blick der Wirtin standzuhalten.

»Ich kann diese alte Geschichte aber nicht ruhen lassen. Weil es meine Geschichte ist. Und weil ich nicht glaube, dass meine Mutter das herzlose Flittchen war, als das Sie sie so gerne hinstellen. Ich will Antworten, und ich werde nicht aufgeben, bis ich sie bekomme.«

Sie blickte noch einmal zur Bar, hinter der Fred Murphy sich inzwischen wieder verschanzt hatte. Er starrte zu ihnen herüber, genau wie die anderen Männer, die bei ihm standen.

Als sie sich wieder Sheila zuwandte, glaubte sie, kurz einen Schatten über das Gesicht der anderen Frau huschen zu sehen.

»Diese Antworten werden Sie hier aber nicht finden«, sagte die Wirtin kurz angebunden. »Deshalb sollten Sie und Ihre Freundin jetzt gehen.«

»Das wollten wir sowieso gerade«, mischte sich Betty ein und hakte Lexie unter, zog sie zur Tür.

Draußen an der frischen Luft atmeten sie beide tief durch.

»So eine alte Hexe!« Betty warf einen bösen Blick auf den Eingang des Pubs, bevor sie sich wieder an Lexie wandte. »Was hat dieser Fred Murphy denn nun gesagt?«

Lexie berichtete ihr, was der Wirt ihr erzählt hatte. »Er ist fest davon überzeugt, dass Fiona freiwillig gegangen ist. Und verübeln könnte ich es ihr nicht mal bei der Stimmung, die hier gegen sie herrschte. Alleinerziehende Mutter und dann noch ständig so ein Gerede. Das klingt schon irgendwie plausibel, dass ihr das zu viel geworden ist.«

Betty runzelte nachdenklich die Stirn. »Aber du hast trotzdem das Gefühl, dass an der Sache was nicht stimmt, oder?«

Lexie nickte geistesabwesend und deutete auf den großen schlanken Mann, der gerade quer über den Dorfplatz auf sie zulief. »Sieh mal, da kommt Ken.«

»Mein Gott, der gibt wirklich nicht auf«, seufzte Betty. »Er bombardiert mich schon die ganze Zeit mit Anrufen und hat mir auch schon zig Nachrichten geschickt, in denen steht, dass er mit mir feiern will.«

»Und was gibt es zu feiern?«, fragte Lexie.

Ihre Freundin zuckte mit den Schultern. »Keine Ahnung, ich hab die Anrufe immer weggedrückt und die Nachrichten nicht beantwortet.«

»Betty! Hey!«, rief Ken, als er sie erreichte, und Lexie betrachtete ihn näher.

Mit seinen langen Haaren, die ihm über den Kragen und auch immer ein bisschen in die Stirn hingen, und den Lederklamotten pflegte Ken Donovan sein Rockstarimage. Aber er sah wirklich gut aus, das musste selbst Lexie zugeben. Jedenfalls wenn man auf große schlaksige Männer steht, fügte sie in Gedanken hinzu und versuchte, nicht an Graysons breite Schultern zu denken.

»Betty, du bist echt die Beste, weißt du das!« Ken strahlte über das ganze Gesicht, und nur Bettys erschrockener Gesichtsausdruck schien sie davon abzuhalten, sie in die Arme zu nehmen. »Wie hast du das bloß hingekriegt?«

»Wovon sprichst du?«, fragte sie ratlos.

»Na, davon, dass du es geschafft hast! Ich dachte, du meinst das ernst mit der Trennung, und dann machst du so was! Unglaublich!« Er deutete hinüber zum Castle Inn. »Komm, lass uns was trinken gehen. Und dann erzählst du mir alles. Hat er schon einen Termin für uns? Oder klärt sich das noch?«

Er wollte Betty in Richtung Pub schieben, doch sie wehrte sich und machte sich von ihm los.

»Ken, ich weiß nicht, was ich angeblich gemacht haben soll. Aber ich habe das todernst gemeint mit unserer Trennung. Und es gibt ganz bestimmt nichts mehr zu besprechen.« Sie runzelte die Stirn. »Wieso bist du überhaupt noch hier?«

»Na, wegen Dave Salzman«, sagte er aufgeregt und schien im Gegensatz zu Lexie nicht zu registrieren, dass Betty bei der Erwähnung des Namens blass wurde. »Der Musikproduzent, mit dem ich unbedingt reden wollte. Ich hab dir doch von ihm erzählt, weißt du nicht mehr? Sei ehrlich, hattest du da schon mit ihm gesprochen? Oder hast du erst danach Kontakt zu ihm aufgenommen?«

»Was?« Entgeistert starrte Betty ihn an.

»Ach, jetzt komm schon, Betty!« Ken grinste. »Ich weiß, das sollte vermutlich eine Überraschung werden. Aber die ist dir auch so gelungen. Du hast ja keine Ahnung, wie oft ich schon versucht habe, diesen Mann zu erreichen. Man kommt einfach nicht an seinem Vorzimmerdrachen vorbei. Deswegen dachte ich ja, dass ich hier auf dem Folkfestival bessere Chancen habe, ihn abzupassen. War nur leider nichts, weil er sich fast die ganze Zeit im Backstagebereich aufgehalten hat, und der ist schärfer bewacht als Fort Knox. Und draußen hatte er immer zwei Bodyguards an seiner Seite, die ihn abschirmen. Ich dachte wirklich, man kommt nicht an ihn ran. Und als ich die Hoffnung schon aufgeben wollte, kriege ich mit, dass du es tatsächlich geschafft hast!«

Betty sah ihn verständnislos an. »Ich? Wie kommst du denn darauf? Ich kenne den Mann nicht.«

Erst jetzt schien Ken zu dämmern, dass sie es ernst meinte. »Du hast nicht mit ihm gesprochen?«

Betty schüttelte den Kopf. »Glaub mir, der Name Salzman gehört gerade nicht zu denen, mit denen ich etwas zu tun haben möchte.«

»Und woher kennt er dich dann?« Ken wirkte ratlos. »Er hat deinen Namen erwähnt. Gestern Abend am Telefon. Ich habe vor seinem Hotel in Letterkenny auf ihn gewartet, weil ich gehofft hatte, dass ich ihn dort abpassen kann. Als er ausstieg, war er am Handy, und ich wollte hin, bin aber wieder an diesen verdammten Bodyguards gescheitert. Trotzdem konnte ich ein bisschen was von Salzmans Gespräch aufschnappen. Und er hat deinen Namen erwähnt. ›Betty Michaels aus Dublin‹. Das hat er gesagt. Und dass es eine wichtige Angelegenheit wäre.« Er musterte Betty vorwurfsvoll. »Seitdem versuche ich, dich anzurufen, aber du gehst ja nie dran.«

»Was?« Betty schüttelte den Kopf. »Aber das ist völlig

unmöglich. Ich schwöre, ich bin dem Mann noch nie begegnet.«

»Und wieso erwähnt er dich dann?«, fragte Ken irritiert.

»Ich fürchte, das ist meine Schuld«, sagte jemand hinter ihnen.

16

Überrascht fuhren sie alle drei zu dem jungen Mann mit den lockigen blonden Haaren herum, der sich unbemerkt genähert hatte. Er trug Jeans und ein schlichtes dunkelblaues Shirt und hielt einen schwarzen Gitarrenkoffer in der Hand, den er jetzt neben sich abstellte.

»Aidan.« Betty flüsterte seinen Namen, und auf ihrem Gesicht spiegelten sich abwechselnd Unsicherheit und Wiedersehensfreude. Dasselbe lag auch in Aidans Blick, und Lexie konnte die Anspannung beinahe spüren, die plötzlich in der Luft lag.

Selbst Ken entging das nicht, aber im Gegensatz zu Lexie freute er sich keineswegs über Aidans plötzliches Auftauchen, sondern betrachtete den Neuankömmling skeptisch.

»Du bist doch der Typ, der den Songwettbewerb der Badgers gewonnen hat.«

Aidan nickte, ohne wirklich auf ihn zu achten. Er hatte nur Augen für Betty.

»Kann ich dich sprechen?« Er wirkte nervös, aber auch sehr entschlossen. »Bitte, Betty, ich muss dir noch so viel …«

»Sorry, Kumpel, sie redet gerade mit mir.« Ken schob sich zwischen die beiden und verschränkte die Arme vor der Brust. Er war größer als Aidan und blickte mit zusammengeschobenen Brauen auf ihn herunter. »Und wir sind noch nicht fertig. Stimmt's, Betty?«

In seinen dunkelbraunen Augen lag ein verächtlicher Ausdruck, den Lexie als selbstverliebte Arroganz deutete. Für Ken stand eindeutig fest, mit wem Betty sprechen würde, wenn sie die Wahl hatte. Umso überraschter war er, als sie ihn zur Seite schob und sich wieder an Aidan wandte.

»Was machst du hier? Ich dachte, du wärst abgereist?«

»Das war ich auch«, erklärte Aidan. »Nach dem Konzert war ich ziemlich verwirrt und musste ein paar Dinge für mich klarkriegen. Aber jetzt weiß ich, was ich will. Und das Wichtigste davon bist du, Betty.« Er hob einen Mundwinkel zu einem schiefen Lächeln. »So schnell wirst du mich nicht los.«

Betty wollte etwas erwidern, doch Ken mischte sich erneut ein. Und diesmal war er deutlich verärgerter.

»Was faselst du denn da, Mann? Betty ist vergeben. Also hau ab und probier's woanders.« Er legte den Arm um die völlig überrumpelte Betty und zog sie mit sich. »Wir gehen jetzt was trinken. Schließlich haben wir noch eine Menge zu klären.«

»Ken, nicht! Lass mich!« Betty blieb stehen und versuchte, sich aus seinem Griff zu befreien. »Du tust mir weh!«

»Lass sie los!« Aidan war mit zwei Schritten bei den beiden und riss Kens Arm von Bettys Schulter. Sie trat einen Schritt beiseite, und Aidan stellte sich vor sie.

»Was willst du eigentlich, du kleiner Pisser?«, höhnte Ken und stieß gegen Aidans Brust, schob ihn damit ein Stück zurück. »Misch dich nicht in meine Angelegenheiten. Sonst …«

»Sonst was?« Aidan hatte die Hände zu Fäusten geballt und hielt Kens grimmigem Blick stand. »Du lässt Betty in Ruhe. Sie hat nämlich was Besseres verdient als dich.«

Über Kens Gesicht huschte ein Schatten. »Ach ja? Was du nicht sagst!«

»Vorsicht, Aidan …!« Lexies Warnruf kam zu spät, denn Ken holte schon aus und schlug Aidan mit voller Wucht in den Magen. Aidan knickte nach vorn ein und musste noch einen Schlag von Ken einstecken. Doch dann hatte er sich von dem Schock erholt und wehrte sich. Die beiden Männer rangen miteinander, prügelten sich verbissen, während Lexie und Betty nur hilflos zuschauen konnten.

»Nein, nicht! Ken! Aidan! Hört sofort damit auf!«, rief Betty aufgebracht, aber die beiden waren wie im Rausch, gingen immer wieder aufeinander los, während sich um sie herum immer mehr Schaulustige scharten.

Es war allerdings ein ungleicher Kampf, denn Ken war deutlich durchtrainierter als Aidan und hatte, wie Lexie aus Bettys Erzählungen wusste, in seiner Jugend mehrere Jahre in einem Boxclub trainiert. Seine Schläge waren präziser, trafen sicherer und setzten Aidan immer mehr zu, ließen ihn taumeln. Schließlich packte Ken ihn am Kragen seines T-Shirts, holte mit der geballten Faust aus und versetzte ihm einen brutalen Kinnhaken, der Aidan zu Boden schickte, wo er stöhnend liegen blieb.

Sofort lief Lexie zu ihm und half ihm, sich wieder aufzusetzen. Seine Lippe blutete, und er wirkte benommen.

»Sag mal, spinnst du?« Betty stieß mit beiden Händen gegen Kens Brust, schubste ihn von Aidan weg. »Was soll das?«

»Ich will, dass der Kerl hier verschwindet.« Ken hielt sich den Bauch, wo ihn ein Fausthieb von Aidan offenbar auch recht heftig getroffen hatte.

»Nein, *du* verschwindest jetzt!«, herrschte Betty ihn an. »Du mieser, verlogener, egoistischer Mistkerl wirst jetzt zurück nach Dublin fahren und deine Sachen aus meiner Wohnung holen. Ich will nichts mehr von dir sehen, wenn ich zurückkomme.«

Ken schüttelte den Kopf. »Aber wir sind doch …«

»Nein, wir sind nicht mehr verlobt, Ken! Hast du das immer noch nicht kapiert? Ich habe mich von dir getrennt, und zwar endgültig. Und wenn dir Dave Salzman so wichtig ist, dann kannst du ja deine Geliebte fragen, ob sie bei ihm ein gutes Wort für dich einlegt. Ich glaube allerdings nicht, dass es viel bringen wird. Big Dave dürfte nämlich nicht begeistert darüber sein, dass du seinen Sohn verprügelt hast.«

Ken wurde blass und starrte zu Aidan hinüber, der sich mit Lexies Hilfe wieder erhoben hatte, aber noch von ihr gestützt werden musste.

»Das … ist der Sohn von … Ach, verdammt!« Ken schob sich die Haare aus der Stirn. »Wieso hast du das denn nicht gesagt?«

»Hättest du ihn dann nicht verprügelt?« Betty stemmte die Hände in die Hüften. »Dann wärst du wahrscheinlich auch nicht eifersüchtig gewesen, stimmt's? Nein, ich wette, dann hättest du mich stehen lassen und stattdessen Aidan eingeladen, was mit dir trinken zu gehen. Du bist so ein Mistkerl, Ken. Dir geht es immer nur um dich!«

»Betty, nein, bitte. Das wusste ich doch nicht, dass der Kerl der Sohn von Salzman ist.« Ken wandte sich an Aidan. »Es tut mir leid. Wie kann ich das wiedergutmachen, Mann?«

»Du kannst verschwinden.« Aidan sprach undeutlich, weil seine Lippe von der Prügelei bereits anschwoll.

»Ja, genau, verschwinde!« Betty schubste Ken erneut von sich weg. Auf ihren Wangen brannten rote Flecken, und ihre Augen sprühten Feuer.

»Betty, bitte! Dave Salzman hat seine Finger überall im Musikbusiness. Er kann Karrieren nicht nur aufbauen, sondern auch zerstören. Wenn er erfährt, dass ich …«

»Geh, Ken! Jetzt! Sofort!«

Ken kniff die Lippen zusammen und warf einen letzten, verzweifelten Blick auf Aidan. Dann wandte er sich um und ging mit hochgezogenen Schultern über den Platz davon.

»Setz dich.« Lexie führte Aidan zu der Bank vor dem Pub, während die Schaulustigen weitergingen.

»Tut es sehr weh?«, fragte Betty.

»Geht schon«, sagte er mit einem schiefen Lächeln. »Ist ja nicht das erste Mal, dass ich deinetwegen Prügel beziehe.«

Betty setzte sich neben ihn, holte ein Taschentuch aus ihrer Tasche und wischte ihm vorsichtig das Blut von der Lippe.

»Glaub ja nicht, dass ich deswegen jetzt meine Meinung geändert habe«, sagte sie, aber der Ausdruck in ihren Augen strafte ihre strengen Worte Lügen. Sie ließ die Hände wieder sinken. »Hast du deinem Vater von mir erzählt?«

Aidan nickte. »Als wir uns am Samstag vor dem Badgers-Konzert gestritten haben, hat er mir mal wieder vorgeworfen, dass ich mein Leben nicht auf die Reihe kriege. Er findet, dass ich ständig die falschen Entscheidungen treffe, und malt meine Zukunft gerne in düsteren Farben aus. Seiner Meinung nach werde ich, wenn ich nicht endlich seine Hilfe annehme, als armer, einsamer Schlucker enden, der einer Frau nichts bieten kann und deshalb auch leider keine finden wird, die sein tristes Leben mit ihm teilen möchte.«

Lexie dachte an das Gespräch zwischen Vater und Sohn, das sie am Rand der Bühne beobachtet hatte. Wenn das der Inhalt gewesen war, dann wunderte es sie nicht mehr, warum Aidan so wütend gewesen war. Dieser Big Dave schien kein angenehmer Zeitgenosse zu sein, und sie konnte verstehen, warum Aidan beschlossen hatte, seiner Bevormundung zu entfliehen.

»Und was hast du gesagt?«, fragte Betty.

»Dass mir Frauen, die mich nur wollen, wenn ich Erfolg habe, egal sind. Und dass ich die Frau, die ich gerne an meiner Seite hätte, schon gefunden habe. Er wollte natürlich sofort wissen, von wem ich spreche, und ich habe ihm deinen Namen gesagt. Was ich nicht hätte tun sollen, denn vermutlich hat er inzwischen ein Heer von Privatdetektiven auf dich angesetzt, um deine Vergangenheit zu durchleuchten. Aber ich konnte einfach nicht anders.«

Betty starrte ihn einen langen Moment fassungslos an, was ihn sichtlich nervös machte.

»Woher willst du wissen, dass du mich an deiner Seite haben willst?«, fragte sie schließlich. »Wir kennen uns doch kaum.«

»Das klingt verrückt, ich weiß.« Er griff nach ihrer Hand. »Aber es ist einfach so. Als ich dir begegnet bin, hat mich der Blitz getroffen, Betty. Seitdem geht es mir nur noch wirklich gut, wenn ich bei dir bin. Wenn du lächelst, dann strahlen deine Augen, und du bekommst diese süßen kleinen Grübchen auf den Wangen, an denen ich mich nicht sattsehen kann. Ich könnte dir stundenlang zuhören, weil ich alles über dich wissen möchte, und ich möchte dir so viel erzählen, weil ich will, dass du alles über mich weißt. Außerdem ertrage ich es nicht, wenn dich Männer wie Fred Murphy oder Ken belästigen, und dafür beziehe ich auch gerne noch mehr Prügel. Weil ich verliebt in dich bin, Betty Michaels. Und weil ich mir ganz sicher bin, dass wir zusammengehören. Deshalb will ich noch mehr Zeit mit dir verbringen – damit ich dir das beweisen kann.« Er zuckte mit den Schultern, und sein Blick wurde wieder unsicher. »Wenn du mich lässt.«

Lexie hielt den Atem an, während sie wie Aidan auf Bettys Reaktion wartete. Sie war vorhin so stolz auf Betty gewesen, als sie Ken weggeschickt hatte. So entschlossen hatte sie ihre Freundin noch nie erlebt, und das musste auch etwas damit zu tun haben, dass ihr Ex Aidan wehgetan hatte. Betty mochte Aidan, so viel stand fest, und Lexie war sicher, dass mehr aus den beiden werden konnte. Die Frage war nur, ob Betty es wagen würde, sich darauf einzulassen.

Dass er aber auch ausgerechnet Musiker sein musste! Eigentlich war es kein Wunder, dass Betty panisch reagiert hatte, als die Wahrheit ans Licht gekommen war. Sie hatte wie Lexie geglaubt, dass Aidan anders war als Ken. Dass er sie besser behandeln würde und sie bei ihm nicht mehr mit den Problemen kämpfen musste, mit denen sie als Freundin eines Musikers jahrelang konfrontiert gewesen war. Nun würde das vielleicht alles wieder von vorne losgehen, und Lexie verstand, dass Betty davor Angst hatte.

Aber Aidan meinte es ernst, das war Lexie spätestens nach seiner kleinen Ansprache eben klar. Er *war* anders als Ken, gehörte nicht zu den Typen, auf die Betty mit schöner Regelmäßigkeit reingefallen war. Typen wie Ken, die mehr nahmen als gaben und Bettys Gutmütigkeit und Loyalität ausnutzten. Lexie hatte sich immer gewünscht, dass irgendwo ein Mann auf ihre Freundin wartete, der sah, was für ein absoluter Schatz sie war, und ihr die Liebe zurückgab, die sie immer so reichlich verschenkte. Aidan schien genau das vorzuhaben, und Lexie drückte fest die Daumen, dass Betty sich nicht falsch entschied.

»Betty?« Aidan wirkte zutiefst verunsichert, weil sie so lange schwieg. »Sag was, bitte.«

Betty hob den Kopf und sah ihn an. »Hatte dein Vater bei dem Song Contest seine Hände im Spiel?«

Sichtlich überrascht über diese unerwartete Frage schüttelte Aidan den Kopf. »Nein. Er wusste zwar, dass ich mich an dem Wettbewerb beteilige. Aber da war die Entscheidung der Badgers längst gefallen. Ich habe tatsächlich den Song geschrieben, der den Jungs am besten gefallen hat.«

Betty schluckte und senkte den Kopf wieder. »Der Song ist toll«, sagte sie mit belegter Stimme. »Ich glaube, dass du mehr davon schreiben solltest.«

Aidan legte ihr eine Hand unter das Kinn und zwang sie, ihn anzusehen. »Heißt das, du gibst mir noch eine Chance?«

179

Sie zuckte mit den Schultern, und ein zaghaftes Lächeln breitete sich auf ihrem Gesicht aus. »Nur wenn du einen Kurs in Selbstverteidigung besuchst. Könnte ja sein, dass du dich mal wieder wegen mir prügeln musst, und geschwollene Lippen sind so hinderlich, wenn man jemanden ganz dringend küssen will.«

»Wenn's weiter nichts ist«, sagte er mit einem breiten Grinsen und zog Betty in seine Arme.

Gott sei Dank, dachte Lexie und schlich sich leise weg, weil sie diesen innigen Moment nicht stören wollte. Die beiden brauchten jetzt Zeit für sich, also würde sie die Gelegenheit nutzen, um noch mal mit Father Flaherty zu sprechen.

Auf dem Weg zur Kirche, die auf der anderen Seite des Dorfplatzes lag, blickte sie über die Schulter zurück und lächelte, als sie sah, dass Betty und Aidan immer noch eng umschlungen auf der Bank saßen. Die beiden standen zwar erst ganz am Anfang, aber sie hatte ein gutes Gefühl, dass aus ihnen ein sehr glückliches Paar werden würde.

Mit einem wehmütigen Seufzen dachte sie daran, wie Aidan seine Gefühle für Betty beschrieben hatte. Ging es ihr mit Grayson nicht genauso? Sie hatte sich auch sofort zu ihm hingezogen gefühlt. Sein Lächeln nahm ihr den Atem, und ihr Herzschlag geriet in seiner Nähe schnell aus dem Takt, aber sie fühlte sich auch sicher bei ihm und hatte in seinen Armen zum ersten Mal seit sehr langer Zeit völlig entspannt und angstfrei geschlafen. Von den anderen Sachen, die sie noch in seinen Armen erlebt hatte, ganz zu schweigen.

Aber aus ihnen würde trotzdem kein glückliches Paar werden. Weil einfach zu viel zwischen ihnen stand. Sie gehörten nicht zusammen, so wie Aidan und Betty. Grayson wollte sich nicht binden, das hatte er deutlich gesagt. Und wenn er eines Tages doch dazu bereit war, dann würde er es sicher nicht lange aushalten mit einer Frau, die nichts über ihre Vergangenheit wusste und nachts von einem gruseligen Schatten träumte, der sie schlafwandeln ließ. Er würde sie verlassen, genau wie Matt es getan hatte. Das konnte sie nicht noch mal riskieren. Oder?

Sie seufzte tief, weil es ihr nicht gelang, die Hoffnung ganz aus ihrem Herzen zu verbannen. Nun hör schon auf, ermahnte sie sich und betrat den Vorplatz der St Patrick's Church. Mit schnellen Schritten lief sie über den Rasen zum Pfarrhaus hinüber, das etwas abseits hinter der Kirche lag.

Wieder einmal war sie erstaunt, weil es von außen so anheimelnd aussah. Ein hübsches kleines Cottage mit einem seitlich angrenzenden, umzäunten Garten, dessen Bäume und Sträucher Schutz vor Einblicken boten. Doch innen war es, wie Lexie sich erinnerte, extrem düster eingerichtet. Zwischen den alten Möbeln, den Bildern mit Bibelmotiven und den verstaubten Bücherwänden hätte sie sich nicht wohlgefühlt, und ihr fielen spontan jede Menge Möglichkeiten ein, es heller und freundlicher zu gestalten. Father Flaherty schien es allerdings nicht zu stören und seine Haushälterin auch nicht, die Lexie in dieser Sekunde die Tür öffnete.

»Miss Cavendish.« Ein Lächeln erschien auf dem Gesicht von Mary Ward, doch es erreichte ihre Augen nicht. »Was gibt es denn?«

»Ich würde gerne mit Father Flaherty sprechen. Ist er da?«

»Nein, tut mir leid. Er besucht den Bischof in Letterkenny«, erklärte die ältere Frau und musterte Lexie abwartend.

Mit ihrer Kurzhaarfrisur und der Jeans, die sie zu einem einfachen T-Shirt trug, entsprach sie nicht dem Bild, das Lexie von einer Haushälterin in einem katholischen Pfarrhaus hatte. Aber vermutlich war es albern, dabei immer an Frauen mit Kittelschürze und einem grauen Dutt zu denken. Mary Ward entsprach diesem Klischee jedenfalls nicht. Sie war freundlich und offen und sehr redselig, weshalb Lexie sie anfangs sehr nett gefunden hatte. Doch seit dem Vorfall in der vergangenen Woche war das Verhalten der Haushälterin ihr gegenüber deutlich abgekühlt.

»Kann ich auf ihn warten?«, fragte Lexie.

»Father Flaherty hat nicht gesagt, wann er zurück ist. Er meinte, dass er vielleicht über Nacht bleibt.« Mary Ward zuckte mit den Schultern. »Tut mir leid.«

Nein, tut es dir nicht, dachte Lexie, als sie das zufriedene Funkeln in den Augen der Haushälterin sah. Mary Ward war froh darüber, sie wieder wegschicken zu können, so viel stand fest. Und es verstärkte Lexies Verdacht, dass der Pfarrer mehr wusste, als er ihr bei ihrem letzten Gespräch verraten hatte.

»Ich versuche es einfach morgen noch einmal«, sagte sie mit einem Lächeln, das ihr schwerfiel, und ging.

Lexie hörte die Tür des Pfarrhauses erst wieder ins Schloss fallen, als sie schon ein gutes Stück der Wiese überquert hatte. Mary Ward musste ihr also eine ganze Weile nachgestarrt haben, was sie irritierte.

Auf dem Dorfplatz war es jetzt belebter als eben, und die Bank, auf der Aidan und Betty vorhin gesessen hatten, war leer. Wohin sie gegangen waren, wusste Lexie nicht, aber falls sie ins Rose Cottage gefahren waren, wollte sie die beiden dort erst mal nicht stören. Deshalb beschloss sie, Eileen zu besuchen, so wie sie es sich vorgenommen hatte.

Als sie über über den Dorfplatz auf den kleinen Laden zuging, der direkt am Anfang der Einkaufsstraße lag, und ihr Blick auf die weißen Sprossenfenster und das bunte Schild mit der Aufschrift »Rainbow Shop« fiel, musste sie unwillkürlich an Janice denken. Fast konnte sie die Klinge wieder spüren, die die verwirrte junge Frau ihr an den Hals gehalten hatte, und sie war plötzlich nicht mehr sicher, ob sie den Besuch nicht vielleicht doch lieber noch verschieben sollte.

Aber viel Zeit blieb ihr nicht mehr, und es gab einige Dinge,

die sie dringend mit Eileen besprechen wollte. Deshalb über-
wand sie ihren Widerwillen und ging die letzten Schritte bis zur
Eingangstür.

17

Ein sanfter, melodiöser Klingelton erklang, als Lexie die Tür öffnete und staunend den Rainbow Shop betrat.

Der Laden machte seinem Namen alle Ehre, denn sie hatte das Gefühl, in eine Farbexplosion geraten zu sein. Die Regale quollen schier über vor bunten Dingen. Decken und Kissen aus Patchwork, selbst gezogene Kerzen, getöpferte Vasen, Schüsseln und Tassen, Perlenschmuck, Glaswaren – es schien von allem etwas dabei zu sein, was das irische Kunsthandwerk hergab, und auf vielem fanden sich typische Motive wie die Harfe oder das Kleeblatt. Dazwischen gab es aber auch recht viel esoterisch Angehauchtes wie Räucherkerzen, Heilsteine, Mandalas und Buddhafiguren, und ergänzt wurde das Sortiment durch ein Regal mit Eileens Teemischungen, das direkt neben dem kleinen Kassentresen aufgebaut war. Insgesamt wirkte alles ein bisschen überladen, und der schwere, süßliche Duft, der in der Luft hing, machte Lexie leicht schwindelig.

»Hallo?«, rief sie und schob sich an den Regalen vorbei in den hinteren Teil des Geschäfts.

Eileen kam durch einen Vorhang aus Perlenketten, der das Hinterzimmer vom Laden trennte. Als sie Lexie erkannte, wirkte sie für einen Moment erschrocken. Dann ging sie zu ihr und umarmte sie fest.

»Ach, Alexandra, es tut mir so leid, was passiert ist!«, sagte sie mit ernster Miene. »Wie geht es dir denn?«

»Mit mir ist alles in Ordnung«, versicherte Lexie ihr. »Ich mache mir eher Sorgen um Janice. Ist sie noch im Krankenhaus?«

Eileen schüttelte den Kopf und wirkte auf einmal sehr niedergeschlagen. »Sie wurde in die Psychiatrie verlegt und muss dort auch erst mal bleiben. Niemand will riskieren, dass so etwas noch einmal passiert.«

Lexie schüttelte den Kopf. »Das muss schrecklich für dich sein.«

Eileen lächelte traurig. »Es war ein Schock, weil ich niemals gedacht hätte, dass sie so weit geht, jemanden anzugreifen. Aber ich hatte ehrlich gesagt befürchtet, dass es schwer für sie wird, als ich von Graysons Rückkehr erfuhr. Er war damals der Auslöser für ihren ersten Zusammenbruch.«

»Ich weiß. Er hat mir davon erzählt.« Lexie zuckte mit den Schultern, als Eileen sie überrascht ansah. »Das mit der Beziehung, die eigentlich keine war, meine ich.«

Eileen runzelte die Stirn. Offenbar war es ihr nicht recht, dass er Lexie ins Vertrauen gezogen hatte. Sie ging hinüber zu einem Regal, in dem einige gewebte Wolldecken lagen. Jemand hatte sie durcheinandergezogen, und sie begann, sie wieder zu falten.

»Ich dachte damals, dass es Janice helfen würde. Aber vermutlich war es ein Fehler und hat alles nur noch schlimmer gemacht.«

»Bist du Grayson böse deswegen?«, fragte Lexie.

Eileen zuckte mit den Schultern. »Ich kann ihm keinen Vorwurf machen. Er hat sich immer anständig verhalten.«

Sie schien tief in Gedanken versunken, während sie die letzte Decke faltete, doch als sie sich umdrehte, lag wieder ein Lächeln auf ihrem Gesicht.

»Es ist nicht zu ändern«, sagte sie. »Also trinken wir lieber einen Tee zusammen und reden über etwas anderes. Hast du Zeit für eine Tasse?«

Lexie nickte und folgte ihr durch den Perlenvorhang in das Hinterzimmer, das weniger vollgestopft wirkte als der Laden, dafür aber eine Küchenzeile enthielt, die schon sehr viel bessere Tage gesehen hatte. Die Schränke hingen schief, und einige der Türen schlossen nicht mehr richtig. Außerdem platzte die dunkelgrüne Lackierung an den Ecken der Schubladen ab, und obwohl alles sauber geputzt war, machte der Raum einen ungepflegten Eindruck.

»Entschuldige, dass es hier so aussieht. Wir müssten dringend renovieren. Nur weiß ich im Moment gar nicht, wie es weitergehen soll.« Sie füllte den Wasserkocher und stellte ihn an.

»Mit dem Laden?«, fragte Lexie. »Willst du ihn nicht weiterführen?«

»Doch, natürlich. Er läuft gut. Ich werde mir nur jemanden suchen müssen, der mir hilft, solange Janice ausfällt. Schließlich muss ich weiter meine Kurse geben. Aber da finde ich schon eine Lösung.«

Sie holte einen Teefilter aus Metall, zwei Becher und eine Kanne aus dem Schrank und hatte gerade eine der Teedosen in der Hand, als erneut die sanfte Melodie der Eingangstür erklang.

»Kundschaft«, sagte sie mit einem Seufzen. »Immer wenn es gerade gemütlich wird …«

»Ich kann das Teekochen übernehmen«, erklärte Lexie, und Eileen nahm ihren Vorschlag dankbar an.

Als sie in der Küche allein war, öffnete sie die Dose, die Eileen bereitgestellt hatte, und roch an der Mischung. Der Duft war intensiv und hatte eine Note, die Lexie nicht behagte. Einen Tee von dieser Sorte zu trinken würde ihr schwerfallen, deshalb stellte sie die Dose wieder zurück in die Reihe aus zehn weiteren und griff stattdessen nach einer anderen. Ihre Neugier war geweckt, und nachdem sie an allen geschnuppert hatte, fand sie schnell ihren persönlichen Favoriten, eine Mischung mit einer deutlichen Fruchtnote. Ob Eileen wohl etwas dagegen haben würde, wenn sie diesen aufkochte und nicht den anderen?

Sie beschloss, dass das sicher nicht der Fall war, und brühte den Tee mit der Mischung, die ihr am besten gefiel.

»So, das wäre erledigt.« Eileen kehrte eine Viertelstunde später seufzend zurück und setzte sich an den kleinen Tisch am Fenster, auf den Lexie die gefüllten Teebecher gestellt hatte. Sie griff lächelnd nach ihrem, stutzte dann aber. »Hast du eine andere Sorte genommen?«

Lexie nickte. »Ich hoffe, das ist okay? Ich fand, diese roch am besten.«

Eileen lächelte. »Du hast den einzigen reinen Früchtetee ausgewählt. Meine Kräutermischungen sind eigentlich viel wirkungsvoller. Der Stärkungstee, den ich herausgesucht hatte, wäre eigentlich besser für dich gewesen. Den gebe ich Fanny auch immer. Und mein Brian hat ihn bis zum Schluss getrunken. Das hat ihm geholfen, selbst als es ihm schon sehr schlecht ging.« Sie blickte zu dem Bild hinüber, das an der Wand hing und sie zusammen mit ihrem Mann zeigte. »Ich vermisse ihn immer noch, obwohl das jetzt schon so lange her ist.«

Lexie betrachtete das Foto genauer, auf dem Brian Kelly neben Eileen auf einem Sofa saß und in die Kamera lächelte. Sein Vollbart kaschierte sein eher langes Gesicht mit der hohen Stirn, und seine hellblauen Augen blickten freundlich. Der Altersunterschied zwischen ihm und Eileen musste groß gewesen sein, denn sein Haar war an den Schläfen schon deutlich ergraut, und er hatte Falten um die Augen, während sie auf dem Foto noch sehr jung wirkte. Tatsächlich schätzte Lexie, dass die Aufnahme um die Zeit entstanden sein musste, als ihre Mutter in Cerigh gelebt hatte. Da war Eileen Mitte zwanzig gewesen, ihr Mann aber sicher schon vierzig. Und wirklich attraktiv fand Lexie ihn nicht.

Unwillkürlich musste sie an das denken, was Sheila Murphy über Fionas Verhältnis zu Eileens Mann gesagt hatte. Sollte sie Eileen danach fragen? Aber jetzt gerade war kaum der richtige Zeitpunkt, denn Eileen schien ganz in Erinnerungen versunken zu sein. Außerdem war Lexie immer noch ziemlich sicher, dass die Wirtin nur bösartigen Klatsch verbreiten wollte.

»Woran ist er gestorben?«, erkundigte sie sich stattdessen.

Eileen seufzte. »An einer verschleppten Viruserkrankung. Er hatte schon immer Probleme mit dem Herzen, aber plötzlich baute er massiv ab, war antriebslos und ständig müde. Was genau er hatte, ließ sich nicht feststellen, und die Medikamente, die die Ärzte ihm verschrieben haben, halfen ihm nicht. Deshalb sind wir auf alternative Heilmethoden umgestiegen, und Brian erholte sich zuerst auch. Aber dann ist er eines Morgens einfach nicht mehr aufgewacht. Herzversagen, meinte der Arzt.« Eileens Stimme zitterte ein bisschen, als sie weitersprach. »Ich war am Boden zerstört, und anstatt mir zur Seite zu stehen, hatte Father Flaherty nichts Besseres zu tun, als mir vorzuwerfen, dass ich Brians Tod hätte verhindern können, wenn ich ihn weiter von einem Arzt hätte behandeln lassen. Er wollte einfach nicht akzeptieren, dass wir uns *gemeinsam* gegen die Schulmedizin entschieden hatten. Flaherty ist immer wieder vorbeigekommen und hat Brian gedrängt, ins Krankenhaus zurückzugehen. So als würde ich ihn nicht gut genug pflegen.« Sie schüttelte den Kopf. »Das habe ich ihm sehr übel genommen.«

Deswegen also Eileens große Abneigung gegen Father Flaherty, dachte Lexie, sagte aber nichts mehr dazu, weil sie Eileen mit den Erinnerungen an ihren Mann nicht noch trauriger machen wollte.

»Wenn dein Stärkungstee so gut hilft, dann trinke ich ihn

beim nächsten Mal«, sagte sie und verzog den Mund zu seinem schiefen Lächeln. »Stärkung kann ich nämlich wirklich gebrauchen.«

Eileen runzelte besorgt die Stirn. »Wieso? Was ist denn passiert? Gibt es Neues über Fiona?«

Es war die Frage, auf die Lexie gehofft hatte. Sie erzählte Eileen alles, was sie bis jetzt herausgefunden hatte, von dem Karton, den Jane Sawyer ihr gegeben hatte, bis hin zu ihrem Gespräch mit Fred Murphy. Die Schilderungen ihres Alptraums schienen Eileen dabei besonders zu interessieren.

»Ich glaube, dass es gar kein Traum ist, Alexandra. Du wurdest damals nach Fionas Verschwinden in einer Nische des Dienstbotentunnels gefunden. Es ist bestimmt ein Zeichen, wenn du das plötzlich so klar vor dir siehst, vor allem weil das in den früheren Träumen so nicht vorkam, oder? Das muss eine Erinnerung sein, und sie wird immer konkreter, immer deutlicher.«

Lexie nickte. »Aber das würde bedeuten, dass meiner Mutter etwas passiert ist. In meinem Traum tut der Schatten ihr weh.«

Eileen umfasste ihren Becher und beugte sich vor. »Umso wichtiger ist es, dass du versuchst, diese Blockade in deinem Kopf aufzuheben. Ich bin sicher, du weißt, was damals passiert ist. Du musst dich nur erinnern.«

Lexie schüttelte den Kopf. »Ich habe immer mehr das Gefühl, dass der Schatten jemand ist, den ich kenne. Oder damals kannte.«

Eileen lehnte sich wieder zurück und seufzte. »Ich wünschte, das würde uns weiterhelfen. Leider kann das so gut wie jeder hier in Cerigh sein. Du warst so ein süßes Mädchen und gar nicht schüchtern. Die Leute hatten dich alle gern, und da Fiona dich oft mitgenommen hat, kanntest du viele von ihnen.«

»Auch die Murphys?«

Eileen nickte. »Und den Doktor, Duncan, Fanny und Agatha. Genauso wie Father Flaherty und Mary Ward. Sogar Grayson. Wenn es danach geht, ist die Auswahl groß.«

Lexie stieß die Luft aus. »Ich schätze, dann bin ich genauso schlau wie vorher.«

»Sei einfach weiter auf der Hut.« Eileen beugte sich noch einmal vor und legte die Hand auf ihre. »Und gib nicht auf. Ich wette, es dauert nicht mehr lange, bis du die ganze Sache aufklären kannst.« Sie überlegte kurz. »Weißt du was, wieso kommst du nicht nachher noch zu mir? Ich mache dir was zu essen, und wir sehen uns alte Fotos an. Ich habe jede Menge gefunden, die kann ich dir alle zeigen. Vielleicht löst das ja deine Sperre, und du erinnerst dich wieder. Was meinst du?«

»Das können wir gerne machen«, sagte Lexie zögernd. »Aber nicht heute.«

Sie hatte plötzlich das dringende Bedürfnis, zur Burg zu fahren. Grayson war inzwischen vielleicht schon zurück, und sie wollte mit ihm sprechen, auch auf die Gefahr hin, dass seine Reaktion ihr wehtun würde. Sie musste einfach wissen, was er über ihre gemeinsame Nacht dachte. Würde er jetzt anders zu ihr sein? Oder hatte sich für ihn nichts geändert? Sie hatte keine Ahnung, welche Reaktion sie mehr fürchtete. Aber sie brauchte Gewissheit.

»Dann morgen?« Eileen sah sie fragend an. Sie schien sehr überzeugt von ihrer Idee, und es war einen Versuch wert, deshalb nickte Lexie.

»Okay. Morgen.«

Sie trank ihren Tee aus und verabschiedete sich von Eileen. Das Wetter hatte gehalten, deshalb war der Fußweg zurück zum Cottage kein Problem. Schon von Weitem sah sie jedoch, dass nur noch ihr Golf vor dem Häuschen geparkt war. Bettys Mini fehlte, was sie als gutes Zeichen wertete. Bestimmt war ihre Freundin mit Aidan irgendwo hingefahren, wo sie in Ruhe reden konnten. Oder was auch immer sonst, dachte sie mit einem Lächeln und stieg in ihren Wagen.

Der Weg rauf nach Dunmor kam ihr länger vor als sonst, und je näher sie der Burg und damit einer möglichen Begegnung mit Grayson kam, desto schneller schlug ihr Herz. Doch als sie kurze Zeit später in den Innenhof der Burg bog, stand sein Wagen nicht dort, wo er normalerweise parkte.

Lexie stellte den Golf zwischen Agathas betagtem Volvo-Kombi und Duncans Jaguar ab und blieb für einen Moment hinter dem Steuer sitzen, während ihr tausend Gedanken gleichzeitig durch den Kopf gingen. Hatte Grayson wirklich so lange in Belfast zu tun? Oder ging er ihr absichtlich aus dem Weg? Was sollte sie überhaupt zu ihm sagen, wenn sie ihm begegnete? Vielleicht war es am besten, wenn sie ihn ignorierte. Oder die gestrige Nacht besser gleich vergaß. Es hatte ja ohnehin keinen Zweck …

Sie konnte den Gedanken nicht mehr zu Ende denken, denn in diesem Moment bog ein weiteres Auto in den Innenhof und hielt direkt hinter ihrem. Es war Graysons BMW.

Ihre Finger zitterten leicht, als sie die Tür öffnete und aus dem Wagen stieg. Grayson hatte das bereits getan und schlug die Autotür zu.

»Hey.« Seine Stimme klang rau, und für einen kurzen, verrückten Moment wünschte sie sich, dass er sie in die Arme nehmen würde. Doch er blieb nur vor ihr stehen.

»Hey«, erwiderte sie atemlos und suchte in seinem Gesicht nach einer Regung, irgendeinem Zeichen dafür, dass er ähnlich aufgewühlt war wie sie. Seine Miene blieb jedoch unbewegt, und sie konnte den Ausdruck in seinen Augen nicht deuten.

»Wie geht es dir?«, fragte er. »Alles wieder gut?«

Lexie nickte und spürte einen schmerzhaften Stich in der Brust, weil seine Frage so beiläufig klang. So als hätte sie gestern leichte Kopfschmerzen gehabt, nach denen er sich erkundigte. Als wäre gar nichts weiter passiert.

Jetzt weißt du es, dachte sie und schalt sich selbst, weil sie doch enttäuscht war. *Ich werde mich nicht in dich verlieben.* Das hatte sie zu ihm gesagt, also durfte sie ihm nicht böse sein, wenn er sie beim Wort nahm.

»Ist wirklich alles in Ordnung?« Grayson runzelte die Stirn und musterte sie aufmerksam.

»Ja, alles bestens.« Sie räusperte sich, weil ihre Stimme belegt klang. »Wo warst du?«

»Ich hatte noch etwas in Belfast zu erledigen«, sagte er, und Lexie hoffte, dass er das noch weiter ausführen würde. Doch er schwieg.

»Hatte es etwas mit Katelyn Evans zu tun?« Sie konnte sich die Frage einfach nicht verkneifen.

Ein Muskel zuckte auf Graysons Wange. »Ich glaube nicht, dass ich das mit dir diskutieren sollte«, sagte er so abweisend, dass sie unwillkürlich schluckte.

»Tut mir leid. Mir war nicht klar, dass wir jetzt wieder Feinde sind«, sagte sie und wollte sich abwenden. Doch er griff nach ihrem Arm, zog sie zu sich zurück, bis sein Gesicht nur noch wenige Zentimeter von ihrem entfernt war.

»Wir waren nie Feinde, Lexie.« Seine Augen brannten sich jetzt regelrecht in ihre. »Aber wir stehen auf verschiedenen Seiten. Und daran hat auch gestern Nacht nichts geändert. Oder?«

Lexie antwortete nicht, sondern starrte ihn nur an, überfordert von seiner plötzlichen Nähe. War das eine ernsthafte Frage? Für einen Moment hatte sie das Gefühl, dass er Widerspruch von ihr erwartete. Aber was sollte sie sagen? Er hatte doch recht. Der Graben, der sie von Anfang an getrennt hatte, war nicht kleiner geworden, nur weil sie einen kurzen, intimen Moment der Zweisamkeit geteilt hatten. Deshalb war es vernünftig, wenn sie jetzt wieder Abstand hielten, auch wenn die Vorstellung ihr körperlich wehtat.

Ein lautes Hupen erklang, und eine silberne Mercedes-Limousine bog in den Innenhof. Der Wagen kam ihr bekannt vor, und als sie genauer hinsah, wurde ihr klar, dass es ein Fahrzeug aus der Dienstwagenflotte von Howard Enterprises war. Und sie kannte auch den Fahrer, einen Mann um die vierzig mit ziemlich ausgeprägten Geheimratsecken in seinen mittelblonden Haaren, die sich am Hinterkopf bereits lichteten.

»Ryan!« Sie löste sich von Grayson, um ihrem Kollegen entgegenzugehen, der gerade aus dem Wagen stieg. »Was tust du denn hier?«

Ryan Monsworth lächelte selbstgefällig. »Andrew schickt mich. Ich soll die Vertragsverhandlungen für ihn übernehmen, damit wir das Geschäft endlich abschließen können.«

»Du?« Lexie spürte, wie ihr Magen sich zusammenzog. »Aber … Andrew macht das sonst immer selbst.«

»Diesmal nicht, wie du siehst.« Ryan zuckte mit den Schultern. »Er vertraut mir eben, Lexie. Das hier ist wichtig, deshalb will er, dass ich das mache.«

Fassungslos starrte Lexie in seine grauen Augen, die angriffslustig funkelten.

Sie wusste, wie sehr ihm ihr Aufstieg bei Howard Enterprises missfiel, auch wenn er das nie offen gesagt hatte. Er arbeitete schon viel länger für Andrew als sie, und es war ihm ein Dorn im Auge, dass Andrew immer mehr Aufträge an sie gegeben hatte und nicht an ihn. Seitdem war sein Verhalten ihr gegenüber deutlich abgekühlt, und sie hatte ihn auch einmal dabei erwischt, wie er sich bei einer Kollegin in der Kaffeeküche darüber beschwert hatte, dass Lexie grundlos bevorzugt wurde. Die Gerüchte über ihre angebliche Affäre mit Andrew verdankte sie also vermutlich ihm.

Trotzdem schockte es sie, dass er ihr seine Verachtung plötzlich so offen zeigte, und sie verkniff sich nur eine Bemerkung dazu, weil sie nicht allein waren und sie eine Eskalation vermeiden wollte.

»Das kommt ziemlich überraschend«, sagte sie. »Deshalb wirst du sicher verstehen, dass ich darüber noch mal mit Andrew sprechen muss.«

Falls er jemals zurückruft, fügte sie in Gedanken hinzu und hoffte einmal mehr, dass ihr Boss endlich auf ihre Nachrichten reagierte.

»Das brauchst du nicht, er hat mir etwas für dich ausgerichtet.« Ryan hob einen Mundwinkel zu einem überheblichen Lächeln. »Du sollst deine Sachen packen und nach Dublin zurückfahren. Dein Auftrag hier ist beendet. Er erwartet dich morgen wieder im Büro.«

18

Nein!« Entsetzt schüttelte Lexie den Kopf. »Das kann nicht sein. Das hätte er mir persönlich gesagt.«

Statt einer Antwort holte Ryan sein Smartphone aus seiner Jacketttasche, rief sein Mailprogramm auf und zeigte ihr eine Nachricht, die Andrew ihm heute morgen geschickt hatte. Sie war kurz und enthielt genau die Anweisungen, die Ryan ihr gerade mitgeteilt hatte.

»Glaubst du mir jetzt?« Er lächelte hämisch. »Wie es aussieht, braucht der Boss deine ›Dienste‹ im Moment zu Hause mehr.«

Er betonte das Wort ›Dienste‹ so, dass der doppelte Sinn völlig eindeutig war und auch Grayson sicher nicht entging.

Wütend ballte sie die Hände zu Fäusten, ging jedoch nicht auf sein Spielchen ein. »Ich soll ein Konzept für die Renovierung erstellen. Und ich muss bleiben, bis es fertig ist. Das sieht Andrew sicher genauso.«

Ryans Augen wurden schmal. »Du bist doch schon eine Woche hier. Was hast du denn die ganze Zeit gemacht?«

Lexie wich seinem Blick nicht aus, obwohl sie sich ertappt fühlte. Natürlich bestand kein Grund mehr, noch länger zu bleiben, wenn Andrew das nicht mehr wollte. Aber so schnell würde sie nicht aufgeben, erst recht nicht vor Ryan.

»Es ist ein großes Gebäude. Und Andrew will diesmal etwas ganz Besonderes«, erklärte sie. »Das ist wichtig für diesen Auftrag. Und das dauert eben, das weißt du selbst.«

Ryan war sichtlich irritiert über ihre kämpferische Reaktion und offenbar unsicher, wie er jetzt reagieren sollte. Deshalb nahm Lexie ihm die Entscheidung ab.

»Ich werde Andrew anrufen und das noch mal mit ihm besprechen«, erklärte sie.

Ryan zuckte mit den Schultern. »Tu, was du nicht lassen kannst«, zischte er ihr zu und wandte sich dann an Grayson.

»Entschuldigen Sie, dass ich Sie noch gar nicht begrüßen konnte.« Er streckte Grayson die Hand entgegen und schenkte ihm ein gewinnendes Lächeln – oder das, was er dafür hielt. »Mein Name ist Ryan Monsworth von Howard Enterprises. Und Sie sind sicher Mr O'Donnell? Freut mich sehr, Sie …«

Er stockte, und seine Augen weiteten sich entsetzt, als er – mit reichlich Verspätung – begriff, dass er gar nicht den Burgherrn vor sich hatte. Wahrscheinlich war er zu sehr mit seinem Streit mit Lexie beschäftigt gewesen, um Grayson gleich zu erkennen. Erst jetzt begriff er seinen Fehler und wich peinlich berührt ein Stück zurück.

»Mr Fitzgerald! Ähm, ja … Das ist …« Vorwurfsvoll blickte er Lexie an, so als wäre es ihre Schuld, dass er sich gerade ziemlich blamiert hatte.

»Mr Monsworth?« Duncans Ruf ließ sie alle herumfahren. Er stand am Eingang und winkte Ryan zu sich. »Kommen Sie herein! Mr Howard hatte mir schon angekündigt, dass Sie kommen.« Sein Blick glitt kurz zu Grayson. »Wir sollten besser im Haus reden.«

Ryan, der das genauso zu sehen schien, setzte sich sofort in Bewegung und wurde von Duncan an der Tür begrüßt. Die beiden Männer verschwanden in der Burg, während Grayson und Lexie im Hof zurückblieben.

»Dein Boss scheint sich seiner Sache sehr sicher zu sein, wenn er nicht mal persönlich hier auftaucht«, knurrte Grayson, und als Lexie ihn ansah, erschrak sie über die Wut, die in seinen Augen loderte. »Ich habe ihn schon so oft ausgestochen, und ausgerechnet diesmal hält er aus irgendeinem Grund alle Trümpfe in der Hand.« Er schüttelte den Kopf. »Aber wem erzähle ich das«, sagte er mit einem bitteren Lächeln.

Lexie schluckte. »Ich wusste nicht, dass er Ryan schickt. Ich dachte, er kommt selbst. Wenn er es plötzlich so eilig hat, dann gibt es dafür bestimmt einen Grund. Ich werde auf jeden Fall noch mal mit ihm sprechen. Vielleicht kann ich …«

Sie hielt inne, als ihr klar wurde, was sie fast gesagt hätte.

»Was? Mir helfen und den Verkauf verhindern? Ich glaube kaum, dass das zu den ›Diensten‹ gehört, die er von dir erwartet.«

Sein spöttischer Blick traf Lexie mitten ins Herz, und sie hasste Ryan dafür, dass er vorhin diese blöde Bemerkung gemacht hatte.

»Ich habe nichts mit Andrew, Grayson. Ryan Monsworth ist ein missgünstiger Scheißkerl, der mir meinen Erfolg in der Firma nicht gönnt. Deshalb verbreitet er gerne das Gerücht, dass wir eine Affäre hätten. Aber das stimmt nicht.«

Graysons Kiefermuskeln bewegten sich, während er sie unverwandt ansah. Seine Augen waren jetzt schmal, und Lexie konnte nicht sagen, ob es Wut war, die darin lag, oder noch etwas anderes.

»Du bist mir keine Rechenschaft schuldig, Lexie. Also geh und ruf Andrew an. Sag ihm, dass ich mich nicht so leicht geschlagen gebe. Er bekommt Dunmor nicht.«

»Grayson …«

Ohne ein weiteres Wort ließ er sie stehen und folgte Ryan und Duncan in die Burg. Die Tür fiel laut hinter ihm zu, und das Geräusch ließ Lexie zusammenzucken.

Verdammt, dachte sie und kämpfte gegen die Welle der Verzweiflung, die sie zu überrollen drohte. Wie hatte sie es geschafft, sich in eine derart unmögliche Situation zu bringen?

Sie musste mit Andrew sprechen, und zwar sofort, deshalb holte sie ihr Handy heraus und rief ihn an. Doch sie erreichte wieder nur die Mailbox.

Okay, dann eben anders, dachte sie und schickte ihm eine Nachricht, die er unmöglich ignorieren konnte.

*****

»Du willst kündigen?« Andrews bärtiges Gesicht füllte fast den gesamten Bildschirm ihres Smartphones aus, und Lexie sah ihm an, wie angespannt er war. »Lexie, bitte, das kannst du nicht machen. Was ist denn passiert?«

Es hatte zwar eine gute halbe Stunde gedauert, bis die zwei Häkchen an ihrer Nachricht erschienen waren, aber danach hatte Andrew sofort reagiert und sich per Videoanruf mit ihr in Verbindung gesetzt. Diese Art der Kommunikation bevorzugte er immer dann, wenn er nicht sicher war, wie er einen Geschäftspartner einschätzen sollte. Was vermutlich bedeutet, dass ich ihn mit meiner Nachricht ziemlich verunsichert habe, überlegte Lexie. Sie betrachtete sein blasses Gesicht und die deutlichen Ränder unter seinen Augen und schämte sich ein bisschen, weil sie sein Stresslevel mit ihrer Drohung noch erhöht hatte. Aber offenbar war dieses krasse Mittel nötig gewesen, um ihn endlich dazu zu bringen, sich bei ihr zu melden.

Sie ließ sich auf den Stuhl vor dem kleinen Sekretär in ihrem Gästezimmer sinken und lehnte das Handy gegen eine der kleinen Schubladen des Aufsatzes, sodass es aufrecht stand und sie Andrew gut sehen konnte. Dann verschränkte sie die Unterarme und legte sie auf die Tischplatte.

»Ich habe dir gefühlte tausend Nachrichten geschickt, aber

du hast dich nicht gemeldet, obwohl ich dich darum gebeten hatte. Und jetzt schickst du Ryan her und beorderst mich zurück nach Dublin. Du kannst mir diesen Auftrag doch nicht einfach wegnehmen! Das war so nicht verabredet. Für mich fühlt sich das so an, als würdest du auf meine Mitarbeit keinen Wert mehr legen.«

Zerknirscht sah Andrew sie an. »Natürlich will ich, dass du bleibst, Lexie! Du bist mir wichtig, auch persönlich, und ich will dich auf gar keinen Fall verlieren.« Er machte eine kleine Pause, so als erwartete er eine Antwort von Lexie. Als sie schwieg, seufzte er. »Und ich habe dir den Auftrag nicht weggenommen. Du bleibst für das Konzept zuständig. Ryan ist nur da, um den Vertragsabschluss zu beschleunigen. Er kennt sich mit den rechtlichen Details besser aus. Dafür bist du noch zu unerfahren.«

»Trotzdem hättest du mich informieren müssen«, widersprach Lexie. »Eine kurze Nachricht wäre wirklich nett gewesen.«

Andrew seufzte. »Ich wollte es dir sagen, gleich nachdem ich Ryan gemailt hatte. Dummerweise bin ich nicht dazu gekommen, dich anzurufen. Seit einer Woche sitze ich ständig in irgendwelchen Besprechungen oder Konferenzen. Ich hatte einfach keine Zeit.«

Er lehnte sich in seinem Sessel zurück, sodass Lexie das Hotelzimmer im Hintergrund erkennen konnte. Es war eher eine Suite, denn der Raum wirkte weitläufig und war sehr edel eingerichtet, mit viel Gold und glänzendem Mahagoni und Kissen mit opulenten, orientalischen Mustern. Offenbar war er noch in Dubai.

Schon merkwürdig, dachte Lexie. Sie verstand ja, dass er Stress hatte. Aber dass er zwischendurch keine Gelegenheit gefunden hatte, ihr auf ihre Nachrichten zu antworten oder mitzuteilen, was er vorhatte, glaubte sie ihm nicht recht. War

Dunmor für ihn so unwichtig, dass sie ihm erst mit ihrer Kündigung drohen musste, um seine Aufmerksamkeit zu bekommen?

»Und wieso plötzlich die Eile?«, fragte sie. »Ich dachte, die Investoren wären abgesprungen.«

»Das waren sie auch. Aber ich konnte sie zum Glück überzeugen, ihre Meinung zu ändern.« Er lächelte zum ersten Mal. »Die viele Mühe zahlt sich langsam aus, Lexie. Die Projekte in Frankreich sind unter Dach und Fach. Du weißt ja, wie wichtig das war. Und wenn wir Dunmor auch noch kriegen, müssten wir erst mal aus dem Gröbsten raus sein.«

»Das ist doch gut«, sagte sie erleichtert. »Aber hätte das dann nicht Zeit gehabt, bis du zurück bist?«

»Nein. Je eher der Vertrag unterschrieben ist, desto besser.« Andrews Lächeln schwand. »Ich will auf Nummer sicher gehen, nicht dass mir die Investoren noch mal abspringen. Außerdem kann mir Fitzgerald dann nicht mehr in die Quere kommen.« Er musterte sie aufmerksam. »Er ist vermutlich noch da, oder?«

Lexie nickte, aber sie wollte mit Andrew nicht über Grayson sprechen. Deshalb stellte sie ihm die Frage, die sie schon so lange beschäftigte.

»Duncan O'Donnell behauptet, du hättest ihm und seiner Familie ein Wohnrecht zugesichert. Er sagt, sie können auch nach dem Verkauf auf Dunmor bleiben. Stimmt das?«

Andrew runzelte die Stirn »Ja, ich glaube, darüber haben wir mal gesprochen, ganz am Anfang. Ich wollte ihn schließlich nicht gleich verprellen. Fest zugesagt habe ich das aber nicht, und das können wir natürlich nicht machen.« Er zuckte mit den Schultern. »Wie sollte das auch gehen? Dunmor Castle wird ein Luxushotel und kein Bed and Breakfast mit Familienanschluss. Wir brauchen den Platz, gerade im Erdgeschoss. Da können wir unmöglich so viele Zimmer ungenutzt lassen. Außerdem würde das bestimmt auch kein Investor mitmachen.«

Lexie spürte, wie ihr Magen sich zusammenzog, als er ihre

Befürchtungen bestätigte. »Dann müssen die alten Damen also ausziehen?«

Andrew nickte. »Sobald der Vertrag unterzeichnet ist. Dann fangen wir direkt mit der Renovierung an. Apropos: Wie weit bist du mit den Plänen? Ist das Konzept fertig?«

Lexie nickte geistesabwesend, weil sie noch zu sehr mit dem beschäftigt war, was er ihr davor gesagt hatte.

»Wenn Duncan erfährt, dass du das mit dem Wohnrecht nicht ernst gemeint hast, dann wird er die Burg vielleicht lieber an seinen Sohn verkaufen. Zumal dessen Angebot offenbar über unserem liegt.«

Andrews Gesichtszüge spannten sich an, und der Ausdruck in seinen Augen wurde zornig. »Fitzgeralds Angebote sind immer besser als meine. Deswegen hat er uns ja schon so viele Geschäfte kaputtgemacht. Aber mehr zu bieten wird ihm diesmal nichts nützen.«

Ein Schauer lief über Lexies Rücken, weil er so siegesgewiss klang. »Wieso nicht?«

»Weil Duncan O'Donnell es sich nicht leisten kann, den Deal mit uns platzen zu lassen«, erklärte Andrew mit einem gewissen Stolz in der Stimme. »Diesmal sitze ich am längeren Hebel.«

»Du hast ihn mit irgendetwas in der Hand, oder?« Es fiel Lexie schwer, den Verdacht auszusprechen, den Grayson geäußert hatte – und der offenbar stimmte.

»Sagen wir mal so: Diesmal hatte ich das Glück auf meiner Seite.« Andrew lächelte. »Ich habe über ein paar Umwege erfahren, dass Duncan O'Donnell spielsüchtig ist. Ein guter Freund von mir hat Kontakte in die Buchmacherszene, und da er mir noch einen Gefallen schuldete, hat er mir verraten, bei wem und mit wie viel unser Burgherr in der Kreide steht. Der Typ hat es wirklich übertrieben, und jetzt sitzen ihm die Gläubiger im Nacken. Ziemlich üble Typen, die es mit den Terminen für die

Rückzahlung genau nehmen, wenn du verstehst. Sie waren die Einzigen, die ihm noch Geld geliehen haben – aber jetzt wollen sie es zurück. Deshalb muss er die Burg ja so dringend verkaufen.«

Also hatte Grayson wirklich recht, dachte Lexie. Sein Vater steckte in Schwierigkeiten, in großen sogar. Der Anruf fiel ihr ein, den Duncan in ihrem Beisein bekommen hatte. Ob das die Geldeintreiber gewesen waren? Wenn ja, dann musste er unter einem enormen Druck stehen.

»Kann er seine Schulden denn bezahlen, wenn er an uns verkauft?«

Andrew nickte. »Dafür reicht die Summe. Aber sehr viel wird er nicht übrig behalten.«

Lexie runzelte die Stirn. »Wäre das nicht ein Grund mehr für ihn, das Angebot seines Sohnes anzunehmen?«

»Dann müsste er zugeben, dass er verschuldet ist, und das will er nicht. Weil er sich schämt, vor allem vor seinem Sohn. Es heißt, die beiden hätten über diese Sache schon oft gestritten, und O'Donnell ist zu stolz, um seinen Fehler einzugestehen.«

»Und wenn er doch über seinen Schatten springt und es seiner Familie beichtet?«, gab Lexie zu bedenken.

»Dann gibt es da immer noch seine Geliebte, eine gewisse Katelyn Evans.« Andrew verzog den Mund zu einem sehr unsympathischen, fast verschlagenen Lächeln. »O'Donnell hat mal seinem Buchmacher gegenüber erwähnt, dass sie auf keinen Fall etwas von seiner Spielsucht erfahren darf. Weil er Angst hat, dass sie ihn sonst verlässt. Also habe ich ihm gesagt, dass ich Kopien seiner Schuldscheine besitze und sie postwendend an diese Katelyn schicken werde, wenn er auch nur darüber nachdenkt, an Fitzgerald zu verkaufen und nicht an uns.«

Entsetzt starrte Lexie ihn an. »Aber … das ist Erpressung!«

Andrew schüttelte den Kopf. »Das wäre es vielleicht, wenn ich vorhätte, O'Donnell zu betrügen. Aber unser Angebot ist fair. Es liegt über dem Marktpreis, und er macht damit ein gutes Geschäft.«

»Er könnte ein besseres machen, wenn er an seinen Sohn verkauft«, widersprach Lexie. »Und du hinderst ihn daran.«

»Ja, verdammt, das tue ich! Mir bleibt nämlich keine andere Wahl!«, platzte es aus Andrew heraus. Er fuhr sich durchs Haar und wich Lexies Blick aus. »Ich kann nicht noch höher gehen mit dem Kaufpreis, mehr ist einfach nicht drin, wenn sich das Geschäft für uns noch rechnen soll. Also würde ich gegen Fitzgerald den Kürzeren ziehen, wie so oft. Und das kann ich mir nicht leisten. Nicht schon wieder.«

Er senkte den Kopf, legte die Hand in den Nacken und stieß stöhnend die Luft aus. Doch Lexie war zu schockiert, um Mitleid mit ihm zu haben.

»Machst du das immer so?« Sie dachte an Graysons Vorwürfe gegen ihn. »Wendest du oft solche dubiosen Taktiken an, um Geschäfte abzuschließen?«

Er hob den Kopf, und sie sah den besorgten Ausdruck in seinen grünen Augen. Offenbar bereute er, ihr überhaupt davon erzählt zu haben. »Ich tue, was nötig ist, Lexie. Damit sichere ich auch deinen Job, vergiss das nicht.«

Ihr fehlten die Worte. Wie hatte sie sich so in ihm täuschen können? Sie hätte geschworen, dass er als Geschäftsmann über jeden Zweifel erhaben war. Aber offenbar war er durchaus zu den Dingen fähig, die Grayson ihm vorgeworfen hatte. Das hatte er gerade mehr oder weniger zugegeben.

Sie dachte an Duncans Gesichtsausdruck, als er von Katelyn Evans gesprochen hatte. Sie war die große Liebe seines Lebens, und er hatte sie schon einmal wegen eines Fehltritts verloren. Die Vorstellung, dass sie ihn erneut verlassen könnte, wenn sie von seiner Spielsucht erfuhr, musste die Hölle für ihn sein. Kein Wunder also, dass er Graysons Angebot zurückgewiesen hatte, obwohl es besser war. Oder dass er in den letzten Tagen so extrem angespannt gewirkt hatte. Er hatte Angst – und das alles nur, weil Andrew ihn unter Druck setzte. Ob damit schon ein Strafbestand erfüllt war, wusste Lexie nicht. Aber moralisch war es auf jeden Fall zweifelhaft, und das schien Andrew durchaus klar zu sein.

»Jetzt guck mich nicht so an, Lexie«, sagte er. »Ich habe diese Kopien gar nicht, okay? Und wenn ich sie hätte, würde ich sie nicht verschicken. Ich bin doch kein Unmensch! Das ist nur ein Bluff, aber anders hätte ich es nicht hinbekommen.«

Lexie schüttelte den Kopf. »Das kannst du nicht machen! Das geht nicht, Andrew! Du musst Duncan sagen, dass …«

»Gar nichts muss ich!«, unterbrach Andrew sie scharf. Sein Blick wurde durchdringend und hatte jetzt nichts Entschuldigendes mehr. »Und du hältst auch die Füße still. Das, was ich dir gerade gesagt habe, ist vertraulich, und du weißt hoffentlich noch, was in deinem Vertrag steht.«

Beklommen dachte Lexie an die Klausel, die eine hohe Konventionalstrafe vorsah für den Fall, dass sie Interna aus der Firma an Dritte weitergab. Beim Unterzeichnen damals hätte sie nie für möglich gehalten, dass sie sich deswegen irgendwann mal Sorgen machen musste, und es war ein unangenehmes Gefühl, dass ihr dadurch jetzt tatsächlich die Hände gebunden waren. Denn wenn sie gegen diese Vereinbarung verstieß, würde sie das eine Menge kosten.

Andrew wandte plötzlich den Kopf ab und sah seitlich an seinem Telefon vorbei. »Da hat jemand geklopft. Warte kurz.«

Er verschwand aus Lexies Blickfeld, kehrte jedoch fast sofort wieder zurück.

»Ich muss Schluss machen«, sagte er, jetzt deutlich in Eile. »Lexie, du weißt, wie sehr ich dich schätze. Wir beide sind ein gutes Team, deshalb will ich nichts mehr hören von einer Kündigung. Im Gegenteil. Wenn ich zurück bin, sprechen wir darüber, wie es für dich bei Howard Enterprises weitergeht. Und mit uns beiden.« Sein Lächeln hatte jetzt wieder etwas sehr Weiches, und in seinen Augen erkannte Lexie das, was sie vor ein paar Tagen schon in seiner Stimme gehört hatte. Er war verliebt in sie und wollte mehr von ihr.

»Andrew, ich …«

»Ich weiß«, unterbrach er sie. »Das kommt bestimmt überraschend. Aber ich bin mir inzwischen sicher, was meine Gefühle für dich angeht.«

»Aber …«

»Fahr zurück nach Dublin und arbeite das Konzept aus«, sagte er, so als gäbe es, nachdem er sein Interesse an ihr bekundete hatte, nichts mehr zu diskutieren. »Die Pläne müssen fertig sein, wenn ich zurück bin. Ryan erledigt auf der Burg den Rest.«

»Was? Nein!«, entfuhr es Lexie. »Das geht nicht, ich muss unbedingt noch …«

»Ich will nicht, dass du noch länger da oben bleibst, Lexie«, unterbrach er sie. »Du hast inzwischen alles gesehen, was für den Auftrag wichtig ist. Und mir ist einfach nicht wohl dabei, dass du die ganze Zeit mit Fitzgerald zu tun hast. Nachher wickelt er dich doch noch ein mit seinem Charme.« Er legte den Kopf schief, und seine Augen wurden schmal. »Oder hat er das etwa schon?«

Lexie schluckte, weil ihr die Verneinung, die er hören wollte, nicht über die Lippen kam. Andrew gab sich seine Antwort jedoch selbst, denn er lächelte wieder. »Nein, auf dich kann ich immer zählen, das weiß ich. Wir sehen uns in Dublin. Ich freue mich schon.«

»Andrew, nein, warte …« Lexie wollte ihn aufhalten, doch er hatte die Verbindung bereits unterbrochen. »Verdammt!«

Mit zitternden Fingern legte sie das Handy zurück auf den Sekretär, erhob sich und ging zum Fenster, blickte gedankenverloren an dem mächtigen Wehrturm hoch.

Sie konnte nicht fassen, dass Andrew offenbar davon ausging, dass sie auf jeden Fall ein Paar werden würden. Wie sie die Sache sah, schien ihn gar nicht zu interessieren.

Aber noch viel mehr beschäftigte sie die Zukunft der Burg. Was würde aus Dunmor Castle werden, wenn Andrew den Zuschlag erhielt? Würden die Investoren ihr Konzept annehmen, das den Charme der Burg erhielt und Altes mit Neuem verband? Oder würden die ehrwürdigen Mauern am Ende nur noch eine Fassade für ein gesichtsloses, austauschbares Luxushotel sein? Die Vorstellung, hier alles zu verändern, hatte ihr gut gefallen, als sie angekommen war. Doch da hatte sie die O'Donnells noch nicht gekannt. Und Grayson auch nicht. Da hatte sie noch geglaubt, dass Andrew ein fairer Geschäftsmann war. Und dass niemand bei diesem Geschäft zu Schaden kommen würde …

Sie dachte an Duncan. Das Gespräch mit Ryan schien nicht lange gedauert zu haben, denn Lexie hatte ihren Kollegen schon vor einer ganzen Weile wegfahren sehen. Sie konnte nur vermuten, worüber die beiden Männer geredet hatten, aber das Wohnrecht war sicher Thema gewesen. Also wusste Duncan inzwischen, dass Andrew nicht vorhatte, sich an seine mündliche Zusage zu halten.

Die Erkenntnis, dass seine Familie ihr Heim verlieren würde, wenn er an Andrew verkaufte, musste furchtbar für ihn sein. Und er konnte das Geschäft trotzdem nicht platzen lassen, ohne seine gerade wieder erblühte Romanze mit Katelyn Evans zu gefährden. Er saß in der Zwickmühle.

Aber ich könnte das ändern, dachte Lexie. Sie brauchte Duncan nur zu verraten, dass es eine leere Drohung war und er von Andrew gar nichts zu befürchten hatte. Oder sie erzählte Grayson, in welchen Schwierigkeiten sein Vater steckte. Wenn er das wusste, würde er sofort gegen Andrew vorgehen und einen Verkauf an Howard Enterprises verhindern. Im Grunde wartete er ja nur darauf, endlich einen Ansatzpunkt zu haben, und den würde sie ihm damit liefern.

Wenn sie das tat, war sie allerdings nicht nur ihren Job los, sondern musste auch eine Strafe zahlen, die ihre Mittel weit überstieg. Sie würde alles ruinieren, was sie sich aufgebaut hatte, und vor dem Nichts stehen …

Mit einem Seufzen drehte sie sich vom Fenster weg und ging zum Sekretär, um ihr Handy zu holen und Betty anzurufen. Sie musste mit ihrer Freundin sprechen und ihr erzählen, was sie gerade erfahren hatte. Vielleicht würde sie dann ein bisschen klarer sehen. Doch es ging nur die Mailbox dran. Sie versuchte es noch ein paar Mal, weil sie hoffte, dass Betty vielleicht nur schlechten Empfang hatte, aber vergeblich.

»Verdammt«, murmelte sie und schickte Betty eine Nachricht, dass sie sich dringend bei ihr melden sollte. Als sie das Handy zurück auf den Schreibtisch legte, fiel ihr Blick auf die Pläne, die sie für die Renovierung der Burg angefertigt hatte. Sie nahm sich den Stapel und sah sich ihre Entwürfe noch einmal an.

Es war die Version, an der sie zuletzt gearbeitet hatte und in der die Zimmer von Agatha, Fanny und Duncan als Privaträume erhalten blieben. Wenn es nach Andrew ging, dann musste sie die O'Donnells jedoch endgültig aus den Plänen streichen. Was kein Problem darstellte. Es machte die Aufteilung sogar viel leichter. Aber je länger sie auf die Entwürfe starrte, desto mehr störte sie der Gedanke, dass die O'Donnells ihren Familiensitz auf diese Weise verlieren würde.

Es war einfach nicht richtig, denn ihr Boss war dabei, sich Dunmor Castle mit unlauteren Mitteln anzueignen. Und sie hatte Grayson gegenüber immer beteuert, dass Andrew zu so etwas nicht in der Lage war. Da hatte sie sich gewaltig geirrt, und damit würde sie leben müssen, wenn sie weiter für Howard Enterprises arbeitete.

Aber das kann ich nicht, dachte sie und wusste plötzlich, dass sie gar keine andere Wahl hatte. Sie durfte nicht schweigen, selbst wenn das schwerwiegende Folgen für sie haben würde. Die beiden alten Damen sollten nicht ihr Zuhause verlieren. Und sie wollte auch nicht, dass Grayson gegen Andrew verlor. Nicht unter diesen mehr als dubiosen Umständen …

Ein melodiöser Ton kündigte den Eingang einer neuen Nachricht auf ihrem Handy an und riss sie aus ihren Gedanken. Sie nahm an, dass Betty sich gemeldet hatte, doch als sie nachsah, entdeckte sie erstaunt, dass die SMS von Duncan kam.

Sagen Sie Grayson, dass er recht hatte. Ich habe versagt und hoffe, er kann mir das eines Tages verzeihen. Es tut mir leid.

Lexie starrte auf das Display, nicht sicher, warum er ausgerechnet ihr so eine Nachricht schickte. Sie hatte erwartet, dass er ihr Vorwürfe machen würde wegen des Wohnrechts oder ihr eine Nachricht für Andrew ausrichtete. Aber nicht für Grayson. Warum schrieb er ihr das? Sie las die wenigen Zeilen noch mal. Es klang traurig. Und endgültig. Wie … eine Abschiedsbotschaft.

O mein Gott, dachte Lexie und rannte, so schnell sie konnte, nach unten ins Erdgeschoss.

19

Vor Duncans Zimmertür blieb Lexie stehen. Sie hoffte inständig, dass sie sich irrte, aber das ungute Gefühl, das sie nach dem Erhalt der Nachricht beschlichen hatte, wollte einfach nicht weichen.

Nervös klopfte sie gegen die Tür. »Mr O'Donnell?«

Drinnen rührte sich nichts, deshalb klopfte Lexie noch mal, diesmal etwas lauter und drängender.

»Hallo, Mr O'Donnell?«

Es kam keine Antwort, und sie drückte kurzerhand die Klinke herunter. Die Tür war abgeschlossen.

Schnell lief sie weiter in Richtung Küche, aus der aufgeregte Stimmen drangen. Sie hoffte, dass Duncan dort vielleicht gerade mit seiner Familie diskutierte und sie sich völlig unnötig Sorgen gemacht hatte. Doch als sie die Tür öffnete, sah sie nur Agatha, Fanny, Grayson und Doktor Turner.

Grayson saß mit der sichtlich aufgelösten Fanny am Tisch, Agatha stand mit Doktor Turner vor dem Herd und redete mit ihm. Sie verstummten, als Lexie hereinkam.

»Entschuldigung, ich wollte nicht stören«, sagte sie und schluckte gegen das beklommene Gefühl an, das ihr die Kehle eng machte.

»Wieso haben Sie es uns nicht gesagt?«, fragte Fanny mit

brüchiger Stimme. »Wieso haben Sie uns nicht gesagt, dass wir Dunmor verlassen müssen?« In ihren Augen standen Tränen. »Ich kann hier nicht ausziehen. Bitte, Sie müssen das verhindern, Miss Cavendish!«

»Das kann sie nicht, und das wird sie nicht.« Graysons Stimme klang grimmig, und er fixierte sie mit einem so hasserfüllten Blick, dass Lexie es kaum aushielt.

Agatha dagegen wirkte relativ gefasst. »Was können wir für Sie tun, Miss Cavendish? Brauchen Sie etwas?«

»Nein, ich …« Lexie überlegte, wie sie ihren Verdacht formulieren sollte. »Wo ist Ihr Sohn? Ist er weggefahren?«

Agatha schüttelte den Kopf. »Nein. Duncan ist in seinem Zimmer.«

»Da ist er schon seit einer ganzen Weile. Er hat nämlich nicht den Mumm, uns in die Augen zu sehen, nachdem jetzt feststeht, dass die Sache mit dem Wohnrecht nichts als heiße Luft war. Trotz aller seiner Versprechen an Grandma und Fanny«, fügte Grayson hinzu, und Lexie ahnte, dass die beiden sich heftig gestritten haben mussten.

Wahrscheinlich hatte Grayson seinen Vater gleich nach Ryans Abfahrt zur Rede gestellt und dabei mit Vorwürfen nicht gespart. Was Duncans Verzweiflung über seine schwierige Lage sicher noch verstärkt hatte.

»Ich mache mir Sorgen um ihn«, sagte Lexie, an Agatha gewandt. »Ich habe gerade eine Nachricht von ihm bekommen, die wie ein Abschied klingt.«

Agatha runzelte die Stirn. »Ein Abschied? Wie meinen Sie das?«

Lexie holte ihr Handy heraus, rief die Nachricht auf und zeigte sie Agatha. Grayson erhob sich und kam zu ihnen herüber. Er stellte sich neben seine Großmutter und las die wenigen Zeilen ebenfalls.

Besorgt legte Agatha die Hand auf ihre Brust. »Das klingt

wirklich merkwürdig! Aber ... er wird sich doch nichts antun, oder?«

Die Bemerkung ließ nun auch Fanny aufspringen und machte Doktor Turner hellhörig.

»Wir sollten nach ihm sehen«, sagte er.

Grayson schien das auch zu denken, denn er war bereits auf dem Weg in den Flur. Lexie folgte ihm zusammen mit den anderen und sah, wie er mit der Faust gegen das Türblatt hämmerte und dann wild an der Klinke rüttelte.

»Dad! Mach sofort auf! Dad!«

Drinnen blieb es still. Erneut versuchte er, die massive Holztür zu öffnen. Doch sie schien unüberwindbar.

»Verdammte englische Eiche«, fluchte er. »Die kriegen wir niemals auf!«

»Oh Gott, oh Gott! Der arme Junge!« Fanny war ganz blass geworden, und in ihren Augen stand Panik. »Was sollen wir denn jetzt machen?«

Für einen Moment schwiegen sie alle ratlos, dann sog Agatha aufgeregt die Luft ein.

»Ich bin sofort wieder da«, rief sie und lief in die Küche. Es dauerte einen Moment, dann kehrte sie mit einem großen, glänzenden Schlüssel in der Hand zurück.

»Die Nachschlüssel!«, rief Fanny. »Die hatte ich ganz vergessen!«

»Wir haben sie vor ein paar Jahren machen lassen, aber bisher nicht gebraucht«, sagte Agatha außer Atem und gab Grayson den Schlüssel. »Zum Glück liegen sie immer noch in der Kiste ganz hinten in der Kammer.«

Während sie redete, hatte Grayson den Schlüssel ins Schloss gesteckt und die Tür geöffnet. Sofort drängten sie alle hinter ihm her in den Salon. Doch von Duncan war nichts zu sehen.

»Dad? Wo bist du?« Grayson war schon auf dem Weg zur Schlafzimmertür, als dahinter ein lautes Poltern ertönte. Er riss die Tür auf, und Lexie sah Duncan auf dem Boden neben seinem Bett liegen. Er wand sich und stöhnte, schien aber nicht in der Lage, aus eigener Kraft wieder aufzustehen.

»Dad!« Grayson war sofort bei ihm, und auch Doktor Turner drängte sich an Lexie und den beiden alten Damen vorbei und beugte sich zu dem jetzt reglosen Duncan hinunter. Gemeinsam drehten die beiden Männer ihn auf den Rücken, und Lexie hielt den Atem an, während der alte Arzt Duncans Puls fühlte und ihm anschließend mit der flachen Hand gegen die Wange schlug. »Duncan, kannst du mich hören?«

Duncan reagierte nicht.

Agatha drängte jetzt ebenfalls in das Zimmer und trat an den Nachttisch. Sie schob eine halbleere Flasche Whiskey beiseite und griff nach den zahlreichen Blistern, die neben diversen Medikamentenpackungen lagen. Die Tabletten darin fehlten.

»Sieh doch, Clark!«

Der alte Arzt betrachtete ihren Fund sichtlich schockiert. »Verdammt, der Kerl scheint seine gesamte Hausapotheke geschluckt zu haben!«

Agatha sog erschrocken die Luft ein. »Ist das gefährlich?«

Doktor Turner betrachtete die Blister genauer. »Bei der Menge und der Mischung auf jeden Fall. Und der Alkohol verstärkt die Wirkung.« Er wandte sich an Grayson. »Los, hilf mir, ihn in eine stabile Seitenlage zu bringen.«

Sie drehten Duncan so, dass seine Atemwege frei waren.

»Er muss so schnell wie möglich ins Krankenhaus. Am besten mit dem Hubschrauber. Ich werde mal versuchen, einen anzufordern. Vielleicht haben wir ja Glück!« Doktor Turner zückte sein Handy und verließ das Zimmer.

»Das werden wir brauchen«, murmelte Lexie, weil sie wusste, dass die Luftrettung in Irland leider noch keine Selbstverständlichkeit war. Auch die anderen schienen sich darum zu sorgen, wie schnell Duncan Hilfe bekommen würde, denn die

Anspannung im Raum war beinahe fühlbar. Doktor Turner hatte jedoch gute Nachrichten, als er kurze Zeit später zurückkehrte.

»Sie schicken einen Heli«, verkündete er sichtlich erleichtert.

»Können wir ihm irgendwie helfen?« Agatha kniete bei Duncan. »Sollen wir ihn dazu bringen, sich zu erbrechen?«

Doktor Turner schüttelte den Kopf. »Auf keinen Fall. In seinem Zustand wäre das viel zu riskant. Ich überwache seine Vitalfunktionen. Aber wirklich helfen kann man ihm jetzt nur noch im Krankenhaus.«

Fanny schluchzte verzweifelt auf.

»Er schafft es bestimmt«, sagte Lexie, die neben ihr stand. Doch Fanny hörte ihr gar nicht zu, starrte nur auf Duncan.

»Können wir denn gar nichts tun?«, fragte Grayson, sichtlich erregt und nervös. »Ich werde wahnsinnig, wenn ich hier nur rumstehe.«

»Geh raus in den Hof und zeig den Sanitätern den Weg, sobald sie ankommen«, sagte Doktor Turner. »Dann geht es schneller.«

Grayson nickte und lief aus dem Zimmer.

»Vielleicht gehen Sie besser mit, Miss Cavendish«, sagte Agatha, und Lexie folgte der Aufforderung dankbar. Sie fühlte sich mit der Situation überfordert und war froh, gehen zu können.

Als sie den Hof betrat, sah sie, dass der Himmel sich bewölkt hatte. Auch der Wind war deutlich aufgefrischt und fuhr ihr ins Haar, wehte es ihr aus dem Gesicht, während sie durch das Tor in den Außenhof ging. Er war größer als der Innenhof und würde dem Hubschrauber hoffentlich ausreichend Platz zum Landen bieten.

Grayson stand bereits dort und starrte in den verhangenen Himmel. Seine Gesichtszüge wirkten wie versteinert, doch als er Lexie bemerkte und sich zu ihr umdrehte, sah sie an seinem Blick, wie nahe ihm das alles ging. In seinen Augen tobte ein wildes Chaos an Gefühlen, Sorge vor allem, aber auch Wut und Verwirrung.

»Wieso hat er das gemacht?« Die Frage trieb ihn sichtlich um, und Lexie wollte ihm sagen, was sie wusste. Er musste die Wahrheit erfahren, schon damit er nicht auf den Gedanken kam, dass es seine Schuld sein könnte.

»Grayson, ich …« Sie hielt inne, weil in der Ferne das abgehakte Dröhnen von Rotorblättern zu hören war. Kurz darauf kam der rot-weiße Rettungshubschrauber in Sicht und näherte sich rasch.

Über der Burg blieb er einen Moment in der Luft stehen, dann senkte er sich langsam herab. Die Motorgeräusche wurden ohrenbetäubend laut, und der Wind, den der Antrieb verursachte, wirbelte die Erde auf, riss an Lexies Sachen und nahm ihr den Atem.

Zusammen mit Grayson wich sie ein Stück zurück, wartete, bis die Maschine gelandet war. Sobald die Kufen den Boden berührten, gingen die Türen auf, und zwei Sanitäter sprangen heraus. Sie holten eine Trage aus dem Bauch des Helis und folgten dem Notarzt, der ebenfalls ausgestiegen war und auf Grayson und Lexie zulief.

»Kommen Sie, hier entlang«, rief Grayson und zeigte den Männern den Weg in die Burg. Lexie folgte ihnen und hielt sich im Hintergrund, während das Rettungsteam sich an die Arbeit machte.

Der Notarzt ließ sich von Doktor Turner schildern, was passiert war, während er Duncan einen Zugang legte und seine Vitalzeichen überprüfte. Dann leitete er erste Maßnahmen ein, und nur wenige Minuten später transportierten die Männer Duncan auf der Trage zurück zum Hubschrauber. Lexie und die anderen folgten ihnen in den Hof und sahen zu, wie sie alles für den Abflug vorbereiteten. Bevor es losging, kehrte der Notarzt noch einmal zu ihnen zurück.

»Einen Platz hätten wir frei, falls jemand von ihnen mitkommen möchte«, erklärte er, und Lexie rechnete fest damit, dass Agatha die Gelegenheit sofort ergreifen würde.

Doch die alte Dame blickte zu Fanny, so als wollte sie ihrer Schwägerin den Platz im Helikopter überlassen. Fanny war jedoch in Tränen aufgelöst und schien die Frage des Notarztes gar nicht registriert zu haben.

»Jemand sollte bei ihm bleiben. Also flieg mit, Aggy«, drängte Doktor Turner. »Wir kümmern uns um Fanny.«

Agatha nickte und folgte dem Notarzt zum Hubschrauber, dessen Rotorblätter sich langsam wieder zu drehen begannen.

Kurz danach hob die Maschine ab und fegte erneut einen heftigen Wind über den Hof. Das Dröhnen des Motors hallte von den Mauern wider, wurde während des rasanten Aufstiegs jedoch schnell leiser und hinterließ schließlich eine beinahe unheimliche Stille, als der Helikopter endgültig aus ihrem Blickfeld und ihrer Hörweite verschwunden war.

»Mein Duncan«, jammerte Fanny und blickte flehend zu Doktor Turner auf. »Ihm darf nichts passieren, Clark. Nicht ihm. Er muss es schaffen.«

Der alte Arzt legte ihr den Arm um die Schultern. »Er ist in guten Händen. Mach dir keine Sorgen.«

Seine Worte schienen sie nicht zu beruhigen, denn sie hob erneut den Kopf und starrte in den Himmel. »Ich habe den Jungen im Stich gelassen«, sagte sie mit zitternder Stimme. »Ich war nicht für ihn da. Ich hätte für ihn da sein müssen.«

»Ach, Fanny, das ist doch Unsinn. Du warst sein ganzes Leben lang immer für ihn da.« Doktor Turner lächelte sie aufmunternd an. »Komm, wir gehen zurück. Du solltest dich nach diesem Schock erst mal hinlegen.«

Fanny schüttelte den Kopf, wehrte sich jedoch nicht, als er

sie wieder in Richtung Torbogen schob. Dabei murmelte sie irgendetwas vor sich hin.

Im Haus verschwand der alte Arzt mit Fanny in deren Räumen und ließ Lexie und Grayson im Flur zurück. Erschüttert und noch ganz überwältigt von dem, was gerade passiert war, ging Lexie in die Küche und sank auf einen der Stühle. Grayson folgte ihr, lief jedoch direkt weiter in die angrenzende Vorratskammer. Als er wieder herauskam, hielt er eine Flasche Whiskey in der Hand.

»Willst du auch was?«, fragte er.

Lexie schüttelte den Kopf und sah zu, wie er zwei Daumenbreit der goldbraunen Flüssigkeit in ein Glas füllte. Dann setzte er sich ihr gegenüber und starrte in seinen Drink.

»Er wird es schaffen, oder?«, fragte Lexie beklommen.

Grayson zuckte mit den Schultern. »Wenn, dann nur dank dir. Hättest du seine Nachricht nicht richtig gedeutet und sofort reagiert …« Er brach ab und schüttelte den Kopf. »Ich hätte ihn nicht so angreifen dürfen. Aber ich konnte doch nicht ahnen, dass er dann gleich so etwas macht.«

»Er hat es nicht deinetwegen getan«, sagte Lexie, aber Grayson hörte ihr gar nicht zu, schien ganz in Gedanken versunken.

»Ich verstehe es einfach nicht. Wieso nimmt er Tabletten? Wenn ihm was passiert, fällt die Burg an mich. Das muss ihm doch klar sein.«

Lexie schluckte. »Ich denke, das Ganze war eine Kurzschlussreaktion. Und wahrscheinlich hatte er dabei genau diesen Gedanken im Kopf.«

»Dass ich Dunmor bekomme, wenn er stirbt?« Jetzt hatte sie endlich Graysons Aufmerksamkeit, denn er sah sie irritiert an. »Das ist doch absurd. Wenn er das wollte, dann hätte er doch bloß mein Angebot annehmen müssen. Ich habe es vorhin noch mal erneuert, aber er hat mir nicht mal richtig zugehört. Er meinte nur, dass es nichts wird mit dem Wohnrecht, und ist gegangen. Ich wollte mit ihm reden, wollte ihn überzeugen, aber er hat mich einfach stehen lassen und ist in seinem Zimmer verschwunden. Ich dachte, er unterschreibt jetzt den Vertrag mit deinem Boss. Ich war wütend und habe ihm schlimme Dinge nachgebrüllt.« Grayson trank noch einen großen Schluck Whiskey. »Verdammt, Lexie, wenn er stirbt, dann …«

Er beendete den Satz nicht, und sie sah die Qual in seinem Gesicht. Egal, was zwischen den beiden vorgefallen war, Duncan blieb Graysons Vater, und er wollte ihn nicht verlieren. Aus einem Impuls heraus streckte sie die Hand aus und legte sie auf seine.

»Dein Vater wollte dich nicht bestrafen. Er hat nur keinen anderen Ausweg mehr gesehen.«

Grayson runzelte die Stirn, weil ihm offenbar dämmerte, dass sie mehr wusste als er. »Was soll das heißen?«

Sie zog ihre Hand wieder zurück. »Dass du recht hattest. Andrew hat deinen Vater erpresst.«

Der Ausdruck in seinen Augen änderte sich, wurde grimmig. »Was?«

Sie holte noch einmal tief Luft und erzählte ihm alles, was sie von Andrew erfahren hatte. Während sie sprach, sprang Grayson auf und begann, in der Küche auf und ab zu laufen.

»Dieser verdammte Bastard! Ich wusste, dass er etwas im Schilde führt. Aber auf so etwas Hinterhältiges wäre ich nicht gekommen!« Er ballte die Hände zu Fäusten. »Wenn mein Vater stirbt, dann ist dein Boss daran schuld, hörst du? Dann hat er ihn auf dem Gewissen. Und du auch! Wie konntest du es so weit kommen lassen? Wieso hast du nichts gesagt, wenn du schon die ganze Zeit wusstest, dass …«

»Ich wusste es nicht«, unterbrach Lexie ihn. »Andrew hat es mir eben erst gestanden. Ich hatte keine Ahnung!«

Grayson schnaubte verächtlich. »Und das soll ich dir glauben?«

»Das ist die Wahrheit«, verteidigte sie sich. »Ich habe wirklich nicht geahnt, dass Andrew zu solchen Mitteln greift. So etwas hätte ich ihm niemals zugetraut. Und es stimmt nicht mal. Er hat gar nichts gegen deinen Vater in der Hand. Es ist eine leere Drohung, mehr nicht!«

Grayson schnaubte. »Und das macht es besser? Es bleibt eine Erpressung, Lexie. Aber du findest vermutlich einen Weg, ihn weiter als guten Menschen zu sehen. Du lässt ja nichts auf ihn kommen, also wird das wohl nicht reichen, um dich zu überzeugen.«

Seine Stimme klang sarkastisch, und Lexie fühlte sich auf unangenehme Weise ertappt. Sie hatte Andrew wirklich die ganze Zeit über verteidigt, zu Anfang aus Überzeugung, am Ende aus Reflex. Grayson hatte es geschafft, Zweifel in ihr zu säen, und es war reiner Selbstschutz gewesen, darauf zu bestehen, dass er sich irrte. Sie hatte nicht glauben *wollen*, dass seine Behauptungen stimmten, vielleicht weil ihr immer klar gewesen war, dass sie dann vor einer schwerwiegenden Entscheidung stand.

Hilflos sah sie Grayson an, weil sie nicht wusste, wie sie ihren Fehler wiedergutmachen sollte. »Es tut mir leid. Ich wusste es wirklich nicht«, sagte sie leise, aber sein Blick wurde nicht milder.

»Bist du tatsächlich so naiv, Lexie? Oder war das von Anfang an der Plan? Solltest du mich ablenken mit deiner unschuldigen Art, damit ich die Machenschaften deines Chefs nicht durchschaue? Wenn ja, dann kann ich dir nur applaudieren. Das hast du ganz hervorragend gespielt! Ich bin jedenfalls voll drauf reingefallen.«

»Ich habe dir nichts vorgespielt«, versicherte sie ihm. »Bitte, das musst du mir …«

»Grayson?« Doktor Turner betrat die Küche und wollte etwas sagen, hielt jedoch inne, weil er die angespannte Stimmung zu spüren schien, die zwischen ihnen herrschte. »Oh, ich wollte nicht stören.«

»Gibt es Neuigkeiten?«, fragte Grayson besorgt.

Der alte Arzt nickte und reichte ihm das Telefon, das er in der Hand hielt. »Deine Großmutter ist dran. Sie will mit dir sprechen.«

Mit versteinerter Miene nahm Grayson das Gespräch entgegen, und Lexie hielt den Atem an, weil sie das Schlimmste befürchtete. Doch dann entspannten sich seine Gesichtszüge wieder.

»Gott sei Dank«, sagte er und hörte noch eine Weile zu, bevor er das Gespräch beendete.

»Geht es deinem Vater besser?«, fragte sie, um ganz sicherzugehen, dass sie seine Reaktion richtig interpretiert hatte.

Er nickte. »Dad kommt durch.«

Ihre Blicke trafen sich, und für einen kurzen Moment hatte Lexie das Gefühl, keinen Boden mehr unter den Füßen zu haben. Sie wäre so gerne zu ihm gelaufen und hätte ihn umarmt, weil das wirklich gute Neuigkeiten waren. Aber sie hatte kein Recht dazu, und die Erkenntnis tat weh.

»Das … freut mich.«

Er hielt ihren Blick fest. »Andrew wird die Burg nicht bekommen, Lexie. Jetzt nicht mehr. Dafür werde ich sorgen.« Er zögerte ganz kurz. »Und was dich angeht …«

»Ich sollte gehen«, unterbrach sie ihn, weil sie ahnte, was er ihr sagen wollte.

Ein Muskel zuckte in seiner Wange, als er stumm nickte.

Lexie schluckte mühsam. »Okay. Dann … packe ich meine Sachen.« Sie erhob sich und verließ die Küche, ohne ihn noch einmal anzusehen.

Draußen im Flur blieb sie stehen und hielt sich die Hand vor den Mund, um das Schluchzen zu unterdrücken, das in ihr hochdrängte. Tränen liefen ihr über die Wangen, und der

Schmerz in ihrer Brust nahm ihr den Atem, während sie hastig weiterlief, weg von der Küche, in der Grayson dem alten Arzt sicher gerade von der Erpressung berichtete.

Natürlich wollte er unter diesen Umständen nicht mehr, dass sie blieb. Schließlich arbeitete sie für den Mann, der seinen Vater mit seinen Machenschaften in einen Selbstmordversuch getrieben hatte. Das würde er ihr niemals verzeihen.

Und Andrew wird mir nicht verzeihen, dass ich ihn verraten habe, dachte sie, während sie die Treppe hinauflief und auf ihre Zimmertür zuging. Wahrscheinlich würde er sie fristlos entlassen. Aber das spielte keine Rolle, denn sie konnte auf keinen Fall mehr für ihn arbeiten. Jetzt nicht mehr …

Ein Geräusch schreckte sie aus ihren Gedanken, und als sie sich überrascht umwandte, sah sie gerade noch, wie die Tür am anderen Ende des Flures wieder ins Schloss fiel. War da jemand gewesen? Aber wer?

Grayson und Doktor Turner waren unten in der Küche, und sonst befand sich niemand in der Burg außer Fanny, die eigentlich im Bett liegen sollte. War sie doch wieder aufgestanden?

Lexie überlegte, ob sie zurückgehen und Grayson Bescheid sagen sollte. Aber sie wollte ihm nicht mehr unter die Augen treten. Außerdem irrte sie sich vielleicht, und die Tür war aus einem anderen Grund zugefallen. Deshalb beschloss sie, selbst nachzusehen, bevor sie irgendjemanden alarmierte.

Sie lief zu der Tür, hinter der ein schmales, wendelartiges Steintreppenhaus lag, und lauschte in die Stille. Waren das nicht Schritte, die sich entfernten? Sie schienen von unten zu kommen, deshalb stieg Lexie die Treppe hinunter zurück ins Erdgeschoss. Sie befand sich jetzt in dem Teil der Burg, in dem der Festsaal lag, und als sie ihn betrat, sah sie gerade noch, wie die Tür auf der anderen Seite zufiel.

Schnell durchquerte sie den großen Saal, vorbei an der Reihe von Ritterrüstungen, die ihr schon mal einen gehörigen Schrecken eingejagt hatten. Jetzt wirkten sie zwar nicht unheimlich, sondern glänzten im Abendlicht, das durch die großen Fenster hereinfiel. Doch Lexie musste trotzdem an die Nacht denken, in der sie Fanny durch die halbe Burg verfolgt hatte. Es war fast wie ein Déjà-vu, denn sie war ziemlich sicher, dass sie schon wieder Graysons Großtante folgte. Wer sollte es auch sonst sein?, dachte sie und ignorierte den Schauer, der ihr über den Rücken lief.

Als sie das andere Ende des Saals erreicht hatte und die Tür öffnete, hörte sie wieder Schritte und folgte ihnen auf gut Glück, bis sie schließlich vor der schweren Holztür stand, die in den Wehrturm führte. Schon wieder der Turm, dachte sie beklommen und zögerte einen Moment. Dann zog sie die Tür auf und spähte in den großen runden Raum. Diesmal konnte sie keine Schritte mehr hören.

»Miss O'Donnell?« Sie trat in den Wehrturm und blickte hinauf zu dem Loch, das in der Decke klaffte. »Sind Sie hier?«

Ein leises Geräusch drang an ihr Ohr, verstummte jedoch wieder. Angespannt lauschte Lexie in die Stille. Da war es wieder – ein Rascheln und dann ein leises Wimmern. Aber es schien weder von oben noch aus dem Keller zu kommen.

Irritiert sah Lexie sich um. Der Raum war leer oder zumindest fast. Es lehnten nur ein paar Bretter an der Wand direkt gegenüber der Treppe, die hinunter in den Dienstbotentunnel führte. Aber wenn hier niemand war, woher kam dann das Wimmern, das Lexie jetzt wieder deutlich hörte?

Sie trat näher an die Bretter heran und bemerkte erst jetzt, dass sie anders angeordnet waren. Sie lehnten nicht mehr übereinander wie damals bei ihrer ersten Begehung des Turms, sondern standen nebeneinander, und als Lexie genauer hinsah, erkannte sie, dass ein Teil davon eine sehr grob zusammengezimmerte Tür bildete, hinter der ein schwaches Licht schimmerte.

Wie konnte ich das übersehen?, dachte sie und rief sich die Pläne der Burg in Erinnerung. Sie war sicher, dass an dieser Stelle kein weiterer Raum verzeichnet war, und auch Duncan hatte sie bei ihrer Führung nicht darauf aufmerksam gemacht.

Vorsichtig, weil sie keine Ahnung hatte, was sie dahinter erwartete, öffnete sie die Tür und blickte in einen fensterlosen Raum, der nicht besonders groß war und ursprünglich vielleicht als eine Art Lagerraum gedient hatte.

Die Wände waren aus den gleichen dicken Steinen wie der Wehrturm, allerdings unterschied sich ein schmaler Streifen an der linken Seite der hinteren Mauer ein wenig von den anderen. Dort hatten die Steine eine etwas andere Beschaffenheit und eine hellere Farbe, so als hätte man nachträglich etwas zuge-mauert. Der Streifen reichte jedoch vom Boden bis zur Decke, deshalb schien es keine Tür gewesen zu sein.

Vor der Mauer stand eine kleine Gaslaterne, die den Raum erleuchtete. Und neben der Lampe saß Fanny O'Donnell, mit dem Rücken zu Lexie, und starrte auf den helleren Streifen.

Sie trug das Kleid, in dem Lexie sie vorhin schon gesehen hatte, und hockte genau wie in der Nacht, in der Lexie beinahe abgestürzt war, mit angezogenen Knien da und wippte leicht vor und zurück. Dabei murmelte sie etwas Unverständliches.

»Was machen Sie denn hier? Sie holen sich ja den Tod!« Lexie kniete sich neben die alte Dame und legte ihr eine Hand auf den Arm. »Kommen Sie, ich bringe Sie zurück in Ihr Zimmer.«

»Nein.« Fanny wehrte sie ab und blieb sitzen, wippte weiter vor sich hin. »Ich will bei George sein. Er ist sonst so allein.«

»George?« Lexie runzelte besorgt die Stirn. Sie erinnerte sich, dass das der Name von Fannys Exverlobtem war, der in ihrem Leben schon seit einer Ewigkeit keine Rolle mehr spielte. Offenbar war die alte Dame wieder verwirrt und konnte die Realität nicht von ihren Erinnerungen unterscheiden. »Aber

George ist nicht hier, Miss O'Donnell. Er hat Sie schon vor vielen Jahren verlassen, wissen Sie nicht mehr?«

Fanny schüttelte den Kopf, und als sie Lexie ansah, war der Ausdruck in ihren Augen überraschend klar.

»Er hat mich nicht verlassen«, sagte sie und klopfte auf die Steine. »Er ist hier. Hinter dieser Wand.«

Sie klang so überzeugt, dass Lexie irritiert die Stirn runzelte. »Wie kommen Sie denn darauf?«

»Weil ich ihn dort eingemauert habe«, sagte Fanny und begann zu weinen.

20

Lexie starrte auf den Teil der Wand, der nachträglich eingefügt worden war. Aber diese Mauer hatte doch sicher nicht Fanny hochgezogen. Oder doch?

Ein Schauer lief ihr über den Rücken. »Das ist doch Unsinn, Miss O'Donnell. Das bilden Sie sich ein.«

Fanny schien sie gar nicht zu hören.

»Ich habe George vertraut«, sagte sie, ganz in Erinnerungen versunken. »Ich dachte, er liebt mich. Aber ihm war die Freiheit Irlands wichtiger. Dafür wollte er kämpfen. Nicht für uns. Nicht für mich.«

Lexie dachte an das, was Agatha über Fannys Verlobten erzählt hatte. »George war bei der IRA, nicht wahr?«

Fanny nickte. »Aber das durfte ich niemandem sagen. Nicht mal meinem Bruder oder Agatha. Ich durfte George doch nicht verraten.«

Lexie rief sich in Erinnerung, was sie über die irische Untergrundorganisation wusste, die nach dem Zweiten Weltkrieg bis Mitte der 1990er-Jahre für eine Wiedervereinigung Irlands mit Nordirland gekämpft hatte. Dabei war es zu gewaltsamen Aktionen auf beiden Seiten gekommen, die zu heftigen Auseinandersetzungen geführt hatten. Wenn George also wirklich zur IRA gehört hatte, dann hätte er damals jederzeit verhaftet werden können und war deshalb vielleicht untergetaucht. Diesen Verdacht hatte Agatha jedenfalls geäußert. Doch nach dem, was Fanny gerade behauptet hatte, gab es für sein Verschwinden vielleicht noch einen ganz anderen Grund.

»Was ist damals passiert, Miss O'Donnell?«, fragte sie beklommen.

Fanny wippte immer noch vor und zurück. »George hat die Verlobung gelöst. Weil es zu gefährlich für mich wäre, hat er gesagt. Und dass er mich vor den Konsequenzen seines Handelns schützen müsste. Er meinte, dass es besser für mich wäre, wenn er geht.« Sie wischte sich mit dem Handrücken über die Augen. »Ich war verzweifelt, nachdem er weg war. Ich wusste nicht, was ich tun sollte. Doch dann, als ich schon glaubte, er hätte mich vergessen, kam er plötzlich zurück, heimlich, als Agatha und Arthur nicht da waren. Ich dachte, er hätte es sich überlegt. Aber er wollte etwas ganz anderes.«

»Was denn?«, fragte Lexie beklommen.

»Er brauchte ein Versteck. Eins, das ganz sicher war. Und da fielen mir die beiden Geheimräume ein.« Fanny deutete auf den schmalen Streifen mit den andersartigen Steinen. »Dort war früher ein Durchgang in eine zweite kleine Kammer, und ich dachte, dass seine Sachen dort gut verwahrt wären. Schließlich sucht niemand an einem Ort, den es offiziell gar nicht gibt.«

Lexie dachte an den Grundriss der Burg, in dem die hintere Kammer ebenfalls nicht auftauchte. Es war wirklich das perfekte Versteck.

»George war handwerklich nicht sehr geschickt«, fuhr Fanny fort. »Aber ich schon. Wenn man auf einer Burg aufwächst, dann lernt man, wie man mit Steinen und Mörtel umgeht. Ich habe ihm gesagt, dass seine Sachen sicher sind, wenn wir sie hier einmauern. Er sollte mir helfen, und das hat er auch getan, jedenfalls für eine Weile. Aber dann hatte er es plötzlich eilig. Er sagte, dass er Ärger hat und dringend verschwinden muss.« Sie schluchzte erneut auf. »Verstehen Sie? Er wollte mich wieder verlassen. Obwohl ich ihm gesagt habe, wie dringend ich ihn brauche. Das hat mich so wütend gemacht. Also habe ich dafür gesorgt, dass er bleibt.« Fanny wischte sich die Tränen mit dem Handgelenk ab und sah Lexie plötzlich mit einer unheimlich wirkenden Ruhe an. »Ich besuche ihn jetzt wieder ganz oft. Damit er nicht so allein ist, wie ich es ohne ihn war.«

Lexies Herz klopfte wild. Sie hatte keine Ahnung, ob das alles ein Hirngespinst einer verwirrten alten Frau war oder ob hinter der Wand tatsächlich die sterblichen Überreste des ominösen George lagen. In jedem Fall schien diese vermeintliche Geheimkammer der Grund für Fannys nächtliche Wanderungen gewesen zu sein. Hierher zog es sie, wenn sie durch die Burg geisterte. Und Grayson und die anderen hatten das bestimmt gewusst …

»Fanny?« Schritte erklangen draußen vor der Kammer, und einen Augenblick später riss Grayson die Brettertür auf.

»Grayson!« Die alte Frau streckte ihm die Arme entgegen. »Es ist meine Schuld, Grayson! Duncan hätte die Wahrheit erfahren müssen. Wenn ich ehrlich zu ihm gewesen wäre, dann hätte er vielleicht nicht so etwas Dummes getan.« Sie brach erneut in Tränen aus.

»Das war nicht deine Schuld.« Grayson setzte sich neben sie und zog sie in seine Arme, strich ihr beruhigend über den Rücken. »Außerdem geht es ihm besser. Er wird durchkommen.«

Fanny weinte leise in seinen Armen, und er blickte über ihren Kopf hinweg zu Lexie. In seinen Augen stand eine Mischung aus Sorge und Panik.

»Was hat sie dir erzählt?«

»Dass sie ihren Verlobten eingemauert hat«, sagte Lexie. »Das meint sie nicht ernst, oder? Sie bildet sich das ein.«

Wieder erklangen Schritte im Wehrturm, und diesmal steckte Doktor Turner den Kopf durch den Türeingang.

»Mein Gott, Fanny!« Er warf Lexie einen erschrockenen Blick zu, als er sie bemerkte. Dann konzentrierte er sich auf die alte Dame. »Du solltest doch im Bett bleiben!«

Fanny schniefte immer noch, ließ sich jedoch von ihm aufhelfen.

»Was machst du denn für Sachen?«, schimpfte der alte Arzt. »Wir haben uns Sorgen um dich gemacht, als wir gemerkt haben, dass du nicht mehr da bist.« Er wirkte sehr nervös und suchte Graysons Blick, bevor er sich Lexie zuwandte. »Wie haben Sie Fanny gefunden?«

Seine Frage klang vorwurfsvoll, so als hätte sie kein Recht gehabt, in diesen Raum einzudringen.

»Als ich in mein Zimmer gehen wollte, hörte ich jemanden durch den Flur laufen«, erklärte sie. »Ich nahm an, dass es Fanny ist, und dachte, es wäre besser, wenn ich ihr folge und sie zurückbringe. Und dann habe ich sie hier gefunden.«

Fanny hörte auf zu weinen und blickte zu Doktor Turner auf. »Ich kann nicht gehen, Clark. Ich muss hier bleiben, sonst ist George …«

»Miss Cavendish hat ganz recht«, unterbrach er sie hastig. »Du solltest hier nicht herumlaufen, sondern dich wieder hinlegen.«

»Aber …«, protestierte Fanny.

»Komm, ich erzähle dir, was Agatha über Duncans Zustand berichtet hat. Das willst du doch wissen, oder?«

Fanny nickte und ließ sich von ihm wegführen.

An der Tür blieb der alte Arzt stehen und tauschte einen weiteren nervösen Blick mit Grayson. Dann verließ er zusammen mit Fanny den Raum, und man hörte ihn leise auf sie einreden, während ihre Schritte sich entfernten.

Für einen Moment herrschte Stille in der Kammer.

»Du hast mir noch nicht geantwortet«, sagte Lexie zu Grayson. »Ist es eins von Fannys Hirngespinsten, dass ihr Verlobter hinter dieser Wand liegt?«

Er sah sie lange an, dann stieß er die Luft aus und lehnte den Kopf gegen die Mauer, starrte zur Decke. »Ich weiß es nicht.«

»Das heißt, es könnte stimmen?«, fragte sie entsetzt.

Er drehte den Kopf wieder in ihre Richtung, und als sie die Verzweiflung in seinen Augen sah, wurde ihr plötzlich klar, wie das alles zusammenhing.

»Darum geht es also die ganze Zeit! Deshalb habt ihr um Fannys nächtliche Wanderungen ein so großes Geheimnis gemacht. Weil niemand darauf kommen sollte, wohin sie geht und warum. Und deshalb willst du auch nicht, dass Andrew die Burg bekommt. Weil du Angst hast, dass er bei der Renovierung auf diesen Raum stoßen und herausfinden könnte, was er verbirgt.«

Er nickte. »Es sollte nicht herauskommen. Jedenfalls nicht bevor …«

»Bevor was?«, fragte Lexie, als er nicht weitersprach. »Bevor du nachgesehen hast, was hinter der Mauer ist?« Sie schüttelte den Kopf. »Warum hast du das nicht längst getan?«

»Weil ich erst seit Kurzem davon weiß«, erwiderte er. »Meine Großmutter rief mich an, nachdem sie erfahren hatte, dass Duncan die Burg an Howard Enterprises verkaufen will. Sie hatte vorher schon mal Andeutungen gemacht, dass Dunmor nicht in fremde Hände fallen darf, aber das habe ich nicht ernst genommen. Ich dachte, sie hätte lediglich sentimentale Gründe dafür. Erst als ich von dieser Geschichte erfuhr, wurde mir klar, wie ernst die Lage ist.«

Langsam formte sich in Lexies Kopf ein Bild von der Situation. Es erklärte, wieso Grayson die ganze Zeit so angespannt gewesen war – und warum er nicht gewollt hatte, dass sie sich den Wehrturm zu genau ansah. Das alles ergab jetzt einen Sinn.

Es war gar nicht darum gegangen, ihr das Leben schwer zu machen und Andrew auszustechen. An der Entscheidung, wer die Burg bekam, hing viel mehr, und Lexie erkannte plötzlich, unter welchem Druck Grayson stand.

»Dann weiß deine Großmutter es schon länger? Und Doktor Turner auch?«

Wieder nickte Grayson. »Fanny hat Grandma gegenüber immer mal wieder behauptet, dass George sie gar nicht verlassen hätte, sondern noch da sei. Aber es gab keinen Hinweis darauf, dass die beiden weiterhin Kontakt hatten, und Fanny hat unter der Trennung extrem gelitten. Deshalb hat Grandma das als Einbildung abgetan und es auf sich beruhen lassen – bis Fanny plötzlich behauptete, sie hätte George hier hinter der Wand eingemauert.«

»In einer zweiten Kammer, die es offiziell genauso wenig gibt wie diese.« Lexie hob die Augenbrauen. »Seid ihr denn sicher, dass hinter der Wand noch etwas ist? Vielleicht hat Fanny sich das ja alles nur ausgedacht.«

Grayson seufzte. »Leider nein. Der Duke of Bedford hat die beiden Räume damals einbauen, aber nicht in den Grundriss aufnehmen lassen. Du weißt doch, wie spleenig er war. Offenbar gefiel ihm der Gedanke an einen Geheimraum hinter dem Geheimraum. Die beiden Kammern waren durch die schmale Lücke im Mauerwerk verbunden. Angeblich hat der Duke sich gerne in der zweiten Kammer versteckt und ist plötzlich hinter der Mauer hervorgetreten, um Leute zu erschrecken.« Er verzog den Mund. »Vorzugsweise Frauen, nehme ich an. Das scheint ja so etwas wie sein Hobby gewesen zu sein.«

Lexie dachte an die Stelle oben am Wehrgang, wo ein Teil der Außenmauer fehlte. Auch das ging auf das Konto des exzentrischen Adligen, der Dunmor Castle in seiner jetzigen Form erbaut hatte. Offenbar hatte der Duke ein Faible für skurrile bauliche Scherze gehabt.

»Und was hat deine Großmutter getan, als Fanny behauptet hat, dass George hier liegt?«

»Erst mal gar nichts«, sagte Grayson. »Sie hat es weiterhin für ein Hirngespinst gehalten, aber irgendwann hat sie nachgesehen und dieses Mauerstück entdeckt, das vorher nicht da war. Mein Großvater war damals schon sehr krank, und Grandma wollte ihn mit ihrem Verdacht, dass an Fannys Geschichte etwas dran sein könnte, nicht belasten. Sie hat Fanny erklärt, dass sie so etwas Grandpa gegenüber nicht behaupten darf, weil sie ihn sonst aufregt, und Fanny hat sich daran gehalten. Tatsächlich hat sie George danach eine ganze Weile nicht mehr erwähnt. Erst um die Zeit herum, als deine Mutter hier arbeitete, fing sie wieder davon an. Grandma hat Angst bekommen und sich schließlich Doktor Turner anvertraut. Clark war eigentlich sicher, dass es sich um eine Psychose handelte, weil Fanny auch andere Anzeichen dafür zeigte. Aber ganz ausschließen konnte er nicht, dass sie die Wahrheit sagt. Deshalb wollte er sie auch nicht zu einem Spezialisten schicken, aus Sorge, dass man ihr dort Glauben schenken und der Sache nachgehen würde. Stattdessen hat er sie selbst therapiert, und tatsächlich mit Erfolg. Fanny verhielt sich irgendwann wieder ganz normal und sprach nicht mehr von George, was Grandma sehr erleichterte. Vor etwa einem halben Jahr fing sie jedoch wieder davon an, und es wurde schlimmer denn je. Es gibt Zeiten, da reagiert sie ganz normal, und andere, wo sie regelrecht besessen ist von George. Sie spricht dann nicht nur über ihn, sondern auch mit ihm, so als wäre er da. Manchmal ist sie so verwirrt, dass sie durch die Burg irrt und ihn sucht, dann wieder hockt sie hier vor der Mauer und ist nur sehr schwer zu überreden, die Kammer zu verlassen. Zum Glück passiert das meistens nachts, und es sind selten Fremde auf der Burg. Dadurch konnten wir es bis jetzt geheim halten.«

Lexie runzelte die Stirn. »Aber Doktor Turner und Agatha

waren doch kürzlich mit Fanny bei einem Spezialisten, oder nicht?«

»Stimmt, das war Clarks Idee«, bestätigte Grayson. »Er wusste einfach nicht mehr weiter und wollte doch lieber die Meinung eines Kollegen einholen. Natürlich ohne ihm den realen Hintergrund seiner Sorgen zu schildern und in der Hoffnung, dass dieser Fannys Geschichte nicht ernst nehmen würde. In der Praxis hat Fanny jedoch total dichtgemacht. Sie verlässt die Burg nicht gerne und hat zu Fremden kein Vertrauen, deshalb fand der Arzt keinen neuen Behandlungsansatz.«

Lexie schwieg für einen Moment, während sie versuchte, das Gehörte zu verarbeiten.

»Und warum haben deine Großmutter und der Doc nicht längst nachgesehen? Das wäre doch die einfachste Methode gewesen, um Fannys Behauptung zu überprüfen.«

Grayson stieß die Luft aus. »Genau das habe ich Grandma auch gefragt. Sie meinte, dass sie beide zu große Angst davor gehabt hätten, was sie finden würden. Solange die Mauer steht, gibt es die Möglichkeit, dass Fanny sich das alles einbildet, und ich glaube, daran wollten sie nicht rühren. Wenn sie sicher gewesen wären, dass hinter diesen Steinen eine Leiche liegt, dann wäre ihnen nichts anderes übrig geblieben, als zu handeln. So konnten sie sich damit trösten, dass es vielleicht gar nicht stimmt.«

»Und was ist, wenn es stimmt? Dann hat Fanny einen Menschen auf dem Gewissen«, erinnerte ihn Lexie. »Ganz zu schweigen von dem Leid für Georges Familie. Vielleicht fragen seine Angehörigen sich schon ganz lange, was aus ihm geworden ist, und machen sich Sorgen.«

»George hatte keine Familie«, erwiderte Grayson. »Seine Eltern sind früh gestorben, Geschwister gab es keine, und seine Freunde waren alle davon überzeugt, er sei ins Ausland geflohen, weil er damals Ärger mit der Polizei hatte. Gesucht hat jedenfalls niemand nach ihm, was Grandma als weiteres Zeichen dafür gedeutet hat, dass Fanny sich das alles einbildet.« Er zuckte mit den Schultern. »Und das kann ja auch sein. Wahrscheinlich führt George irgendwo am anderen Ende der Welt ein glückliches und zufriedenes Leben, und wir wissen nur nichts davon.«

Lexie dachte an ihre Mutter, die genau das angeblich auch tat. Niemand hatte sie seit jenem Sommertag gesehen oder je wieder etwas von ihr gehört. Trotzdem gingen alle davon aus, dass sie noch lebte. Doch wie wahrscheinlich war es, dass jemand einfach so von der Bildfläche verschwand, ohne die geringste Spur zu hinterlassen?

»Und wenn nicht? Was, wenn sie es doch getan hat? Ihr könnt das nicht einfach unter den Tisch kehren, Grayson!«

»Ich weiß, dass ich nachsehen muss. Aber ich hatte Angst davor, was es in Fanny anrichtet, wenn die Mauer plötzlich fehlt.« Er fuhr sich mit der Hand durchs Haar, als Lexie ihn weiter durchdringend ansah. »Okay, ja, vielleicht fürchte ich mich auch vor der Wahrheit. Weil die Konsequenzen für Fanny so furchtbar wären. Wir würden sie verlieren. Deshalb klammere ich mich wie die anderen an die Hoffnung, dass es nur eine fixe Idee von ihr ist.«

Er zuckte mit den Schultern und sah so ratlos aus, dass es Lexie ins Herz schnitt. Sie verstand die Beweggründe für sein Handeln jetzt viel besser. Eins jedoch war ihr immer noch ein Rätsel.

»Und Duncan war die ganze Zeit über nicht eingeweiht? Wieso durfte er von dieser Sache nichts wissen?«

»Ich weiß es nicht genau«, gestand Grayson. »Fanny wollte das auf gar keinen Fall. Du hättest sie sehen sollen, als ich ihr vorgeschlagen habe, es Dad zu sagen. Sie wurde so bleich, dass ich dachte, sie fällt auf der Stelle um. Ich musste ihr schwören zu schweigen, und weil Grandma und Clark Angst um sie haben, wollten sie Dad da ebenfalls raushalten.« Er zuckte mit den Schultern. »Dad weiß auch bis heute nichts von diesem Raum. Ich habe die Tür irgendwann als Kind zufällig beim Spielen entdeckt. Damals stand der Wehrturm noch voller Sachen, und ich fand es spannend, hier auf Entdeckungstour zu gehen. Sonst wäre ich wahrscheinlich nicht darauf gestoßen. Als ich Fanny und Agatha davon erzählte, haben sie mir verboten, es Dad zu sagen. Sie meinten, es wäre unser Geheimnis, und da ich ihnen immer viel näher stand als ihm, habe ich mich daran gehalten. Es erschien mir nicht so wichtig, und mit den Jahren habe ich sogar vergessen, dass der Raum überhaupt existiert. Es war ja nichts Spannendes drin.« Er verzog den Mund. »Dachte ich jedenfalls.«

Lexie runzelte die Stirn. Deshalb also hatte Duncan auf seiner Führung diesen Raum nicht erwähnt. Was schon ein bisschen merkwürdig war. Wieso hielten die O'Donnell-Frauen so viel von ihm fern? Gab es dafür einen Grund?

»Was wirst du jetzt tun?«, fragte Grayson, und sie sah die Sorge in seinem Gesicht. Fanny bedeutete ihm viel, und ihr Schicksal lag jetzt in Lexies Hand. Sie kannte das Geheimnis der Burg und musste entscheiden, was sie mit diesem Wissen anfing. »Gehst du zur Polizei?«

Diese Möglichkeit schien er zu Recht besonders zu fürchten, denn Sergeant Sumner würde gezwungen sein, der Sache nachzugehen, wenn Lexie ihm davon berichtete. Und genau das hätte sie wohl auch für das Richtige gehalten, wenn sie den O'Donnells und vor allem Grayson während der vergangenen Woche nicht so nahgekommen wäre. So wie die Dinge standen, gab es jedoch nur eine Lösung, die ihr sinnvoll erschien. Deshalb erhob sie sich.

»Ich werde gar nichts tun, sondern wir beide zusammen«, sagte sie. »Aber dafür brauchen wir Werkzeug.«

Grayson stand ebenfalls auf. »Soll das heißen …?«

Sie nickte. »Wir schauen nach, was sich hinter dieser Mauer verbirgt. Und dann sehen wir weiter.«

21

Grayson setzte den Meißel des Akku-Schlagbohrhammers erneut an die Mauer und bearbeitete damit die Steine. Er trug Arbeitshandschuhe, eine Schutzbrille und eine Atemschutzmaske gegen den Staub, aber Lexie fand, dass er trotzdem noch ziemlich sexy aussah.

Sie stand vor der Kammer, wohin Grayson sie aus Sicherheitsgründen verbannt hatte, und betrachtete im Licht der zusätzlichen Lampen, die sie aufgestellt hatten, seine breiten Schultern und das Spiel seiner Muskeln unter dem dünnen Stoff seines eng anliegenden T-Shirts. Er hatte ihr erzählt, dass er früher eine Weile auf dem Bau gearbeitet hatte, und sie überlegte, ob er seine beeindruckende Statur vielleicht dieser körperlichen Arbeit verdankte. Tatsächlich war sie so versunken in seinen Anblick, dass sie kaum registrierte, dass er den Bohrhammer sinken ließ. Erst als er sich zu ihr umdrehte, schreckte sie auf.

»Was ist los?«

Er streifte sich die Maske ab und brauchte einen Moment, bis er wieder zu Atem kam. »Der Akku lässt nach. Ich glaube nicht, dass ich damit noch lange weitermachen kann.«

Die Anstrengung, die ihn die bisherige Arbeit gekostet hatte, war ihm anzusehen, aber als Lexie die Mauer betrachtete, fand sie, dass es sich gelohnt hatte.

In dem Stück, das nachträglich eingefügt war, klaffte bereits ein längliches, halbrundes Loch. Grayson hatte an der Stelle, wo die neu eingefügte Mauer auf die seitliche Wand traf, mit dem Aufstemmen begonnen. Mit dem Schlagbohrhammer, der sich zum Glück unter den Werkzeugen auf der Burg gefunden hatte, war er zügig vorangekommen, denn die Wand war nicht so massiv wie die übrigen. Jetzt ging es jedoch nicht mehr weiter, und das ärgerte ihn sichtlich.

»Es wird eine Weile dauern, bis der Akku wieder geladen ist«, sagte er, durchaus vorwurfsvoll, und Lexie bereute ein bisschen, dass sie ihn davon abgehalten hatte, zuerst in den Baumarkt nach Letterkenny zu fahren und besseres Werkzeug zu besorgen. Aber sie war zu ungeduldig gewesen, um noch länger zu warten, und hatte ihn gedrängt, direkt anzufangen. Sie musste einfach wissen, was hinter der Mauer lag, und da Grayson nicht schwer zu überreden gewesen war, nahm sie an, dass es ihm ähnlich ging.

»Ich schätze, dann versuche ich es erst mal weiter mit dem Vorschlaghammer«, sagte er und rieb sich über die Arme, die ihn offenbar schmerzten. So leicht, wie es bei ihm ausgesehen hatte, schien auch die Arbeit mit dem Schlagbohrer nicht zu sein, und Lexie fragte sich, wie lange Grayson noch durchhielt, wenn er die Mauer von jetzt an mit reiner Muskelkraft bearbeitete. Die Alternative war der Baumarkt, aber dorthin zu fahren würde sie viel Zeit kosten, das schien auch ihm klar zu sein.

Frustriert darüber, dass sie nicht so schnell ans Ziel kommen würden wie gedacht, hielt Lexie sich den Ärmel vor den Mund und trat in die Kammer, in der sich der Staub langsam legte, um sich das Loch noch einmal näher anzusehen. Dahinter war es schwarz, aber sie hatten vorhin, als Grayson durchgestoßen war, schon mit einer Lampe hineingeleuchtet. Entdeckt hatten sie nichts, denn die Öffnung befand sich so weit links, dass sie nur einen sehr kleinen Teil der Kammer hatten überblicken können. Jetzt dagegen war die Öffnung groß genug, dass Lexie sicher war, um die Ecke schauen zu können, wenn sie sich ein wenig hineinlehnte.

Mit klopfendem Herzen nahm sie die Taschenlampe, die auf dem Boden lag, steckte den Kopf durch das Loch und leuchtete erneut in den Raum.

»Was machst du denn da?« Grayson zog sie wieder zurück und sah sie streng an. »Das ist gefährlich. Die Mauer ist instabil. Da könnte was runterkommen. Ich muss das erst zu Ende aufstemmen.«

Lexie hörte ihm gar nicht richtig zu. Denn sie hatte schon gesehen, was sich in der Kammer befand. »Da drin ist eine Kiste«, sagte sie mit zittriger Stimme. »Sie sieht aus wie ein Sarg.«

»Was?« Er schien seine Bedenken vergessen zu haben, denn er nahm ihr die Taschenlampe ab und blickte ebenfalls durch das Loch. »Du hast recht«, sagte er, nachdem er seinen Kopf wieder zurückgezogen hatte.

Sein Mund war jetzt nur noch eine schmale Linie, und Lexie konnte sich sehr gut vorstellen, was in ihm vorging. Ihr war nämlich auch ganz flau im Magen.

»Ich kann immer noch nicht glauben, dass Fanny so etwas getan hat«, sagte sie. »Kann sie überhaupt so gut mauern, wie sie behauptet hat?«

Er nickte. »Leider ja. Mein Urgroßvater war sich nicht zu schade, selbst mit anzupacken, wenn es darum ging, die Burg instand zu halten. Und er erwartete das auch von seinen Kindern.«

»Trotzdem«, beharrte sie. »In der Kiste kann letztlich alles Mögliche sein. Fanny hat doch behauptet, dass George in der Kammer etwas verstecken wollte.«

Er stieß die Luft aus. »Sicher werden wir das erst wissen, wenn wir nachgesehen haben. Aber da müssen wir uns wohl noch ein bisschen gedulden.«

Lexie spürte, wie schwer ihm das fiel, und in ihr selbst brannte die Neugier jetzt ebenfalls stärker als zuvor. Erneut blickte sie auf das Loch.

»Ich glaube, ich passe da durch. Ich könnte kurz reinklettern und die Kiste öffnen, dann haben wir Gewissheit.«

Grayson trat neben sie. »Auf gar keinen Fall. Das ist viel zu gefährlich. Die Mauer könnte einstürzen. Und wenn du dich da drin verletzt, kann ich dir nicht helfen.«

»Dann mach das Loch eben noch ein bisschen größer. Solange der Bohrhammer funktioniert, kannst du doch weitermachen. Vielleicht reicht das schon«, argumentierte Lexie.

Grayson zögerte, dann nickte er. »Okay. Dann raus hier.« Er hob den Bohrhammer, während Lexie die Kammer verließ, und arbeitete noch ein paar Minuten weiter, bis die Schlagkraft des Werkzeugs endgültig zu schwach war.

Sobald der Staub sich etwas gelegt hatte, ging Lexie zurück in den Raum und begutachtete die Öffnung.

»Jetzt müsste es auf jeden Fall funktionieren«, befand sie.

Grayson befreite sich von Atemschutzmaske und Schutzbrille. »Ich weiß nicht. Lass uns lieber noch warten. Ich will nicht, dass dir was passiert.«

»Ich schaff das schon.« Lexie überlegte bereits, wie sie am besten durch das ovale Loch passte. Wahrscheinlich indem sie zuerst mit einem Bein hineinstieg und ihren Oberkörper dann seitlich durch die Öffnung schob. Dann konnte sie das zweite Bein nachziehen und wäre sicher auf der anderen Seite. Ja, so müsste es gehen, dachte sie zufrieden und wollte ihr Bein heben, um es auszuprobieren. Doch Grayson hielt sie zurück.

»Hier. Nimm die mit.« Er drückte ihr die Atemschutzmaske in die Hand.

»Ich bin vorsichtig. Versprochen«, versicherte sie ihm, bevor sie die Maske aufsetzte. Doch das schien ihn wenig zu beruhigen.

»Du musst das nicht machen. Lass uns warten, bis ich die Wand ganz entfernt habe. Dann gehe ich da rein.«

Sie zog die Atemschutzmaske noch mal kurz ab. »Es dauert doch nicht lange. Ich gucke nur schnell nach. Und du willst es auch wissen, oder nicht? Also lass es mich versuchen.«

Graysons Gesicht war jetzt dicht vor ihrem, und sie spürte die Wärme seiner Hand, die immer noch auf ihrem Arm lag.

»Sei vorsichtig«, sagte er rau und ließ sie los.

Er blieb dicht bei ihr stehen, während sie sich seitwärts zu der Öffnung stellte und ihr linkes Bein hindurchschob. Die Steine, die auf der anderen Seite heruntergefallen waren, rollten unter ihrem Fuß weg und machten es ihr zuerst schwer, sicheren Halt zu finden. Aber irgendwann berührte sie mit der Fußspitze den Boden.

Vorsichtig zwängte sie ihren Oberkörper seitlich durch die Öffnung. Es war eng, aber sie schaffte es und zog ihr anderes Bein nach, dann stand sie auf der anderen Seite. Dunkelheit umgab sie, und für einen kurzen Moment stieg Panik in ihr auf. Dann schob Grayson die eingeschaltete Taschenlampe durch das Loch. Dankbar griff sie danach und ließ den Lichtkegel über die Wände und in die Ecken des schmalen Raumes gleiten.

»Alles in Ordnung?«, fragte Grayson von draußen, und als sie sich umblickte, sah sie sein Gesicht vor der Öffnung.

»Ja, alles gut.« Sie schluckte beklommen und leuchtete mit der Lampe auf die Kiste, die etwas weiter rechts dicht an der Wand stand. Bei der Vorstellung, gleich auf die sterblichen Überreste eines Menschen zu blicken, zog sich ihr Magen unangenehm zusammen. Aber sie konnte jetzt nicht aufgeben, deshalb hockte sie sich vor die Kiste und betrachtete die groben Holzlatten, aus denen sie zusammengezimmert war. Aus der Nähe wirkte sie doch nicht mehr wie ein Sarg, dafür war sie zu klein. Ein Mensch hätte nicht ausgestreckt darin liegen können. Zusammengekauert allerdings schon, dachte sie und schluckte beklommen.

Vorsichtig wischte sie über die beiden Beschläge, die sich an der Längsseite der Kiste befanden, und befreite sie vom Staub. Sie waren aus Metall und hatten eine Schließe, die über eine darunter angebrachte Öse fiel. Durch diese hätte man ein Vorhängeschloss ziehen können, doch das fehlte zum Glück an beiden Seiten. Sie würde die Kiste also problemlos öffnen können.

Die Hände schon am Deckel hielt sie noch einmal inne, weil erneut Panik in ihr aufstieg. Ihr Herz hämmerte wild, und sie hatte plötzlich das Gefühl, die Wände des kleinen Raumes würden sich auf sie zubewegen. Die Brust wurde ihr so eng, dass sie hastig die Atemschutzmaske herunterzog, um besser Luft zu bekommen.

»Lexie? Wenn es nicht geht, dann komm wieder raus, hörst du?« Graysons Stimme klang besorgt, fast so, als würde er spüren, dass sie Schwierigkeiten hatte. »Du musst das nicht machen!«

Doch, ich muss nachsehen, dachte sie. Deshalb kämpfte sie ihre Angst nieder und öffnete den Deckel.

Ein Laut entrang sich ihrer Kehle, während sie in die Kiste starrte.

»Lexie? Was ist los? Was ist in der Kiste?«

»Die hier.« Mit spitzen Fingern griff sie nach einer der irgendwie militärisch aussehenden Pistolen und ging damit zurück zu der Öffnung, um sie Grayson nach draußen zu reichen. »Davon gibt es noch mehr.«

»In der Kiste sind Waffen?«, fragte er ungläubig, während er ihr die Pistole abnahm.

»Mehrere Pistolen und zwei Gewehre«, bestätigte Lexie. »Und jede Menge Papiere. Fünf oder sechs Mappen voll.«

»Sonst nichts?«

Sie schüttelte den Kopf, und die Erleichterung darüber, keinen grausigen Fund gemacht zu haben, war plötzlich so groß, dass ihre Knie ganz weich wurden und ihre Mundwinkel sich zu einem Lächeln hoben. »Fanny hat George nicht umgebracht, Grayson.«

Diese Nachricht schien ihn nicht so zu freuen wie sie, denn sein Gesicht blieb ernst. »Dann komm da jetzt endlich wieder raus.«

»Aber die Sachen«, protestierte sie. »Die kann ich dir doch schon mal geben.«

Sie kehrte zu der Kiste zurück und griff nach einem der Gewehre. Darauf bedacht, den Abzug nicht zu berühren, reichte sie es Grayson ebenfalls durch die Öffnung und ignorierte sein Drängen, wieder aus der Kammer zu klettern.

Nachdem alle Waffen draußen waren, wandte sie sich den Papieren zu, deren einzelne Stapel jeweils von offenen blassgrünen Pappmappen zusammengehalten wurden. Vorsichtig hob sie eine nach der anderen hoch, brachte sie zurück zu der Öffnung und übergab auch diese an Grayson.

Soweit sie bei einem kurzen Blick erkennen konnte, handelte es bei den Unterlagen vor allem um Karten und Zeichnungen. Es waren auch getippte und handgeschriebene Listen dabei und außerdem jede Menge Zeitungsausschnitte.

In der letzten, besonders dicken Mappe befanden sich nur identische Kopien eines Flugblatts. Lexie betrachtete den Inhalt, der sich gegen die britische Armee richtete und ihren Rückzug aus Nordirland forderte. Der Urheber des Pamphlets, das aus den späten Sechzigerjahren stammen musste, war eindeutig die IRA, mit der George laut Fanny sympathisiert hatte.

»Hier, das ist interessant.« Lexie nahm die Mappe und stand auf, merkte allerdings schon in der Bewegung, wie der Blätterstapel darin anfing, seitlich herauszurutschen.

»Nein!«, rief sie erschrocken, doch die Papiere entglitten ihr und fielen zu Boden, verteilten sich dort und wirbelten jede Menge Staub auf.

Lexie hustete und schloss die Augen, weil die Staubkörner darin kratzten und brannten. Blindlings tastete sie sich zurück zu der Öffnung und spürte Graysons Hände, die sich um ihre Handgelenke schlossen.

»Komm da raus!«, rief er alarmiert, und sie hätte das gerne getan. Aber sie musste so schrecklich husten, dass sie mehrere Anläufe brauchte, bis sie ihr Bein durch das Loch bugsiert hatte. Grayson half ihr, so gut er konnte, während sie sich durch die Öffnung zwängte, und führte sie sofort raus aus der Kammer in den Wehrturm, wo die Luft deutlich sauberer und angenehm kühl war.

Es dauerte eine Weile, bis sie aufhörte zu husten. Immer noch ganz schwach vor Schreck lehnte sie sich gegen die Wand.

Grayson stand bei ihr, hielt ihren Arm umfasst, so als hätte er Angst, dass sie sonst umfallen würde.

»Verdammt noch mal, wieso hast du die Atemschutzmaske abgesetzt?«, fragte er vorwurfsvoll.

Lexie berührte den in Form gepressten Vliesstoff, der an einem Band um ihren Hals baumelte.

»Sie hat mich gestört«, sagte sie zerknirscht und wünschte sich für einen kurzen Moment, dass Grayson sie an sich ziehen würde, wie er es schon ein paar Mal in ähnlichen Situationen getan hatte. Doch er ließ nur ihren Arm los.

»Was ist passiert?«, wollte er wissen.

Sie berichtete ihm von den Flugblättern und wie sie ihr aus der Hand gerutscht waren. In ihrer Panik danach hatte sie nicht daran gedacht, eines davon mitzunehmen, was sie jetzt ärgerte. »Die Blätter liegen vielleicht so, dass ich an eins drankomme, wenn ich …«

»Nein.« Er griff erneut nach ihrem Arm. »Das hat keine Eile

mehr, Lexie. Wir wissen jetzt, dass George da nicht drinliegt. Und deine Aktion war wirklich leichtsinnig genug.«

Sie schluckte, unfähig, den Blick von seinen Lippen zu lösen, die nur noch Zentimeter von ihren entfernt waren. Wenn er sie jetzt küsste, dann ...

Abrupt ließ er sie wieder los und stieß die Luft aus. Er rang mit sich, das konnte sie ihm ansehen, und sie selbst hatte auch Mühe, ihren Herzschlag wieder zu beruhigen.

»Danke, dass du nicht gleich die Polizei gerufen hast. Und dass du mir geholfen hast. Ohne dich ...« Er beendete den Satz nicht und zuckte mit den Schultern.

»Ohne mich hättest du das Problem auch gelöst«, sagte sie, ein bisschen verlegen.

Für einen Moment schwiegen sie beide, dann räusperte Lexie sich.

»Ich schätze, jetzt, wo alles geklärt ist, sollte ich dann wohl besser gehen.«

Er runzelte die Stirn. »Willst du nicht wissen, was es mit diesen Papieren auf sich hat?«

»Doch, natürlich. Neugierig bin ich schon.«

»Dann bleib. Ich könnte ein zweites Paar Augen gebrauchen, wenn ich das alles durchsehe. Außerdem bräuchte ich Hilfe beim Tragen, ich würde das nämlich alles gerne rüber in die Küche bringen.«

»Gerne.« Sie lächelte, überrascht und froh darüber, dass er sie nicht wegschickte.

Gemeinsam trugen sie die Waffen und die Papiere über die langen Flure in den Wohntrakt und legten sie auf den Küchentisch.

»Ich schätze, wir sollten uns zuerst ein bisschen frisch machen«, entschied Grayson, und Lexie folgte ihm dankbar rauf zu den Gästezimmern. Er sah verschwitzt und staubig immer noch ziemlich sexy aus, aber sie war nicht sicher, ob das auch für sie galt. Deshalb war sie froh, als sie in ihrem Bad stand und die dreckigen Klamotten ausziehen konnte.

Als sie wenig später geduscht und umgezogen zurück in die Küche kam, saß er bereits am Tisch. Sein Haar glänzte nass, und auch wenn die Schatten unter seinen Augen zeigten, dass die letzten Stunden nicht spurlos an ihm vorübergegangen waren, wirkte er wach und schien ganz auf die Sachen konzentriert, die vor ihm lagen.

»Wie geht es deiner Großtante? Hast du schon mit Doktor Turner gesprochen?«, erkundigte sie sich.

»Kurz. Er sagt, sie schläft jetzt. Er bleibt bei ihr, bis Grandma zurück ist«, antwortete er geistesabwesend und studierte weiter die Papiere. Sie schienen ihn mehr zu interessieren als die Pistolen, die er an den Rand der Tischplatte geschoben hatte, um mehr Platz zu haben.

»Und?« Lexie setzte sich neben ihn und betrachtete die Unterlagen, die fast den kompletten Tisch bedeckten. »Hat das alles mit der IRA zu tun?«

Grayson nickte. »Und es ist ziemlich brisant. Siehst du diese Artikel hier?« Er deutete auf einen Stapel Zeitungsausschnitte. »Darin geht es um die Anschläge während der Border Campaign in Nordirland Ende der Fünfzigerjahre.«

Lexie runzelte die Stirn. »Darüber habe ich mal gelesen. Die IRA hat damals immer wieder Einrichtungen der britischen Armee in Nordirland angegriffen.«

»Genau«, bestätigte Grayson. »Aber für den politischen Zweig der Unabhängigkeitsbewegung, die Sinn-Féin-Partei, hatte das ziemlich katastrophale Folgen. Sie verloren die Unterstützung der Bevölkerung, und das Ganze endete 1962 mit einer Erklärung der IRA, nicht mehr aktiv kämpfen zu wollen.«

»Bis die Auseinandersetzungen Ende der Sechzigerjahre mit dem Bloody Sunday und dem darauffolgenden Bloody Friday wieder eskaliert sind«, erinnerte sich Lexie.

Grayson nickte. »Die Troubles haben viel Leid gebracht, auf beiden Seiten. Eine schlimme Zeit war das. Und wenn ich diese Papiere hier richtig deute, dann belegen sie ziemlich detailliert die Planungen für die Border Campaign.« Er wies auf einen Stapel mit handschriftlichen Listen sowie Landkarten und Stadtplänen mit Markierungen. »Die verzeichneten Orte auf den Karten stimmen mit den Detonationsorten der Bomben überein, die in den Artikeln erwähnt werden. Und hier.« Er zog zwei Listen heraus, von denen die eine verschiedene, handschriftlich festgehaltene Kolumnen mit Abkürzungen und Zahlen und die andere mindestens ein Dutzend Namen enthielt. »Das scheint eine Art Inventurliste der verschiedenen Sprengstoffe und Waffen zu sein. Jedenfalls würde ich die Abkürzungen so deuten.«

»Und die Namen sind die der Leute, die an der Border Campaign beteiligt waren?«, fragte Lexie.

»Die Hauptdrahtzieher der Anschläge sind gefasst und verurteilt worden, soweit ich weiß. Aber die hier hatten sicher auch etwas damit zu tun. Und siehst du hier?« Grayson deutete auf einen der Namen.

»George Kennedy«, las sie. »Ist das Fannys George?«

Grayson nickte. »Wenn diese Papiere damals der Polizei in die Hände gefallen wären, dann wäre er ins Gefängnis gewandert.«

»Warum hat er sie nicht lieber verbrannt, anstatt sie zu verstecken?«, wunderte sie sich.

»Keine Ahnung«, meinte Grayson. »Vielleicht war irgendetwas davon zu wichtig, um es zu zerstören. Er scheint jedenfalls davon ausgegangen zu sein, dass er die Sachen noch mal brauchen würde …« Er brach ab, weil die Tür aufging und Agatha die Küche betrat. »Grandma! Du bist schon zurück? Ich hätte dich doch abgeholt.«

Die alte Dame ließ sich auf einen der Stühle sinken. »Ich

habe mir ein Taxi genommen. Duncan schläft jetzt, und sie sagen, ich kann ohnehin nichts tun. Sie melden sich, falls etwas sein sollte.«

»Konntest du schon mit ihm sprechen?«, wollte Grayson wissen.

Agatha antwortete nicht, weil sie die Pistolen bemerkt hatte, die auf dem Tisch lagen. »Himmel, Grayson, wo hast du die denn her?«

»Sie lagen in der kleinen Kammer im Wehrturm«, erwiderte er, und Lexie sah, wie Agatha blass wurde, als ihr die Bedeutung seiner Worte klar wurde.

»Fannys Kammer?« Ihr Blick wanderte besorgt zu Lexie. »Grayson, hast du ihr …«

Er nickte. »Sie weiß es. Sie hat Fanny dort gefunden, also musste ich sie einweihen.« Er zögerte kurz und sah Lexie an, bevor er sich wieder an seine Großmutter wandte. »Sie hat vorgeschlagen, dass wir nachsehen, was hinter der Mauer ist.«

»Und?« Agathas Stimme zitterte. »Was habt ihr gefunden?«

»Eine Kiste.« Grayson deutete auf die Sachen, die den Tisch bedeckten. »Und das hier war drin.«

»Wirklich nur das? Sonst nichts?«, hakte sie nach und legte eine Hand vor den Mund, als Grayson den Kopf schüttelte. »Mein Gott. Und wir dachten die ganze Zeit …«

Sie ließ den Satz unbeendet und atmete tief durch, rang sichtlich um Fassung. Dann räusperte sie sich und hatte sich wieder unter Kontrolle.

»Ich hätte wissen müssen, dass Fanny überhaupt nicht fähig ist, so etwas zu tun. Aber sie klang so überzeugt.« Agatha betrachtete die Papiere genauer. »Und was sind das für Sachen?«

Grayson berichtete ihr, was sie bis jetzt herausgefunden hatten. »Die Unterlagen belegen, dass George an der Border Campaign der IRA beteiligt war.«

»Also doch.« Sie lehnte sich auf ihrem Stuhl zurück. »Arthur und ich wussten, dass George in Schwierigkeiten steckte, bevor er verschwand, und wir befürchteten, dass er etwas mit der IRA zu tun hatte. Er war ein charmanter Kerl, aber seine politischen Ansichten waren teilweise sehr radikal. Fanny hat das immer mal wieder erwähnt, wenn sie durcheinander war, nur um es bei klarem Verstand sofort wieder abzustreiten.«

»George hatte sie beschworen, es niemandem zu verraten«, sagte Lexie. »Das hat sie mir gegenüber zugegeben.«

Agatha seufzte. »Ich habe ehrlich gesagt auch nicht besonders hartnäckig nachgehakt«, gestand sie. »Das Thema George war sehr heikel, und wir haben generell wenig über ihn gesprochen. Fanny hat ihn jahrelang nicht mal erwähnt. Erst in letzter Zeit redet sie ständig von ihm und auch *mit* ihm. Und dann fing sie wieder davon an, dass sie George …« Sie zuckte mit den Schultern. »Ihr wisst schon.«

Für einen Moment schwiegen alle drei.

»Vielleicht hat sie es sich gewünscht«, überlegte Lexie. »Fanny hat gesagt, dass George ganz plötzlich wieder aufbrechen wollte. Wahrscheinlich war die Mauer da noch nicht fertig, und sie musste den Rest allein erledigen. In ihrer Verzweiflung hat sie vielleicht darüber nachgedacht, wie sie George hätte halten können, und sich ausgemalt, dass nicht nur seine Sachen hinter der Wand sind, sondern auch er. Und diese Fantasie hat sich dann verselbstständigt. Oder der Gedanke, von dem Mann verlassen worden zu sein, den sie liebte, war so unerträglich für sie, dass sie es nicht wahrhaben wollte und lieber geglaubt hat, er wäre hinter der Mauer als gar nicht mehr da.«

Agatha und Grayson starrten sie an.

»Das wären mögliche Erklärungen«, sagte Agatha. »Clark war immer überzeugt davon, dass es sich um eine Psychose handelt.« Sie seufzte tief. »Ich hätte wissen müssen, dass das alles zu viel für Fanny ist. Sie ist einfach zu sensibel.«

Grayson runzelte die Stirn. »Aber nur, weil man sensibel

ist, bildet man sich nicht gleich einen Mord ein. Das ist schon krass.«

»Nicht wenn man bedenkt, was Fanny durchgemacht hat«, widersprach seine Großmutter. »Ich hätte merken müssen, dass sie das nicht aushält.«

»Dass sie was nicht aushält?«, drängte Grayson.

Agatha hob den Kopf, und Lexie sah, dass Tränen in ihren Augen standen.

»Unsere Lüge«, sagte sie und fuhr herum, als die Tür sich erneut öffnete und Doktor Turner das Zimmer betrat.

Er musste ihren letzten Satz gehört haben, denn er sah sie warnend an. »Agatha, nicht!«

»Es hat doch keinen Sinn mehr, Clark.« Eine Träne lief der alten Dame über die Wange. »Wir müssen endlich die Wahrheit sagen. Wenn wir nicht so lange geschwiegen hätte, wäre das mit Duncan vielleicht nie passiert. Und es würde Fanny auch nicht so schlecht gehen.«

Grayson tauschte einen irritierten Blick mit Lexie. »Grandma, wovon sprichst du?«

Agatha hob ihre Tasche auf und suchte darin nach einem Taschentuch, um sich die Tränen abzuwischen. Währenddessen trat Clark Turner hinter sie und legte ihr eine Hand auf die Schulter. Sie blickte zu ihm auf, so als wollte sie sich sein Einverständnis holen. Dann senkte sie den Kopf wieder und suchte Graysons Blick. »Als George damals verschwand, war Fanny von ihm schwanger.«

Grayson schüttelte irritiert den Kopf. »Aber Fanny hat kein Kind.«

»Doch, hat sie.« Agatha atmete tief durch, bevor sie fortfuhr. »Sie ist Duncans Mutter, Grayson. Dein Vater ist nicht mein Sohn, sondern ihrer.«

22

Was?« Grayson starrte die alte Dame an, sichtlich unfähig, das Gehörte zu begreifen. »Aber dann …« Er schüttelte den Kopf. »Das würde bedeuten, dass …«

»Dass ich nicht deine Großmutter bin«, sagte Agatha, und Lexie konnte ihr ansehen, wie weh ihr dieses Eingeständnis tat.

Mein Gott, dachte sie und versuchte, in Gedanken durchzuspielen, was diese Entdeckung bedeutete. Es änderte alles und schien Grayson hart zu treffen, denn er sprang auf und ging zum Fenster, sah hinaus in die Dunkelheit. Dann wandte er sich wieder zu Agatha um. »Weiß Dad es?«

Agatha schüttelte den Kopf. »Niemand wusste es. Nur ich, Clark und Fanny. Und Arthur natürlich auch.«

Grayson schnaubte. »Wie zur Hölle konntet ihr uns das all die Jahre verschweigen!«

»Am Anfang hatten wir keine Wahl«, erklärte Agatha. »Als Duncan deine Mutter nicht heiraten wollte, war das ein Problem und hat für Gerede gesorgt. Aber es war nichts im Vergleich zu dem, was die Leute gesagt hätten, wenn Fanny ein uneheliches Kind zur Welt gebracht hätte. Vor fünfzig Jahren war so etwas in unserem erzkatholischen Land noch eine absolute Katastrophe. Deshalb dachten wir, dass es die beste Lösung wäre, wenn Arthur und ich Duncan als unseren Sohn ausgeben.

Ich konnte keine Kinder bekommen, das hatten wir damals gerade erfahren. Und Fanny wäre als unverheiratete Mutter von allen verachtet worden, ganz zu schweigen von ihrem unehelichen Kind. Diesen Makel wollte sie Duncan ersparen, deshalb hat sie eingewilligt in unseren Plan.« Agatha blickte zu dem alten Arzt auf. »Clark hat uns dabei geholfen. Wir haben dafür gesorgt, dass niemand Fannys Schwangerschaft bemerkt, aber alle mich für schwanger hielten. Duncan kam hier auf der Burg zur Welt, und wir haben mich als Mutter in die Geburtsurkunde eingetragen. Es war alles viel einfacher, als wir dachten. Niemand hat etwas gemerkt oder auch nur Verdacht geschöpft.«

Lexie schluckte, als ihr das Schicksal ihrer eigenen Mutter wieder einfiel. Für Fiona war es vor mehr als zwanzig Jahren auch noch ein Spießrutenlauf gewesen, ein uneheliches Kind zu bekommen. Aber dreißig Jahre zuvor musste es die Hölle gewesen sein. Es war inzwischen bekannt, wie grausam es damals vor allem in den Mutter-Kind-Heimen zugegangen war. Viele Kinder hatten das nicht überlebt, und auch mit den ledigen Müttern war man sehr brutal umgegangen. Kein Wunder, dass die O'Donnels nach einem Ausweg gesucht hatten.

»Und warum habt ihr Dad und mich nicht ins Vertrauen gezogen?« Graysons Miene war immer noch grimmig. »Wir sind beide längst erwachsen! Dachtet ihr, wir verstehen das nicht?«

»Wir wollten es euch ja sagen«, versicherte ihm Agatha. »Wir wusste nur nicht, wie. Wenn man so lange eine Lüge lebt, dann wird es mit jedem Jahr schwerer, sie zurückzunehmen. Es hätte alles geändert und manches sicher nicht zum Besseren, deshalb haben wir es dabei belassen. Es war einfacher so, vor allem für Duncan.« Sie seufzte. »Natürlich hat es Momente gegeben, in denen wir kurz davor waren, alles zu gestehen. Aber wir hatten Angst vor den Konsequenzen. Fanny wollte nicht, dass Duncan Nachteile erleidet, wenn die Leute von seiner wahren Herkunft erfahren. Außerdem war sie überzeugt davon, dass er sie hassen würde, wenn er davon erfuhr. Sie hatte Angst, er könnte denken, sie hätte ihn im Stich gelassen.«

»Wie kommt sie denn darauf?« Grayson kehrte an den Tisch zurück und setzte sich wieder, sah seine Großmutter an. »Sie hat ihn doch gar nicht im Stich gelassen. Fanny war immer für ihn da, genau wie du.«

»Aber ich war offiziell seine Mutter und sie nur seine Tante.« Agatha schüttelte den Kopf. »Es macht eigentlich keinen Unterschied, schließlich haben wir euch beide sehr geliebt. Aber Fanny wollte oder konnte das nicht so leichtnehmen. Es hat ihr etwas ausgemacht, dass sie nicht offen zu ihrem Kind stehen konnte. Deshalb hat sie auch so heftig reagiert, als dein Vater deine Mutter damals nicht heiraten wollte, Grayson. Es war, als würde ihre eigene Geschichte sich wiederholen, und das konnte sie nicht akzeptieren. Es war erst wieder gut für sie, als Duncan zumindest die Verantwortung für dich übernommen hat. Ich glaube, darum ging es ihr. Sie wollte nicht, dass deine Mutter das Gleiche durchmachen muss wie sie und gezwungen wäre, dich aufzugeben.«

Bei der Erwähnung seiner Mutter sah Lexie den bitteren Zug um Graysons Mund. Unwillkürlich fragte sie sich, ob er wohl gerade darüber nachdachte, dass er lieber nicht bei ihr aufgewachsen wäre.

Agatha wandte sich an Lexie. »Deshalb hat Fanny sich auch so um Fiona gesorgt und sie immer aufgefordert, Sie mit zur Arbeit zu bringen. Sie wollte Fiona unterstützen, weil sie es mutig fand, dass Ihre Mutter zu Ihnen stand, obwohl sie von vielen angefeindet wurde. Ich glaube, Fanny wäre gerne so gewesen wie Fiona, aber die Zeiten waren damals einfach noch anders.«

Das erklärt, wieso ich so oft auf der Burg war, dachte Lexie.

»Okay, aber damit ist jetzt Schluss.« Müde rieb Grayson sich über die Augen, dann fixierte er Agatha und Doktor Turner mit strenger Miene. »Keine Geheimnisse mehr, es kommt alles auf den Tisch. Ihr werdet es Duncan sagen, gleich morgen früh. Und Fanny muss erfahren, dass wir die Kammer geöffnet haben und dort kein George war. Außerdem schicken wir sie noch einmal zu einem Spezialisten. Sie braucht ganz offensichtlich dringend Hilfe, um mit diesem Trauma fertigzuwerden, und wir werden jemanden finden, der sich damit besser auskennt als du, Clark, und der sie hier auf Dunmor behandeln kann.« Er deutete auf die Unterlagen und die Waffen. »Und das hier geht an die Polizei. Vielleicht können die etwas damit anfangen und uns sagen, wo George tatsächlich abgeblieben ist. Denn in der Kammer war er ja eindeutig nicht.«

»Ich glaube nicht, dass Fanny erfahren sollte, was mit George passiert ist. Das verstört sie vielleicht noch mehr«, widersprach der alte Arzt.

»Vielleicht am Anfang«, sagte Grayson. »Aber sie muss die Chance bekommen, diese Sache endlich zu verarbeiten und zur Ruhe zu kommen. So wie bisher geht es auf keinen Fall weiter.«

Doktor Turner und Agatha sahen sich an. »Er hat recht, Clark«, sagte sie und legte ihre Hand auf seine, die noch auf ihrer Schulter ruhte. »Das muss jetzt aufhören. Fanny hat genug gelitten.«

Traurig lächelte sie ihn an und wirkte so niedergeschlagen, dass es Lexie einen Stich versetzte. Und auch Clark Turner schien das nicht mit ansehen zu können, denn er schüttelte vehement den Kopf.

»Aber was ist mit dir? Ich will nicht, dass man dir alles wegnimmt! Das hast du nicht verdient.«

»Niemand nimmt mir etwas weg, Clark.« Agatha tätschelte seine Hand. »Ich durfte Mutter sein, obwohl mir das eigentlich nicht vergönnt gewesen wäre. Das war mehr, als ich mir hätte wünschen können, und hat mich sehr glücklich gemacht. Aber es ist auf Fannys Kosten gegangen, und damit muss jetzt Schluss sein. Wir fangen neu an, diesmal mit der Wahrheit.«

Für einen langen Moment sahen sie sich schweigend an, dann setzte er sich auf den Stuhl neben ihr.

»Also gut«, sagte er und griff nach ihrer Hand. »Du bist der Boss.«

Sie lächelten sich an, und Lexie war gerührt, weil man spürte, wie viel die beiden sich bedeuteten. Grayson schien die Harmonie jedoch zu stören, denn er sprang plötzlich auf und lief mit großen Schritten aus der Küche. Erschrocken über seine heftige Reaktion blickten Agatha und Doktor Turner ihm nach.

»Grayson?«

»Ich sehe nach ihm.« Lexie erhob sich und lief hinter ihm her. Als sie in den Flur kam, fiel die Eingangstür ins Schloss, also musste er nach draußen gegangen sein.

Sie folgte ihm und fand ihn im Torbogen der Burg. Er hatte sich an die Wand gelehnt und blickte in den klaren Nachthimmel, an dem die Sterne blinkten.

»Was ist los?«, fragte sie und verschränkte die Arme vor der Brust, um nicht in Versuchung zu geraten, ihn anzufassen. »Das war alles ein bisschen viel, oder?«

Er stieß die Luft aus, und es klang wie eine Mischung aus einem Seufzen und einem Stöhnen. »Könnte man so sagen.«

Seine Stimme klang müde, und er wischte sich wieder mit den Händen über die Augen, so als hätte er Schwierigkeiten, sie offen zu halten.

Lexie hätte ihn gerne irgendwie getröstet. Doch was konnte sie sagen nach der emotionalen Achterbahnfahrt, die er in den letzten Stunden mitgemacht hatte? Eigentlich gab es nur einen erwähnenswerten Lichtblick.

»Wenigstens ist Fanny keine Mörderin.«

Grayson lachte, aber es klang nicht fröhlich. »Nein, das ist sie nicht. Aber dafür war mein Großvater ein militanter IRA-Kämpfer, der auch vor Waffengewalt nicht zurückgeschreckt ist. Und der Mann, den ich für meinen Großvater gehalten habe, war in Wahrheit mein Großonkel, während die Frau, die bis gerade eben noch meine Großmutter war, nicht mal blutsverwandt mit mir ist. Falls mich das also aufmuntern sollte, dann vergiss es.«

Lexie schluckte. »Ich weiß, wie sich das anfühlt, Grayson. Für mich ist auch nichts mehr, wie es war, seit ich hier angekommen bin.«

Ihre Situationen ähnelten sich tatsächlich. Das, was sie über ihre Familie zu wissen glaubte, hatte sich als falsch herausgestellt, und jetzt stand ihre Welt kopf, genau wie Graysons gerade. Deshalb verstand sie seine Verwirrung und seine Wut. Aber er schien nicht sehen zu wollen, dass es nicht ganz so schlimm war, wie er glaubte.

»Es steht doch noch gar nicht fest, inwieweit George mit der IRA zu tun hatte und aus welchen Gründen er dabei war«, erinnerte sie ihn. »Und was die Verwandtschaftsverhältnisse in deiner Familie angeht: Macht es denn wirklich einen Unterschied, wer von den beiden deine Großmutter ist?«

»Ja, verdammt, das tut es!«, fuhr er sie an. »Wie würdest du dich denn fühlen, wenn du feststellen müsstest, dass deine Familie dich dein ganzes Leben lang belogen hat?«

Lexie biss die Zähne zusammen. »Das kann ich leider nicht beurteilen, weil ich keine Familie habe. Ich war immer allein. Und genau deshalb weiß ich, dass es keinen Unterschied macht.« Sie trat näher auf ihn zu. »Ich glaube dir, dass es wehgetan hat, als deine Mutter sich nicht so für dich eingesetzt hat, wie sie es hätte tun sollen. Aber du hast wenigstens eine, Grayson. Sie hat dich vielleicht enttäuscht mit ihrem Verhalten. Trotzdem war sie da und hat für dich gesorgt. Sie hat dich nicht im Drogenrausch allein gelassen, so wie die Frau, die ich für meine Mutter gehalten habe.«

Er starrte sie überrascht an, dann schüttelte er den Kopf. »Das vielleicht nicht. Aber sie hat mich trotzdem im Stich gelassen, als sie meinen Stiefvater kennenlernte. Da wollte sie mich plötzlich nicht mehr.«

»Und da konntest du hierherkommen, zu Agatha und Fanny«, erinnerte sie ihn. »Die beiden haben dich aufgefangen und waren für dich da, wenn du sie gebraucht hast. Sie lieben dich, Grayson. Sie sind deine Familie, deine sichere Bank. Die Menschen, auf die du zählen kannst. Das hast du selbst gesagt. Und deswegen ist es auch vollkommen egal, wer von den beiden tatsächlich deine Großmutter ist.«

Er wollte etwas erwidern, aber Lexie redete weiter, konnte die Worte nicht aufhalten, die aus ihr herausbrachen, während sie verzweifelt gegen die Wut ankämpfte, die sie plötzlich zu überwältigen drohte.

»Und was deinen Vater angeht: Du verstehst dich vielleicht nicht mit ihm, aber auch er hat sich um dich gekümmert.« Sie schüttelte den Kopf. »Weißt du eigentlich, wie ähnlich ihr euch seid? Beide zu stolz, um nachzugeben. Und beide so sehr damit beschäftigt, die eigenen Wunden zu lecken, dass ihr es nicht schafft, wie erwachsene Menschen miteinander zu reden.«

Grayson verzog das Gesicht. »Dann soll ich jetzt vielleicht auch noch dankbar sein, dass Dad sein Vermögen verzockt hat?«

»Nein, aber du könntest versuchen, ihn zu verstehen. Und du könntest einsehen, dass du nicht so arm dran bist, wie du glaubst.« Sie holte tief Luft und kämpfte zu ihrem eigenen Entsetzen plötzlich mit den Tränen. »Ich habe in meinem Leben schon sehr viele Menschen kennengelernt, die kaputte Familien hatten. Oder gar keine. Du gehörst nicht dazu, Grayson. Du hast keine Ahnung, wie es ist, keinen Ort zu haben, an den man gehört. Oder niemanden, der einen bedingungslos liebt. Also hör auf, dir leidzutun wegen etwas, für das du dankbar sein solltest!«

Sie verstummte, und in den Sekunden danach, in denen sie

sich in Graysons Augen verlor, merkte sie, dass sie eigentlich gar nicht wütend auf ihn war, sondern einfach nur verzweifelt.

Die Situation überforderte nicht nur ihn, sondern auch sie, denn sie berührte den wunden Punkt, unter dem sie schon ihr Leben lang litt. Sie war allein, und daran würde sich auch nichts ändern, selbst wenn es sich hier auf Dunmor für eine Weile so angefühlt hatte. Denn es bestand wenig Aussicht, dass sie ihre Mutter wiederfinden würde. Und auch Grayson und sie würden schon ganz bald getrennte Wege gehen. Sie gehörten nicht zusammen, und diese Erkenntnis zerriss ihr plötzlich das Herz, ließ sie unkontrolliert aufschluchzen.

Abrupt drehte sie sich um und lief zurück zur Burg.

»Lexie, warte!«, rief Grayson, als sie die Eingangstür erreicht hatte, aber sie blieb nicht stehen, rannte weiter durch den Flur und die Treppe zu den Gästezimmern hinauf.

Ich hätte gehen sollen, als er mich darum gebeten hat, dachte sie, während sie mit zitternden Fingern die Tür öffnete und ihr Zimmer betrat. Mit jeder Minute, die sie in seiner Nähe verbrachte, gerieten ihre Gefühle für ihn weiter außer Kontrolle und machten ihr den Abschied schwerer …

Die Tür flog wieder auf, und Grayson stand im Türrahmen. Seine Brust hob und senkte sich schwer, und auf seinem Gesicht spiegelte sich die gleiche Verwirrung, die sie auch empfand.

»Es tut mir leid«, stammelte sie. »Ich wollte das nicht sagen. Ich …«

Mit zwei Schritten war er bei ihr, zog sie in seine Arme und küsste sie.

23

Lexie hörte auf zu denken und ergab sich den wilden Gefühlen, die seine Berührungen in ihr weckten. Hilflos klammerte sie sich an ihn und erwiderte seinen Kuss, der nichts Sanftes hatte, sondern nach der Verzweiflung schmeckte, die sie auch empfand. Ihr Herz jubilierte, und sie gab ihrem Verstand keine Chance, irgendetwas einzuwenden gegen das Glücksgefühl, das sie durchströmte.

Erst als er ihre Lippen freigab, brach die Realität in diese Traumwelt ein, und sie wollte ein Stück zurückweichen. Aber Grayson ließ sie nicht los, zog sie wieder an sich.

»Nicht!«, warnte sie ihn, weil er sie nicht noch mal küssen durfte. Denn dann vergaß sie ganz bestimmt endgültig, wie es gewesen war, bevor sie ihn kannte. Dann wusste sie nicht mehr, wie sie es ausgehalten hatte in einer Welt, in der es ihn nicht gab. Dann würde sie nicht mehr leugnen können, dass sie ihn liebte, obwohl sie sich so lange verzweifelt gegen dieses Gefühl gewehrt hatte. Und das machte ihr schreckliche Angst. »Du willst mich nicht, glaub mir.« Ihre Stimme zitterte. »Ich … kann das nicht.«

In Graysons Augen flackerte etwas auf, das so intensiv war, dass es ihr den Atem nahm. Dann ließ er sie wieder los, und der Ausdruck verschwand.

»Wie du meinst«, sagte er und verließ das Zimmer, knallte die Tür hinter sich zu.

Lexie lauschte seinen Schritten, die draußen auf der Treppe verklangen, dann ließ sie sich verzweifelt auf den Schreibtischstuhl sinken und starrte ins Leere.

Warum hatte sie ihn weggeschickt? Er war ihr nachgelaufen und hatte sie geküsst, also bedeutete sie ihm etwas. Und anstatt es zu riskieren und sich auf dieses Gefühl einzulassen, das sie immer wieder zu ihm hinzog, hatte sie ihn zurückgewiesen. Weil sie nicht wusste, wie sie es schaffen sollte, ihre Angst zu überwinden.

Ihr Herz war angeschlagen nach allem, was sie schon erlebt hatte, und sie wollte nicht, dass er es ihr endgültig brach. Aber konnte sie das überhaupt noch verhindern? War es nicht längst zu spät, wenn es jetzt schon so wehtat?

Nur mit Mühe gelang es Lexie, wieder aufzustehen. Sie schleppte sich zum Bett, ließ sich darauf fallen und schloss die Augen. Draußen heulte ein Motor auf, und dem satten Geräusch nach musste es sich dabei um Graysons BMW handeln. Der Wagen setzte zurück und fuhr einen Augenblick später mit ziemlichem Tempo vom Hof. Als das Brummen verklang und es wieder still wurde, konnte Lexie das Schluchzen nicht mehr aufhalten, das in ihr hochstieg. Sie drehte sich auf den Bauch, vergrub das Gesicht in den Kissen und weinte so heftig, dass ihre Schultern bebten.

* * * * *

Grayson riss die Autotür auf und setzte sich hinter das Steuer. Er startete den Motor, wendete den Wagen und fuhr in viel zu hohem Tempo durch das Tor.

Er hatte keine Ahnung, wo er eigentlich hinwollte, aber er musste hier weg, und zwar schnell. Als er die Burg hinter sich ließ und der Straße folgte, waren die Scheinwerferkegel das einzige Licht in der Dunkelheit, und ohne es zu wollen, sah er Lexie vor sich, wie sie im Nachthemd auf der Straße gestanden und ihn zu Tode erschreckt hatte. Seitdem kam er einfach nicht mehr zu Ruhe, und das trieb ihn langsam, aber sicher in den Wahnsinn.

Warum zur Hölle war er ihr gerade nachgerannt? Herrgott, sie hätte eigentlich längst weg sein sollen. Sie hatte es vorhin selbst angeboten, nachdem sie ihm die Sache mit der Erpressung gestanden hatte. Es war ein Schock gewesen, davon zu erfahren, doch es hatte ihm endlich einen Grund gegeben, Lexie von sich fernzuhalten.

Sich in ihr getäuscht zu haben hatte ihn unglaublich erleichtert, denn dadurch musste er nicht mehr darüber nachdenken, warum sie ihm so unter die Haut ging. Er hatte die ganze Sache mit ihr als kurzfristige Verwirrung abgetan und geglaubt, endlich einen Haken dahinter setzen und sie vergessen zu können.

Aber dann hatte sie Fanny in der Kammer gefunden und das Geheimnis aufgedeckt, das er so verzweifelt vor ihr zu verbergen versucht hatte. Und sie war nicht wie befürchtet zur Polizei gegangen, sondern hatte sich in Gefahr gebracht, um ihm und seiner Familie zu helfen. Sie hatte sich durch dieses enge Loch gezwängt, und er hatte Todesängste ausgestanden, weil er ihr nicht hätte folgen können, falls ihr etwas passiert wäre. Er war so froh gewesen, als sie heil wieder draußen war, dass er sie trotz der dicken Staubschicht auf ihren Haaren und ihrem Gesicht unglaublich gerne geküsst hätte. Und er war noch nicht bereit gewesen, sie wieder gehen zu lassen. Deshalb hatte er ihr angeboten, die Papiere mit ihm durchzugehen. Es hatte sich richtig angefühlt, sie dabeizuhaben, und als Agatha ihm mit ihrem Geständnis den Boden unter den Füßen weggezogen hatte, war sie es gewesen, die ihm nachgelaufen war und versucht hatte, ihn zu trösten. Er war kurz davor gewesen, sie in seine Arme zu ziehen, aber dann hatte sie ihm plötzlich Vorhaltungen gemacht und ihm den Kopf kräftig zurechtgerückt. Und nicht nur ihre Worte hatten ihn getroffen, sondern auch die Traurigkeit in ihren Augen.

Herrgott, er konnte sie einfach nicht weinen sehen! Wie ein verdammter Idiot war er ihr nachgelaufen und hatte auf dem Weg gemerkt, dass er sie nicht nur trösten wollte. Es war schlimmer gewesen, weil es sich so angefühlt hatte, als müsste er ihr folgen. Als würde ein Teil von ihm fehlen, wenn sie ging.

Was absurd war. Total absurd. Er hatte noch nie jemanden gebraucht, er war sehr gut alleine klargekommen. Und das würde auch so bleiben, denn er hatte nicht vor, Lexie Cavendish noch einmal so nah an sich heranzulassen.

Er bog in einen kleinen Seitenweg, der zu einem Parkplatz auf den Klippen führte. Von dort aus folgte er dem kleinen Pfad bis zu dem Aussichtspunkt, von dem aus man tagsüber einen herrlichen Ausblick auf das Meer und auf Dunmor Castle hatte. Seine Augen hatten sich längst an die Dunkelheit gewöhnt, und das Mondlicht reichte, um die Umrisse der Burg zu erkennen. Es brannte nur noch ein Licht hinter den Fenstern. Es konnte nicht Lexies Nachttischlampe sein, weil ihr Zimmer zum Hof lag, aber der Gedanke an sie löste trotzdem Bilder in seinem Kopf aus. Wie sie vorhin in seinen Armen gelegen und seinen Kuss so leidenschaftlich erwidert hatte, dass er nur noch daran denken konnte, wie sehr er sie begehrte. Und als er ihr das sagen wollte, hatte sie ihn zurückgewiesen. Schon wieder.

Du willst mich nicht, glaub mir.

War das zu fassen? Er schüttelte den Kopf und versuchte, dankbar dafür zu sein. Herrgott, sie hat doch recht, dachte er. Er war nicht geeignet für eine Beziehung, und er brauchte solche Komplikationen auch nicht. Deshalb war es gut, dass sie ihn auf den Boden der Tatsachen zurückgeholt hatte. Das, was er für

Lexie empfand, war reine Chemie. Sie zog ihn an, und es hatte gereicht für eine kurze Affäre. Mehr war da nicht.

Grayson hielt sein Gesicht in den Wind und starrte raus auf das Meer, dessen Wellen weit unter ihm gegen die Klippen donnerten. Jeder Knochen im Leib schmerzte ihn, und sein Kopf brummte, aber er blieb trotzdem noch eine ganze Weile stehen. Dann ging er langsam zurück zum Auto. Er setzte sich hinter das Steuer, lehnte sich in den Sitz zurück und schloss die Augen. Nur für einen Moment, dachte er mit einem tiefen Seufzen, zu müde, um das Bild von Lexie wegzuschieben, das sofort wieder vor ihm auftauchte. Einen Augenblick später war er eingeschlafen.

24

Eine laute Melodie zerriss die Stille im Zimmer und ließ Lexie erschrocken hochfahren. Schlaftrunken sah sie sich um und bemerkte erstaunt, dass es draußen schon hell war – und dass sie angezogen auf dem Bett lag. Die Melodie spielte immer noch, und schließlich begriff sie, dass es das Klingeln ihres Handys war.

Mühsam schwang sie die Beine aus dem Bett und stand auf, doch als sie den Schreibtisch erreichte, wo das Handy lag, war es bereits wieder verstummt. Das Display leuchtete noch und zeigte an, dass es Andrew gewesen war, dessen Anruf sie verpasst hatte. Wahrscheinlich wollte er sich erkundigen, ob sie seine Anweisung ausgeführt hatte und abgereist war. Und genau das musste sie jetzt ganz dringend tun, denn sie stellte entsetzt fest, dass es schon fast neun Uhr war.

Sie hatte nicht so lange schlafen wollen. Eigentlich hatte sie gar nicht schlafen wollen, als sie sich aufs Bett gelegt hatte, denn ihr war klar gewesen, dass sie unter diesen Umständen nicht mehr auf Dunmor bleiben konnte. Aber der Schmerz, der ihr auch jetzt die Brust eng machte, war einfach zu überwältigend gewesen. Sie hatte lange geweint, und irgendwann musste sie die Müdigkeit übermannt haben. Erholt fühlte sie sich allerdings nicht, im Gegenteil. Ihr Kopf schmerzte, und als sie sich ins Bad schleppte und in den Spiegel sah, waren ihre Augen vom Weinen ganz verquollen.

Hastig wusch sie sich und machte sich frisch, aber auch als sie kurze Zeit später angezogen wieder im Zimmer stand und ihre Tasche packte, ging es ihr nicht besser. Tatsächlich wurde ihre Beklommenheit mit jedem Kleidungsstück, das sie hineinlegte, ein bisschen größer, weil sie den Moment fürchtete, in dem sie Grayson wieder gegenübertreten musste.

Es war so viel zwischen ihnen passiert, und sie wollte ihm eigentlich noch so viel sagen. Aber würde er überhaupt noch mit ihr reden? Und wenn er es tat, was würde das ändern?

Tausend Mal spielte sie in Gedanken durch, wie ihr Treffen ablaufen würde, doch als sie wenig später runter in die Küche kam, war niemand da. Natürlich, dachte sie und spürte, wie die Anspannung aus ihrem Körper wich. Grayson war bestimmt längst mit den anderen bei Duncan im Krankenhaus. Vielleicht war er sogar extra früh losgefahren, um ihr nicht mehr zu begegnen.

Sie versuchte, den Stich zu ignorieren, den dieser Gedanke ihr versetzte. Seufzend blickte sie sich noch einmal in der Küche um, die ihr während der vergangenen Tage so vertraut geworden war. Der Abschied fiel ihr schwerer, als sie jemals geglaubt hätte, und sie überlegte, ob sie sich selbst noch einen Aufschub gönnen und etwas frühstücken sollte. Aber sie hatte keinen Hunger, deshalb nahm sie ihre Taschen, um zu gehen. An der Tür hielt sie ein letztes Mal inne und holte die Pläne für die Renovierung aus dem Seitenfach ihrer Reisetasche. Sie brauchte die Entwürfe nicht mehr, und vielleicht konnten sie den O'Donnells als Inspiration dienen, falls sie selbst eine Renovierung planten. Deshalb schrieb sie einen kurzen Zettel und legte ihn zusammen mit den Papieren auf den Küchentisch. Wenn sie denn noch irgendetwas von mir annehmen, dachte sie traurig und verließ die Küche.

Als sie draußen im Hof alles im Wagen verstaut hatte und losfahren wollte, bog Ryan in seinem silbernen Mercedes in den Innenhof. Er parkte neben dem Golf und stieg schwungvoll aus.

»Hey, Lexie. Gerade auf dem Sprung, wie ich sehe.« Er schob die Hände lässig in die Hosentaschen, und auf seinem Gesicht lag ein zufriedenes Grinsen. »Grüß den Boss von mir. Sag ihm, er muss sich keine Sorgen machen. Ich habe hier alles im Griff.«

Sie starrte ihn überrascht an, weil er so entspannt wirkte. Dann wurde ihr klar, dass er von den Ereignissen des Vortags noch keine Ahnung haben konnte. »Du weißt es nicht, oder?«

»Was meinst du?« Sein Lächeln wurde eine Spur unsicherer, und er sah sich auf dem Hof um, so als hätte er möglicherweise etwas übersehen. »Was ist denn passiert?«

In knappen Worten berichtete Lexie ihm, dass Duncan im Krankenhaus lag.

»Was? Weshalb denn?«, fragte Ryan erschrocken. »Hatte er einen Unfall?«

»Das musst du ihn schon selbst fragen, wenn er aus dem Krankenhaus entlassen wird«, erwiderte Lexie, weil sie nicht fand, dass Duncans Selbstmordversuch ihren Kollegen etwas anging.

»Aber ich muss heute noch mit Mr O'Donnell sprechen.« Ryan war blass geworden, wirkte jedoch entschlossen.

»Das ist nicht dein Ernst, oder?« Sie schüttelte den Kopf. »Hast du mir nicht zugehört? Es geht ihm nicht gut, und er hat jetzt ganz sicher andere Sorgen, als sich mit dir über Verträge zu unterhalten.«

»Das ist mir klar. Und das ist auch wirklich alles sehr tragisch«, erwiderte Ryan. »Aber wir müssen das Geschäft abschließen. Das ist ja schließlich auch in Mr O'Donnells Interesse. Er wird verstehen, dass wir nicht mehr länger warten können. Der Vertrag muss möglichst bald unterzeichnet werden. Und einen Stift wird er ja wohl noch halten können.«

»Nein, ich glaube, du verstehst nicht.« Lexie spürte Wut in sich aufsteigen. »Es ist vorbei, Ryan. Das Geschäft kommt nicht zustande.«

»Wer sagt das?« Er starrte sie an, und sie sah die Panik in seinen Augen. »Das kann gar nicht sein. Andrew ist sich ganz sicher, dass O'Donnell an uns verkauft.«

»Ich weiß.« Lexies Magen zog sich zusammen, als sie an die Erpressung dachte. »Aber die Lage hat sich geändert.«

»Wie bitte? Was soll das heißen?« Ryan lief um den Golf herum und hielt Lexie am Arm fest, als sie die Autotür öffnete und einsteigen wollte. »Warte! Du kannst doch nicht einfach fahren, ohne mir zu sagen, was los ist!«

»Lass mich in Ruhe, Ryan.« Sie machte sich von ihm los und stieg ein.

»Du willst ins Krankenhaus, stimmt's?« Ryan hinderte sie daran, die Tür zu schließen, und beugte sich zu ihr herunter. Sein Gesicht war verzerrt. »Mir redest du das aus, und du fährst hin, damit ich schlecht dastehe. Du willst mir die Verhandlungen versauen, deswegen erzählst du so einen Mist. Aber das wirst du nicht schaffen. Diesmal werde ich …«

»Ich fahre nicht ins Krankenhaus«, unterbrach Lexie ihn. »Und du solltest das auch nicht tun. Denn dann bekommst du es mit O'Donnells Sohn zu tun, und wenn ich du wäre, dann würde ich mir dieses Gespräch ersparen.«

Die Vorstellung, sich mit Grayson Fitzgerald anlegen zu müssen, schien Ryan kurzzeitig zu lähmen, denn er hielt Lexie nicht auf, als sie die Tür schloss und den Motor startete. Sie legte den Rückwärtsgang ein und ließ das Fenster herunter. »Machs gut, Ryan.«

Als sie den Wagen gewendet hatte und gerade vom Hof fahren wollte, erwachte er aus seiner Erstarrung.

»Auf wessen Seite stehst du eigentlich?«, brüllte er ihr nach, während Lexie Gas gab. Im Rückspiegel sah sie, wie er sein

Handy aus der Tasche holte, wahrscheinlich, um Andrew von den neuesten Entwicklungen zu unterrichten.

Sie schluckte kurz, als ihr die Vertragsstrafe wieder einfiel, mit der sie sich vermutlich bald konfrontiert sehen würde. Da kam eine Menge auf sie zu, aber sie hatte ihre Entscheidung getroffen und würde dazu stehen. Außerdem gab es im Moment dringendere Dinge, um die sie sich kümmern musste.

Sie fuhr runter nach Cerigh und von dort weiter zum Rose Cottage. Als sie ankam, stand jedoch nur Eileens alter Kastenwagen vor dem Haus. Von Bettys Mini war nichts zu sehen, und als Eileen Lexie kurze Zeit später die Tür öffnete, bestätigte sie ihr, dass ihre Freundin nicht da war.

»Ich habe sie seit gestern Morgen nicht mehr gesehen«, sagte sie, während sie Lexie ins Haus ließ.

Lexie seufzte. »Dann wird sie immer noch mit Aidan unterwegs sein.« Sie hatte während des Packens kurz versucht, Betty zu erreichen, aber es war wieder nur die Mailbox drangegangen. Und auf ihre Nachricht hatte ihre Freundin bisher auch nicht reagiert.

»Sind die beiden jetzt zusammen?«, erkundigte sich Eileen und lächelte, als Lexie nickte. »Ich habe mir schon gedacht, dass sich da etwas anbahnt. Möchtest du nicht reinkommen? Ich habe mir gerade Frühstück gemacht und könnte Gesellschaft gebrauchen.«

»Gern«, antwortete Lexie und folgte ihr in die Küche, wo auf dem kleinen Tisch bereits eine Schale mit Joghurt, Granola und Früchten bereitstand.

»Du kannst meine Portion haben, ich habe noch nichts davon gegessen. Dann mache ich mir schnell noch was«, meinte Eileen und wollte schon zum Schrank gehen. Doch Lexie hielt sie auf.

»Danke, aber das ist nicht nötig. Ich habe eigentlich keinen Hunger.«

»Aber einen Tee trinkst du doch? Vielleicht den zur Stärkung?«, schlug Eileen vor. »Das Wasser hat gerade gekocht.«

»Ja, gerne.« Lexie setzte sich an den Tisch.

»Was war eigentlich gestern auf der Burg los?«, fragte Eileen, während sie den Tee zubereitete. »Die Leute in Cerigh sagen, sie haben einen Rettungshubschrauber gesehen. Ist der auf Dunmor gelandet?«

Wieder war Lexie erstaunt darüber, wie schnell sich Neuigkeiten im Ort herumsprachen.

»Duncan wurde ins Krankenhaus gebracht«, sagte sie zögernd, nicht sicher, wie viel sie preisgeben sollte. Es würde bestimmt nicht lange dauern, bis alle von Duncans Selbstmordversuch wussten. Aber sie wollte nicht diejenige sein, die es herausposaunte, deshalb wich sie aus, als Eileen nach dem Grund fragte. »Das weiß ich nicht genau.«

Eileen schien zu ahnen, dass sie mehr wusste, als sie zugab. Aber sie beließ es bei einem langen Blick.

»Mein Gott, der Arme!« Sie hob den Teefilter aus der Kanne. »Ich kann ihn nicht besonders gut leiden, aber das tut mir trotzdem leid, vor allem für Fanny. Ich werde sie nachher mal anrufen und mich erkundigen, wie es ihr geht.«

Lexie hielt das für keine gute Idee, weil sie nicht wusste, in welchem Zustand Fanny nach dieser aufreibenden Nacht war. Aber dann erinnerte sie sich wieder an ihre erste Begegnung im Hof von Dunmor und wie sehr Fanny sich gefreut hatte, Eileen zu sehen. Sie war ein großer Fan von Eileens Tees, und die beiden schienen sich auch sonst nahezustehen. Also wollte Lexie sich da lieber nicht einmischen, vielleicht tat der Anruf Fanny ja sogar gut.

»Wie geht es jetzt eigentlich weiter?« Eileen holte zwei Becher aus dem Schrank und wandte Lexie den Rücken zu, während sie den Tee eingoss. Sie blickte über ihre Schulter. »Mit der Burg und mit dir, meine ich?«

Sie kam mit den Bechern zum Tisch und reichte Lexie einen.

»Ich glaube, Dunmor wird doch an Grayson gehen und nicht an meinen Boss«, erwiderte Lexie.

»Aha.« Eileen setzte sich zu ihr an den Tisch. »Und was ist mit deinem Auftrag?«

»Der hat sich erledigt.« Lexie lehnte sich seufzend auf ihrem Stuhl zurück und schob den Gedanken an den Ärger beiseite, der ihr wegen dieser Sache noch bevorstand.

»Heißt das, du wirst abreisen?« Eileen öffnete die Zuckerdose, die auf dem Tisch stand, und tat sich zwei Löffel voll in ihren Tee. Das Gleiche machte sie mit Lexies Tee.

»Ich nehme eigentlich keinen Zucker«, protestierte Lexie, ein bisschen zu spät, aber Eileen reichte ihr nur lächelnd einen sauberen Löffel zum Umrühren.

»Heute solltest du vielleicht welchen nehmen. Zucker ist gut für die Nerven«, sagte sie, dann wurde sie wieder ernst. »Und was ist mit Fiona? Willst du die Suche aufgeben?«

Lexie rührte in ihrem Tee. »Nein, noch nicht. Ich möchte noch mal mit Father Flaherty sprechen. Vielleicht kriege ich ja doch etwas aus ihm heraus.« Sie zögerte kurz. »Weißt du, ob er schon aus Letterkenny zurück ist?«

»Ich wusste nicht mal, dass er dort ist«, erwiderte Eileen. »Du weißt doch, dass ich einen Bogen um die Kirche mache, wenn ich kann.«

Lexie überlegte, was sie tun sollte, falls der Pfarrer immer noch beim Bischof war. »Denkst du, ich könnte vielleicht eine Nacht hier bei dir schlafen? Auf die Burg möchte ich nicht mehr zurück, und wenn ich Father Flaherty heute nicht erreiche, würde ich es gerne morgen noch mal versuchen.«

»Aber natürlich!« Eileen lächelte. »Du kannst so lange bleiben, wie du willst! Ich muss allerdings gleich los. In Leitrim gibt es eine Spezialeinrichtung, die vielleicht für Janice infrage kommt. Die möchte ich mir ansehen. Ich bin sicher erst heute Abend zurück. Aber du kannst einen Schlüssel haben, dann bist du unabhängig.«

Lexie bedankte sich, froh darüber, dass sie auf die alte Freundin ihrer Mutter bauen konnte, wenn sie Hilfe brauchte.

»Ich wünschte, es würde sich jeder so darüber freuen, mich hierzuhaben«, sagte sie ein bisschen wehmütig und versuchte, nicht an Grayson zu denken.

Eileen lächelte sie aufmunternd an. Dann berichtete sie Lexie weiter von Janice' geplanter Therapie, die bald beginnen sollte. Lexie hörte zu und trank den Tee, der für ihren Geschmack viel zu süß war. Und es stimmte auch leider nicht, dass der Zucker ihre Nerven beruhigte, denn als Eileen eine gute Stunde später aufbrach, war Lexie immer noch aufgewühlt und unruhig. Sie versuchte, sich abzulenken, indem sie die Küche aufräumte und den Abwasch erledigte, aber sie musste trotzdem die ganze Zeit an Grayson denken.

Er ging ihr einfach nicht aus dem Kopf, und sie hoffte, dass der Besuch bei Father Flaherty sie zumindest für eine Weile ablenken würde. Als sie gerade das Haus verlassen wollte, um in den Ort zu fahren, klingelte ihr Handy.

Für einen Moment befürchtete sie, dass es wieder Andrew sein würde. Doch zu ihrer Freude sah sie, dass ein Foto von Betty auf dem Display aufleuchtete. Sofort nahm sie den Anruf entgegen.

»Hey, Lexie, tut mir leid, dass ich mich jetzt erst melde. Ich hatte mein Ladekabel verlegt. Aber gerade habe ich es zum Glück wiedergefunden.«

Der vertraute Klang von Bettys Stimme trieb Lexie die Tränen in die Augen. Es war nicht mal vierundzwanzig Stunden her, dass sie ihre Freundin zuletzt gesehen hatte, aber es kam ihr wie eine kleine Ewigkeit vor, weil in der Zwischenzeit so unglaublich viel passiert war.

»Wo bist du denn?«

»In Enniskillen. Aber wir machen uns gleich auf den Weg zu Aidans Mutter«, berichtete Betty fröhlich.

»Enniskillen ist auf dem halben Weg nach Dublin«, sagte Lexie überrascht.

»Ich weiß.« Lexie kicherte. »Frag mich nicht, wie wir ausgerechnet hier gelandet sind. Wir sind gestern spontan losgefahren, weil wir ein bisschen allein sein wollten, und hatten vor, uns irgendwo ein schönes Hotel zu suchen. Aber es tat so gut, einfach zu fahren und zu reden, dass wir, ehe wirs uns versahen, fast anderthalb Stunden unterwegs waren. In Enniskillen haben wir dann was gefunden, und heute Morgen meinte Aidan, dass es jetzt eigentlich nicht mehr weit ist bis zu seinen Eltern. Er wollte mich sowieso seiner Mutter vorstellen, und weil sein Vater gerade unterwegs und nicht zu Hause ist, hat er spontan vorgeschlagen, sie zu besuchen. Seine Mutter war begeistert von der Idee und hat uns heute Abend zum Essen eingeladen. Und weißt du was? Aidans Eltern leben in der Nähe von Dublin in einem alten Herrenhaus. Ist das nicht irre? Ich bin schon so gespannt auf seine Mutter. Hoffentlich ist sie nett, aber das ist sie bestimmt, wenn sie so einen Sohn hat.« Betty unterbrach ihren Redeschwall, um tief zu seufzen. »Ach, Lexie, du kannst dir gar nicht vorstellen, wie glücklich ich bin! Aidan ist der tollste Mann auf der ganzen Welt, und ich bin so froh, dass ich ihm noch eine Chance gegeben habe.«

»Das freut mich wirklich sehr für euch«, sagte Lexie und meinte es so. Aber sie schaffte es nicht, ihre eigene Niedergeschlagenheit zu verbergen, und jetzt schien auch Betty zu bemerken, was sie vorher in ihrem Glücksrausch überhört hatte.

»Ach, verdammt, jetzt rede ich die ganze Zeit von mir! Wie ist es denn bei dir? Gibt es was Neues?«

»Ja«, sagte Lexie mit belegter Stimme. »Sogar so viel, dass ich gar nicht weiß, wo ich anfangen soll.«

Sie ging zurück ins Haus, setzte sich in die Küche und erzählte ihrer Freundin, was passiert war.

»Mein Gott, und ich dumme Kuh schwärme dir die ganze Zeit von Aidan vor!«, stöhnte Betty, als sie geendet hatte. »Wir kommen natürlich sofort zurück. Wenn wir uns gleich wieder ins Auto setzen, müssten wir in gut zwei Stunden wieder in Cerigh sein.«

»Nein, das möchte ich nicht«, widersprach Lexie. »Das ist nicht nötig, wirklich. Du könntest mir ohnehin nicht helfen. Ich werde noch mal mit Father Flaherty sprechen, und wenn das nichts bringt, dann fahre ich zurück nach Dublin.«

»Und dann?«, fragte Betty.

»Du meinst wegen Andrew?« Lexie zuckte mit den Schultern. »Er wird mich ziemlich sicher rausschmeißen, wenn er hört, dass ich Grayson von der Erpressung erzählt habe. Und da das ein Vertragsbruch ist, wird er mir vermutlich auch noch eine saftige Konventionalstrafe aufbrummen.«

»Richtig, die Verschwiegenheitsklausel!«, erinnerte sich Betty erschrocken. »Ach herrje.«

»Denkst du, es war ein Fehler?«, wollte Lexie wissen.

»Auf keinen Fall«, versicherte Betty ihr. »Du musstest es Grayson sagen. Du hattest gar keine andere Wahl. Mit einer so miesen Masche darf Andrew nicht durchkommen. Aber warten wir erst mal ab, er wird schließlich nicht wollen, dass irgendjemand davon erfährt. Das gibt dir viel Spielraum zum Verhandeln.«

Lexie stöhnte. »Ja, ich weiß. Aber es geht ja gar nicht nur um mich, sondern auch um die Firma. Was, wenn Andrew jetzt tatsächlich pleitegeht und ihr am Ende alle auf der Straße steht? Daran wäre ich dann schuld.«

»Unsinn!«, versicherte ihr Betty. »Ich glaube nicht, dass es wirklich so schlecht steht. Das wüsste ich doch, schließlich sitze ich in der Buchhaltung. Die Zahlen sind vielleicht nicht ganz so rosig wie sonst, aber so schlimm ist es auch nicht. Andrew malt gerne schwarz, aber bisher hat er es immer irgendwie geschafft.« Sie machte eine Pause. »Und was ist mit Grayson? Wirst du noch mal mit ihm sprechen?«

Ein Schauer durchlief Lexie bei dem Gedanken daran, wie Grayson sie angesehen hatte, bevor er aus ihrem Zimmer gestürmt war. »Ich glaube nicht, dass er noch mit mir redet. Und selbst wenn …« Sie zögerte. »Es würde nichts ändern. Deshalb ist es wahrscheinlich besser, wenn ich ihn nicht mehr sehe.«

»Hm«, brummte Betty skeptisch, ließ das Thema jedoch ruhen, weil sie zu spüren schien, dass Lexie nichts mehr darüber sagen wollte. »Und ich soll wirklich nicht kommen?«

Lexie verneinte erneut. »Ich schaff das schon. Genieß du den Besuch bei Aidans Mutter. Ich drücke die Daumen, dass ihr euch gut versteht.«

Betty nahm Lexie das Versprechen ab, sich sofort zu melden, wenn irgendetwas war, dann beendeten sie ihr Gespräch. Lexie blieb noch einen Moment in der Küche sitzen und kämpfte gegen die bleierne Müdigkeit, die sie plötzlich erfasste.

Jetzt reiß dich zusammen, dachte sie und stand auf, um in den Ort zu fahren und den Besuch bei Father Flaherty hinter sich zu bringen.

Die Sonne schien von einem strahlend blauen Himmel, und es war überraschend warm. Deshalb stellte Lexie den Golf am Rand des Dorfplatzes unter einer großen, Schatten spendenden Linde ab. Dann machte sie sich auf den Weg zur Kirche.

Als sie durch das Tor auf das Gelände trat, sah sie Mary Ward mit einigen anderen Frauen am Eingangsportal der Kirche stehen. Alle hielten dunkelblaue Mappen in der Hand und unterhielten sich. Mary Ward bemerkte Lexie und kam zu ihr.

»Father Flaherty ist noch nicht zurück«, sagte sie, bevor Lexie danach fragen konnte.

»Und Sie wissen auch nicht, wann er kommt?«

»Nein, tut mir leid.«

Lexie wartete vergeblich darauf, dass die Haushälterin ihr anbot, dem Pfarrer etwas auszurichten.

»Vielleicht könnten Sie ihm sagen, dass ich ihn sprechen möchte?«, bat sie. »Es ist dringend.«

Mary Ward zuckte mit den Schultern.

»Natürlich«, meinte sie, aber Lexie war sich fast sicher, dass Father Flaherty diese Nachricht nicht erreichen würde.

Mary Ward deutete auf die anderen Frauen, die gerade in die Kirche gingen, und hielt die blaue Mappe hoch.

»Ich muss los, wir haben jetzt Chorprobe«, erklärte sie. »Einen schönen Tag noch, Miss Cavendish.«

Lexie blieb stehen und sah ihr nach, bis sie in der Kirche verschwunden war. Es irritierte sie, wie sehr sich das Verhalten der Haushälterin seit dem Vorfall im Pfarrhaus verändert hatte. Sie begegnete Lexie inzwischen fast feindselig und schien auch weitere Treffen zwischen ihr und Father Flaherty verhindern zu wollen. Aber warum? Hatte es etwas mit der Mappe zu tun, die sie im Pfarrhaus gesehen hatte?

Lexie seufzte tief. Sie hätte so gerne einen weiteren Blick auf den Inhalt geworfen. Doch was sollte sie tun, wenn der Pfarrer bei seiner Behauptung blieb, dass es diese Mappe gar nicht gab?

Aus der Kirche drang jetzt Orgelmusik und mehrstimmiger Chorgesang herüber, und ihr wurde plötzlich klar, dass sich momentan niemand im Pfarrhaus aufhielt. Was, wenn sie auf eigene Faust auf die Suche ging? Es war gewagt, ohne Erlaubnis in das Cottage einzudringen, und abgesehen von allen moralischen Bedenken machte sie sich damit strafbar. Aber welche Chance hatte sie sonst, an mehr Informationen zu kommen?

Sie drehte sich um und blickte über den Dorfplatz. Nur wenige Autos parkten heute hier, und lediglich vor dem Castle Inn ganz am anderen Ende standen einige Leute und unterhielten sich. Auf dem Kirchengelände befand sich niemand außer ihr, deshalb beschloss sie zu handeln, bevor der Mut sie wieder verlassen konnte, und ging an der Kirche vorbei zum Pfarrhaus.

Sie zögerte, als sie vor der Gartenpforte stand. Ihre Kopfhaut prickelte, und ihre Hände waren schweißnass. Aber wenn sie mehr über ihre Mutter herausfinden wollte, dann war das hier ihre einzige Chance. Deshalb ging sie durch das Tor und am Haus entlang bis zur Rückseite, wo die Terrasse lag.

Im Gegensatz zum letzten Mal war die Terrassentür diesmal jedoch verschlossen, und auch von den Fenstern stand keines auf, wie Lexie bei einem Rundgang um das Haus feststellte. Ratlos stand sie schließlich vor der Haustür und kam sich unendlich dumm vor. Wenn sie hineinwollte, dann würde das diesmal nur gewaltsam gehen, indem sie ein Fenster einschlug oder eine der Türen aufbrach. Allein der Gedanke, so viel Zerstörung anzurichten, ließ sie jedoch erkennen, dass ihr Plan undurchführbar war. Sie konnte so etwas nicht.

Aber wenn sie schon unverrichteter Dinge wieder ging, dann würde sie Father Flaherty wenigstens eine Nachricht hinterlassen. Wenn er sie vor seiner Haushälterin fand, erhöhte das ihre Chancen auf ein Gespräch mit ihm.

Sie holte ihr Notizbuch aus ihrer Tasche, riss eine Seite heraus, schrieb ein paar Zeilen und faltete den Zettel dann einmal. Als sie ihn in den Briefkasten an der Hauswand warf, fiel ihr Blick auf den hübsch bepflanzten Terracottablumentopf, der neben dem Eingang stand. Unter genau so einem hatten die Petersons immer den Ersatzhausschlüssel versteckt, was eigentlich eine ziemlich blöde, weil viel zu durchschaubare Idee war. Dort würde man sofort nachschauen, wenn man nach einem Schlüssel suchte. Aber vielleicht waren der Pfarrer und seine Haushälterin ja ähnlich fantasielos?

Einen Versuch ist es wert, dachte Lexie, auch wenn sie sich wenig davon versprach. Doch als sie den Blumentopf zur Seite schob, lag darunter tatsächlich ein ziemlich neu aussehender Schlüssel.

Mit klopfendem Herzen hob sie ihn auf und steckte ihn ins Schloss. Einen Augenblick später stand sie im Hausflur, der mit den dunklen Möbeln und der vergilbten Tapete noch genauso düster wirkte, wie sie ihn in Erinnerung hatte. Unwillkürlich dachte sie an ihren letzten Besuch hier, als sie hinterrücks niedergeschlagen worden war, und das verstärkte ihr Unbehagen so sehr, dass ihr Magen sich zusammenkrampfte.

Reiß dich zusammen, ermahnte sie sich und überlegte, wo sie mit ihrer Suche anfangen sollte. Gesehen hatte sie die Mappe zuletzt im Wohnzimmer, doch als sie sich dort umsah, fiel ihr auf Anhieb nichts ins Auge. Hier gab es nur Bücher, Bilder und Erinnerungsstücke. Eine Mappe, die Father Flaherty unter Verschluss halten wollte, würde er kaum einfach so ins Regal stellen. So etwas bewahrte er vermutlich eher in seinem Arbeitszimmer auf, deshalb ging sie als Nächstes dorthin.

Wieder überraschte sie die schiere Anzahl an Büchern, die in dem kleinen Raum untergebracht waren. Irgendwo dazwischen steckte die Mappe vielleicht, aber sie tippte eher darauf, dass der Pfarrer sie in seinem Schreibtisch aufhob.

Das wuchtige Möbelstück hatte zahlreiche Schubladen, von denen einige abschließbar waren. In einer steckte zum Glück ein Schlüssel, und die Schlösser waren identisch, deshalb konnte Lexie damit alle öffnen. Bei den Unterlagen, die sie enthielten, handelte es sich jedoch nur um Dinge, die man im Schreibtisch eines Pfarrers erwarten konnte: Korrespondenzen zu Umbaumaßnahmen an der Kirche, Chorprojekten und Spendensammlungen, Briefwechsel mit Behörden und Kollegen, Predigtentwürfe und Kopien von wissenschaftlichen Aufsätzen zu theologischen Themen. Es gab auch einige wenige persönliche Dinge, ein paar Postkarten mit Grüßen von Freunden und zwei gemalte Bilder, die »Onkel Peter« gewidmet waren.

Aber keine Mappe mit den Initialen F. R.

Mit einem Seufzen ließ Lexie sich auf den Schreibtischstuhl sinken und lehnte sich zurück, weil ihr klar wurde, wie aussichtslos ihre Suche war. Wenn in der Mappe etwas war, das Father Flaherty verbergen wollte, dann würde er sie gut verstecken – vor allem nachdem Lexie sie erst kürzlich entdeckt hatte. Und sie konnte nicht das ganze Haus auf den Kopf stellen. Das hat doch alles keinen Sinn, dachte sie frustriert und schloss die Augen, weil sie sich schon wieder so schrecklich müde fühlte.

Ein Geräusch erklang im Flur und schreckte sie auf. Hastig erhob sie sich, doch bevor sie ihren Platz hinter dem Schreibtisch verlassen konnte, stand Father Flaherty plötzlich im Türrahmen.

»Miss Cavendish!« Er war sichtlich verblüfft und schien nach einer Erklärung für ihre unerwartete Anwesenheit in seinem Arbeitszimmer zu suchen. »Hat Mary Sie reingelassen?«

Lexie spürte, wie ihre Wangen heiß wurden, während sie fieberhaft überlegte, was sie sagen sollte. Aber sie würde es kaum schaffen, sich aus dieser Situation herauszureden, deshalb entschied sie sich für die Wahrheit. »Nein. Ich … habe den Ersatzschlüssel unter dem Blumentopf benutzt.«

Father Flaherty runzelte die Stirn. »Dann hat Mary Ihnen gesagt, wo er ist?«

Sie schüttelte den Kopf, und als sein Blick auf die Papiere fiel, die Lexie aus der Schublade geholt hatte, schien er zu begreifen. »Sie … haben meinen Schreibtisch durchsucht?«

Lexie nickte. Die Situation war ihr unglaublich peinlich, aber es ließ sich nicht leugnen. Er hatte sie auf frischer Tat ertappt. Also konnte sie ihm genauso gut sagen, was sie hergeführt hatte. Vielleicht begriff er dann, wie wichtig ihr diese Sache war.

»Es tut mir leid, dass ich hier einfach eingedrungen bin. Ich wollte nichts stehlen«, versicherte sie ihm. »Eigentlich wollte ich Sie nur noch mal nach der Mappe fragen, die ich vor ein paar

Tagen bei Ihnen gesehen hatte. Aber Sie waren nicht da, und ich hatte Angst, dass Sie mir vielleicht nichts dazu sagen können, weil es etwas mit dem Beichtgeheimnis zu tun hat. Dann dürften Sie ja nicht mit mir darüber reden, selbst wenn Sie wollten.« Flehend sah sie ihn an. »Ich muss aber mehr über meine Mutter erfahren, Father Flaherty. Und ich dachte, selbst nach der Mappe zu suchen wäre meine einzige Chance. Als ich vor der Tür stand, wusste ich nicht, wie ich hereinkommen sollte, aber dann fand ich den Schlüssel und bin …«

Father Flaherty hob die Hand, und sie verstummte. »Warten Sie hier«, sagte er und verließ das Zimmer.

Entsetzt starrte sie ihm nach, während ihre Gedanken sich überschlugen. Er wird die Polizei rufen, dachte sie. Und dazu hatte er jedes Recht. Sie hatte hier nichts zu suchen, deshalb würde sicher gleich Sergeant Sumner kommen und sie mitnehmen …

Father Flaherty kehrte zurück. Er hielt etwas in der Hand, und als er es Lexie gab, erkannte sie, dass es die Mappe war, nach der sie gesucht hatte. Überrascht starrte sie ihn an. »Aber …«

»Die ist für Sie«, sagte er. »Es war ein Fehler zu leugnen, dass ich sie habe.«

»Danke«, stammelte Lexie, immer noch fassungslos, und ließ sich wieder auf den Schreibtischstuhl sinken. Sie konnte den Blick nicht von der Mappe lösen, wagte aber nicht, sie zu öffnen. »Was … ist da drin?«

Father Flaherty setzte sich auf den Besucherstuhl. Seine Miene war unbewegt. »Sehen Sie nach.«

Lexie schluckte beklommen. Es war genau das, was sie sich gewünscht hatte, aber jetzt hatte sie plötzlich Angst vor dem, was sie entdecken würde. Vorsichtig hob sie den Deckel.

Das Erste, was sie sah, war eine Handvoll Fotos. Zuoberst lag das Bild von ihr und ihrer Mutter, das sie schon kannte. Es gab noch eins, das nur Lexie als Baby zeigte, und ein Porträtbild von Fiona, das in einem Fotostudio entstanden sein musste. Die anderen beiden waren Schnappschüsse. Auf einem davon sang Fiona im Chor, auf dem anderen stand sie lachend vor einer Hecke irgendwo auf dem Land und strahlte so glücklich und gelöst in die Kamera, dass Lexie unwillkürlich ebenfalls lächelte.

Sie legte die Fotos beiseite und nahm einen Stapel mit handgeschriebenen Briefen aus der Mappe. Unterzeichnet hatte alle Fiona, und der Adressat war immer »Mein Liebster«.

»Liebesbriefe«, flüsterte Lexie aufgeregt und überflog ein paar davon. Fiona schrieb darin an den Mann, dem ihr Herz gehörte, aber mit dem sie offenbar nicht zusammen sein konnte. Die Sehnsucht, die aus den Worten sprach, berührte Lexie sehr.

Mit zitternden Fingern blätterte sie weiter und stieß ganz unten auf eine Sammlung von Computerausdrucken. Es waren Beiträge aus Onlineportalen von Fachjournalen und Wirtschaftsmagazinen, und sie beschäftigten sich ausnahmslos mit Projekten, die Howard Enterprises während der vergangenen zwei Jahre betreut hatte. Genauer gesagt waren es die, für die Lexie zuständig gewesen war, denn sie wurde in den Texten erwähnt. Außerdem lag ein Ausdruck von der Howard-Enterprises-Homepage dabei, auf dem die Mitarbeiter vorgestellt wurden. Es war der Eintrag über sie, mit einem Foto, von dem sie sich selbst entgegenlächelte.

Überrascht ließ sie die Seite sinken. Das hier war nicht nur eine Mappe über Fiona, sondern auch über sie. Wobei ein großer Zeitraum fehlte, denn zwischen den Briefen und Fotos ihrer Mutter und den Artikeln über sie lagen knapp zwanzig Jahre. Aber warum machte sich jemand die Mühe, ihren beruflichen Werdegang zu verfolgen?

Ein Schauer lief ihr über den Rücken, als ihr klar wurde, dass es nur einen Menschen gab, der so viel Interesse an ihr haben konnte. Sie blickte Father Flaherty an, der stumm auf seinem Stuhl saß und sie beobachtete.

»Stammt diese Mappe von meinem Vater?«

Er nickte.

»Dann kennen Sie ihn?«

Wieder nickte er, und Lexie sog die Luft ein, als ihr dämmerte, was der Ausdruck bedeutete, der in seinen Augen lag.

»Sie?«, fragte sie fassungslos. »Sie sind mein Vater?«

»Ja«, sagte Father Flaherty, und Lexie spürte, wie ihr Magen sich zusammenzog. Ihr Blick verschwamm, dann wurde ihr schwarz vor Augen, und sie rutschte vom Stuhl.

25

Father Flaherty beugte sich über sie, als sie die Augen aufschlug.

»Lexie, was ist mit dir?«, fragte er. »Kannst du aufstehen?«

Sie nickte benommen und ließ sich von ihm aufhelfen.

»Du legst dich besser hin«, entschied er und führte sie ins Wohnzimmer. Doch als Lexie auf dem Sofa saß, funktionierte ihr Kreislauf wieder, und sie wehrte den Pfarrer ab. Ihr war immer noch ein bisschen übel, aber sie konnte wieder klar denken.

»Ich brauche keine Ruhe, sondern endlich Antworten«, sagte sie und blickte zu Father Flaherty auf, der neben dem Sofa stand.

Sie konnte immer noch nicht fassen, was er ihr gerade gestanden hatte, und suchte in seinem Gesicht nach irgendeiner Ähnlichkeit, die ihr bewies, dass er tatsächlich ihr Vater war. Aber sie sah einen Fremden.

»Ist das wirklich wahr?«, fragte sie skeptisch, weil nichts an seiner Behauptung zu passen schien. »Sie haben meine Mutter doch noch gar nicht gekannt, als ich geboren wurde.«

Father Flaherty ging zu dem Regal hinüber, in dem er die Sportpokale aus seiner Jugend aufbewahrte. Er nahm einen davon und reichte ihn Lexie. Der eingravierten Inschrift nach hatte ihn die Mannschaft des Saint Eunan Colleges in Letterkenny für den ersten Platz bei einem Bezirkswettrudern erhalten.

Nicht ganz sicher, was Father Flaherty ihr damit sagen wollte, blickte sie zu ihm auf.

»Ich kannte deine Mutter schon in der Schule«, sagte er. »Das Saint Eunan College war zwar nur für Jungen, aber wir hatten ein gemeinsames Projekt mit einer Mädchenschule. Dabei habe ich Fiona zum ersten Mal getroffen – und mich sofort in sie verliebt.«

Er setzte sich Lexie gegenüber in den abgewetzten lederbezogenen Ohrensessel. Seine ganze Haltung wirkte angespannt. Offenbar fiel ihm dieses Geständnis schwer.

»Sie war jünger als ich, und ich war viel zu schüchtern, um es bei ihr zu versuchen«, fuhr er fort. »Trotzdem habe ich sie nie vergessen. Jahre später entschloss ich mich, Priester zu werden, und ging weg, zum Studium nach Dublin und dann ins Ausland. Als ich als Diakon nach Letterkenny zurückkehrte, traf ich Fiona wieder. Sie sang im Chor meiner Gemeinde, und ich fühlte mich erneut zu ihr hingezogen. Da ich damals kurz vor der Priesterweihe stand, durfte ich so etwas natürlich nicht empfinden. Es war ein Problem, ein großes sogar, denn meine Gefühle waren sehr stark, und ich merkte, dass Fiona sie erwiderte. Wir haben uns Briefe geschrieben und uns heimlich getroffen, und je öfter wir uns sahen, desto inniger wurde unsere Beziehung. Alles rein platonisch zuerst, und ich habe mir lange eingeredet, dass ich mehr nicht will. Nur Freundschaft. Aber irgendwann haben wir die Grenze überschritten und wurden ein Paar.« Er seufzte. »Ich habe mich schrecklich gefühlt, weil es gegen die Regeln verstieß. Doch ich konnte es nicht bereuen. Das war das Schlimmste. Ich wollte Fiona – und trotzdem meiner Berufung folgen, was natürlich unmöglich war. Lange habe ich mit mir gerungen und mich am Ende für die Kirche entschieden. Fiona aufzugeben war das Schwerste, was ich je in meinem Leben tun musste, aber sie hat es nicht nur akzeptiert, sondern es mir auch so einfach wie möglich gemacht. Drei Jahre lang war sie aus meinem Leben verschwunden, bevor sie plötzlich nach Cerigh kam. Mit dir. Sie hatte gehört, dass ich hier Gemeindepfarrer bin, aber sie sagte, sie wäre nicht meinetwegen gekommen, sondern weil sie keine andere Wahl hatte. Sie wollte aus Letterkenny weg, und Eileen war die Einzige, die bereit war, sie aufzunehmen. Ich habe getan, was ich konnte, und bei Duncan ein gutes Wort für sie eingelegt, um ihr einen Job zu besorgen. Und ich habe mir eingeredet, dass du nicht meine Tochter bist.« Er schüttelte den Kopf. »Dabei wusste ich es sofort, als ich dich sah. Fiona hat nichts dazu gesagt, und ich habe nicht nachgefragt. Sie sang im Kirchenchor und kam zur Messe, aber sie hat nie, mit keinem einzigen Wort, eine Forderung an mich gestellt. Über ein Jahr lang haben wir so getan, als wären wir Fremde, und es hat mich fast umgebracht. Irgendwann habe ich es nicht mehr ausgehalten und sie zur Rede gestellt, und sie hat zugegeben, dass sie bei unserer Trennung schwanger war. Sie meinte, sie hätte mich nicht belasten wollen, weil ich meine Entscheidung getroffen hatte. Und dass sie es verstanden hätte. Aber mir war klar, was sie durchgemacht haben musste als unverheiratete Mutter, während ich die ganze Zeit hier als geachteter Priester in Cerigh lebte. Dabei hatte ich mich genauso schuldig gemacht!« Für einen Moment schwieg er. »Wir haben uns ein paar Mal heimlich getroffen, um zu reden, aber Fiona hat auch da nichts von mir gefordert. Im Gegenteil. Sie sagte, ich müsste mir keine Gedanken machen und dass sie zurechtkommen würde. Und dann sah ich sie eines Tages während der Chorprobe an und wurde von meinen Gefühlen überwältigt. Es war, als hätte der Herr mir die Augen geöffnet. Plötzlich wusste ich, dass ich zu meiner Verantwortung stehen muss. Ich wollte reinen Tisch machen, und Fiona war glücklich darüber. Jedenfalls dachte ich das.«

Father Flaherty erhob sich und trat an die Terrassentür, blickte nach draußen in den Garten. »Es war alles verabredet. Wir wollten den Sonntag noch abwarten, weil da eine Taufe stattfand, die ich nicht absagen konnte. Dann wäre ich nach Letterkenny zum Bischof gegangen, um ihm mitzuteilen, dass ich mein Gelübde widerrufe. Es wäre ein großer Schritt gewesen, und ich gebe zu, dass mir das Angst gemacht hat. Schließlich gingen wir in eine unbekannte Zukunft. Aber ich war dennoch fest entschlossen. Ich habe deine Mutter wirklich geliebt, Lexie.«

Er verstummte und schien plötzlich ganz in Gedanken versunken.

»Und dann?«, fragte sie, gleichzeitig fasziniert und schockiert von dem, was er erzählte.

»Kam alles ganz anders.« Er ging zum Kaminsims und öffnete das kleine Kästchen, das dort stand, holte etwas heraus und gab es Lexie. Es war ein schmaler, mit zwei kleinen Rubinen besetzter goldener Ring.

Überrascht blickte sie auf, als ein Bild vor ihrem inneren Auge auftauchte. Sie sah Fionas lächelndes Gesicht und dann ihre Hand, an der sie genau diesen Ring trug. »Der hat meiner Mutter gehört.«

Father Flaherty nahm wieder Platz und saß nach vorn gebeugt da. In seinem Blick stand eine Mischung aus Trauer und Fassungslosigkeit.

»Ich hatte ihn Fiona geschenkt, damals in Letterkenny, als wir noch zusammen waren. Sie trug ihn, als sie nach Cerigh kam, und als ich sie bei unserer Aussprache danach fragte, erzählte sie mir, wie viel der Ring ihr bedeutet.«

Lexie schluckte. »Und wieso haben Sie ihn dann?«

Er lehnte sich im Sessel zurück. »An dem Samstag, bevor wir es allen sagen wollten, kam Mary mit einer Botschaft von Fiona zu mir. Sie sollte mir ausrichten, dass ich Priester bleiben müsse. Die Gemeinde würde mich brauchen, und sie selbst wolle sich nicht noch weiter versündigen. Ich sollte sie von jetzt an in Ruhe lassen und nie wieder mit ihr darüber sprechen.« Er zuckte mit den Schultern. »Ich wollte es erst nicht glauben, aber Mary gab mir den Ring, und da wusste ich, dass Fiona es ernst meint. Es hat mich umgehauen, im wahrsten Sinne des Wortes, so schlimm, dass Mary Doktor Turner rufen musste. Als es mir wieder besser ging, wollte ich Fiona zur Rede stellen, aber da war sie schon fort.«

Lexie dachte an das, was er ihr zuvor schon über den Tag von Fionas Verschwinden erzählt hatte. Dann war es der Schock gewesen, der ihn damals ans Bett gefesselt hatte, und keine Krankheit.

»Und Sie haben nicht nach meiner Mutter gesucht?«

Er schüttelte den Kopf. »Ich wusste ja, warum sie wegwollte. Und ich konnte es verstehen. Es wäre sehr hart für uns geworden, und Fiona hatte meinetwegen schon genug durchgestanden.«

»Sie hätten um sie kämpfen können.« Lexie spürte, wie plötzlich bittere Wut in ihr aufstieg. »Oder waren Sie einfach nur froh, dass Sie hier weiter Ihren bequemen Job machen konnten?«

Father Flaherty wich ihrem Blick aus. »Ich konnte Fiona nicht zwingen«, sagte er. »Ich dachte, sie will ihre Freiheit zurück, also habe ich sie ziehen lassen.«

»Und was ist mit mir?« Lexies Augen füllten sich mit Tränen. »Warum waren Sie für mich nicht da? Ich hätte einen Vater sehr gut gebrauchen können.«

Sein Adamsapfel hob und senkte sich. »Dafür gibt es keine Entschuldigung, ich weiß. Aber ich war so verwirrt. Der Gedanke, mich allein um ein kleines Kind zu kümmern, hat mich überfordert. Mit Fiona gemeinsam hätte ich es geschafft, dem Sturm standzuhalten. Aber ohne sie erschien mir das alles viel zu schwer. Ich dachte, du wärst bei deiner Tante besser aufgehoben als bei mir und dass es Gottes Wille wäre, dass du in einer richtigen Familie aufwächst.«

»Ich hatte aber keine Familie«, erinnerte ihn Lexie. »Ich hatte niemanden. Weil Sie zu feige waren, zu mir zu stehen.«

Die Computerausdrucke über ihre Projekte bei Howard Enterprises fielen ihr wieder ein. Plötzlich ergab es einen Sinn, dass Duncan bei Andrew darauf bestanden hatte, den Auftrag an sie zu vergeben. Father Flaherty war gut mit Duncan befreundet und musste ihn darum gebeten haben, diese Forderung zu stellen, wahrscheinlich weil er sie im Internet ausfindig gemacht hatte und kennenlernen wollte. Das erklärte auch, wieso er so aufgeregt gewesen war, als sie sich damals vor der Kirche zum ersten Mal begegnet waren. Aber es erklärte nicht sein langes Schweigen.

»Und wieso jetzt plötzlich, nach zwanzig Jahren?«

Er zuckte mit den Schultern. »Ich habe immer an dich gedacht, aber ich wusste nicht, wo du bist, und es gab niemanden, von dem ich eine Auskunft hätte bekommen können, es sei denn, ich hätte mich als dein Vater zu erkennen gegeben. Aber ich wusste nicht, ob dieses Eingeständnis es nicht schlimmer für dich gemacht hätte. Es hätte ja sein können, dass du längst in einer Adoptivfamilie lebst und dort glücklich bist.«

Lexie schnaubte. »Es war bequemer, daran zu glauben, als das Risiko einzugehen, nehme ich an?«

Father Flahertys Schultern sanken nach vorn. »Du hast völlig recht mit deinen Vorwürfen. Es war bequemer, und ich war zu feige. Vielleicht wäre ich es noch, wenn ich nicht durch einen Zufall im Internet auf dein Foto gestoßen wäre. Duncan erzählte mir vom geplanten Verkauf der Burg, und ich habe mir die Seiten der Firma angesehen, die ihm ein Angebot gemacht hatte. Und da warst du plötzlich, lächeltest mich mit den Augen deiner Mutter von einem Foto an. Ich war nicht ganz sicher, ob du es wirklich bist, deshalb erzählte ich Duncan, dass ich von einem Freund viel Gutes über dich gehört hätte und er darum bitten soll, dass du mit dem Projekt betraut wirst.«

»Weiß Duncan, dass ich Ihre Tochter bin?«, wollte Lexie wissen.

Father Flaherty schüttelte den Kopf. »Nein. Außer Mary weiß es niemand. Fiona und ich waren extrem vorsichtig bei unseren Treffen. Sonst wäre es ja längst herausgekommen.«

»Und Mary?«, hakte Lexie nach. »War sie eingeweiht?«

»Nicht von Anfang an. Sie erfuhr es erst in dem Moment, als Fiona ihr den Ring gab. Warum ausgerechnet Mary den Boten spielen sollte, weiß ich nicht. Wahrscheinlich wollte Fiona mir einfach nicht mehr persönlich gegenübertreten und war sicher, dass Mary loyal ist.«

Lexie versuchte, ihre Gedanken und Gefühle zu ordnen. Sie hatte geglaubt, dass es sich gut anfühlen würde, die Wahrheit über ihre Herkunft zu kennen. Dass es sie erleichtern würde, endlich zu wissen, wer ihr Vater war. Aber tatsächlich tat es nur weh. Es machte nichts besser. Und es beantwortete auch nicht die vielen Fragen, die sie immer noch hatte.

Doch bevor sie dazu kam, weiter nachzuhaken, waren plötzlich erneut Geräusche im Flur zu hören.

»Peter?«, rief Mary Ward und erschien einen Augenblick später im Türrahmen. Sie hielt ihre Notenmappe in der Hand. »Du bist ja schon zurück. Ich dachte, du …« Sie hielt inne, als ihr Blick auf Lexie fiel. »Was machen Sie denn hier?« Erschrocken sah sie Father Flaherty an und schien in seinem Gesicht zu lesen, was passiert war. »Peter, du hast doch nicht …?«

Er nickte. »Sie weiß es.«

»Nein!« Mary Ward wurde bleich und wandte sich aufgeregt an Lexie. »Bitte, Sie dürfen das niemandem sagen!«, flehte sie eindringlich. »Peter ist ein sehr guter Pfarrer, die Gemeinde liebt ihn und braucht ihn dringend. Sie dürfen ihn nicht zwingen, das aufzugeben!«

»Das ist nicht meine Entscheidung, sondern die von Father Flaherty.« Lexie sah ihn an. »Es war immer schon seine«, fügte sie hinzu und schaffte es nicht, den Vorwurf aus ihrer Stimme herauszuhalten.

Mary Ward rang die Hände. »Nein, Sie verstehen das nicht! Es war nur eine Verwirrung. Ihre Mutter hat Peter verführt. Aber Gott war ihm wichtiger. Er wollte das alles gar nicht und darf nicht dafür bestraft werden«, jammerte sie.

Lexie starrte sie an. »Wie bitte?«

»Mary, was redest du denn da?« Auch Father Flaherty war sichtlich entrüstet. »Ich habe Fiona geliebt. Sie hat mich nie zu etwas gezwungen.«

»Aber Gott hast du mehr geliebt, nicht wahr? Du warst froh, als sie fort war.« Flehend sah Mary den Pfarrer an. »Und es ist auch jetzt noch nicht zu spät. Wenn Miss Cavendish dich nicht verrät, dann …«

»Der Bischof weiß bereits Bescheid«, unterbrach er sie. »Deswegen war ich bei ihm. Um ihm mitzuteilen, dass ich mein Gelübde widerrufe. Er wollte, dass ich über Nacht bleibe, und wir haben sehr lange miteinander gesprochen, weil er mich gerne umgestimmt hätte. Aber mein Entschluss steht fest.«

Mary stieß einen gequälten Laut aus und sank in den Sessel neben seinem.

»Nein, Peter!« Ihre Augen füllten sich mit Tränen. »Wieso hast du nicht einfach weiter geschwiegen?«

»Weil ich das nicht mehr will«, erwiderte er. »Ich will endlich dazu stehen, dass ich eine Tochter habe. Egal, was das für Konsequenzen hat.« Er hielt Lexies Blick fest, und sie sah die Hoffnung darin. »Ich werde noch mal ganz neu anfangen.«

Lexie wandte den Kopf ab, überfordert von der Frage, die sie in seinen Augen las. Glaubte er wirklich, dass sie ihn jetzt als Vater in ihrem Leben willkommen hieß, nur weil er endlich ehrlich war?

»Aber … was willst du denn jetzt tun?« Mary Wards Stimme bebte.

»Keine Ahnung«, sagte er. »Ich denke, das wird sich finden.«

»Du willst weggehen?« Mary schüttelte den Kopf. »Aber das geht nicht. Du darfst dein Leben hier nicht aufgeben.«

»Ich muss es aufgeben, weil es auf einer Lüge fußt«, widersprach er. »Es war immer eine, denn ich bin damals nicht mit ganzem Herzen Priester geworden. Meine Liebe gehörte nicht Gott allein, und ich kann nicht länger von Aufrichtigkeit und Mut predigen, wenn ich das selbst nicht lebe.« Er seufzte. »Nimm es nicht so schwer, Mary. Der Bischof wird einen neuen Pfarrer schicken, und ich bin sicher, dass mein Nachfolger seinen Job gut machen wird. Vielleicht sogar besser als ich.«

Mary Ward starrte ihn an, als hätte er den Verstand verloren. Aber er blieb ganz ruhig und deutete auf Lexie.

»Ich glaube, du schuldest Miss Cavendish noch eine Entschuldigung für den Vorfall neulich.«

Lexie runzelte irritiert die Stirn, doch dann wurde ihr klar, wovon er sprach. Entsetzt musterte sie die Haushälterin. »Sie waren das? Sie haben mich niedergeschlagen?«

26

Mary Ward verschränkte abwehrend die Arme vor der Brust. »Sie sind hier einfach eingedrungen. Und Sie hatten die Mappe gefunden, die Peter leichtsinnigerweise auf dem Tisch vergessen hatte. Wenn ich nicht rechtzeitig gekommen wäre, dann hätten Sie ihn bloßgestellt. Das konnte ich nicht zulassen, und ich wusste mir nicht anders zu helfen.« Sie zuckte mit den Schultern. »Es tut mir leid«, fügte sie hinzu, als Father Flaherty ihr einen strengen Blick zuwarf.

Lexie fand nicht, dass sie besonders zerknirscht aussah. Tatsächlich wirkte sie eher wütend und bereute jetzt wahrscheinlich, dass sie nicht fester zugeschlagen hatte.

Irritiert wandte Lexie sich wieder an Father Flaherty.

»Warum haben Sie nicht früher zugegeben, dass es Mary war? Sie wussten es doch«, warf sie ihm vor. »Und warum gestehen Sie mir erst jetzt, dass Sie mein Vater sind und meine Mutter geliebt haben? Nachdem ich schon über eine Woche hier bin? Wieso haben Sie so lange gewartet, wenn Sie angeblich fest vorhatten, es mir zu sagen?«

Father Flaherty stieß die Luft aus. »Ich wollte dich nicht gleich damit überfallen, sondern dir ein bisschen Zeit geben, mich kennenzulernen. Und dann wurde mir plötzlich klar, dass ich es dir nur sagen kann, wenn ich zu meinen Worten auch stehe. Deshalb habe ich den Termin mit dem Bischof gemacht. Ich wollte Fakten schaffen, damit du siehst, dass ich es wirklich ernst meine. Wenn du bei meiner Rückkehr nicht schon hier gewesen wärst, dann wäre ich zu dir gegangen und hätte dir alles gestanden.« Er zuckte mit den Schultern. »Du bist mir nur zuvorgekommen.«

Mary Ward sprang auf und starrte zuerst den Pfarrer und dann Lexie an. Sie wirkte völlig außer sich. »Aber das geht nicht! Das ist Sünde!«

Father Flaherty machte eine beschwichtigende Geste. »Mary, bitte …«

»Daran ist nur Ihre Mutter schuld!«, fuhr sie Lexie an. Ihr Gesicht war verzerrt. »Sie hat ihn in Versuchung geführt, und danach glaubte sie, einen Anspruch auf ihn zu haben. Sie wollte ihn uns wegnehmen. Dabei gehörte er der Kirche und nicht ihr. Sie musste gehen, weil wir ohne sie alle viel besser dran sind.«

Entsetzt darüber, wie verbohrt Mary Ward in ihren religiösen Ansichten zu sein schien, setzte Lexie zu einer Erwiderung an, stutzte jedoch, als sie über die Worte der anderen Frau nachdachte.

»Sie *musste* gehen? Wie meinen Sie das?«, fragte sie, plötzlich misstrauisch. »Hatten Sie etwas mit ihrem Verschwinden zu tun?«

Erst jetzt schien der aufgelösten Mary Ward klar zu werden, dass sie mehr gesagt hatte, als sie wollte. Sie wich Lexies Blick aus.

»Wie kommen Sie denn darauf?«, fragte sie, aber Lexie ließ sich nicht mehr täuschen.

»Sie wussten es schon vorher!«, warf sie Mary Ward an den Kopf. »Sie wussten, dass die beiden ein Paar waren.«

Father Flaherty sah seine Haushälterin alarmiert an. »Stimmt das, Mary?«

Sie antwortete nicht, sondern drehte den Kopf zur Seite.

»Mary?«, drängte er noch einmal, und als sie weiter schwieg, antwortete Lexie für sie.

»Fred Murphy hat mir erzählt, dass er meine Mutter getroffen hat, kurz bevor sie verschwand. Er meinte, sie hätte sehr glücklich gewirkt und ihm erzählt, dass jetzt alles gut werden würde.« Sie sah Father Flaherty an. »Da hat sie bestimmt davon gesprochen, dass sie mit Ihnen weggehen wollte, denn sie sagte auch, dass er nicht böse sein soll, wenn er es erfährt. Sie wollte die gemeinsame Zukunft mit Ihnen gar nicht aufgeben.«

Father Flaherty runzelte die Stirn. »Und wieso hat sie mir dann den Ring zurückgegeben und sich von mir getrennt?«

»Vielleicht hat sie das gar nicht.« Lexie fixierte jetzt wieder die Haushälterin. »Vielleicht war ja alles ganz anders?«

Mary Wards gesamte Haltung drückte Abwehr aus, und in ihren Augen stand erneut eine Mischung aus Angst und Angriffslust. Sie schien sich in die Enge gedrängt zu fühlen.

»Mary?« In Father Flahertys Stimme schwang Zweifel mit. »Du hast mir damals die Wahrheit gesagt, oder?«

Mary Ward verharrte noch einen Moment in ihrer abwehrenden Haltung. Dann ließ ihre Körperspannung ganz plötzlich nach, und sie sackte regelrecht in sich zusammen.

»Ich habe nur getan, was nötig war«, sagte sie. »Ja, ich wusste, dass du mit Fiona weggehen wolltest. Ich habe euch gehört, hier im Haus. Ich war draußen im Garten und dachte, du würdest ein Beichtgespräch mit ihr führen. Da wollte ich nicht stören, deshalb habe ich mich nicht bemerkbar gemacht. Dann bekam ich mit, worum es bei der Unterhaltung ging. Du hast ihr gestanden, dass du sie nie vergessen konntest, und sie hat dir gesagt, wie viel ihr dein Ring bedeutet. Und dass die Kleine dein Kind sei.« Mary Ward schüttelte den Kopf, als wäre sie immer noch fassungslos. »Ich konnte nicht hören, wie ihr euch voneinander verabschiedet habt. Deshalb war ich nicht sicher, wie ihr verblieben wart. Ich konnte nur hoffen, dass es eine Art letztes Treffen war und du ihr klargemacht hattest, dass dein Platz in der Gemeinde ist. Und gebetet habe ich, inständig gebetet, dass Fiona euer Geheimnis für sich behalten würde.« Sie seufzte tief. »Danach beobachtete ich euch ganz genau, aber es wirkte, als wärt ihr nur Bekannte. Ihr habt euch nichts anmerken lassen, und ich dachte schon, die Gefahr wäre gebannt. Doch dann hast du am Telefon davon gesprochen, dass du am Montag zum Bischof fahren und reinen Tisch machen wolltest. Ich habe geahnt, was das bedeutet, deshalb bin ich sofort zum Rose Cottage gefahren, um Fiona zur Rede zu stellen. Aber es war nur Eileen da. Sie hat mir erzählt, dass Fiona rauf zur Burg wollte. Wir haben uns kurz unterhalten, und dabei sah ich zufällig Fionas Ring neben der Spüle liegen. Sie musste ihn nach dem Abwasch vergessen haben. Mir fiel ein, was sie über den Ring gesagt hatte, und als Eileen einen Moment abgelenkt war, nahm ich ihn an mich. Dann bin ich zurück ins Pfarrhaus gegangen. Ich wusste, dass ich versuchen musste, euch auseinanderzubringen.«

»Indem du mir sagst, Fiona wollte mich verlassen?«, fragte der Pfarrer.

Mary Ward nickte. »Ich dachte, einen Versuch ist es wert. Und du hast mir sofort geglaubt.«

»Weil du mir ihren Ring gegeben hast«, erwiderte er, jetzt ganz blass. »Meine Güte, Mary!«

Er schien den Verrat seiner Haushälterin nicht fassen zu können, doch Lexie war schon weiter, versuchte, die Teile zusammenzusetzen, die noch keinen Sinn ergaben.

»Und was genau war Ihr Plan?«, fragte sie. »Sie mussten schließlich damit rechnen, dass meine Mutter noch mal mit Father Flaherty reden würde. Sie hätte das Missverständnis doch aufgeklärt.«

»Ich weiß«, gestand Mary Ward und sah Father Flaherty an. »Ich hoffte einfach, es würde genug Zweifel in dir säen, um dich wieder zur Vernunft zu bringen. Weiter hatte ich noch gar nicht gedacht. Und das musste ich dann auch nicht mehr, weil Fiona verschwunden und der Spuk ganz plötzlich vorbei war.«

»Der Spuk?« Father Flaherty sprang so abrupt auf, dass Lexie und Mary Ward überrascht zusammenzuckten. Wütend starrte er seine Haushälterin an. »Ich habe Fiona geliebt, Mary. Wie konntest du dich da einmischen und mir solche Lügen erzählen!«

»Es war nur zu deinem Besten«, rechtfertigte sie sich, aber ihn beschäftigte schon etwas anderes.

»Wenn sie mich gar nicht verlassen wollte, wo ist sie dann? Wieso hat sie nie wieder etwas von sich hören lassen?«

»Ihr muss etwas passiert sein!« Lexie war erleichtert und entsetzt zugleich über die Tatsache, dass sich der Verdacht, den sie schon die ganze Zeit hegte, zu bestätigen schien. Sie wandte sich an die Haushälterin. »Vielleicht wollten Sie ja sichergehen, dass Father Flaherty nicht doch noch auf dumme Gedanken kommt, und haben dafür gesorgt, dass Fiona für immer verschwindet. Wenn Sie mich bewusstlos schlagen konnten, scheinen Sie mit Gewalt ja kein Problem zu haben.«

Die Vorstellung, dass Mary Ward ihrer Mutter etwas angetan haben könnte, schnürte ihr die Kehle zu. Angespannt starrte sie in das Gesicht der Haushälterin und fürchtete sich davor, eine Regung zu sehen, die ihren Verdacht bestätigte. Doch entweder war Mary Ward eine wirklich gute Schauspielerin oder sie war tatsächlich sehr entrüstet über den Vorwurf.

»Du meine Güte, nein! Ich wollte, dass sie geht, aber ich hätte ihr doch nichts getan!« Sie blickte zu Father Flaherty. »Bitte, Peter, so etwas darfst du nicht glauben!«

»Sie wollten meine Mutter unbedingt loswerden«, beharrte Lexie.

»Ich war erleichtert, als Fiona weg war«, räumte Mary Ward ein. »Aber als sie verschwand, musste ich mich um Father

Flaherty kümmern. Es ging ihm schlecht, und ich war die ganze Zeit bei ihm. Stimmt's, Peter?«

Er wirkte erleichtert, als er nickte. »Ja, das stimmt. Mary war nach meinem Zusammenbruch die ganze Zeit bei mir.«

»Und wann war das genau?«, wollte Lexie wissen.

Der Pfarrer überlegte kurz. »Am späten Vormittag. Ich weiß noch, dass ich eine Messe, die für den Mittag angesetzt war, kurzfristig absagen musste.«

Lexie dachte an ihr Gespräch mit Fred Murphy. Laut seiner Aussage hatte er Fiona gegen ein Uhr noch einmal getroffen. Was leider bedeutete, dass Mary Ward tatsächlich ein Alibi hatte.

Sie ballte die Hände zu Fäusten und kämpfte gegen die unbändige Wut an, die immer noch in ihr tobte. Denn die Tatsache, dass die Haushälterin damit entlastet war, bedeutete nicht, dass Fiona nicht doch etwas passiert war. Jetzt, wo sie die ganze Geschichte kannte, wurde das sogar immer wahrscheinlicher.

Ein Kloß bildete sich in Lexies Hals, als ihr Blick auf Father Flaherty fiel. Wie ihr Leben wohl verlaufen wäre, wenn er schon vor der Priesterweihe zu ihrer Mutter gestanden hätte? Oder wenn er diese Taufe nicht mehr abgewartet, sondern gleich mit dem Bischof gesprochen hätte? Dann wäre er jetzt kein Fremder für mich, dachte sie und spürte ein schmerzhaftes Ziehen in der Brust.

»Und im Übrigen war ich nicht die Einzige, die etwas gegen Ihre Mutter hatte«, verteidigte sich Mary Ward. »Sheila Murphy zum Beispiel hätte Fiona lieber heute als morgen aus dem Dorf gejagt. Sie hatte Angst, dass sie ihr Fred ausspannt, und war deswegen in heller Panik.«

»Ich weiß«, sagte Lexie. »Das habe ich schon gehört.«

»Aber wissen Sie auch, dass Sheila sich an dem Tag, bevor Fiona verschwand, mit ihr gestritten hat? Ich habe die beiden in der Nähe der Kirchenmauer stehen sehen. Sheila war so wütend, dass ich dachte, sie kratzt Fiona die Augen aus. Und Doktor Turner war auch nicht gerade gut auf Fiona zu sprechen. Sie hat seine Behandlungsmethoden hinterfragt und ihm damit ziemlich zugesetzt, das hat er mir in einem Gespräch mal gestanden. ›Ich würde sie nicht vermissen, wenn sie fort wäre‹, das waren seine Worte.«

Lexie runzelte die Stirn. »Aber Doktor Turner kann nichts mit Fionas Verschwinden zu tun haben. Er war doch auch hier im Pfarrhaus und hat Father Flaherty betreut.«

»Nicht die ganze Zeit«, erklärte Mary Ward. »Er war zwischendurch mehrfach kurz weg. Das weiß ich genau, weil ich jedes Mal ganz nervös war. Ich hatte Angst, dass Peters Zustand sich wieder verschlimmern könnte und Doktor Turner nicht rechtzeitig zurück sein würde.«

Lexie spürte, wie ihr Magen sich zusammenzog. Diese Information änderte ihre Sicht auf den alten Arzt grundlegend. Sie wusste von dem Streit zwischen ihm und Fiona, den hatte er selbst zugegeben. Aber bisher war sie davon ausgegangen, dass er nichts mit dem Verschwinden ihrer Mutter zu tun haben konnte. Das sah jetzt anders aus.

Sie dachte daran, wie vehement Doktor Turner sich für die O'Donnell-Frauen einsetzte. Er tat seit Jahrzehnten alles, um sie zu schützen, und Lexie kannte jetzt auch den Grund, warum er Fanny so und nicht anders behandelt hatte. War Fiona dem Geheimnis der Burg vielleicht zu nahe gekommen, und er hatte zu drastischen Mitteln gegriffen, damit es nicht aufflog?

»Sie sehen also, ich war bei Weitem nicht die Einzige, die Fiona nicht in Cerigh haben wollte«, sagte Mary Ward, offenbar immer noch darauf aus, sich selbst von dem Verdacht reinzuwaschen.

»Und wieso haben Sie das damals nicht bei Sergeant Sumner ausgesagt?«, wollte Lexie wissen.

Die Haushälterin zuckte mit den Schultern. »Warum hätte

ich das tun sollen? Niemand hat sich darüber gewundert, dass Fiona plötzlich weg war. Wenn Sie mich fragen, dann waren alle ziemlich froh, sie los zu sein.«

Father Flaherty stieß entsetzt die Luft aus.

»Mary, das ist doch …« Er schüttelte den Kopf, aber als Lexie ihn ansah, erkannte sie, dass seine Empörung mit Schuldbewusstsein gemischt war. Plötzlich spürte sie, wie erneut Übelkeit in ihr aufstieg.

»Ich muss hier raus«, stammelte sie und stand auf, rannte aus dem Zimmer.

An der Haustür holte Father Flaherty sie ein und hielt sie am Arm fest. »Lexie, warte!«

Widerwillig blieb sie stehen und betrachtete seinen zerknirschten Gesichtsausdruck.

»Ich weiß, das war alles zu viel auf einmal. Und ich weiß auch, dass ich kein Recht darauf habe, auf dein Verständnis zu hoffen. Aber wenn du reden möchtest oder ich irgendetwas für dich tun kann, dann brauchst du es nur zu sagen.« Er lächelte traurig. »Ich bin von jetzt an immer für dich da, das verspreche ich dir.«

Lexie musste für einen Moment gegen das Bedürfnis ankämpfen, mit den Fäusten gegen seine Brust zu trommeln. Wie konnte er ihr so etwas anbieten, jetzt, wo sie erwachsen war und längst gelernt hatte, alleine klarzukommen? Wenn sie als Kind in irgendeinem kalten Bett gelegen hatte, im Heim oder bei all den vielen Leuten, denen sie egal gewesen war, dann hatte sie sich manchmal vorgestellt, dass ihr Vater sie holen kam. Er musste irgendwo da draußen sein, und vielleicht suchte er ja nach ihr? Die Hoffnung darauf aufgeben zu müssen hatte eine Narbe auf ihrer Seele hinterlassen, die immer noch schmerzte. Deshalb schüttelte sie den Kopf.

»Nein, danke«, sagte sie mit bebender Stimme. »Ich brauche dich nicht.«

Hastig, bevor er noch etwas sagen konnte, wandte sie sich um und lief, so schnell sie konnte, über das Kirchengelände. Erst am Tor blieb sie stehen und kämpfte gegen den Schwindel, der sie erfasst hatte.

Ihr ging es überhaupt nicht gut, und ihr wurde plötzlich klar, dass sie heute noch gar nichts gegessen hatte. Müde schleppte sie sich zu ihrem Auto und fuhr zurück zum Rose Cottage.

Als sie den Golf vor dem Haus abgestellt hatte und gerade hineingehen wollte, klingelte ihr Handy. Es war Eileen, und sie klang besorgt.

»Du wirktest vorhin so niedergeschlagen. Deshalb wollte ich mich nur noch mal vergewissern, dass es dir gut geht«, sagte sie. »Warst du schon bei Father Flaherty? Hast du mit ihm sprechen können?«

Lexie seufzte. »Ja. Aber das ist eine lange Geschichte«, sagte sie, zu erschöpft, um Eileen alles, was sie gerade erfahren hatte, am Telefon zu schildern. »Das erzähle ich dir in Ruhe, wenn du wieder zurück bist.«

»Okay. Dann …« Das Gespräch brach unvermittelt ab, und als Lexie irritiert auf ihr Handy blickte, sah sie, dass es sich ausgeschaltet hatte. Der verdammte Akku, dachte sie frustriert und beschloss, sich endlich ein neues Smartphone zu kaufen.

Hoffentlich ist Eileen mir nicht böse, dachte sie und steckte das Telefon wieder ein. Dabei fiel ihr Blick noch einmal auf den Golf, und sie bemerkte, dass hinter dem linken Scheibenwischer ein zusammengefaltetes Stück Papier klemmte. Jemand musste es erst kürzlich dort befestigt haben, denn sie war sicher, dass der Zettel auf dem Weg nach Cerigh noch nicht da gewesen war.

Neugierig holte sie das Papier unter dem Wischer hervor und faltete es auseinander. Es stand nur ein einziger, in Blockbuchstaben geschriebener Satz darauf:

Komm so schnell wie möglich allein zur Galerie auf Dunmor, wenn du wissen willst, wo deine Mutter ist

Lexies Hände zitterten, während sie überlegte, wer die Nachricht verfasst hatte. Ein Absender fehlte, und die Schrift verriet nicht viel. Außerdem hatte der Golf vorhin eine ganze Weile auf dem Dorfplatz gestanden. In der Zeit konnte so gut wie jeder den Zettel hinter die Wischblätter geschoben haben. Aber wer schickte ihr so eine merkwürdige Nachricht? Und noch wichtiger: Sollte sie der Aufforderung folgen?

Der Gedanke, endlich zu erfahren, wo ihre Mutter all die Jahre gewesen war, ließ Lexies Herz schneller schlagen. Aber was bezweckte der Nachrichtenschreiber mit diesem ominösen Treffen? Und wieso sollte sie rauf nach Dunmor kommen? Der Zettel würde kaum von Agatha, Fanny oder Grayson stammen, zumal alle drei wahrscheinlich noch im Krankenhaus bei Duncan waren. Was gleichzeitig bedeutete, dass sich gerade niemand oben auf der Burg befand. Wollte ihr da jemand eine Falle stellen?

Unwillkürlich dachte Lexie an Doktor Turner. Er würde wissen, dass die O'Donnells nicht da waren, und wartete dort vielleicht auf sie. Hatte sie ihn als Verdächtigen zu früh ausgeschlossen?

Ein Schauer lief ihr über den Rücken, als ihr die durchgeschnittenen Bremsschläuche an ihrem Wagen wieder einfielen. Es war immer noch nicht geklärt, wer sich daran zu schaffen gemacht haben. Sollte ihr dieselbe Person diesen Zettel geschrieben haben, dann brachte sie sich möglicherweise in Gefahr, wenn sie der Aufforderung folgen.

Ihr erster Reflex war deshalb, sich jemandem anzuvertrauen, und fast sofort tauchte ein Bild von Grayson vor ihrem inneren Auge auf. Aber ihn konnte sie schlecht anrufen, schließlich waren sie im Streit auseinandergegangen. Er würde sich also sicher nicht mehr für ihre Probleme interessieren – ein Gedanke, der ihr einen heftigen Stich versetzte. Ansonsten fiel ihr nur Betty ein, aber die war viel zu weit weg, um ihr zu helfen. Und auch Eileen würde vermutlich erst heute Abend zurück sein, zu spät, um sie auf die Burg zu begleiten. Denn »so schnell wie möglich« meinte der Nachrichtenschreiber vermutlich ernst.

Und »allein« sicher auch, dachte sie beklommen. Wenn sie jemanden mitnahm, dann wurde wahrscheinlich nichts aus diesem merkwürdigen Deal, den der unbekannte Schreiber ihr vorschlug und der vielleicht ihre einzige Chance war, jemals die Wahrheit über Fiona zu erfahren. Außerdem konnte es längst zu spät sein. Der Zettel hing schließlich schon eine ganze Weile an ihrer Windschutzscheibe. Vielleicht hatte sich das Zeitfenster schon längst geschlossen, weil sie die Nachricht jetzt erst entdeckt hatte?

Der Gedanke entschied die Sache für Lexie. Sie würde hinfahren. Und sie musste sich beeilen.

Aber sollte sie nicht irgendjemandem Bescheid sagen, wohin sie fuhr, für den Fall, dass sie in Schwierigkeiten geriet? Nur wie, wenn der verdammte Handyakku schon wieder platt war?

Aus einem Impuls heraus kehrte sie noch einmal zum Haus zurück und schob den zusammengefalteten Zettel unter den gusseisernen Türklopfer. Dann trat sie einen Schritt zurück. Der Zettel fiel auf, aber er konnte nicht wegfliegen, weil der Klopfer ihn hielt. Also würde ihn der Nächste, der zum Rose Cottage kam, finden und wissen, wohin sie gefahren war. Das war besser als nichts.

Mit klopfendem Herzen warf sie noch einen letzten Blick auf den Zettel. Dann ging sie zum Auto und fuhr los.

27

Grayson stand am Ende des langen Flurs am Fenster und starrte hinaus auf den Parkplatz des Letterkenny General Hospitals. Er war so in Gedanken versunken, dass er sich erschrocken umdrehte, als jemand ihn am Arm berührte.

»Grandma!«, entfuhr es ihm, und erst einen Augenblick später wurde ihm klar, dass er Agatha eigentlich nicht mehr so nennen konnte.

Sie lächelte verhalten, weil sie seinen inneren Konflikt zu ahnen schien. »Ich schätze, es wird wohl eine Weile dauern, bis wir uns alle umgewöhnt haben«, sagte sie, dann wurde sie wieder ernst. »Du kommst spät. Haben sie dich so lange aufgehalten?«

Grayson nickte. »Ich musste sehr viel erklären.«

Er dachte an das erstaunte Gesicht des Beamten in der Polizeistation in Letterkenny, als er ihm die Papiere und die Waffen aus der Kiste übergeben hatte. Es war die größte Wache in Donegal, deshalb hatte Grayson sich entschieden, es lieber dort zu versuchen, als die Beweisstücke Sergeant Sumner anzuvertrauen.

»Und?«, fragte Agatha. »Was haben sie gesagt?«

»Der Beamte meinte, dass er sich die Sachen ansieht und sich noch mal meldet. Keine Ahnung, ob er das wirklich tut, er wirkte zwar interessiert, aber der Fall hat natürlich keine Priorität, dafür ist das schon zu lange her. Es ist auch eher fraglich, ob wir auf diese Weise etwas über Georges Schicksal herausfinden werden. Vielleicht müssen wir da noch mal selbst aktiv werden.«

»Und was ist mit Fanny?«, hakte Agatha besorgt nach. »Wird sie belangt werden, falls sie den Fall noch mal aufgreifen?«

»Nein, sicher nicht. Ich konnte sie da heraushalten, und da kommt vermutlich ohnehin nichts mehr nach.«

»Gut.« Agatha atmete sichtlich auf. »Eine Sorge weniger.«

Leider sind noch genug übrig, dachte Grayson und blickte zu der Tür, hinter der Duncans Zimmer lag. »Und wie geht es Dad inzwischen?«

»Besser. Ich schätze, sie hätten ihn längst entlassen, wenn das mit seinem Herzen nicht festgestellt worden wäre.« Agatha schüttelte den Kopf. »Mein Gott, wenn man es recht bedenkt, dann hat sein Selbstmordversuch ihm wahrscheinlich das Leben gerettet.«

Grayson dachte an den Anruf, den sie heute früh aus dem Krankenhaus erhalten hatten. Den Ärzten war im Zuge der Behandlung eine Unregelmäßigkeit in Duncans Herzrhythmus aufgefallen, und eine nähere Untersuchung hatte ergeben, dass seine Herzkranzgefäße nicht in Ordnung waren. Er brauchte dringend zwei Bypässe, um das Risiko auf einen Herzinfarkt zu senken, den er sonst vermutlich sehr bald erlitten hätte. Und da Duncan freiwillig nie zum Arzt ging, war es tatsächlich Glück im Unglück, dass die Ärzte nun Schlimmeres verhindern konnten. Die Frage war nur, ob Duncan das auch wollte.

»Wie steht er denn dazu? Wird er sich operieren lassen?«, wollte Grayson wissen, weil er bisher keine Gelegenheit gehabt hatte, selbst mit seinem Vater zu sprechen.

Agatha nickte. »Er will nicht sterben, Grayson. Das mit den Tabletten war eine Kurzschlussreaktion, die er bereut. Er sagt, es war dumm von ihm.«

»Habt ihr ihm schon gesagt, dass Fanny eigentlich seine Mutter ist und nicht du?«

Agatha nickte.

»Und wie hat er es aufgenommen?«

»Er war überrascht, genau wie du. Aber schockiert wirkte er nicht. Vielleicht ist er dafür zu schwach oder zu durcheinander, und das kommt noch. Jedenfalls hat er uns bis zum Ende zugehört. Dann wollte er mit Fanny sprechen, deswegen bin ich rausgegangen.« Tränen füllten plötzlich ihre Augen, und sie verlor für einen Moment die Fassung. »Ich habe solche Angst, ihn zu verlieren. Was, wenn er mich jetzt nicht mehr sehen will? Vielleicht kann er mir nicht verzeihen, dass ich ihn so lange belogen habe.«

Grayson legte ihr den Arm um die Schultern und zog sie an sich.

»Das passiert nicht«, sagte er. »Das kann gar nicht passieren, weil er dich liebt. Du bleibst eine der wichtigsten Personen in seinem Leben. Daran ändert sich nichts. Er hat jetzt einfach zwei Mütter. Und ich zwei Großmütter. Das ist doch, wenn man es recht bedenkt, eine sehr schöne Sache.«

»Ach, Grayson.« Agatha wischte sich Tränen aus den Augen, als er sie wieder losließ, und lächelte zu ihm auf. »Ich bin froh, dass du das so siehst.«

Würde ich vielleicht nicht – oder noch nicht –, wenn Lexie mir nicht gestern Abend den Kopf gewaschen hätte, dachte er und spürte wieder diese Enge in der Brust, die ihm das Atmen schwer machte. Ihre Worte wirkten immer noch in ihm nach. Sie hatte nämlich recht. Es war idiotisch von ihm gewesen, so wütend zu reagieren.

Aber er war sowieso ein Idiot, weil es ihm einfach nicht gelang, Lexie aus seinem Kopf zu verbannen. Egal, was er tat, immer tauchte ihr Bild vor ihm auf, und er fragte sich ständig, wo sie wohl gerade war.

Als er nach der Nacht im Auto am frühen Morgen in die Burg zurückgekehrt war, hatte Licht in ihrem Zimmer gebrannt. Und ihr Golf hatte auch noch im Hof gestanden, als er mit Agatha, Fanny und Doktor Turner aufgebrochen war. Aber jetzt war sie vermutlich längst losgefahren, zurück nach Dublin.

Unwillig schüttelte Grayson den Kopf und versuchte, sich wieder zu konzentrieren.

»Wo ist Clark eigentlich?«, fragte er. »Ist er auch bei Dad?«

Agatha schüttelte den Kopf. »Nein. Er meinte, er müsste noch etwas in Cerigh erledigen. Aber er will wiederkommen, sobald er fertig ist.«

Grayson runzelte die Stirn. Eigentlich hatte er erwartet, dass der alte Arzt die ganze Zeit an Agathas Seite sein würde. Schließlich war es eine schwere Zeit für sie, und er war sonst immer für sie da. Was konnte er Wichtiges zu erledigen haben, dass er sie ausgerechnet in so einer Situation allein ließ?

Die Tür zu Duncans Zimmer öffnete sich, und Fanny trat in den Flur. Sie war sehr blass, aber sie wirkte erstaunlich klar. Das war schon so, seit Grayson ihr am Morgen die geöffnete Mauer gezeigt hatte. Sie hatte sich die Kammer angesehen und seitdem nicht mehr von George gesprochen. Alles, was sie im Moment interessierte, war Duncan. Sie hatte genau wie Agatha Angst davor gehabt, ihm die Wahrheit zu sagen, und es hatte Grayson einige Mühe gekostet, sie davon zu überzeugen, mit ins Krankenhaus zu fahren. Doch das Gespräch schien gut gelaufen zu sein, denn sie lächelte und umarmte Agatha. Dann wandte sie sich an Grayson.

»Dein Vater möchte dich sehen.« Sie strich ihm über den Arm, so als wüsste sie, wie schwer ihm dieser Gang fiel, und nickte ihm aufmunternd zu.

Er ging zur Tür und zögerte einen Moment, dann betrat er das Zimmer.

Zwei Betten standen darin, und das sterile Weiß der Wände

310

wurde nur durch zwei bunte, gerahmte Drucke an der Wand aufgelockert. Das zweite Bett war leer, und Duncan lag in dem am Fenster, starrte gedankenverloren nach draußen. Als er Grayson hereinkommen hörte, drehte er den Kopf, und ihre Blicke trafen sich.

Er sieht schlecht aus, dachte Grayson und stellte erschrocken fest, dass ihm das etwas ausmachte. Er wollte nicht, dass sein Vater litt, und diese Regung war ihm neu. Bis vor Kurzem hatte er nämlich nur Wut empfunden, und das war, wenn er es recht bedachte, schon lange das Gefühl, das er mit Duncan verband. Seit seiner Jugend war ihr Verhältnis von Streit geprägt gewesen, und nach seiner Rückkehr hatte sich das nahtlos fortgesetzt. Aber jetzt, in diesem Augenblick, war kein Zorn mehr in ihm, und er stellte fest, wie sehr ihn das erleichterte.

»Setz dich.« Duncan klopfte mit der Hand auf die Bettkante, und er folgte der Einladung zögernd.

Als er am Bett saß, sahen sie sich für einen langen Moment stumm an, und Grayson erkannte in den Augen seines Vaters die gleiche Unsicherheit, die auch ihn quälte.

»Warum hast du das gemacht?«, fragte er, als er das Schweigen zwischen ihnen nicht mehr aushielt.

Duncan stieß gequält die Luft aus. »Weil ich nicht mehr weiterwusste«, sagte er. »Ich war am Ende, ich konnte nur noch verlieren, und ich war selbst daran schuld. Ich dachte, es ist leichter für alle, wenn ich nicht mehr da bin.«

»Leichter?« Grayson spürte, wie der alte Zorn doch wieder in ihm hochstieg, und wollte seinem Vater sagen, wie egoistisch das von ihm war. Doch Duncan legte ihm die Hand auf den Arm, bevor er dazu ansetzen konnte.

»Ich weiß, dass das falsch war. Und du hast recht, wenn du mir deswegen Vorwürfe machst. Aber der Gedanke, Katelyn zu verlieren, war und ist unerträglich für mich.« Er seufzte. »Es gibt da nämlich etwas, das du nicht weißt, und es hat mit deinem Konkurrenten zu tun. Und mit der Tatsache, dass ich am Spieltisch ein ähnlicher Versager bin wie überall sonst.«

»Ich weiß von deinen Schulden und der Erpressung«, sagte Grayson. »Lexie hat mir davon erzählt.«

Überrascht starrte Duncan ihn an. »Dann verstehst du vielleicht, wie verzweifelt ich war. Du solltest die Burg eines Tages erben. So war es geplant. Aber dann wurde mein Schuldenberg immer höher, und die Gläubiger drängten mich, ihnen endlich das Geld zurückzuzahlen. Ich wusste nicht mehr, was ich tun sollte, und habe mich geschämt, vor allem dir gegenüber. Schließlich hattest du vorhergesagt, dass ich die Burg mit meiner Spielsucht eines Tages verlieren würde. Wenn ich mich an dich gewandt hätte, dann hätte ich zugeben müssen, wie es um meine Finanzen steht. Du bist clever, Grayson, dir hätte ich nichts vormachen können. Deshalb habe ich mich an Howard Enterprises gewandt, und das Angebot war wirklich gut. Ich hätte meine Schulden bezahlen können, ohne dass jemand etwas davon mitbekommt, und Agatha und Fanny hätten in der Burg bleiben können. Ich dachte, das wäre die ideale Lösung, und habe mich an den Gedanken geklammert, dass sich im Grunde nichts ändern würde. Aber dann wurde mir klar, dass ich dich nicht einfach übergehen kann. Ich habe diesen Andrew Howard um Aufschub gebeten, damit ich dir auch eine Chance geben kann, mir ein Angebot zu machen. Daraufhin hat er mir erklärt, dass er Kopien von meinen Schuldscheinen besitzt und sie Katelyn zeigen würde. Ich habe keine Ahnung, woher er wusste, wie wichtig sie mir ist, aber es hat mich bis ins Mark getroffen. Katelyn wäre entsetzt, wenn sie von meinen Problemen wüsste. Sie lehnt Glücksspiel ab, weil ein Onkel von ihr sich damit ruiniert hat. Als ich ihr einmal sagte, dass ich gerne spiele, hat sie total entsetzt reagiert und mich angefleht, das nie wieder zu tun. Genau das hatte ich ihr versprochen, konnte es aber nicht halten.« Er seufzte tief. »Sie ist die Liebe meines Lebens. Und jedes Mal, wenn ich gerade glaube, dass wir zusammen sein können, passiert etwas, das alles kaputtmacht. Diesmal sind es meine Schulden, damals war es Melissa Schwangerschaft.« Er hielt inne, weil ihm offenbar klar wurde, was er da gesagt hatte. »Entschuldige, so habe ich das nicht gemeint.«

»Doch, hast du«, sagte Grayson und spürte einen bitteren Geschmack im Mund. Für einen Moment war er wieder der kleine Junge, der nicht verstehen konnte, wieso sein Vater sich ihm gegenüber so kühl verhielt. Jetzt kannte er wenigstens die Gründe dafür. »Du musstest Katelyn meinetwegen aufgeben. Deshalb hast du mich abgelehnt und behandelt wie einen Fremden.«

Duncan schloss für einen Moment die Augen. »Das stimmt. Und ich habe mich gehasst dafür, dass ich nicht anders konnte. Es war nicht richtig, das war mir klar, aber es hat so verdammt wehgetan, Katelyn zu verlieren. Alles in mir hat dagegen rebelliert, und ich wollte den Schmerz irgendwie betäuben. Deshalb habe ich angefangen zu spielen. Mir war alles egal, weil ich das Gefühl hatte, dass mein Leben völlig falsch verlief. Dass ich nicht dort sein konnte, wo ich hingehöre – an Katelyns Seite. Ohne sie war ich die schlechteste Version von mir selbst, und je älter du wurdest, desto mehr hast du meine armseligen Versuche durchschaut, es so aussehen zu lassen, als hätte ich noch alles im Griff. Du hast immer wieder den Finger in die Wunde gelegt, und ich war zu stur, um zu erkennen, was ich an dir hatte. Ich hätte auf dich hören sollen. Stattdessen habe ich dich endgültig vertrieben.« Er zuckte mit den Schultern, und Grayson sah den Schmerz in seinen Augen. »Ich weiß, das wirst du mir nicht glauben, aber ich bin stolz auf dich. Ich habe verfolgt, was aus dir geworden ist, und ich kann nur staunen über das, was du erreicht hast. Und eigentlich warst du schon immer so. Zielstrebig, hartnäckig, stur. Du lässt dich von nichts und niemandem unterkriegen, das habe ich immer an dir bewundert. Auch wenn ich nicht besonders gut darin war, dir das zu zeigen.«

Grayson hob einen Mundwinkel. »Das stimmt.«

Es fühlte sich seltsam an, diese Dinge von seinem Vater zu hören. Aber es tat gut, und er fragte sich zum ersten Mal, ob sie es vielleicht eines Tages schaffen würden, ein entspanntes Verhältnis zueinander zu haben. Ganz so aussichtslos erschien ihm das plötzlich nicht mehr, auch wenn er seine Skepsis nur schwer ablegen konnte.

»Du kannst ja noch üben. Wenn ich die Burg übernehme, werden wir nämlich viel miteinander zu tun haben.« Er runzelte die Stirn, als Duncan nicht reagierte. »Oder willst du immer noch an Andrew Howard verkaufen?«

Duncan seufzte. »Nein, natürlich nicht. Du bekommst Dunmor. Ich habe nur immer noch Angst davor, was Katelyn sagen wird, wenn sie von meinen Schulden erfährt.«

»Das wird sie nicht, jedenfalls nicht von Andrew«, beruhigte Grayson ihn. »Lexie sagt, dass er gar nichts gegen dich in der Hand hat und seiner Drohung auch nie Taten hätte folgen lassen. Also hast du von seiner Seite nichts zu befürchten. Und da mein Angebot besser ist als das von Andrew, kannst du deine Schulden abbezahlen und behältst trotzdem noch genug übrig für einen Neuanfang.«

»Dann gilt dein Angebot noch?«, fragte Duncan.

»Natürlich«, versicherte ihm Grayson. »Außerdem sorge ich dafür, dass die Burg auf meine Kosten renoviert wird. Sie ist in keinem besonders guten Zustand.«

Duncan sah ihn dankbar an. »Ich weiß nicht, was ich sagen soll.«

»Am besten gar nichts«, meinte Grayson, selbst erstaunt darüber, dass er seinem Vater derart entgegenkam. »Und du musst auch Katelyn nichts sagen, wenn du nicht willst. Aber du solltest dir gut überlegen, ob du deine Beziehung zu ihr auf einer Lüge aufbaust oder nicht doch lieber reinen Tisch machst. Vielleicht ist sie ja gar nicht so streng, wie du glaubst.«

»Du hast recht.« Duncan stöhnte. »Wahrscheinlich hätte ich von Anfang an ehrlich zu ihr sein sollen. Aber wenn man liebt, dann tut man dumme Sachen. Sich einbilden, dass man seinen Geliebten eingemauert hat, zum Beispiel.« Er schüttelte den Kopf. »Ich kann das alles immer noch nicht fassen. Was für ein Chaos.«

»Bist du böse auf Agatha und Fanny, weil sie so lange gelogen haben?«, wollte Grayson wissen.

Duncan zuckte mit den Schultern. »Dazu habe ich kaum ein Recht, oder? Ich habe auch gelogen. Und ich liebe sie beide. Außerdem verstehe ich, warum sie es getan haben. Die Verhältnisse damals haben ihnen keine andere Wahl gelassen.« Er lehnte sich in das Kissen zurück und schloss für einen Moment die Augen.

Grayson betrachtete ihn und begriff, dass es für ihn im Moment offenbar Dinge gab, die wichtiger waren. Die Operation zum Beispiel, die ihm bald bevorstand.

»Ruh dich jetzt besser aus.« Grayson erhob sich und wollte gehen, doch Duncan hielt ihn zurück.

»Danke«, sagte er. »Es bedeutet mir viel, dass du mir hilfst.«

»Schon gut.« Grayson wusste nicht so recht, wie er mit dieser neuen Nähe zwischen sich und seinem Vater umgehen sollte. Das war auch etwas, an das er sich erst gewöhnen musste. Er setzte sich noch einmal, als ihm einfiel, dass es noch etwas gab, das er wissen musste.

»Warum hast du Lexie diese Nachricht geschickt? Die Abschiedsbotschaft, meine ich. Warum hat sie die bekommen und nicht ich?«

Duncan zuckte mit den Schultern. »Ich schätze, es ist mir leichter gefallen, ihr zu schreiben. Sie steht mir nicht so nah wie du.«

»Aber du kennst sie doch gar nicht«, beharrte Grayson. »Was, wenn sie mir das gar nicht ausgerichtet hätte?«

»Darüber habe ich in dem Moment nicht nachgedacht«, gestand sein Vater. »Ich bin einfach davon ausgegangen, dass sie es tut, weil ich dachte …« Er hielt inne.

»Was dachtest du?«, drängte Grayson.

»Na ja, dass da etwas ist zwischen euch.« Duncan zuckte mit den Schultern. »Du siehst sie immer so an. Und du hast darauf bestanden, dass sie bei unserem Gespräch dabei ist. Ich dachte, sie ist dir wichtig.«

Die Tür ging auf, und Agatha und Fanny kamen herein.

»Stören wir?«, fragte Agatha unsicher.

Grayson schüttelte den Kopf und wandte sich wieder an seinen Vater, noch völlig fassungslos über das, was er gerade gesagt hatte.

»Du irrst dich, was Lexie angeht«, sagte er. »Sie ist mir nicht wichtig. Und sie hat auch nichts für mich übrig. Wahrscheinlich ist sie inzwischen längst wieder in Dublin.«

»Nein, ist sie nicht«, widersprach Fanny. »Eileen hat mich vorhin angerufen, um mich zu fragen, wie es mir geht. Dabei hat sie sich auch nach Duncan erkundigt. Als ich sie fragte, woher sie weiß, dass er im Krankenhaus liegt, meinte sie, Miss Cavendish hätte es ihr erzählt.«

»Oh nein! Dann weiß vermutlich schon das ganze Dorf von meiner Dummheit«, stöhnte Duncan.

»Nein, Eileen wusste nicht, warum du hier bist. Das hat Miss Cavendish ihr offenbar verschwiegen, und ich habe es ihr auch nicht gesagt«, versicherte ihm Fanny, dann wandte sie sich wieder an Grayson. »Jedenfalls hat Eileen erzählt, dass Miss Cavendish bis auf Weiteres bei ihr im Rose Cottage bleiben würde, weil sie noch mehr über ihre Mutter herausfinden will. Da war ich ganz überrascht. Ich wusste gar nicht, dass sie nicht mehr bei uns wohnt.«

»Ihr Auftrag ist erledigt«, erwiderte Grayson knapp, nicht sicher, was die Nachricht, dass Lexie doch nicht abgereist war, in ihm auslöste.

»Aber sie hätte doch trotzdem noch bei uns auf der Burg bleiben können«, mischte sich Agatha ein. »Schließlich hat sie deinem Vater das Leben gerettet, weil sie so schnell reagiert hat.« Sie warf Fanny einen Seitenblick zu. »Und in dieser anderen Sache hat sie sich auch sehr korrekt verhalten, finde ich.«

Fanny nickte. »Ich mag sie. Sie ist eine sehr nette junge Frau.«

»Ja, und denkt nur an die Sache mit den manipulierten Bremsen an ihrem Wagen.« Agatha sah Grayson strafend an. »Das arme Mädchen hat wirklich viel durchgemacht bei uns. Da hätten wir unsere Gastfreundschaft ruhig noch ein bisschen ausdehnen können.«

Grayson spürte, wie sein Magen sich bei Agathas Bemerkung über Lexies Unfall unangenehm zusammenzog. Denn dadurch fiel ihm schlagartig wieder ein, was er über der ganzen Aufregung verdrängt hatte: Lexie schwebte vielleicht immer noch in Gefahr!

»Manipulierte Bremsen?«, fragte Duncan irritiert. »Was soll das heißen? Ich dachte, es wäre ein Defekt an Miss Cavendishs Auto gewesen, der den Unfall verursacht hat.«

»Das war es auch«, bestätigte Grayson. »Nur dass jemand diesen Defekt herbeigeführt hat. Die Bremsschläuche wurden absichtlich beschädigt.«

»Was? Das habe ich gar nicht mitbekommen.« Duncan wirkte ehrlich erschrocken. »Aber wer macht denn so was?«

»Jemand, der Erfahrung mit Autos hat«, erwiderte Grayson. »Aber außer den Wright-Brüdern von der Werkstatt, die sicher nichts damit zu tun haben, fällt mir im Ort niemand ein, der so etwas spontan könnte. Schließlich weiß nicht jeder, wo und wie man an dieses Kabel herankommt.«

317

»Na ja«, meinte Duncan. »Es gibt schon noch jemanden im Dorf, der sich sehr gut mit Autos auskennt.«

»Von wem sprichst du?«, fragte Grayson und sog überrascht die Luft ein, als sein Vater ihm den Namen nannte.

28

Lexies Magen zog sich zusammen, als sie das äußere Tor von Dunmor Castle passierte. Während der gesamten Fahrt hierher war ihr schlecht gewesen, und die Schmerzen in ihrem Bauch wurden mit jedem Kilometer stärker.

Sie hatte keine Ahnung, warum es ihr so mies ging. Es konnte eigentlich nicht nur daran liegen, dass sie noch nichts gegessen hatte. Wahrscheinlich machte diese ganze Sache ihr mehr zu schaffen, als sie wahrhaben wollte. Jedenfalls konnte sie sich nicht erinnern, wann sie zuletzt so aufgewühlt gewesen war und sich gleichzeitig so matt gefühlt hatte.

Der Gedanke, wer auf der Galerie auf sie wartete, ließ ihr keine Ruhe, und während der Fahrt war sie mehrfach kurz davor gewesen, wieder umzudrehen. Ihr Instinkt warnte sie davor, alleine dort hinaufzugehen. Aber ihre Neugier war stärker und auch ihre Angst, sonst vielleicht niemals zu erfahren, wo ihre Mutter war.

Es wird schon nichts passieren, tröstete sie sich, als sie den Wagen vor dem Torbogen anhielt, hinter dem der Innenhof lag. Nur Duncans Jaguar stand dort noch, alle anderen waren offenbar mit ihren Autos unterwegs. Es war also tatsächlich niemand da.

Für einen Moment fragte Lexie sich, wie derjenige, der sie

da oben erwartete, hergekommen war. Natürlich konnte es auch sein, dass das Ganze nur ein übler Scherz gewesen war. Oder kam sie vielleicht zu spät, und der Zettelschreiber war schon wieder weg?

Besorgt stieg sie aus dem Auto und musste sich einen Moment festhalten, weil ihr plötzlich schwindelig war. Verdammt, jetzt reiß dich zusammen, schalt sie sich selbst und schlug die Tür mit Schwung zu. Sie würde jetzt nicht schlappmachen, nicht so kurz vor dem Ziel.

Es war nicht weit bis zur Treppe, aber die Schritte bis dahin waren trotzdem quälend für Lexie. Dabei machte ihr nicht nur ihre plötzliche Erschöpfung zu schaffen. Sie hatte auch irgendwie das Gefühl, beobachtet zu werden. Doch zwischen den Rhododendren, die an der Mauer standen, entdeckte sie niemanden, und auch als sie die Stufen nach oben stieg, blieb alles ruhig.

Die Holztür oben am Ende der Treppe war abgeschlossen, also konnte niemand auf der Galerie sein. Enttäuscht überlegte sie, was sie jetzt tun sollte. Lohnte es sich zu warten, für den Fall, dass der Zettelschreiber sich verspätete?

Sie beschloss, dass es einen Versuch wert war. Mit zitternden Fingern holte sie den Schlüssel aus dem Versteck in der Mauer, schloss die Tür auf und betrat die Galerie.

Der Gang lag verlassen da, und genau wie beim letzten Mal blies der Wind hier oben kräftig, nahm ihr den Atem, als sie ein Stück an der Mauer entlang bis zu der Stelle ging, an der die schützenden Steine fehlten und nur ein Holzkonstrukt als provisorisches Geländer diente.

Ein Schauer lief ihr über den Rücken, während sie hinunter auf die Klippen am Fuß der Burg blickte und auf die Wellen, die noch tiefer unten gegen die Felsen schlugen. Es war ein atemberaubender, aber auch sehr erschreckender Anblick, und Lexie konnte sich vorstellen, dass jemand, der nicht schwindelfrei war, an dieser Stelle weiche Knie bekam. Auch sie selbst fühlte sich nicht ganz sicher auf den Beinen, deshalb trat sie ein Stück zurück, brachte Abstand zwischen sich und den Abgrund.

Dann hörte sie plötzlich ein Geräusch und sah, wie sich die Holztür am Ende des Ganges öffnete.

Das Herz schlug ihr auf einmal bis zum Hals, und in den Sekundenbruchteilen, die vergingen, bis sie denjenigen sah, der durch die Tür kam, zuckten die Bilder von diversen Personen durch ihren Kopf. Doch es war jemand, mit dem sie nicht gerechnet hatte.

»Eileen!« Lexie spürte, wie die Anspannung aus ihrem Körper wich. »Was machst du denn hier?«

Eileen lächelte, während sie auf Lexie zuging. »Hattest du jemand anderen erwartet?«

Lexie blinzelte, weil ihr wieder schwindelig war. Außerdem tat ihr plötzlich der Kopf weh.

»Ja, ich ... ich dachte ...« Sie versuchte, sich alles zusammenzureimen, aber es kam ihr merkwürdig vor. »Woher wusstest du, wo ich bin?«, fragte sie, gab sich dann jedoch selbst die Antwort. »Natürlich. Du hast den Zettel gefunden, den ich dir an die Tür geklemmt habe.«

Eileen hob die Augenbrauen, dann lächelte sie. »Wie praktisch.« Sie war jetzt bei Lexie und griff nach ihrem Arm. »Du Arme! Geht es dir nicht gut? Du siehst blass aus.«

Lexie wollte den Kopf schütteln, ließ es aber, weil es den Schwindel verschlimmern würde. Ein Schweißfilm hatte sich auf ihrer Stirn gebildet. »Ich weiß nicht. Ich glaube, ich werde krank.« Sie versuchte, sich auf Eileen zu konzentrieren. »Wieso bist du eigentlich schon zurück? Du wolltest doch nach Leitrim fahren.«

»Nein, eigentlich wollte ich nur, dass du glaubst, dass ich dorthin fahre.«

»Was?« Verwirrt sah Lexie sie an. »Wieso?«

»Kannst du dir das nicht denken?«

Lexie blickte in Eileens immer noch lächelndes Gesicht und begriff, dass etwas nicht stimmte. Denn das ergab keinen Sinn. Es sei denn …

»Du warst das. Die Nachricht stammt von dir.«

»Und du bist gekommen.« Der Ausdruck in Eileens Augen war so kalt, dass Lexie ein Schauer über den Rücken lief. »Ganz sicher war ich mir nicht, ob du auf mein Angebot eingehen würdest. Aber ich musste es versuchen, bevor es zu spät ist.«

»Wovon redest du?« In Lexies Kopf klingelten sämtliche Alarmglocken. »Ich dachte, du wolltest mir helfen.«

Eileen lachte auf. »Nein. Ich wollte nur herausfinden, woran du dich noch erinnerst.« Sie schüttelte den Kopf. »Ich konnte es nicht glauben, als ich dich letzte Woche unten im Hof stehen sah. Mit Fionas Kette um den Hals. Als wäre mein schlimmster Alptraum wahr geworden. Zum Glück konntest du dich nicht an damals erinnern, oder zumindest dachte ich das. Aber ich musste sichergehen. Also habe ich dir meine Hilfe angeboten, damit ich immer auf dem Laufenden war, ob dir etwas Neues eingefallen ist.«

Lexie machte sich von ihr los und trat einen Schritt zurück. Dabei schwankte sie leicht und musste sich an der Mauer festhalten. Eileen folgte ihr nicht, aber sie stand zwischen Lexie und der Tür, die runter in den Hof führte. Und sie schien sehr genau zu wissen, dass Lexie zu geschwächt war, um sie beiseitezudrängen, denn sie lächelte zufrieden.

»Es wirkt inzwischen, oder?«

Lexie starrte sie entsetzt an. »Was wirkt?«

»Ich habe dir etwas in den Tee getan. Ein paar Tropfen von einer Mischung, die ich selbst zusammengestellt habe. Sie sorgt für Schwindel, Magenkrämpfe und Bewusstseinseintrübungen. Im schlimmsten Fall bricht dein Kreislauf zusammen.«

»Du hast mich vergiftet?« Lexie spürte, wie ihr kalt wurde.

»Nein, ich denke nicht. Die Dosis durfte ja nicht zu hoch sein, sonst hätte der Zucker den bitteren Geschmack nicht mehr überdeckt. Aber pflanzliche Mittel sind tückisch. Deshalb weiß ich nicht genau, wie stark die Wirkung ist.«

Entsetzt dachte Lexie an ihr gemeinsames Frühstück. Deshalb also hatte Eileen ihren Tee gegen ihren Willen gesüßt.

»Du ... willst mich umbringen?« Dieser Gedanke war so unwirklich, dass sie ihn kaum fassen konnte.

Eileen nickte ungerührt. »Ist nur nicht ganz so einfach. Den Unfall hast du ja leider überlebt.«

Entsetzt starrte Lexie sie an. »Du hast meine Bremsleitungen beschädigt?«

»Das war eine spontane Idee, die ich nicht wirklich durchdenken konnte. Und du hattest unverschämtes Glück.« Für einen Moment wirkte Eileen zornig, dann lächelte sie wieder dieses gruselig kalte Lächeln, das ihre Augen nicht erreichte. »Aber diesmal ist das Glück auf meiner Seite. Wer hätte gedacht, dass es so einfach wird, dich hier heraufzulocken?«

Lexie trat einen Schritt zurück. »Ich hätte auch nicht kommen oder direkt zur Polizei gehen können.«

»Das stimmt. Aber ich dachte mir, dass du der Versuchung bestimmt nicht widerstehen kannst. Und so war es ja auch.«

Lexies Magen zog sich plötzlich so schmerzhaft zusammen, dass sie sich stöhnend nach vorn beugte. Eine Welle der Übelkeit erfasste sie, und für einen Moment glaubte sie, sich übergeben zu müssen. Doch dann entspannte sie sich, und der Anfall ging vorbei. Als sie sich aufrichtete, stand Eileen direkt vor ihr.

»Du hättest in Dublin bleiben sollen, Lexie.«

Der Klang ihrer Stimme und die Art, wie sie ihren Namen sagte, ließ Lexie stutzen. Eileen hatte sie sonst immer Alexandra genannt. Aber das hatte sie früher nicht getan, da war Lexie plötzlich sicher. Früher hatte sie genau wie alle anderen die Abkürzung benutzt.

Lexie. Bleib stehen. Ich tue dir nichts.

Die Worte aus ihrem Alptraum hallten durch ihren Kopf, laut und deutlich. Und jetzt erkannte sie, dass es Eileen war, die nach ihr rief.

Ein Bild blitzte vor ihr auf. Es war das, was sie schon mehrfach gesehen hatte. Fiona, die hier oben auf der Galerie kniete. Ihr entsetztes Gesicht. Und über ihr … nicht mehr der Schatten. Sondern Eileen.

»Was hast du mit meiner Mutter gemacht?« Lexies Herz schlug wild vor Angst und hilfloser Wut. »Wo ist sie?«

»Da unten irgendwo.« Eileen deutete auf die Klippen am Fuß der Burg. »Ich dachte, man würde sie finden, aber ihre Leiche muss ins Meer getrieben sein.« Sie zuckte mit den Schultern. »Und selbst wenn sie entdeckt worden wäre, hätten wahrscheinlich alle geglaubt, dass es ein Unfall war.«

»Du hast sie umgebracht.« Lexie kämpfte verzweifelt gegen den Schwindel an, der immer schlimmer wurde. »Und mich wolltest du damals auch aus dem Weg räumen.«

»Aber du bist mir entwischt!« Diese Tatsache schien Eileen immer noch wütend zu machen. »Fiona hat dir zugerufen, dass du weglaufen sollst, und das hast du gemacht. Ich war sicher, dass ich dich einhole. Du warst schließlich noch ein Kind, weit konntest du ja nicht gekommen sein bei deinem geringen Vorsprung. Doch du warst verschwunden und hast dich nicht aus deinem Versteck locken lassen. Ich hatte Panik, weil ich nicht wusste, was ich machen soll, falls sie dich finden und du mich verrätst. Aber als sie dich schließlich entdeckten, warst du so verängstigt, dass du gar nichts gesagt hast. Stumm wie ein Fisch. Dann nahm Susan dich mit, und ich dachte, ich bin dich los. Aber nein, zwanzig Jahre später stehst du vor mir und siehst mich mit Fionas Augen an.«

»Aber warum?«, fragte Lexie völlig fassungslos. »Wie konntest du das tun? Meine Mutter war deine Freundin.«

»Das dachte ich auch. Bis sie mir meinen Brian weggenommen hat.« Eileen verzog das Gesicht. »Er hatte nur noch Augen für sie. Fiona hier, Fiona da. Weißt du, was er zu mir gesagt hat? Dass man Fiona einfach lieben müsste. Sie hat ihm den Kopf verdreht.«

Unwillkürlich musste Lexie an Sheila Murphy denken, die ihrer Mutter etwas ganz Ähnliches vorgeworfen hatte. Fiona musste etwas an sich gehabt haben, was Männer anzog. Aber nach dem, was Lexie jetzt über die Beziehung ihrer Eltern wusste, konnte sie sich nicht vorstellen, dass Fiona tatsächlich an Brian Kelly interessiert gewesen war.

»Und woher willst du wissen, dass die beiden etwas miteinander hatten?«, fragte sie.

Eileen schnaubte. »Weil sie zusammen durchbrennen wollten. Fiona kam an jenem Morgen ganz aufgeregt zu mir und erklärte mir, dass sie weggehen will. Sie wollte mir nicht sagen, wer sie begleiten würde, aber sie meinte, ich sollte ihr nicht böse sein, wenn ich es erfahre. Da wusste ich, dass sie Brian so weit hatte. Er wollte mich für sie verlassen.«

»Aber das ist doch absurd«, protestierte Lexie. »Fiona hatte nichts mit deinem Mann. Und selbst wenn sie etwas mit ihm gehabt hätte, dann wäre sie doch niemals so dumm gewesen, es dir zu erzählen.«

»Doch! Sie fühlte sich sicher. Sie dachte, ich merke nicht, was sie im Schilde führt. Aber ich habe sie durchschaut!« Eileens Augen glänzten fiebrig, und Lexie wurde plötzlich klar, dass man ihr mit vernünftigen Argumenten nicht zu kommen brauchte. Offenbar legte sie sich alles so zurecht, wie ihr krankes Hirn es ihr vorgab.

»Und dann?«, fragte sie beklommen.

»Dann bin ich Fiona auf die Burg gefolgt«, fuhr Eileen fort. »Ich hatte Glück, denn als ich kam, sah ich gerade noch, wie sie zur Galerie hochging. Du warst wieder dort hinaufgeklettert, und sie ist hinter dir her. Ich bin euch gefolgt und habe sie zur Rede gestellt. Natürlich hat sie alles geleugnet. Sie hat sogar behauptet, dass Father Flaherty dein Vater ist.« Eileen schüttelte den Kopf, so als könnte sie das immer noch nicht fassen. »Ich meine, für wie dumm hat sie mich gehalten? Ich habe ihr gesagt, dass ich sie durchschaue, aber sie hat weiter gelogen. Sie wollte es einfach nicht zugeben, dass sie eine Affäre mit Brian hatte, und das hat mich so wütend gemacht. Und dann …«

Eileen hielt inne, und ihr Gesicht verzog sich, so als würde sie sich nicht gerne an das erinnern, was sie getan hatte. Dafür gab Lexies Gedächtnis plötzlich die schrecklichen Bilder wieder frei, vor die es so lange einen Riegel des Vergessens geschoben hatte. Sie war noch zu klein gewesen, um zu begreifen, was sie damals gesehen hatte. Aber jetzt sah – und hörte – sie alles wieder ganz klar.

Fiona, die ihr zurief, dass sie weglaufen sollte. Und die gellend schrie, als sie einen Augenblick später über die Holzbrüstung in die Tiefe stürzte.

»Du hast sie runtergestoßen.« Lexies Stimme war nur noch ein entsetztes Flüstern.

»Ich konnte nicht anders«, erklärte Eileen. »Es hätte sonst niemals aufgehört.«

Lexie ballte die Hände zu Fäusten. »Meine Mutter hat dich nicht belogen. Es stimmt. Father Flaherty ist mein Vater, er hat es mir vorhin gestanden. Mit ihm wollte sie weggehen, nicht mit deinem Mann.«

Eileen starrte sie an. »Das ist nicht wahr. Brian war in sie verliebt, das weiß ich genau.«

»Aber Fiona ganz sicher nicht in ihn«, beharrte Lexie. »Sie wollte meinen Vater. Einen anderen Mann gab es nicht in ihrem Leben. Am nächsten Tag wäre sie mit ihm zum Bischof gegangen, und er hätte sein Gelübde widerrufen.«

Eileen schnaubte. »So ein Unsinn! Father Flaherty ist mit

Leib und Seele Priester. Ich habe vielleicht nicht mehr viel für die Kirche übrig, aber ich kenne ihn. Er ist so beflissen und gottesfürchtig, ein richtiger Streber, was religiöse Dinge angeht. So was hätte er niemals getan.« Sie schüttelte den Kopf. »Nein, Fiona hat mich belogen. Dabei habe ich sie bei uns aufgenommen, als sie nicht wusste, wo sie hingehen sollte. Und sie dankt es mir, indem sie mir meinen Mann ausspannt.«

»Nein, das stimmt nicht. Sie wollte deinen Mann nicht«, beharrte Lexie, doch Eileen hörte ihr gar nicht zu, hing ihren Gedanken nach.

»Ich dachte, es wäre alles wieder gut, sobald Fiona weg ist. Aber ich konnte Brian ansehen, dass er ständig an sie dachte. Er hat mich angelächelt und mir versichert, dass er mich liebt, aber das war eine Lüge. Er hat ihr nachgetrauert, das habe ich gespürt. Er hätte mich sicher irgendwann verlassen. Das konnte ich nicht zulassen.«

Lexie dachte daran, was Eileen ihr über die Krankheit ihres Mannes erzählt hatte. Wie seine Symptome immer schlimmer geworden waren, ohne dass jemand die Ursache dafür hatte finden können.

»Hast du ihm auch etwas in den Tee getan?« Es war eigentlich nur ein Schuss ins Blaue, aber zu Lexies Entsetzen nickte Eileen.

»Es war nicht mal schwer. Bleisalz in kleinen Mengen. Fällt nicht auf und wirkt zuverlässig. Ich konnte dabei zusehen, wie er immer schwächer wurde. Schließlich hat sein Herz versagt, und niemand ist darauf gekommen, dass es keine natürliche Ursache war. Nicht mal Brian selbst hat es geahnt.« Ihre Augen glänzten. »Es war die Strafe dafür, dass er sein Eheversprechen nicht gehalten hat.«

Sie ist wahnsinnig, dachte Lexie entsetzt. Aber auf eine ganz andere Art als ihre Tochter. Janice war labil, Eileen nicht. Im Gegenteil. Sie reagierte nicht plötzlich über, so wie ihre Tochter, und brach dann zusammen. Nein, sie war berechnend in ihrer Bösartigkeit, selbst wenn sie ähnlich fixe Ideen hatte. So wie Janice sich einbildete, dass Grayson in sie verliebt war, so hatte Eileen sich offenbar eingeredet, dass ihr Mann sie mit Fiona betrog. Dabei hatte Brian ihre Freundin wahrscheinlich nur nett gefunden, und das Eileen gegenüber zu erwähnen hatte nicht nur Fiona, sondern auch ihn das Leben gekostet.

Ein Schauer lief Lexie über den Rücken, als ihr bewusst wurde, dass sie in akuter Gefahr schwebte. Eileen war eine kaltblütige Psychopathin, die fest entschlossen war, sie ebenfalls aus dem Weg zu räumen. Und sie selbst war so geschwächt, dass sie sich nicht wirklich wehren konnte. Außerdem war niemand auf der Burg, der ihr hätte helfen können.

»Die O'Donnells werden jeden Augenblick zurück sein«, behauptete sie in ihrer Verzweiflung und wünschte, es wäre so. »Sie werden mein Auto sehen und mich suchen.«

Eileen lächelte. »Nein, werden sie nicht, weil sie alle im Krankenhaus in Letterkenny sind. Das hast du mir heute Morgen selbst erzählt, weißt du nicht mehr? Und als ich vorhin mit Fanny telefoniert habe, meinte sie, dass sie dort noch eine ganze Weile bleiben. Zum Glück, denn sonst hätte ich mir einen anderen Ort für unser Treffen überlegen müssen.« Ihre Augen funkelten. »Dabei passt es so perfekt. Schließlich war ich mit Fiona auch hier.«

Lexie schluckte. »Damit kommst du nicht durch! Sie werden herausbekommen, dass du hier warst.«

»Wie denn? Ich habe meinen Trip nach Leitrim extra erwähnt, als ich vorhin mit Fanny telefoniert habe. Und ich bin noch im Castle Inn vorbei und habe es Sheila erzählt. Also wird niemand auf die Idee kommen, dass ich hier gewesen sein könnte. Sie werden meine Geschichte nicht anzweifeln. Warum sollten sie auch? Wir beide verstehen uns blendend, das wissen alle. Sogar deine Freundin kann das bezeugen. Warum also sollte irgendjemand glauben, dass ich dir etwas getan habe?«

Sie lächelte zufrieden, und Lexie wurde klar, dass sie auf eine sehr perfide Art recht hatte. Niemand würde sie verdächtigen.

»Dich wird jemand sehen. Auf dem Weg hierher. Oder später. Sie werden wissen, dass du hier warst.«

Eileen zuckte mit den Schultern. »Und wenn schon? Ich sage einfach, dass ich mir Sorgen um dich gemacht habe und früher aus Leitrim zurückgekommen bin. Dann habe ich den Zettel gefunden, den du offenbar an meine Tür gehängt hast, und bin dir auf die Burg gefolgt. Aber ich kam leider zu spät, denn du warst tragischerweise schon abgestürzt. Wie ich Sergeant Sumner kenne, wird er mir glauben, wenn ich andeute, dass dich die Sache mit Fiona sehr mitgenommen hat. Er wird annehmen, dass du gesprungen bist, oder von einem Unfall ausgehen. Vielleicht habe ich ja sogar wieder Glück, und deine Leiche wird abgetrieben. Dann bist du mit deiner Mutter vereint – und dein Schicksal wird genauso wenig aufgeklärt wie ihres.«

Panik stieg in Lexie auf. Eileen glaubte offenbar wirklich, sie würde zum dritten Mal ungestraft mit Mord davonkommen. Und das war auch gar nicht so unwahrscheinlich, wenn ihr nicht bald einfiel, wie sie sich wehren und entkommen konnte. Sie musste sich konzentrieren, aber das war schwierig, denn der Schwindel wurde schlimmer, und sie konnte ihren Blick nicht mehr richtig scharf stellen.

Instinktiv wich sie noch weiter zurück, bis die Mauer rechts von ihr aufhörte und sie die raue Oberfläche des Holzgeländers unter ihrer Hand fühlte. Sie war an der Lücke angekommen.

Eileen folgte ihr langsam.

»Bitte nicht, Eileen! Das ist doch Wahnsinn!«, flehte sie. »Du musst das nicht tun!«

Eileens Miene wurde eisig. »Doch, muss ich. Für eine Hure

wie deine Mutter gehe ich nämlich nicht ins Gefängnis. Außerdem wird es Janice besser gehen, wenn sie weiß, dass du nicht mehr da bist.«

»Aber das ändert doch nichts. Grayson liebt sie nicht.« Lexie wich noch ein Stück zurück. Der Wind fegte durch die Lücke, riss an ihren Kleidern und machte ihr bewusst, wie nah sie am Abgrund stand. »Er will sie nicht.«

»Das wird er sich noch überlegen«, sagte Eileen. »Und wenn nicht, dann fällt mir für ihn auch noch etwas ein.«

»Nein!« Der Gedanke, dass Eileen auch Grayson etwas tun könnte, ließ Lexies Kräfte zurückkehren. Sie ballte die Hände zu Fäusten. »Du rührst ihn nicht an … verdammt!«

Ihr Magen krampfte erneut, und der Schmerz war so heftig, dass sie sich krümmte. Tränen schossen ihr in die Augen, als sie spürte, wie Eileen ihre Arme umfasste. Sie half Lexie hoch, ließ sie jedoch nicht los, sondern schob sie so, dass sie mit dem Rücken zum Holzgeländer stand.

»Bringen wir es hinter uns, bevor uns doch noch einer stört«, sagte sie, und Lexie wusste, dass ihr keine Zeit mehr blieb. Jeden Moment würde Eileen sie über das Geländer stoßen, und sie würde in die Tiefe fallen …

Wehr dich, Lexie. Lass sie nicht gewinnen.

Es war Fionas Stimme, die ganz dicht an ihrem Ohr erklang. Und für den Bruchteil einer Sekunde sah sie das Gesicht ihrer Mutter über Eileens Schulter. Ein Lächeln lag darauf.

Wehr dich. Sie darf dir nichts tun.

Mit dem Mut der Verzweiflung stürzte Lexie sich nach vorn und warf sich gegen Eileen, die überrascht mehrere Schritte zurücktaumelte. Sie fiel jedoch nicht, wie Lexie gehofft hatte, sondern fing sich wieder.

»Du!«, knurrte sie verärgert und wollte auf Lexie losgehen. Sie blieb jedoch mit dem Fuß an demselben Stein hängen, der Lexie vor einer Woche zu Fall gebracht und in Graysons Armen hatte landen lassen. Diesmal strauchelte sie tatsächlich und schlug hin.

Es war Lexies Chance, an ihr vorbeizukommen. So schnell sie konnte, lief sie in Richtung Tür, doch schon nach wenigen Schritten wurde der Schwindel so schlimm, dass sie stehen bleiben und sich an der Brüstung festhalten musste. Weiter, drängte sie sich selbst und schleppte sich bis zur Tür. Voller Angst blickte sie über ihre Schulter und sah, dass Eileen sich wieder aufgerappelt hatte und auf sie zukam. Sie hatte es nicht eilig und schien sich keine Sorgen zu machen, wie eine Katze, die sich ihrer Beute so sicher war, dass sie es sich erlauben konnte, mit ihr zu spielen.

Lexie riss die Tür auf und wäre beinahe kopfüber die Treppe heruntergefallen, weil sie so schwankte. Erneut verschwamm alles vor ihren Augen. Dennoch schaffte sie es irgendwie, die ersten Stufen herunterzusteigen. Mit einer Hand stützte sie sich an der Wand ab, während sie weiterging, und fürchtete, jeden Moment einen Fehltritt zu machen und die Treppe herunterzufallen. Als sie auf der Hälfte der Treppe war, hörte sie, wie die Tür hinter ihr erneut aufging.

»Lexie, das hat doch keinen Zweck.« Eileens Stimme klang immer noch ruhig. »Bleib stehen.«

Lexie stolperte weiter. Aber wie in ihrem Alptraum kam sie kaum vom Fleck. Ihre Füße waren wie aus Blei, jeder Schritt fiel ihr schwer. Ihr Magen krampfte sich erneut zusammen, und der Schmerz war so schlimm, dass sie kaum noch Luft bekam.

Panisch blickte sie sich um, als sie das Ende der Treppe erreicht hatte, und sah, dass Eileen schon ganz dicht hinter ihr war. Es ist genauso wie sonst, wenn mich der Schatten verfolgt, dachte sie. Nur dass es diesmal kein Traum war, aus dem sie aufwachen konnte. Und dass der Schatten ein Gesicht hatte. Diesmal wurde sie wirklich verfolgt. Und es gab kein Entrinnen ...

Lexie schleppte sich weiter, hielt auf ihren Golf zu. Aber sie wusste, dass sie ihn nicht erreichen würde. Eileen war jetzt direkt hinter ihr, sie hörte schon ihren Atem …

Ein lautes Geräusch ertönte, und Lexie sah aus dem Augenwinkel eine Bewegung. Ein dunkler Schemen kam in den Hof und hielt auf sie zu. Dann kreischte etwas, und sie begriff, dass es blockierende Bremsen waren. Eine Autotür klappte, und im gleichen Moment spürte Lexie, wie Eileen sie am Arm packte.

»Lexie!« Jemand rief ihren Namen, und als sie sich in die Richtung wandte, aus der die Stimme gekommen war, sah sie eine große Gestalt auf sich zulaufen. Sie konnte nicht mehr klar sehen, aber sie wusste auch so, wer es war.

»Grayson!«, flüsterte sie und versuchte, sich von Eileen loszumachen. Ihre Beine knickten ein, und sie sank auf das Kopfsteinpflaster.

»Gut, dass du kommst, Grayson!« Eileens Stimme klang besorgt. »Ich glaube, Lexie geht es nicht so gut. Wir müssen sie ins Krankenhaus bringen!«

Grayson drängte sie zur Seite und ging neben Lexie in die Hocke. Sein Gesicht erschien direkt vor ihren Augen.

»Was ist passiert, Lexie? Rede mit mir!«

Sie war unglaublich erleichtert, ihn zu sehen, und gleichzeitig hatte sie schreckliche Angst, weil er Eileen den Rücken zukehrte. Sie musste ihn warnen, doch ihre Stimme war nur noch ein leises Krächzen.

»Pass auf!«, stieß sie mit letzter Kraft hervor und sah Eileens Gesicht hinter Grayson auftauchen. Dann wurde ihr schwarz vor Augen, und sie sackte in eine tiefe Bewusstlosigkeit.

29

Lexie schlug die Augen auf und blinzelte, als das Licht auf ihre Netzhaut traf. Mühsam versuchte sie, ihren Blick scharf zu stellen.

Das Erste, was sie sah, war der weiße Bezug der Decke, unter der sie lag. Auch die Wand, auf die sie blickte, war weiß und schmucklos.

Als sie sich bewegte, spürte sie einen irritierenden Schmerz auf ihrem Handrücken. Sie hob die Hand und sah, dass eine Nadel darin steckte, von der ein langer Schlauch zu einem Infusionsbeutel führte, der an einem Ständer neben ihrem Bett hing. An ihrem Zeigefinger war außerdem eine Kunststoffklammer befestigt, deren Kabel in einem Gerät mit Monitor endete. Es machte keine Geräusche, aber man sah immer wieder verschiedene Zahlen aufblinken. Neben dem Monitor stand ein Stuhl.

Ich bin im Krankenhaus, dachte Lexie, und plötzlich fiel ihr alles wieder ein. Eileens schreckliches Geständnis auf der Galerie, der Fluchtversuch, der so jämmerlich gescheitert war, und …

»Grayson!« Abrupt fuhr sie aus dem Bett hoch. Ihr Herz hämmerte, während sie sich hektisch in dem kleinen Zimmer umsah.

Sie suchte nach der Klingel für die Schwester, weil sie unbedingt wissen musste, was mit Grayson passiert war. Aber es kam niemand. Deshalb zog sie die Klammer von ihrem Finger, schob die Beine aus dem Bett und stand auf. Ihr war immer noch leicht schwindelig, aber es war längst nicht mehr so schlimm. Und die Sorge setzte unerwartete Kräfte in ihr frei.

Sie griff nach dem Ständer mit dem Infusionsbeutel und war gerade die ersten Schritte gegangen, als die Tür aufging und Grayson im Türrahmen erschien. Entgeistert starrte sie ihn an, und auch auf seinem Gesicht spiegelte sich Überraschung. Er fing sich jedoch sehr viel schneller als sie.

»Was machst du denn da?« Mit wenigen Schritten war er bei ihr und half ihr wieder zurück ins Bett, was Lexie sich gerne gefallen ließ. Die Erleichterung darüber, dass es ihm offensichtlich gut ging, hatte ihre Knie ganz weich gemacht, und sie war gar nicht sicher, ob sie weiter hätte stehen können.

»Wo wolltest du denn hin?«, fragte er, während er sie wieder zudeckte.

»Zu den Schwestern, um nach dir zu fragen.« Lexie betrachtete ihn und sah die Schatten unter seinen Augen. Er wirkte müde, aber sie fand trotzdem, dass er nie besser ausgesehen hatte. »Dir ist nichts passiert, oder? Eileen stand direkt hinter dir, bevor ich bewusstlos geworden bin, und ich hatte solche Angst, dass sie dich angreift.«

Sie schloss die Augen, als das schreckliche Bild, das sie zuletzt gesehen hatte, noch einmal vor ihrem inneren Auge auftauchte.

»Ich wollte dich warnen, aber ich war so schwach.«

»Ich war schon gewarnt.« Grayson setzte sich auf den Stuhl neben Lexies Bett. »Mir war klar, dass mit Eileen etwas nicht stimmt, deshalb habe ich mit einem Angriff gerechnet. Zuerst hat sie sich aber nichts anmerken lassen. Sie betonte immer wieder, dass sie dir nur helfen wollte und nicht wüsste, was mit dir los wäre. Als ich sagte, dass wir einfach abwarten würden, was du dazu sagst, wenn du aufwachst, wurde sie nervös und behauptete plötzlich, du wärst nicht bei Sinnen gewesen und hättest dummes Zeug erzählt – dass sie deine Mutter von der Galerie gestoßen und dich vergiftet hätte. Fast schon gebettelt hat sie, dass ich dir kein Wort glauben sollte. Und dann ging sie plötzlich auf mich los.«

»Hat sie dir was getan?«, fragte Lexie ängstlich.

Er schüttelte den Kopf. »Sie hatte ja zum Glück keine Waffe, anders als Janice. Deshalb war es nicht schwer, sie zu überwältigen.«

Lexie betrachtete sein breites Kreuz und die kräftigen Unterarme. Nein, dachte sie. Gegen ihn hatte Eileen nichts ausrichten können. Aber wenn er nicht gekommen wäre …

»Sie hat meine Mutter umgebracht, Grayson.« Ihre Stimme brach. »Und ihren Mann vergiftet. Und mich. Sie hat mir irgendetwas in den Tee getan, von dem ich ganz benommen war.«

»Ich weiß«, sagte er. »Als ihr klar wurde, dass sie keine Chance hat, war sie plötzlich sehr redselig.«

»Wirklich?«

Er nickte. »Vielleicht dachte sie, dass ich Verständnis für sie habe und sie davonkommen lasse, wenn sie mir ihre Gründe erklärt. Oder sie wollte sich damit brüsten. Jedenfalls hat sie mir alles gestanden. Sie schien richtig stolz darauf zu sein, dass sie damit so lange durchgekommen ist. Wenn du mich fragst, dann ist sie eine echte Psychopathin. Gegen sie wirkt Janice beinahe harmlos.«

Lexie erschauerte, als sie an Eileens kalten Blick dachte. »Wo ist sie jetzt?«

»Sicher verwahrt in einer Zelle«, sagte Grayson. »Und da bleibt sie auch, bis man ihr den Prozess macht.«

Lexie schluckte. Der Gedanke, dass die Mörderin ihrer Mutter bestraft werden würde, hätte sie trösten sollen, genau wie die Tatsache, dass sie das Geheimnis um Fionas Schicksal gelüftet hatte. Aber tatsächlich schmerzte es jetzt, wo sie die Wahrheit kannte, noch viel mehr. Sie war immer traurig darüber gewesen, ohne Mutter aufwachsen zu müssen, aber sie hatte sich eingeredet, dass sie ohne besser dran war. Sie hatte geglaubt, nicht wirklich etwas verpasst zu haben. Doch das stimmte nicht. Sie war von Fiona geliebt worden, sehr sogar, und zu wissen, dass man ihr diese Liebe gewaltsam weggenommen hatte, ließ Tränen in ihren Augen brennen.

Die Tür ging auf, und eine Schwester betrat das Zimmer. Sie drückte auf einen Knopf neben der Tür, wahrscheinlich um den Alarm auszuschalten, den Lexie durch das Bedienen der Klingel aktiviert hatte, dann trat sie an Lexies Bett.

»Na, da sind Sie ja wieder!«, sagte sie fröhlich und brachte die Klemme erneut an Lexies Zeigefinger an. »Wir waren nicht sicher, wie lange die Wirkung des Drogencocktails anhält, den Sie intus hatten.«

»War ich lange bewusstlos?«, wollte Lexie wissen und blickte zum Fenster. Draußen schien die Sonne, aber sie hatte keine Ahnung, wie spät es war.

Die Schwester sah auf die Uhr. »Sie sind gestern Nachmittag eingeliefert worden, und jetzt ist es zehn Uhr morgens – also ungefähr zwanzig Stunden.«

Überrascht stieß Lexie die Luft aus. »So lange?«

Die Schwester nickte. »Aber Sie waren ja nicht allein. Ihr Freund war die ganze Nacht hier und hat neben Ihrem Bett gesessen. Normalerweise ist das auf unserer Station nicht erlaubt, aber für ihn haben wir mal eine Ausnahme gemacht. Sie wissen ja vermutlich selbst, wie überzeugend er sein kann. Oder sollte ich stur sagen?« Sie zwinkerte Lexie lächelnd zu, während sie noch mal den Tropf kontrollierte, dann stemmte sie die Hände in die Hüften. »Sonst alles okay so weit? Oder kann ich noch etwas für Sie tun?«

Lexie schüttelte den Kopf und blickte zu Grayson. Dass er sie nicht allein gelassen hatte, löste ein warmes Gefühl in ihr aus.

»Wieso warst du plötzlich da?«, fragte sie, als sie wieder allein waren. »Und woher wusstest du, dass du Eileen nicht trauen kannst?«

»Weil meinem Vater wieder eingefallen ist, dass Eileens Familie in Letterkenny eine Autowerkstatt besessen hat. Er hat das mal zufällig mitbekommen, weil ein Freund von ihm da gejobbt hat. Deshalb wusste er, dass Eileen sich mit Autos auskennt.«

Lexie starrte ihn verblüfft an. »Dann hattest du Eileen in Verdacht, meine Bremsleitungen manipuliert zu haben?«

Er nickte. »Zumindest hatte ich ein ungutes Gefühl. Deshalb bin ich zum Rose Cottage gefahren. Fanny hatte erzählt, dass du bei Eileen untergekommen warst, und ich dachte, ich sehe mal nach dir. Es war niemand da, aber es hing ein Zettel mit einer ziemlich merkwürdigen Botschaft an der Tür. Sie konnte nur an dich gerichtet sein, deshalb bin ich rauf zur Burg gefahren. Als ich ankam, sah ich, dass Eileen bei dir stand und du plötzlich zusammengesackt bist. Ich dachte schon, ich wäre zu spät.« Auf seiner Wange zuckte ein Muskel, und als ihre Blicke sich trafen, schlug Lexies Herz schneller.

»Du bist doch immer rechtzeitig da, wenn ich dich brauche«, sagte sie und griff spontan nach seiner Hand. »Ich weiß gar nicht mehr, wie ich ohne dich auskommen soll.«

Die Worte waren ihr einfach so herausgerutscht, und sie stellte erschrocken fest, dass sie fast wie eine Liebeserklärung klangen. Aber waren sie das nicht auch? Hatte es noch Sinn zu verbergen, was sie für ihn empfand?

Für einen langen Moment verlor sie sich in seinen blauen Augen, die ihr schon so vertraut waren, und hoffte, darin ein Echo dieses Gefühls zu finden, das ihr Herz zum Überlaufen brachte. Doch statt sie in die Arme zu nehmen, wie sie gehofft hatte, löste er seine Hand von ihrer und erhob sich, trat vom Bett zurück.

»Deine Freundin hat sich heute Morgen oben auf der Burg

gemeldet, weil sie dich nicht erreichen konnte«, sagte er. »Sie war sehr erschrocken, als Agatha ihr erzählt hat, was passiert ist, und wollte sich sofort auf den Weg machen. Also müsste sie gleich hier sein.«

Lexie schluckte. »Okay.«

»Außerdem hat mich dein Boss angerufen. Eigentlich wollte er meinen Vater sprechen, und als ich ihm sagte, dass Dad nichts mehr mit ihm zu tun haben will, wurde er ziemlich ungehalten. Er hat mir unterstellt, dass ich Dads Krankenhausaufenthalt nur inszeniert hätte, um ihn auszubooten. Ich musste sehr deutlich werden, um ihm klarzumachen, dass die Sache ernst ist und welche Rolle er dabei gespielt hat.«

»Hast du ihn auf die Erpressung angesprochen?«, fragte Lexie beklommen.

»Worauf du dich verlassen kannst«, erklärte Grayson grimmig. »Der Kerl kann froh sein, dass ich ihn deswegen nicht anzeige.«

»Und hat er auch nach mir gefragt?«

Grayson verzog den Mund. »Allerdings. Er wollte wissen, wo du bist, aber ich fand, dass du ihm das selbst sagen solltest. Sonst taucht er noch hier auf, und dann kann ich für nichts garantieren.«

In seinen Augen funkelte ungezügelter Zorn, und Lexie fragte sich, ob er wirklich nur auf Andrew wütend war oder immer noch auf sie.

Ihr Herz zog sich schmerzhaft zusammen. Er mochte sie gerettet haben, aber das bedeutete nicht, dass er sie liebte, nur weil sie sich das plötzlich wünschte. Seine Gefühle waren offenbar noch dieselben wie bei ihrer letzten Begegnung, und da war er nicht besonders gut auf sie zu sprechen gewesen.

Plötzlich wünschte sie sich, sie hätte ihm nicht gesagt, dass sie ihn brauchte – auch wenn das die Wahrheit war.

»Vielleicht solltest du besser gehen«, sagte sie und wandte

den Kopf ab, damit er nicht sehen konnte, wie verzweifelt sie war. »Ich wäre jetzt lieber allein.«

Grayson reagierte nicht sofort. Erst nach einem langen Moment quietschten seine Schuhsohlen auf dem Linoleumboden, als er sich umdrehte. Seine Schritte entfernten sich, dann wurde die Tür geöffnet.

»Grayson?« Lexie drehte sich noch einmal zu ihm um, sah ihn im Türrahmen stehen. Sie schluckte schwer. »Danke.«

Er erwiderte nichts und war einen Moment später durch die Tür, die hinter ihm ins Schloss fiel.

Hilflos schluchzte Lexie auf, vergrub das Gesicht in den Kissen und ließ ihren Tränen freien Lauf. Ich hätte es besser wissen müssen, dachte sie unglücklich. Wahrscheinlich hatte er sich nur aus Pflichtgefühl um sie gekümmert. Das hatte er bei Janice schließlich auch getan …

Es klopfte an der Tür, und einen Moment später kam Betty herein. Als sie Lexies verweintes Gesicht sah, lief sie zum Bett und nahm ihre Freundin in die Arme, hielt sie tröstend, während Lexie versuchte, sich zu beruhigen.

»Geht es wieder?«, fragte sie lächelnd, als Lexie sich schließlich von ihr löste, und reichte ihr ein Taschentuch. »Jetzt ist es übrigens wirklich mal gut mit dem Drama, hörst du? Noch so einen Schrecken überleb ich nicht!« Sie wurde wieder ernst. »Ich konnte das erst gar nicht glauben. Ausgerechnet diese Eileen! Aber ich hab dir ja gleich gesagt, dass die irgendwie komisch drauf ist.«

»Ja, das hast du.« Lexie lächelte schief, froh darüber, dass Betty es selbst in solchen Situationen schaffte, sie zum Schmunzeln zu bringen. »Ach, Betty.« Sie seufzte tief. »Wenn es nur das wäre.«

»Grayson?« Ihre Freundin hob besorgt die Augenbrauen. »Er ist mir im Flur entgegengekommen, und er hat ziemlich grimmig geguckt. Habt ihr euch gestritten?«

339

»Nein.« Lexie wischte sich mit dem Handrücken, in dem kein Zugang steckte, über die Wange. »Er will mich nur einfach nicht. Er hat die ganze Nacht an meinem Bett gesessen, und ich dachte, ich bedeute ihm etwas. Aber das stimmt nicht. Ich glaube, er hasst mich sogar.«

Betty runzelte die Stirn. »Wenn er für alle Leute, die er hasst, so viel tut wie für dich, dann wünscht man sich ja fast, dass er einen nicht leiden kann.«

Lexie war kurz versucht, wieder Hoffnung zu schöpfen. Dann schüttelte sie den Kopf. »Da war so ein Ausdruck in seinen Augen. Er hat mich angesehen, als könnte er meinen Anblick kaum ertragen.« Mit einem Stöhnen lehnte sie sich zurück in die Kissen. »Bitte, können wir über was anderes reden?«

»Von mir aus. Dann erzähl mir, wie dein Gespräch mit Father Flaherty war«, meinte Betty.

Erschrocken sah Lexie sie an. »Mein Gott, das weißt du ja noch gar nicht!«

Sie erzählte ihrer Freundin, was der Priester ihr gestanden hatte.

»Na, das ist ja mal was«, sagte Betty verblüfft. »Und? Wirst du ihm eine Chance geben?«

»Ich weiß nicht.« Lexie seufzte tief. »Ehrlich gesagt, weiß ich im Moment gar nichts mehr. Ich habe keine Ahnung, wie es jetzt weitergehen soll. Für Andrew kann ich nicht mehr arbeiten, so viel steht fest. Er wird mir bestimmt diese Konventionalstrafe aufbrummen, von der ich noch nicht weiß, wie ich sie bezahlen soll, und mich aus der Firmenwohnung werfen. Also bin ich nicht nur arbeitslos und pleite, sondern auch noch obdachlos.«

»Du kannst erst mal bei mir wohnen«, sagte Betty. »Und für den Rest finden wir auch eine Lösung. So schnell lassen wir uns nicht unterkriegen.« Sie grinste und stieß Lexie an. »Hey, wir beide haben doch schon viel Schlimmeres durchgestanden.«

Das stimmt, dachte Lexie und versuchte zu lächeln. Es war

tröstlich, ihre Freundin an ihrer Seite zu wissen. Und am Ende würde sie auch diese Situation irgendwie bewältigen. Aber all das würde ohne Grayson stattfinden. Und so kurz die Zeit mit ihm auch gewesen sein mochte, die Aussicht, ihn nie wiederzusehen, ließ alles, was vor ihr lag, trostlos und grau erscheinen.

Sie dachte an ihren Exmann. Als Matt sie damals verlassen hatte, war sie traurig gewesen. Und sicher, dass er ihr das Herz gebrochen hatte. Inzwischen wusste sie jedoch, dass er damals lediglich einen kleinen Riss hinterlassen hatte. Denn das, was sie für Grayson empfand, war hundert Mal stärker. Jetzt fühlte es sich so an, als wäre da nur noch ein Scherbenhaufen in ihrer Brust, der bei jedem Einatmen schmerzte.

Betty schien zu ahnen, was in ihr vorging, denn sie strich ihr liebevoll über den Arm. »Das geht vorbei. Ganz bestimmt«, sagte sie.

Lexie nickte tapfer, obwohl sie nicht daran glaubte.

* * * * *

»Was ist los mit dir, Grayson?«

Er blickte von den Plänen auf, die er vor sich auf dem Küchentisch ausgebreitet hatte, und sah Agatha an, die an der Spüle stand und den Abwasch machte. Sie waren allein in der Küche, weil Fanny immer noch bei Duncan im Krankenhaus war.

»Was meinst du?«, fragte er, ganz in Gedanken.

Die alte Dame ließ die Spülbürste sinken und musterte ihn besorgt. »Du starrst jetzt schon seit einer halben Ewigkeit auf diese Skizzen, aber du scheinst sie dir gar nicht wirklich anzusehen. Und du bist schon seit heute Morgen so schweigsam.« Sie betrachtete ihn unsicher. »Bist du doch böse auf Fanny und mich?«

»Was? Nein!«, versicherte er ihr erschrocken. »Es hat nichts mit euch zu tun.«

Sie wirkte zuerst erleichtert, weil ihre Befürchtung unberechtigt gewesen war. Doch dann schien sie zu ahnen, was das Problem war. »Ist es wegen Miss Cavendish? Machst du dir Sorgen um sie?«

»Ja. Nein. Das ist es nicht«, erwiderte Grayson und fluchte innerlich darüber, dass Lexie es immer noch schaffte, ihn durcheinanderzubringen.

Dabei hatte er sich, als er heute Morgen aus dem Krankenhaus zurückgekehrt war, fest vorgenommen, nicht mehr an sie zu denken. Das war nur sehr viel leichter gesagt als getan, vor allem seit er vorhin auf die Papiere gestoßen war, die sie bei ihrem Aufbruch in der Küche zurückgelassen hatte. Es waren ihre Pläne für die Renovierung von Dunmor Castle, und sie zeigten etwas, das ihm Kopfzerbrechen bereitete.

»Es geht um das hier.«

»Was meinst du?« Agatha kam zum Tisch und sah über seine Schulter auf die drei Skizzen, die zuoberst lagen und die Wohnräume von Duncan, Fanny und Agatha zeigten. »Das sind unsere Zimmer, oder nicht? Was ist denn damit?«

Grayson schüttelte den Kopf. »Gar nichts. Das ist es ja. Lexie hat eure Räume nicht mit in das Hotelkonzept integriert. Oder doch, das hat sie schon, wenn man es genau nimmt. Ihr hättet sie nämlich weiter privat nutzen können, wenn der Umbau nach dem Verkauf an Howard Enterprises so umgesetzt worden wäre.«

Agatha schien nicht zu verstehen, wo das Problem lag. »War das nicht ihre Aufgabe? Sie ist doch davon ausgegangen, dass dieser Mr Howard die Sache mit dem Wohnrecht ernst meint.«

»Ja, aber …« Grayson hielt inne, als ihm klar wurde, dass das Problem nur bei ihm lag.

Er hatte geglaubt, dass Lexie ihnen etwas vorgemacht hatte. Dass ihre Behauptung, sie hätte von Andrews Plänen nichts gewusst, eine Lüge war.

Damals, in ihrem Zimmer, hatte er schon einmal einen kurzen Blick auf andere Skizzen werfen können, und war beeindruckt von der Originalität ihrer Ideen gewesen. Aber er hatte angenommen, dass sie in Andrews Sinne plante und nicht im Sinne seiner Familie. Das hatte sie aber, also musste sie davon ausgegangen sein, dass Andrew sein Wort halten und die O'Donnells auf der Burg wohnen lassen würde. Vielleicht hatte sie dann tatsächlich erst später von der Erpressung erfahren. Das würde die Dinge natürlich grundlegend ändern …

»Aber was, Grayson?«, hakte Agatha nach.

Er lehnte sich stöhnend auf seinem Stuhl zurück. »Nichts. Vergiss es.«

Agatha setzte sich zu ihm und sah sich die Skizzen genauer an. Nach einer Weile hob sie den Kopf.

»Das gefällt mir alles sehr«, sagte sie. »Mit diesen Ideen könnte man Dunmor umbauen, ohne dass sich alles zu sehr verändern würde. Es könnte wirklich ein Hotel daraus werden.« Sie griff nach der Notiz, die Lexie zu den Plänen gelegt hatte. »Und wir dürfen das verwenden, wenn wir wollen?«

Grayson nickte. »Wahrscheinlich fand sie ihre Entwürfe zu schade, um sie wegzuschmeißen.«

»Oder sie wollte uns einen Gefallen tun«, wandte Agatha ein. »Ich hatte den Eindruck, dass sie uns mag. Besonders dich.«

Grayson wich ihrem Blick aus und sah wieder auf die Pläne. Das Letzte, worüber er jetzt reden wollte, waren seine Gefühle für Lexie Cavendish.

Für einen Moment herrschte Schweigen in der Küche, dann räusperte sich Agatha.

»Apropos mögen«, sagte sie. »Clark hat mir einen Heiratsantrag gemacht.«

»Was?« Grayson starrte sie überrascht an. »Wann?«

»Gestern, als du zu Eileen gefahren bist, um nach Miss Cavendish zu sehen.«

Agatha hielt ihm die linke Hand hin, an der ein Ring steckte, der ihm vorhin schon aufgefallen war. Er war aus Gelbgold und hatte in der Mitte eine auffällige weißgraue Perle.

»Ich hatte mich schon gefragt, wo Clark plötzlich so eilig hinmusste, als wir bei Duncan im Krankenhaus waren. Tatsächlich war ich sogar ein bisschen böse auf ihn, weil er mich sonst nie im Stich lässt. Aber wie sich herausgestellt hat, wollte er nur diesen Ring holen, den er für mich gekauft hat.« Mit einem ungläubigen Lächeln strich Agatha über die Perle. »Er meinte, dass ich recht hätte und es wirklich besser wäre, wenn wir nicht länger Geheimnisse voreinander hätten. Dann hat er mir den Ring geschenkt und mir gesagt, dass er mich schon sehr lange liebt, sich aber nie getraut hat, mir seine Gefühle zu gestehen. Er hatte Angst, mich zu verlieren, und wollte lieber nur ein Freund sein als gar kein Teil meines Lebens. Aber jetzt sei ihm klar geworden, dass er es riskieren muss.« Sie lächelte versonnen. »Und ich dachte die ganze Zeit, dass er tatsächlich nur Freundschaft für mich empfindet. Dabei ist es mir genauso gegangen wie ihm. Er bedeutet mir viel. Tatsächlich wüsste ich gar nicht mehr, wie ich ohne ihn auskommen soll.«

Grayson spürte einen scharfen Stich in der Brust, als ihm einfiel, dass Lexie genau das auch zu ihm gesagt hatte.

»Das freut mich für dich und Clark«, sagte er und schaffte es sogar zu lächeln. Dann erhob er sich abrupt, trat ans Fenster und starrte in den Innenhof. Das Kopfsteinpflaster glänzte nass. Eben hatte es noch geregnet, aber jetzt brach der Himmel gerade wieder auf und ließ die Sonne durch. Falls es einen Regenbogen gab, konnte er ihn jedoch von hier aus nicht sehen.

»Ich fliege morgen zurück nach New York«, sagte er und drehte sich zu Agatha um, als er hörte, wie sie scharf einatmete.

»Was? Aber das geht nicht, Grayson! Wir brauchen dich hier.«

»In der Firma werde ich auch gebraucht«, widersprach er,

heftiger, als er wollte. »Ich bin schon viel zu lange weg. Es wird höchste Zeit, dass ich die Leitung wieder übernehme.«

»Und was ist mit deinem Vater? Er wird bald operiert!«, protestierte Agatha erneut.

»Ich komme natürlich noch mal wieder. Aber ich kann nicht bleiben. Mein Leben findet in New York statt, und daran wird sich auch in Zukunft nichts ändern.«

Es war offensichtlich, wie sehr seine Worte Agatha überraschten. »Aber wie soll denn das funktionieren? Es ist doch so viel zu tun in nächster Zeit. Wir müssen überlegen, wie es jetzt weitergehen soll und wie wir die Burg renovieren. Wenn wir wirklich ein Hotel aus Dunmor machen, dann brauchen wir deine Hilfe.«

»Und die bekommt ihr auch«, versicherte Grayson. »Ich schicke euch ein paar fähige Leute, die sich um alles kümmern werden. Und natürlich übernehme ich sämtliche Kosten für die Renovierung. Außerdem besorge ich einen Spezialisten für Fanny. Ich lasse euch nicht im Stich.«

»Doch, das tust du.« Agatha war aufgestanden und trat zu ihm. »Ich meine das ernst, Grayson. Ich will keine Fremden hier haben. Ich brauche dich. Sonst wird das alles nichts.«

Er wusste, dass sie recht hatte. Es wäre besser gewesen, wenn er selbst auf Dunmor das Ruder in die Hand genommen hätte. Aber er konnte einfach nicht.

»Du hast doch jetzt Clark«, wandte er ein. »Er steht dir immer zur Seite, das hast du selbst gesagt. Ihr zwei regelt das schon.«

Agatha musterte ihn, und die Verzweiflung, die er in ihren Augen sah, traf ihn hart. »Lauf nicht wieder weg, Grayson. Das hier ist auch dein Zuhause. Du gehörst hierher. Bleib hier, bitte.«

Er wandte sich ab und starrte erneut aus dem Fenster. Wieder sah er Lexie vor sich, wie sie blass und schwach auf dem Kopfsteinpflaster der Burg gelegen hatte. Er hatte solche Angst um sie gehabt, auch wenn die Ärzte sicher gewesen waren, dass sie wieder aufwachen würde. Wie gebannt hatte er im Krankenhaus an ihrem Bett gesessen und sie angeschaut, so als könnte er sie allein durch seine Willenskraft dazu bewegen, die Augen wieder aufzuschlagen.

Und als sie dann endlich wieder wach gewesen war, hatte sie ihm gesagt, dass sie ihn brauchte. Dass sie nicht mehr wusste, wie sie ohne ihn auskommen sollte.

Und deshalb musste er gehen. Er konnte nicht auf derselben Insel sein wie Lexie. Er konnte nicht mal auf demselben Kontinent sein, denn wenn er ihr noch einmal zu nah kam, dann würde er sich vielleicht endgültig in ihren wunderschönen grünen Augen verlieren. Er hatte Angst davor, sich in dieses Gefühl fallen zu lassen, das sie in ihm weckte. Es war stärker als alles, was er jemals für eine Frau empfunden hatte, und es würde sehr wehtun, wenn er feststellen musste, dass er sich doch in ihr täuschte. Schließlich hatte sie ihn schon mehrfach zurückgewiesen. Es war einfach zu riskant zu bleiben.

»Ich muss wirklich gehen«, wiederholte er und schaffte es nur mühsam, Agathas Blick standzuhalten.

»Tu, was du für richtig hältst.« Das traurige Verständnis in ihren Augen versetzte ihm einen Stich. »Du weißt ja, wo du uns findest, falls du es dir anders überlegst.«

Er nickte und gab ihr einen Kuss auf die Wange. Dann verließ er hastig die Küche und holte schon im Gehen das Handy aus seiner Hosentasche, um sich ein Ticket für den nächsten Flug nach New York zu buchen.

30

Kurz vor dem Tor, das zur St Patrick's Church führte, blieb Lexie stehen und ließ den Blick über den Dorfplatz schweifen.

Die Turmuhr der Kirche hatte eben halb zehn geschlagen, und die Sonne schien von einem strahlend blauen Himmel. Es versprach ein sehr schöner Sommertag zu werden. Beim Castle Inn auf der anderen Seite des Platzes standen die Türen weit offen, und Sheila und Fred Murphy räumten gerade einige Stühle und Tische nach draußen, um ihre Gäste im Freien bewirten zu können. Sie waren zu beschäftigt, um Lexie zu bemerken, aber einige der anderen Leute, die an ihr vorbeikamen, grüßten sie.

Lexie hatte keine Ahnung, ob sie einfach nur freundlich waren oder ob sie tatsächlich wussten, wer sie war. Gewundert hätte sie Letzteres nicht, denn sie hatte vor ihrer Abreise noch mitbekommen, dass die Enthüllung von Eileens furchtbaren Taten für eine Menge Wirbel im Dorf gesorgt hatte. Und da das Ganze gerade erst sechs Wochen her war, hatte es bestimmt noch niemand vergessen.

Auch Lexie hatte nichts vergessen, aber es war trotzdem nicht schlimm, wieder hier zu sein. Im Gegenteil. Jetzt, mit ein bisschen Abstand, konnte sie Cerigh auf eine ganz neue Art wahrnehmen und schätzen. Der Ort war ihr immer noch vertraut, aber es machte ihr keine Angst mehr. Tatsächlich fühlte es sich ein bisschen an wie Heimkommen.

Mit einem Seufzen setzte sie ihren Weg fort und ging über die Wiese auf das kleine Pfarrhaus neben der Kirche zu.

Je näher sie dem Cottage kam, desto aufgeregter war sie, und als sie kurze Zeit später vor der Haustür stand, schlug ihr das Herz bis zum Hals.

»Lexie! Wie schön, dass du es einrichten konntest!« Peter Flaherty strahlte, als er ihr die Tür öffnete, aber sein Blick wirkte unsicher, und sie spürte, dass er mindestens so nervös war wie sie.

»Hallo Peter.« Sie hatte lange überlegt, ob sie sein Angebot, ihn beim Vornamen zu nennen, annehmen sollte. Und war zu dem Schluss gekommen, dass es albern gewesen wäre, es nicht zu tun. Nur Dad würde sie definitiv nicht zu ihm sagen können.

»Komm doch rein! Und entschuldige, wie es hier aussieht. Ich packe gerade die letzten Sachen.«

Lexie folgte ihm ins Haus, in dem tatsächlich ein ziemliches Chaos herrschte. Koffer und Kartons stapelten sich in dem kleinen Flur, an den Wänden waren nur noch helle Flecken zu sehen statt der Bilder, an die sie sich noch erinnern konnte, und auch im Wohnzimmer, in das Peter sie führte, fehlten sämtliche persönlichen Dinge in den Regalen. Übrig waren nur einige alte Bücher, die offenbar zum Inventar des Pfarrhauses gehörten.

»Setz dich doch. Möchtest du einen Tee? Ich mache uns schnell einen.«

»Nein, danke.« Lexie nahm auf dem Sofa Platz. »Ich kann nicht lange bleiben. Ich habe gleich noch einen Termin, bei dem ich pünktlich sein muss.«

»Richtig, das sagtest du am Telefon.« Er setzte sich in den Sessel. Für einen Moment schwiegen sie, und Lexie betrachtete ihn ein bisschen genauer.

Er wirkte blasser und ein bisschen dünner als bei ihrer letzten Begegnung und trug normale Straßenkleidung. Die Jeans und das kurzärmelige blaue Hemd standen ihm jedoch gut, und wieder stellte sie fest, dass er für sein Alter ein sehr attraktiver Mann war. Kein Wunder, dass meine Mutter sich in ihn verliebt hat, dachte Lexie. Zwar fiel es ihr immer noch schwer, sich die beiden als Paar vorzustellen, und die Tatsache, dass dieser Mann ihr Vater sein sollte, fühlte sich nach wie vor sehr abstrakt an. Aber die Wut, die sie zuletzt empfunden hatte, war verraucht und hatte eine verhaltene Neugier in ihr hinterlassen.

Das lag vor allem daran, dass sie ihm jetzt glauben konnte, wie sehr er ihre Mutter tatsächlich geliebt hatte. Es war überdeutlich geworden auf der spontanen Trauerfeier, die er für Fiona organisiert hatte. Eine richtige Beerdigung war es nicht gewesen, denn ihre sterblichen Überreste würde man nicht mehr finden. Aber es hatte sich so angefühlt, weil fast das gesamte Dorf gekommen war, um Abschied zu nehmen.

Peter hatte die Gelegenheit genutzt, um allen zu gestehen, in welchem Verhältnis er zu Fiona gestanden und was sie ihm bedeutet hatte. Unter Tränen hatte er seine Liebe zu ihr noch einmal Revue passieren lassen und sich entschuldigt für seine Fehler, nicht nur bei Lexie und seiner Gemeinde, sondern auch bei Fiona. Man hatte ihm angemerkt, wie sehr es ihn jetzt quälte, dass er nicht genug an diese Liebe geglaubt hatte, und seine Worte waren so ehrlich gewesen, dass sie nicht nur Lexie berührt hatten. Auch die Gemeinde war sehr ergriffen gewesen. Einige hatten sich zwar in Anbetracht seines Geständnisses von ihm abgewandt, doch die meisten waren geblieben und hatten ihm ihr Mitgefühl ausgesprochen.

Seine Haushälterin hatte sich allerdings nicht blicken lassen. Und auch jetzt war nichts von ihr zu sehen.

»Arbeitet Mary nicht mehr hier?«

Er schüttelte den Kopf. »Sie hat eine Stelle unten in Newport angenommen. Mein Nachfolger bringt seine eigene Haushälterin mit.«

Für einen Moment entstand wieder ein verlegenes Schweigen, dann räusperte Lexie sich. »Du wolltest mir etwas geben?«, erinnerte sie ihn.

»Richtig.« Er sprang auf und ging aus dem Zimmer. Als er wiederkam, hielt er ein kleines Schmuckkästchen in der Hand. »Das hier ist für dich.«

Er reichte es ihr, und als sie es öffnete, sah sie darin den schmalen Ring mit den beiden Rubinen, den er ihr schon einmal gezeigt hatte.

»Mums Ring.« Vorsichtig nahm Lexie das Schmuckstück heraus.

»Ich würde ihn dir gerne schenken. Fiona hätte gewollt, dass du ihn bekommst.« Peter zuckte unsicher mit den Schultern. »Natürlich nur, wenn du ihn überhaupt haben möchtest.«

Lexie steckte den Ring an und betrachtete ihn, sah, wie die Rubine funkelten, als sie die Hand bewegte.

»Danke«, sagte sie und blinzelte gegen die Tränen an, die plötzlich in ihren Augen brannten.

Es war schön, etwas zu besitzen, das ihrer Mutter so lieb und teuer gewesen war. Der Schmerz über ihr Fehlen saß immer noch tief, aber seit Lexie wusste, dass Fiona sie nicht freiwillig verlassen hatte, war etwas in ihr wieder heil. Und der Ring war wie ein äußeres Zeichen dafür, eine sichtbare Erinnerung an Fionas Liebe, die sie zwar nicht mehr erfahren konnte, aber die sie trotzdem auf eine ganz neue Weise wärmte. Wenn sie jetzt an ihre Mutter dachte, dann ohne Bitterkeit, und das war ein schönes, befreiendes Gefühl.

»Das bedeutet mir viel«, sagte sie mit belegter Stimme und lächelte Peter an.

Er atmete sichtlich auf, und als ihre Blicke sich trafen, spürte sie zum ersten Mal eine echte Nähe zu ihm. Er war viel zu spät in ihr Leben getreten, und sein Verhalten damals konnte sie ihm noch nicht verzeihen. Vielleicht würde sie das auch nie. Aber für die vage Möglichkeit, wenigstens ein bisschen was wiedergutzumachen, hatte er alles aufgegeben. Er war ins kalte Wasser gesprungen, und selbst wenn Lexie sich immer noch wünschte, dass er das früher getan hätte, wollte sie ihm eigentlich gerne eine Chance geben.

Sie blickte auf die vielen halb gepackten Kisten. »Es fällt dir schwer zu gehen, oder?«

Peter lächelte traurig. »Ja, das ist kein leichter Schritt. Es fühlt sich alles noch sehr ungewohnt an, und es tut auch weh, das muss ich gestehen.« Er blickte sich im Raum um und richtete den Blick schließlich wieder auf Lexie. »Aber ich bereue es nicht, falls du das meinst.«

»Und was wirst du jetzt machen?«, fragte sie. »Wohin wirst du gehen?«

»Es gibt eine Hilfsorganisation, für die ich schon mehrfach Spendenprojekte organisiert habe. ›A Chance for Children‹ heißt sie, und der Hauptsitz ist in Galway. Duncan kennt dort jemanden und hat mir einen Job vermittelt. Die Stelle ist befristet, aber ich glaube, die Arbeit wird mir Spaß machen. Ich möchte Menschen helfen, und das kann ich dort.«

Er lächelte, aber Lexie sah die Sorge in seinen Augen. Es schmerzte ihn, sein altes Leben aufzugeben, auch wenn er versuchte, tapfer zu sein, und sie fragte sich, wieso die katholische Kirche es ihren Priestern so schwer machte. Wieso mussten Männer, die ihrer inneren Stimme folgen und Gottes Wort predigen wollten, gleichzeitig auf jede andere Form der Liebe verzichten? Und wenn sie das nicht schafften, was zutiefst menschlich war, dann nahm man ihnen alles weg, entzog ihnen das, was ihnen am meisten bedeutete. Wieso durften sie nicht Pfarrer

351

und Väter sein, wenn sie das wollten? Das war in anderen Konfessionen doch auch möglich.

Vielleicht würde sie darüber eines Tages mit Peter sprechen, wenn sie sich besser kannten. Im Moment begnügte sie sich damit, ihn beim Wort zu nehmen und zu hoffen, dass er sich gut einfand in sein neues Leben.

»Apropos Duncan«, sagte sie, weil es das Stichwort war, auf das sie gewartet hatte. »Wie geht es den O'Donnells eigentlich?«

Diese Frage brannte ihr schon die ganze Zeit auf der Seele. Es quälte sie, nicht zu wissen, wie es in der Zwischenzeit auf Dunmor Castle weitergegangen war. »Ist Duncan wieder ganz gesund? Ich habe noch mitbekommen, dass er am Herzen operiert werden sollte. Hat er das gut überstanden?«

»Sogar sehr gut«, versicherte Peter ihr. »Er ist jetzt in der Reha, und seine neue Freundin begleitet ihn.«

»Katelyn Evans?«, fragte sie lächelnd.

Er nickte erstaunt. »Du kennst sie?«

»Nein, aber ich habe von ihr gehört«, erwiderte sie, froh darüber, dass Duncan es geschafft hatte, diese Beziehung zu retten. »Und die anderen?«

»Denen geht es auch gut, soweit ich weiß«, berichtete Peter. »Agatha und Clark Turner werden heiraten, hast du das schon gehört? Und wie das so ist bei einer späten Liebe, wollen sie mit der Hochzeit auch nicht mehr lange warten. Ich hätte sie gerne getraut, aber das muss mein Nachfolger übernehmen.« Ein Schatten huschte über sein Gesicht, dann lächelte er wieder. »Und Fanny geht es inzwischen auch wieder besser. Sie wird wegen ihrer Psychose behandelt, aber seit sie Gewissheit hat, was aus George geworden ist, scheint sie mit der Sache ihren Frieden gemacht zu haben.«

»Wo ist George denn?«, erkundigte sich Lexie neugierig.

»Wie sich herausgestellt hat, starb er schon bald nach der

Trennung von Fanny bei einem Autounfall in Kanada. Dorthin war er damals geflüchtet.«

»Und woher wissen die O'Donnells das jetzt?«

»Grayson hat einen Privatdetektiv beauftragt«, erklärte Peter. »Der ist auf einen alten Onkel gestoßen, der in der Schweiz lebt. Der Kontakt zwischen ihm und George scheint allerdings nicht besonders eng gewesen zu sein. Der Onkel wusste als Einziger, was mit George passiert war, hatte aber keinen Kontakt zu Georges Freunden und wusste auch nichts von der Verlobung. Deshalb hat er sich nie mit Fanny in Verbindung gesetzt.«

Lexie runzelte die Stirn. »Und jetzt, wo Fanny weiß, dass George tot ist und sie nichts mit seinem Tod zu tun hatte, geht es ihr besser?«

Peter nickte. »Ich glaube, sie kann jetzt endlich damit abschließen.«

Lexie konnte sich vorstellen, dass es Fanny half, über die Ereignisse von damals hinwegzukommen. Aber wahrscheinlich war sie auch sehr erleichtert darüber, das Geheimnis um Duncans Geburt nicht länger mit sich herumtragen zu müssen. Diese Last los zu sein hatte sicher ebenfalls etwas mit ihrer Besserung zu tun. Da Lexie aber nicht sicher war, ob die O'Donnells das alles schon öffentlich gemacht hatten und Peter bereits eingeweiht war, hakte sie nicht nach.

Nun blieb nur noch die Frage, was Grayson inzwischen machte, aber Lexie brachte es nicht über sich, sie zu stellen. Sie wollte es gar nicht wissen. Er hatte sich nicht mehr bei ihr gemeldet, seit sie ihn damals im Krankenhaus weggeschickt hatte, also hatte er offensichtlich kein Interesse mehr an ihr. Das musste sie akzeptieren, auch wenn es ihr immer noch schwerfiel …

»Und was machst du inzwischen?« Peters Frage riss Lexie aus ihren Gedanken. »Arbeitest du noch für Howard Enterprises?«

Lexie schüttelte den Kopf. »Nein. Ich konnte für meinen Boss nicht mehr arbeiten. Deshalb habe ich gekündigt.«

Zu ihrer großen Überraschung war dieser Schritt nötig gewesen, denn Andrew hatte sie wider Erwarten nicht rausgeworfen. Tatsächlich hatte er sie sogar gedrängt zu bleiben, obwohl er wusste, dass sie Grayson von der Erpressung erzählt hatte. Und er war noch einmal sehr deutlich geworden, was seine persönlichen Gefühle für sie anging. Das war ein Grund mehr für Lexie gewesen, einen endgültigen Schlussstrich unter ihre Arbeit für Howard Enterprises zu ziehen. Und sie hatte die Entscheidung nicht bereut, auch wenn Andrew zuerst nicht bereit gewesen war, sie zu akzeptieren. Tagelang hatte er sie wieder und wieder angerufen und einmal sogar vor Bettys Wohnung auf sie gewartet. Und als er endlich begriffen hatte, dass sie es ernst meinte, hatte er ihr damit gedroht, sie doch noch zu verklagen. Woraufhin Lexie ihm erklärt hatte, dass sie dann seine erpresserischen Geschäftsmethoden öffentlich machen würde. Seitdem hatte sie nichts mehr von ihm gehört, und sie hoffte sehr, dass es dabei bleiben würde.

Betty arbeitete inzwischen auch nicht mehr für Howard Enterprises. Kurz nach Lexie hatte sie ebenfalls gekündigt, um Aidan zu begleiten, der für ein paar Wochen mit den Badgers auf Tour war. Die gemeinsame Reise sollte so eine Art Test für ihre Beziehung werden. Aidan hatte seine ohnehin nur vorübergehend gemietete Studentenbude in Dublin bereits gekündigt, und wenn alles gut lief, und davon ging Lexie aus, dann wollten die beiden nach ihrer Rückkehr gemeinsam in Bettys Apartment ziehen. Im Umkehrschluss bedeutete das für Lexie, die im Moment darin wohnte, dass sie dann nicht mehr dort bleiben konnte. Nicht dass Betty sie jemals rauswerfen würde. Aber sie wollte dem jungen Glück nicht im Wege stehen, deshalb sah sie sich bereits nach einer eigenen Wohnung irgendwo in Dublin um.

»Und was jetzt? Wie geht es für dich weiter?«, fragte Peter. »Hast du schon einen neuen Job?«

»Nein. Aber vielleicht bald etwas Besseres.« Lexie sah auf die Uhr. »Ich mache mich gerade selbstständig, und der Termin, den ich gleich habe, könnte mein erster Auftrag werden. Ich treffe mich mit dem Besitzer eines Hauses hier ganz in der Nähe. Er will es renovieren, und ich soll die Pläne dafür machen.«

Dass es bei der ersten Antwort auf das Inserat, das sie vor Kurzem auf verschiedenen Plattformen geschaltet hatte, ausgerechnet um ein Objekt ganz in der Nähe von Cerigh ging, war Lexie fast ein bisschen unheimlich gewesen. Im ersten Moment hatte sie den Auftrag sogar ablehnen wollen, weil sie befürchtet hatte, Grayson zu begegnen. Aber dann war ihr klar geworden, dass er vermutlich längst wieder in New York war. Und da sie das Geld dringend brauchen konnte und Peter sie ohnehin um ein Treffen gebeten hatte, war sie schließlich doch darauf eingegangen.

»Hier in der Nähe?« Er runzelte die Stirn. »Wo denn?«

»Das Haus liegt auf den Cerigh Cliffs, etwas unterhalb der Burg direkt an der Küste«, erklärte Lexie. »Es soll schon seit vielen Jahren leer stehen. Aber die Lage hört sich traumhaft an.«

»Das kann eigentlich nur Salty Bend sein«, sagte Peter.

»Ja, genau, so heißt das Haus«, bestätigte Lexie. »Kennst du es?«

Er nickte. »Deine Mutter und ich haben uns dort ein paar Mal getroffen, weil es so einsam liegt. Es ist wirklich ziemlich verwunschen, aber genau das hat Fiona immer besonders gut gefallen. Sie war ganz verliebt in das Haus und hat sich ausgemalt, wie sie es umgestalten würde, wenn es ihrs gewesen wäre.«

»Wirklich?« Lexie lächelte. »Na, dann gucke ich es mir gleich noch viel lieber an.« Sie stand auf. »Ich muss jetzt auch los, sonst komme ich zu spät.«

Als sie an der Tür standen, fühlte Lexie sich wieder ein bisschen befangen, und auch Peter sah sie unsicher an.

»Ich würde mich freuen, wenn du mich in Galway besuchen kommst«, sagte er. »Oder ich komme mal nach Dublin, wenn dir das lieber ist. Natürlich nur, wenn du willst.« Er zuckte mit den Schultern. »Ich … würde dich gerne ein bisschen besser kennenlernen.«

Lexie schluckte und blickte auf den Ring an ihrer Hand. Dann sah sie wieder zu Peter auf. »Ich glaube, das möchte ich auch«, sagte sie und wollte ihm zum Abschied die Hand geben. Doch sie entschied sich in letzter Sekunde anders und umarmte ihn stattdessen. Kurz nur, aber es war ein Anfang, der sie beide lächeln ließ.

»Bis bald, Lexie«, rief er ihr nach, und sie winkte ihm noch einmal von Weitem, bevor sie das Kirchengelände verließ und zum Auto ging.

Salty Bend war nicht ganz einfach zu erreichen, aber dank der genauen Beschreibung, die Lexie per E-Mail bekommen hatte, fand sie problemlos über die schmalen Wege bis zum Haus.

Einsam gelegen war fast noch eine Untertreibung, denn wenn sie nicht gewusst hätte, dass es an der letzten Gabelung rechts abging, hätte sie geglaubt, dass der Weg dort in einem dicht bewachsenen Wäldchen endete. Dabei gehörte dieser Teil laut der Skizze, die der Besitzer ihr ebenfalls geschickt hatte, schon zum Grundstück.

Mit dem Auto kam sie ab hier allerdings nicht weiter, denn das, was einmal die Einfahrt gewesen sein musste, war längst von Gestrüpp überwuchert. Deshalb ließ Lexie den Golf stehen und bahnte sich zu Fuß den Weg durch Büsche und vom stetigen Wind schief gewachsene Bäume, bis das Haus in Sicht kam. Überrascht blieb sie stehen.

Sie hatte ein verfallenes kleines Cottage erwartet, doch tatsächlich war Salty Bend ein lang gezogenes Steinhaus mit hohen Giebeln und Gauben. Zwar sah das Reetdach ebenso mitgenommen aus wie die Sprossenfenster, und auch die von einem gemauerten Eingangsportal umrahmte Holztür war in einem erbarmungswürdigen Zustand. Aber Lexie war trotzdem bezaubert von der verwunschenen Atmosphäre, die hier herrschte. Die Vögel zwitscherten in den Bäumen, man hörte gar nicht weit entfernt das Meer rauschen, und sie war sicher, dass sie noch nie einen friedlicheren Ort gesehen hatte.

Ein kleiner Spatz flog dicht an ihr vorbei und verschwand durch eine der kaputten Fensterscheiben im Haus. Es fühlte sich an wie eine Aufforderung, deshalb beschloss Lexie, nicht auf den Besitzer zu warten, der sich offenbar verspätete, sondern sich schon mal das Innere des Hauses anzusehen. Das war schließlich der Grund, warum sie hier war.

Die schwere Eingangstür war verzogen und ließ sich nur schwer bewegen, aber sie schaffte es, sie so weit aufzuschieben, dass sie hindurchpasste. Staunend streifte sie durch die überraschend großen Räume im Erdgeschoss. Es gab eine vollständig eingerichtete Küche, die dem Design nach zu urteilen aus den Siebzigerjahren stammen musste und in der sogar noch verstaubtes, zum Teil zerbrochenes Geschirr stand. So als wären die ehemaligen Besitzer aufgestanden und gegangen, ohne etwas mitzunehmen. Auch in den übrigen Räumen fanden sich vereinzelte, noch sehr brauchbar aussehende Möbelstücke. Während Lexie sich alles ansah, malte sie sich im Kopf bereits aus, wie sie diese Zeugen der Vergangenheit in die neue Inneneinrichtung integrieren könnte. Die Ideen flogen ihr regelrecht zu, während sie von Zimmer zu Zimmer ging, und sie verstand sofort, was ihrer Mutter an diesem Haus so gut gefallen hatte. Es war gemütlich und gleichzeitig luftig, hatte genug Raum, um das Traditionelle eines irischen Cottage mit modernen Wohnelementen zu verbinden. Man konnte die Balken freilegen und abstrahlen, um den Räumen Höhe zu verleihen, und oben noch zwei Gauben einbauen, die mehr Licht in die Zimmer lassen würden. Vor dem Kamin im Wohnzimmer war genug Platz für eine behagliche Sitzlandschaft, und den schweren Esstisch, der immer noch dort stand, konnte man aufarbeiten und verwenden, denn er hatte wunderbare gedrechselte Beine und war nahezu perfekt für den Platz vor den großen Terrassentüren.

Die zerschlissenen Gardinen, die vor den Türen hingen, versperrten Lexie den Blick auf den Garten. Staub wirbelte auf, als sie den Stoff zurückschob, und ließ sie husten. Erschrocken wich sie einen Schritt zurück. Sie blinzelte, weil einige der Staubkörner in ihren Augen brannten, aber als sie wieder klar sehen konnte und durch das Fenster auf die Landschaft draußen blickte, stieß sie einen überraschten Laut aus. Der Riegel an der Tür war nicht mehr funktionstüchtig, deshalb konnte Lexie sie problemlos aufschieben und auf die moosbedeckten Natursteine treten, mit denen die Terrasse ausgelegt war.

Sie hatte erwartet, dass auch der Garten zugewachsen sein würde. Tatsächlich gab es jedoch gar keinen. Hinter der Terrasse öffnete sich die Landschaft zum Meer hin, das im Sonnenlicht blau leuchtete. Eine wilde grüne Wiese, auf der Schafe weideten, erstreckte sich bis zum Rand der Cerigh Cliffs, die sich rechts vom Haus erhoben, überragt nur von Dunmor Castle, das man oben auf den Klippen liegen sah.

Es war ein majestätischer Anblick, und Lexie war so ergriffen, dass sie überlegte, ob sie jemals an einem schöneren Ort gewesen war. Das Haus war ein absoluter Traum, und sie konnte kaum glauben, dass es so lange leer gestanden hatte. Der neue Besitzer ist ein echter Glückspilz, dachte sie verträumt und hielt das Gesicht in den Wind, der von der Küste herüberwehte und den salzigen Geruch des Meeres mitbrachte.

»Und? Wie gefällt es dir?«, fragte jemand hinter ihr. Sie erkannte die Stimme sofort und fuhr erschrocken zu Grayson herum, der durch die geöffnete Tür auf die Terrasse trat.

31

Lexie starrte ihn an wie eine Erscheinung, nahm jedes Detail an ihm in sich auf. Sein kantiges Kinn, die blauen Augen, die breiten Schultern. Der Wind spielte mit seinem dunklen Haar, wehte es ihm in die Stirn. Er trug eine Jeans und ein weißes T-Shirt unter der Lederjacke, die Lexie noch sehr vertraut war. Er hatte die Jacke getragen, als sie ihn nachts auf der Landstraße zum ersten Mal gesehen hatte. Und sie stand ihm immer noch unverschämt gut.

»Was machst du hier?«, fragte sie und verschränkte die Arme vor der Brust, als er auf sie zukam.

Dicht vor ihr blieb er stehen. »Das hier ist mein Haus, Lexie.«

Sie schüttelte den Kopf. »Das Haus gehört einem Charles Archer. Er hat mir geschrieben und will sich gleich hier mit mir treffen.«

»Charles Archer ist der Makler, der mir Salty Bend verkauft hat. Er war so freundlich, als Vermittler zu fungieren, weil ich nicht sicher war, ob du gekommen wärst, wenn ich dir geschrieben hätte.«

Er stand so nah, dass sie nur den Arm hätte ausstrecken müssen, um ihn zu berühren, und sie wehrte sich verzweifelt gegen die unbändige Sehnsucht, genau das zu tun.

»Dann war das also nur eine Finte?«, fragte sie und versuchte, wütend auf ihn zu sein. Tatsächlich war sie aber nur sehr verwirrt. »Es gibt hier gar keinen Auftrag für mich?«

»Doch, natürlich«, versicherte er ihr. »Ich möchte dieses Haus renovieren, und du sollst die Räume gestalten.«

Lexie verschränkte die Arme noch ein bisschen fester vor der Brust. »Und warum ausgerechnet ich? Frag doch einen von deinen Angestellten. Die können das mindestens genauso gut.«

»Darüber ließe sich streiten«, sagte er. »Aber selbst dann müsste ich sie genauso beauftragen wie dich. Sie sind nämlich nicht mehr meine Angestellten, weil ich die Firma verkauft habe.«

Sie löste ihre Arme und starrte ihn an. »Was? Warum das denn?«

Er zuckte mit den Schultern. »Weil ich mich in New York einfach nicht mehr wohlgefühlt habe. Die Zeit auf der Burg hat mir klargemacht, dass mein Platz hier ist. Meine Familie braucht mich jetzt, deshalb habe ich beschlossen, die Firma aufzugeben und mich stattdessen auf Dunmor zu konzentrieren.«

»Aha.« Sie konnte ihre Überraschung nicht verbergen. »Und was hast du mit der Burg vor?«

»Ich werde ein Hotel daraus machen. Eine sehr talentierte Innenarchitektin hat uns nämlich einen Plan ausgearbeitet, mit dem die Burg der Sitz meiner Familie bleiben und trotzdem Gäste aufnehmen kann.« Er lächelte, was Lexies Herz kurz aus dem Takt geraten ließ.

»Du willst mein Konzept umsetzen?«

Er nickte. »Wenn du nichts dagegen hast?«

»Nein, natürlich nicht«, sagte sie, darum bemüht, ihren inneren Aufruhr zu verbergen. »Deswegen habe ich euch die Pläne ja überlassen.«

»Und dieses Haus?«, fragte er. »Hättest du dafür auch Ideen?«

Sie ging ein paar Schritte weiter, um Abstand zwischen ihn und sich zu bringen. »Das kommt darauf an, was du dir vorstellst. Soll das eine Art zusätzliches Gästehaus werden?«

»Nein, ich möchte hier wohnen.«

Ein flaues Gefühl breitete sich in ihrem Magen aus. »Wieso ziehst du nicht auf die Burg?«

Er zuckte mit den Schultern. »Weil mir ein Zimmer auf Dauer nicht reicht. Ich werde hoffentlich nicht mehr lange allein sein und hätte lieber ein geräumiges Haus, in dem Platz für eine Familie ist.«

»Eine Familie?« Sie musste sich räuspern, weil ihre Stimme beinahe versagte. »Ich dachte, du willst keine Kinder.«

Er kam einen Schritt auf sie zu. »Wollte ich auch nicht. Weil ich noch nicht die Frau getroffen hatte, mit der ich mir das vorstellen konnte. Aber das hat sich geändert.«

»Dann hast du jemanden kennengelernt?« Sie schluckte, als er nickte, und versuchte, die Eifersucht zu ignorieren, die heiß in ihrer Brust brannte.

War das möglich, dass er sich in der kurzen Zeit seit ihrer letzten Begegnung Hals über Kopf verliebt hatte? Und wollte er allen Ernstes, dass ausgerechnet sie ihm sein Liebesnest einrichtete? Oder … Ihr Herz begann, aufgeregt zu schlagen. Redete er von ihr?

»Ich hätte nie gedacht, dass es mich mal so schwer erwischen könnte.« Er kam noch näher. »Seit ich sie das erste Mal gesehen habe, geht sie mir nicht mehr aus dem Kopf. Ich denke ständig an sie, und ich kann mir nicht vorstellen, noch länger von ihr getrennt zu sein.«

Lexie las in seinen Augen, dass er von ihr sprach, doch die Angst, dass sie sich vielleicht täuschte, konnte sie immer noch nicht abschütteln.

»Ach ja?« Sie schluckte. »Und was, wenn sie nicht die Richtige ist?«

Er hob die Hand und strich ihr eine Haarsträhne hinter das Ohr. »Sie ist die einzig Richtige.«

»Aber …« Lexie schüttelte den Kopf. »Du bist einfach gegangen und hast dich nicht mehr gemeldet. Kein einziges Mal.«

»Weil ich ein Idiot bin«, sagte er zerknirscht. »Ich wollte einfach nicht wahrhaben, dass ich mich in dich verliebt habe. Ich habe verzweifelt nach Gründen gesucht, die gegen dich sprechen, aber das hat nichts genützt. Vermutlich war es schon zu spät, als du mitten in der Nacht im Scheinwerferlicht vor mir gestanden hast. Ich konnte kaum fassen, wie wichtig du auf einmal für mich warst. Jedes Mal, wenn du in Gefahr geraten bist, hatte ich mehr Angst um dich. Und als ich dann eine ganze Nacht lang an deinem Krankenbett gewacht habe und dich nicht eine Sekunde aus den Augen lassen konnte, wusste ich, dass ich ein Problem habe. Ich wollte das nicht empfinden, Lexie. Es hat mich so hilflos gemacht, dass ich die Nerven verloren habe und geflohen bin. Ich wollte mir beweisen, dass du nichts Besonderes für mich bist. Dass es nur ein Strohfeuer war und ich dich vergessen und einfach da weitermachen kann, wo ich aufgehört hatte. Aber ich habe schnell gemerkt, wie dumm das von mir war. Ich kann so viele Ozeane zwischen uns bringen, wie ich will, es ändert nichts.«

Lexie blickte zu ihm auf. »Ändert nichts an was?«

»Daran, dass ich nicht mehr weiß, wie ich ohne dich auskommen soll«, sagte er und griff nach ihrer Hand. »Ich liebe dich, Lexie. Und ich möchte mit dir zusammen sein.«

Sie versank in seinen blauen Augen und hätte dem Glücksgefühl gerne nachgegeben, das ihre Brust erfüllte. Aber sie fürchtete sich auch davor.

Ihre Alpträume war sie zwar los, seit sie wusste, was es mit dem Schatten auf sich gehabt hatte, und selbst das Schlafwandeln schien kein Problem mehr zu sein. Aber sie hatte nachts oft trotzdem keine Ruhe gefunden, weil sie Grayson so schrecklich vermisst hatte. Es war hart gewesen einzusehen, dass es keine gemeinsame Zukunft für sie gab. Sie hatte sich verboten zu hoffen, deshalb fiel es ihr schwer, jetzt noch mal den Sprung zu wagen in das Gefühl, das ihr genauso viel Angst machte wie ihm.

Ihr langes Schweigen machte Grayson sichtlich nervös. Er ließ ihre Hand wieder los.

»Es tut mir leid, ich hätte dich damit nicht so überfallen sollen. Das war eine Schnapsidee mit dem Haus. Ich dachte, es gefällt dir. Aber ich werde es einfach wieder verkaufen.«

Er hob die Schultern, und Lexie sah die Unsicherheit in seinen Augen. Es war ein Ausdruck, den sie dort sehr selten gesehen hatte, und sie begriff, wie viel es ihn gekostet hatte, ihr zu gestehen, dass er sie brauchte. Ein Mann wie Grayson sagte so etwas nicht leichtfertig, und sie spürte, wie etwas in ihr nachgab. Mit einem erleichterten Lächeln stellte sie sich auf Zehenspitzen und schlang die Arme um seinen Hals.

»Das wirst du nicht tun. Ich liebe dieses Haus. Und dich auch. Sehr sogar.«

Er lehnte seine Stirn an ihre. »Gott sei Dank«, flüsterte er und küsste sie, bis sie weiche Knie hatte.

Als er sie wieder freigab, schmiegte sie sich an ihn und betrachtete das verfallene Haus.

Ob ihre Mutter hier auch mal Arm in Arm mit Peter gestanden hatte und glücklich gewesen war? Der Gedanke löste ein warmes Gefühl in ihr aus, und sie wusste plötzlich, dass sie sich hier in Salty Bend immer wohlfühlen würde. Sie war endlich angekommen und konnte sich das Zuhause schaffen, das sie sich immer so sehnlich gewünscht hatte.

»Das war ein ziemlich cleverer Schachzug von dir, dieses wunderschöne Haus zu kaufen«, sagte sie.

Grayson grinste. »Ich hatte gehofft, dass du mir dann nicht widerstehen kannst.«

»Ich kann dir auch so nicht widerstehen«, sagte sie und lächelte an seinen Lippen, als er sich zu ihr herunterbeugte und sie noch einmal küsste.